绿 宝 石
Fall into your light

桃花映江山

上

白鹭成双
BAI LU
CHENG SHUANG

著

第二十七章	翻案	398
第二十八章	刺客	415
第二十九章	奇毒	432
第三十章	回府	440
第三十一章	梅氏	451
第三十二章	毁容	458
第三十三章	定罪	469
第三十四章	逼宫	484
第三十五章	送行	499
第三十六章	使臣	514
第三十七章	决议	528
第三十八章	宫变	540
第三十九章	继位	554
第四十章	纠缠	568
第四十一章	出征	585
第四十二章	师父	598
第四十三章	真心	613
第四十四章	分离	625
第四十五章	追兵	639
第四十六章	毒药	653
第四十七章	大战	666
第四十八章	归途	684
第四十九章	喜欢	707
第五十章	桃花	720
第五十一章	远游	731
第五十二章	余生	744
出版番外		754

目录

第一章	错嫁	001
第二章	博弈	014
第三章	陷害	028
第四章	过招	043
第五章	攻心	057
第六章	结盟	071
第七章	景王	085
第八章	中毒	099
第九章	交易	113
第十章	踏青	127
第十一章	争宠	142
第十二章	假孕	155
第十三章	危机	170
第十四章	追杀	184
第十五章	狩猎	198
第十六章	告状	212
第十七章	露馅	226
第十八章	秘密	242
第十九章	挨饿	259
第二十章	道歉	273
第二十一章	下毒	287
第二十二章	谣言	305
第二十三章	申冤	323
第二十四章	碰瓷	340
第二十五章	情断	359
第二十六章	祸水	377

第一章 错嫁

大魏真是一个危险的地方！

姜桃花一边抱着喜服的长摆往前狂奔，一边苦着脸在心里咆哮，就没见过哪个大国的国都街上会出现野狼！她是过来和亲的，又不是来喂狼的，这国都的禁卫还行不行了，简直都是饭桶！

"公主，您先走！"青苔焦急地看着后头狂追上来的狼群，小脸都吓白了，仍道，"奴婢带护卫们断后，您去找个安全的地方，最好是高处，躲起来，等会儿奴婢再带人去接您。"

"好嘞！"姜桃花一点也没犹豫，跑得飞快。街上百姓四散，噼里啪啦的全是关门、关窗的声音，她跑累了想去敲门求救，却没人开门。

真是个人心凉薄的国度啊！

头上的金冠死沉死沉的，身上的衣裳也是巨大的障碍，十分不利于逃命，姜桃花干脆将它们一股脑儿塞进街边堆着的竹筐里，只着一袭白底红边的桃花暗纹裙，轻松地继续往前跑。

狼嚎声越来越远，眼瞧着四周都没人了，姜桃花终于停下了步子，靠在一座院落的后门上。刚想喘口气，背后的门冷不防打开了，重心失衡之下，她以狼狈的滚球姿势，跌进了人家的院子。

一个时辰之前，她还是从赵国来的高贵的公主，仪态万千地被送上嫁车，即将嫁给魏国的南王。万万没想到一个时辰之后，她就这么滚泥带灰地摔进了一个不知名的鬼地方，眼前全是小星星。

她缓了一会儿，刚抬头，还没来得及看清情况，就见面前的人表情惊愕地瞪着她，随即朝院子里大喊："找到啦！这小蹄子在这儿呢！"

这号叫声穿透力极强，没一会儿就有几个人哗啦啦地跑了过来，完全不给人解释的机会，一巴掌拍在姜桃花的后脑勺上。

疼啊！这是真疼！可是疼就算了，打的位置不对吧？没有眩晕的感觉啊！瞧这情况反正是逃不掉了，为了避免被人补一巴掌，姜桃花干脆装晕，任由他们将自己架起来，往不知道的地方带去。

路上姜桃花还想伺机逃跑，然而那些人根本没给她半点机会，推门进了屋子，就有人捏着她的嘴灌了些汤药。按理说这种效用不明的药，她应该吐了，但是这汤药跟银耳粥一样甜，灌进嘴里，让她这个一整天都没吃饭的人下意识地一咽。

"咕噜。"

完蛋了。

姜桃花后悔地咂咂嘴，懊恼地将眼睛睁开一道缝，就看见有几个丫鬟过来扯自己身上的衣裳，还有几个胖女人在她身边转来转去，火急火燎地喊着："快点，快点，要来不及了！"

赶着去投胎啊？

她很想告诉她们认错人了，然而不知道是不是汤药的原因，她的四肢都使不上力，连张嘴都觉得困难。身上的衣裳都被扯了，换了件艳俗的大红绸袍，然后被几个丫鬟齐心协力抬到一旁的大床上，盖上被子。

门嘎吱两声，屋子里的人鱼贯而出，整个世界突然就安静了。

姜桃花年方十八，也算是嫁人的好年纪，本有青梅竹马的恋人，奈何缘分不深，他被自己的皇姐勾搭走了。赵国皇帝年迈，新后干政，欲立皇长女为帝，以致朝野纷争不断，民心惶惶，国力衰退。她和皇弟无依无靠，唯有她远嫁大魏这一条出路，或许能换得一线生机。

然而，这一线生机，似乎也在今日被掐灭了。

屋子里香气缭绕，姜桃花觉得自己的身子像是突然着火了，从腹部开始，一直蔓延到喉咙。她努力睁开眼睛想找点水喝，可是首先映入眼帘的竟然是一幅春宫图！

"花娇难禁蝶蜂狂，和叶连枝付与郎。"

上头的画面靡靡不堪，能挂这种图的，除了青楼，也没别的地方。她这个样子被搁在青楼里，等待她的会是什么？姜桃花有点绝望，虽然贞洁对她来说也算不得多么重要的东西，但是，她还没进南王府的大门就没了这东西的话，再想进去可就难了。

这到底是个误会，还是有人存心要跟她过不去？

屋子里有轻微的响动，层层叠叠的纱帐外头，好像有人进来了。

姜桃花的理智还在挣扎，身子却诚实得很，她期待地看着伸进纱帐里的那只手，随时准备扑上去。

那真是很好看的一只手，修长，白皙，指腹上好像有薄薄的茧，但丝毫不影响它的美观。它轻轻地落在她裸露的肩头上，冰凉冰凉，叫她忍不住侧过脸去蹭。

"还真是难得的美人儿。"

低沉的声音带着姜桃花听不懂的情绪。她有些茫然地抬头，蒙眬间只看清了来人的轮廓，像雨后清远的山，带着湖上清冽的雾气。

"你……是谁？"

那人在床边坐下，一只手随她蹭着，另一只手优雅地将衣袍解开，脸逆着烛光,完全看不清楚表情。

"我吗?"他好像轻笑了一声,道,"大概是个恩客吧。"

这回答还真是简单、直接,让她的心彻底沉了下去。

堂堂赵国公主,要是在青楼被人玷污了,等这个消息传回国,叫长玦如何抬得起头来?不行,她得拒绝!

想到这里,姜桃花用尽全力,想将面前靠过来的人推开,谁知手落在人家胸前,竟然变成拉着人家的衣襟往自个儿这边拽。

这药也太不要脸了!竟然这么烈!

姜桃花眼睁睁地看着面前这人慢慢压了下来,内心在咆哮,动作也有些僵硬。感觉到这人的呼吸落在她的脖颈上,酥酥麻麻的,她下意识地皱眉,别开了头。

"既然饮了春回汤,那就别白费力气了,那汤药效很强,没有女人抵御得了。"身上的人慢慢将锦被掀开,贴上她的身子,呼吸霎时沉重了不少,语气里满是调笑,"听闻会媚术的人遇上这春回汤,会更加要命呢。"

姜桃花瞳孔微缩,倒吸了一口凉气,努力让自己保持清醒:"你怎么知道我会——"

"嘘!别说话。"那人伸手,带着薄茧的手掌在她的肌肤上游走,声音放轻了些,"女人话多可不是好事。"

你大爷的!姜桃花忍不住破口大吼:"你不要命了!本官是赵国公主——唔。"

话没说完,她的嘴巴就被他死死地捂住了。风从窗户外吹进来,床边点着的灯突然熄灭,屋子里顿时陷入一片黑暗。她皱着眉,只看得见这人一双微微泛光的眼睛。

"要听话才行啊。"他道,"想当活人伺候我,还是想当死人被我占有,你二选一。"

这声音软绵绵的,像猫爪子一样挠着人心。

身上的人一顿,接着轻笑了一声,瞧着眼前这"乌云漫散衣半敞"的好风光,他轻轻俯下了身子。

赵国的女子,无论是平民还是皇室出身,都会自及笄起习媚术,所以姜桃花很懂得如何取悦男人。一般人学媚术也就学个皮毛,只求日后让自己的夫君满意。但是姜桃花不同,她学得深,是为了能控制男人,为她所用。

面前这个人是她的第一个猎物,但是,情况和她想的好像不太一样。

按照师父所教,姜桃花使出了浑身解数,然而不知道怎么回事,这人不仅不为所动,反而想控制她,叫她按照他的步调走。还有男人在这种情况下保持理智?那岂不是说明她修习不到家?她气愤地鼓了鼓腮帮子,然后伸手钩住身上人的脖子,仰头就想吻上去。

身上的人一僵,侧头避开她,颇为嫌弃地道:"休想。"

亲吻这种事,姜桃花也是第一次,又不是见谁都亲,他这态度是什么意思啊?!

浑身的反骨都被激了起来，姜桃花一个翻身就将这人压在身下，玲珑的身段被窗外洒进来的月光勾勒得格外动人。

屋子里瞬间安静了一会儿。

"好看吗？"姜桃花半睁着眼，媚笑道，"既然要我伺候，那不如好好享受，还要理智做什么？"

床上的人眸子清冷地睨着她，伸手捏着她那不盈一握的腰，低声道："以你这样的功夫，若是我没了理智，那命都得交给你了。"

他又不傻。

姜桃花一顿，接着笑道："你觉得亲一下就能丢了魂不成？"

"不是。"他摇头。

"那为什么躲？"

"脏。"

简单明了的一个字，震得姜桃花浑身颤抖。她瞪大眼睛难以置信地看着他。他既然嫌她脏，那还主动进这间屋子做什么？这人脑子是不是有问题？胸口一团火烧上来，她几乎没经过思考，就拿头往身下人的头上狠狠一撞！

"啊！"

冲动的结果就是两败俱伤，一人一个包在额头上慢慢鼓起。姜桃花仍嫌不够，还想再撞，却被那人狠狠地扯了下去，压进床褥里。

"疼疼疼……"

"你还知道疼？"一声闷哼，那人好像真恼了，身体散发着侵略和暴怒的气息，完全不怜香惜玉，动作更加粗暴、直接。

"不……"眼泪哗啦啦地流，姜桃花觉得自己实在是太惨了，都说男人遇见她会化成绕指柔，面前这玩意儿哪里柔了，简直是个畜生啊！

等明儿醒过来看清这人的脸，她一定要叫人把他切了！大卸八块！

红被一阵翻滚，窗外月亮初升，远处还隐隐传来两声狼嚎。

酉时两刻，有人来到房间门口，伸手轻轻叩了三下。床上的男人微微叹息，刚起身想下床，却被人钩住了腰，重新拉了回去。

门口的湛卢皱了皱眉，看了看时辰，有些惊疑地喊了声："主子？"

"……嗯。"

里头应了一声，声音沙哑、低沉，也没多说什么，接着一阵暧昧的响动听得外头的人面红耳赤。

湛卢抹了把脸，轻咳一声，扭头严肃地看着下人道："再将景王爷拖一会儿。"

"是！"下人应声而去。

姜桃花忍着疼痛，使尽浑身解数与那人的自持力过招。

先前的欢好之后，她身上的药劲儿已经消散，既然身子已经丢了，那就没有轻易让人走了的道理。

　　纠缠、磨蹭一番后，她眯着眼睛想看清那人的脸，却被他握住双手固定在床头，接着他右手掀被一盖，挡住了她的视线。

　　"你见不得人？"姜桃花微恼。

　　"该见面的时候，自然会好好见的。"那人轻笑道，"现在这样，未免太失礼了。"

　　姜桃花一时无语，都已经苟且……呸，都已经有夫妻之实了，还管什么失礼不失礼？

　　她还想挣扎，身上的人却低下头贴在她耳边，带着微微的喘息，开口道："别总想赢我，你办不到的。"

　　姜桃花眉头微皱，还没来得及仔细思考他这句话的含义，就被卷上了巫山之巅，再也没有说话的机会。

　　戌时两刻，门再度被敲响，屋子里的男人起身，慢条斯理地将衣裳一件件穿好。他看了床上的人一眼，便抬脚出去了。

　　姜桃花累得睁不开眼睛，已经没力气继续留人了，蒙蒙眬眬间就听得外头一阵喧哗，好像有人在大吼什么"错了""犯大错了"之类，不过只有几声，外头就恢复了宁静。

　　她翻了个身，决定先不管，反正横竖已经出事了，还是先睡个好觉吧。姜桃花有个优点，那就是一旦睡着了，打雷都不会醒，这样高质量的睡眠让她在任何情况下都能得到良好的休息。当然，坏处就是在睡着的时候被人搬来搬去她也不知道。

　　比如现在，她被人抬出了"和风舞"，一路上喧闹不止，她也只是咂咂嘴，没有醒来，睡够了四个时辰才睁开眼睛。

　　"主子！"床边跪着一大堆人，见她睁开眼睛，为首的青苔就带着众人砰砰砰地磕头。

　　姜桃花揉了揉眼睛，侧身看着她们，茫然了好一阵子才问："你们怎么了？"

　　青苔难得红着眼睛，抿唇道："奴婢们护驾不力，还请主子责罚！"

　　护驾不力？姜桃花慢慢坐起来，身下的疼痛让她倒吸一口冷气，昨儿发生的事情通通涌进了脑海。

　　她在青楼被人夺了贞操！

　　姜桃花小脸一白，哆嗦了一下，皱眉看着青苔道："你们昨日为何不来找我？"

　　青苔咬牙道："奴婢们赶走狼群之后便去寻主子了，只是遍寻不到……"

　　"怎么会？"姜桃花道，"我不是在路上留了记号吗？"

　　她一早与她们约好，要是她走丢了，就在路上撒彩色的小石子儿，不起眼，但能给青苔等人指明方向。

"奴婢们就是跟着记号找的。"青苔道,"可是记号在一条巷子里断了,之后就再无其他提示。奴婢们将那巷子附近的人家找了一遍,也没能……"

巷子?姜桃花挑眉,她昨儿根本没有进过巷子,也没往巷子里丢过石子儿啊,石子儿怎么会跑到巷子里去了?

有些蹊跷啊……

姜桃花抬头看了看四周,这才发现这地方陌生得很,看起来倒是金碧辉煌,名画玉器随意搁置,桌椅板凳和花架都是用上好的红木做的,显得贵气十足。

"这是哪儿?"

青苔低头答道:"相府。"

哦,相府。姜桃花点头。

"等等。"反应过来后,姜桃花伸手将青苔拽到自己面前,瞪大了眼睛问,"相府?!"

青苔沉重地颔首。

"为什么会是相府?"先不论昨日发生了什么,她是赵国送来和亲的公主,要嫁的是南王,就算婚事黄了,那也应该住在驿馆,跑到丞相府里来算怎么回事啊?

青苔长长地叹了口气,道:"奴婢也不知道中间发生了什么事,但是您昨晚是被丞相大人找到的,并且说……你们已经行了夫妻之礼,为此,他与景王、南王连夜进宫,到现在都还没回来。"

"啊?"姜桃花傻了,昨天青楼里的那个人,竟然是大魏的丞相?

这是什么情况啊?堂堂丞相,为什么会跑到青楼里去,还好死不死地跟她圆了房?

"虽然我初来乍到,不太清楚情况,但是也感觉到有点不对劲。"姜桃花眯了眯眼,摸着下巴道,"这丞相是个什么样的人?"

青苔道:"奴婢已经打听过了,沈丞相年方二十六,有姬妾无数,却无子嗣。他似乎深得陛下宠信,位高权重,在朝中势力不小。"

姜桃花眼眸一下亮了起来,她忙问道:"这个丞相比南王势力还大?"

"这是肯定的。"青苔点头道,"南王年纪太小,又无权无势,只是有王爷的名头,在皇子当中是最不受宠的。"

也就是说,她错过了一个王爷,却捞着了一个更了不得的丞相?那这买卖也不亏啊!姜桃花立马有精神了,嘿嘿笑了两声,开始左右打量这个房间。

"去给我找根绳子来。"

"公主,"青苔皱眉问道,"您要做什么?"

"你别紧张。"姜桃花轻松地说道,"我上个吊而已。"

青苔:"……"

"哎,你别压着我啊,疼!"瞧这丫头紧张得立马扑上来,姜桃花哭笑不得。她被青苔死死地压在床上,好不容易才逮着个机会开口:"我没想死,真的!但是现在这形势是你家公主我错嫁了，不寻个短见，人家会以为我想顺水推舟巴结丞相，是个趋炎附势之人！"

青苔停了动作，眼神古怪地看着她——您难道不是想顺水推舟巴结丞相，难道不是个趋炎附势之人吗？

读懂了青苔的眼神，姜桃花奸诈地笑了两声，和蔼地拍了拍她的肩膀，道："小姑娘，跟着你家公主我学东西的日子还长着呢，想活命，那就得把心里想的东西藏着点，该做的样子都得做齐了，明白吗？"

"……奴婢去找绳子。"

"乖。"

从床上坐起来后，姜桃花立马进入了状态，跑到妆台前给自己涂了粉，化了个"凄凄惨惨憔悴"妆，然后接过青苔找来的绳子就往房梁上挂。

"去外头站着，来人了喊一声。"

"是。"青苔应了，又不放心地看了她一眼，"公主，您这绳子……"

"放心吧，活扣儿。"姜桃花朝她扬了扬绳子，很自信地站上了凳子。

青苔点点头，转身出去，刚一关上门，就听见有人来通报："丞相回府了！"

"啊，这么快？"青苔吓了一跳，连忙往屋里吼了一声，"来了！"

姜桃花深吸一口气，抓着绳子，把自己的头往里头一塞，脚下一蹬，就跟腊肉似的挂在上头直晃荡。

可是，晃荡了三个来回，她脸都红了，也不见有人推门进来。

什么情况？

姜桃花挣扎着坚持了一会儿，直到实在是喘不上气了，才连忙将活扣儿扯开，跌坐在地上大口呼吸。可是好死不死的，就在这个时候，外头传来了动静。

门被推开了。

姜桃花抽着嘴角抬头，就跟一个男人大眼瞪小眼。

不知道为什么，虽然从未见过这张脸，但是她凭直觉就能猜到他是谁。

"沈丞相？"

面前的人微微挑眉，五官在她的眼里变得清晰起来。眉如剑直，鼻如山挺，一双瑞凤眼生而含情，若不是身姿挺拔，他还挺像个文弱书生，可他气场极强，虽然脸上带笑，但看着叫人背脊发凉，有种被野兽盯上的感觉。

长得俊朗是没错，可明显也不是个好惹的。看他靠近，姜桃花浑身紧绷了起来，下意识地往后退。

"上次见得匆忙、狼狈，没能好好问安，现在终于正式见面了。"他低下身来，温柔地凑近她，眼里闪烁着不明的光，"大魏丞相沈在野，见过公主。"

沈在野？名字倒是挺有意思，分明高居庙堂，偏偏要叫"在野"。

姜桃花勉强笑了笑，道："见过沈相爷，您可以先让我起来吗？"

"自然。"沈在野颔首道。

这么有礼貌，跟昨晚那禽兽是同一个人吗？姜桃花有些狐疑。

然而沈在野说完这话就直接伸手将她抱了起来，一双眸子近在咫尺，深深地看着她问："公主刚刚是在寻短见？"

心突然漏跳了一拍，姜桃花别过头，好半天才想起自己该做的事，连忙酝酿了一下情绪，掩面哽咽道："事到如今，桃花若是苟活，该以何面目对天下人？"

"昨日之事，实在是误会。"沈在野长长地叹了口气，就这么抱着她在床边坐下，又看了一眼门口伸着脑袋的青苔，后者老实地将门合上了。

沈在野眼帘垂下，眉头微皱，看起来颇为懊恼："在下与景王本是在和风舞喝酒，景王说有美人儿要赐给在下，在下便顺了景王爷的好意，却没想那人是……唉，昨晚进宫，景王被陛下重罚，并将公主赐给了在下，不知公主可否为赵国忍辱，好生活着？"

啥？打晕她的那群人，是景王的人？姜桃花也皱着眉道："不至于吧，景王怎么会错把我当成美人儿送给你？我好歹是公主啊。"

"公主遇野狼群之后逃走，丢了凤冠霞帔，"沈在野道，"身上没有能证明身份的东西，又误闯和风舞，被错抓了也算正常。"

对哦，她跑的时候为了方便，把凤冠霞帔都丢了。姜桃花刚想点头，转念一想，不对啊！

"你怎么知道我把凤冠霞帔丢了？"

沈在野微微一笑，伸手将她鬓边的头发别至耳后才道："因为下人在找您的时候，找到了您的凤冠霞帔。"

好像也能解释得通。姜桃花点点头，看了他一眼，声音小了些："陛下将我给你了，那南王怎么办？"

"南王年方十六，不着急立正妃。"沈在野跟摸波斯猫似的有一下没一下地摸着她的头发，声音格外蛊惑人心，"在下已经禀告圣上，补偿了南王不少东西。"

这么说来算是皆大欢喜，除了景王那个倒霉蛋，其余人各有所得。姜桃花点点头，忖度了一番形势，果断抱上了沈在野的大腿！

"那以后，妾身就是相爷的人了！"

沈在野挑眉，看了一眼仍旧在房梁上悬着的绳子，再低头看看身边这个两眼放光的女人，皮笑肉不笑地勾了勾嘴角，道："好，即日起，公主就是这相府里的娘子了。"

"多谢……等等，"感觉有点不对劲，姜桃花眯了眯眼，"娘子是什么？若是没记错，相爷的正室该叫夫人。"

"嗯，正室是称为夫人没错，"沈在野睨着她，道，"可惜在下两年前已有正室，所谓'糟糠之妻'不下堂，圣上对在下也是十分理解，故而只能委屈公主做二等的娘子了。"

姜桃花："……"

她为什么总感觉面前这人有些阴险呢？虽然瞧着是惋惜的表情，但这语气叫人听着……只想上去照着他的脸呼一巴掌!

她垂下眼眸,飞快地分析了一下现在的形势。

其实她这次远嫁大魏,也算是赵国皇室不要脸的倒贴行为。赵国因为内乱,国力衰退,远不如从前,国主便希望通过和亲的方式增进两国友谊,以免大魏乘虚而入。

大魏皇帝明显是不想买这个账的,无奈她千里狂奔,没给人家拒绝的机会就到了大魏国都,皇帝一怒之下就将她指给了一个年纪比她还小又不受宠的王爷。

其实就算没沈在野这一出,她的日子也未必会多好过。现在有机会在相府当二等娘子,实际上也比给南王当正妃有前途。

已经没别的路可以选了。

"多谢相爷厚爱。"姜桃花深吸一口气,识趣地起身朝他行了个礼。

沈在野多看了她两眼,跟着起身道:"免了,很快会有管事来教公主大魏官邸的规矩,公主跟着学就是了。"

"妾身明白。"姜桃花低头送走这位大爷,站在门口,看着他的背影离开院落,才一把将青苔拉进屋子,锁上了门。

"公主?"瞧着自家主子这难看的脸色,青苔有些紧张,"这是怎么了?不是挺顺利的吗?"

姜桃花深吸了一口气,跌坐在床上,呆呆道:"咱们可能落入什么圈套里了。"

"圈套?"青苔一愣,"怎么会?如今的形势不是对您更有利吗?"

丢了南王,得了丞相,只赚不赔呀。

姜桃花摇摇头,道:"沈在野这个人给我的感觉像一条毒蛇,随时可能在我的脖子上咬一口。他刚刚撒谎了,我到底为什么会与他有肌肤之亲,这一切他好像是知情的。"

"什么?!"青苔吓了一跳,连忙半跪在她旁边,皱眉望着她道,"您是怎么知道的?"

"因为我记性好,"姜桃花眯了眯眼,"就算昨日我身中媚药,也记得自己说过什么。当时我就说过自己的身份,企图吓唬他,结果他的第一反应是来捂我的嘴。"

寻常人听见她说自己是赵国公主,应该只会当作玩笑,嘲笑一番。而他作为朝中人,知道和亲的事情,怎么会置之不理?起码也该停下来问问她究竟是怎么回事啊!毕竟侵犯和亲公主可不是小事。然而沈在野没有考虑这些,相反,他一听就捂住了她的嘴,让她没能继续说下去。

当时只有他们两个人,距离又那么近,沈在野身上没有酒味,说明他没醉,那他一定能听清她说的话。

他明知她是公主,却假装不知,只能说明一件事——他方才说"不知情",是景王误抓了她,这话是在撒谎。沈在野一早就知道她是赵国公主,尽管如此,还是强要了她。为什么呢？

姜桃花浑身有些发凉，伸手抓着青苔的手，撇了撇嘴，道："我突然觉得，要是当真顺利嫁给南王，也挺好的。"

起码不会有这种掉进蛇窝的感觉。

青苔听完脸都绿了，死死地抓着她的手，声音也抖了起来："这该怎么办啊？相爷想害您？"

"不一定，我只是个不重要的公主，大魏没几个人会将我放在眼里，他堂堂丞相，何必冒着得罪南王的风险来害我？"姜桃花想了想，将青苔拉起来让她站直了，"现在我只能靠你了。你武艺高强，虽然没脑子，但是也能帮我做不少事情。"

情况危急，青苔也就自动忽略了自家主子对自己的负面评价，皱着眉问："主子要奴婢做什么？"

"去打听消息，最好去丞相府外头。"姜桃花道，"你去将景王、南王和沈在野这三个人的背景关系都弄清楚后来回禀我。"

"奴婢明白了。"青苔点头，麻利地换了身衣裳，找机会溜了出去。

姜桃花喘了两口气，然后叫人进来给自己更衣，好生梳妆一番。

先前青苔就说过，这沈在野姬妾甚多，她现在又不是老大，初来乍到，怎么也得先夹着尾巴摸清情况。

第一件事，肯定就是给正室请安。

没嫁人的时候，姜桃花总将自己打扮得跟桃花树似的，但一进这宅院，她立马就换上了不合身的肥大锦袍，素面朝天，选的首饰也甚为老气。

"公主，"丫鬟花灯皱眉问道，"您虽然天生丽质，但何苦如此糟践自己？"

"这不是糟践，这叫保护。"整理了一番，姜桃花带着她往外走，"你家公主太好看了，在男人那儿有用，在女人这儿不仅没用，还是祸害，所以侍寝的时候可以要多娇媚有多娇媚，见正室就得要多丑有多丑。"

花灯撇嘴道："这也太狡猾了。"

姜桃花伸手敲了她一下，直翻白眼："傻孩子会不会说话啊？这叫狡猾吗？这叫聪慧，懂不懂？"

花灯捂着脑门干笑着点头，心里却想，用"聪慧"来形容她家公主真是太寡淡了，就该配上"狡猾"二字。不过二九年华的女子，也不知道经历了什么，怎么会从端庄文雅的公主变成了现在这样……

"老奴徐氏见过娘子。"

一行人还没走过回廊，迎面就来了个穿着褐色上袄配着灰白下裙的婆子，她脸上皱纹密布，从鼻翼到嘴角两边的纹路极深，形成一个大大的"八"字，一双眼睛带着凌厉之色，嘴里请着安，眼睛却已将姜桃花上下打量了个遍。

"免礼。这位就是相爷说的管事吗？"姜桃花笑眯眯地问，"我正要去向夫人请安，有什么要注意的，徐管事不妨现在就说说。"

"是。"徐管事领首，转身就跟在她旁边，开始说这相府中的规矩。

"魏国尊卑分明，上至皇宫，下至寻常百姓家，有多妻妾者，院内都是有位份的。咱们相爷乃朝廷重臣，府中姬妾良多，位份有四。夫人乃正室，梅氏独尊一位。其下便是娘子，除了您，还有四位娘子。娘子之下是侍衣，共六位。侍衣之下是暖帐，暖帐与寻常丫鬟无异，只是偶尔被爷宠幸，共八位。"

姜桃花边听边微笑领首，心里却暗想，这么多女人，沈在野居然还有工夫去忽悠人？太不可思议了！

"您现在去向夫人请安，只要按照下见上的规矩，行屈膝礼即可。咱们夫人性子温和，不会为难娘子，只是……若秦娘子在，您便小心些。"

秦娘子？姜桃花来了兴趣："是个脾气不太好的人吗？"

徐管事皱眉，张了张口，却又止住了，低头道："这府里的下人哪能说主子的是非，您去见过便知。"

好吧，人家把话说到这份儿上了，姜桃花只能自己留个心眼儿，拎着裙摆继续往前走。

梅夫人住在凌寒院，别听名字清雅，里头可是富丽堂皇，红木的雕花门精致、华贵，四扇大开，院落两边一排的首案红牡丹，贵气又热闹，充分显示了主人在这相府里独一无二的地位。

"公主来了？"

姜桃花刚走到主屋门口，就有几个人簇拥着一个女子迎了出来。那女子五官端正，不见得多美艳，却温和、端庄，凤眼含笑，素口琼鼻，下巴上有一颗小巧的红痣，看着就让人觉得亲切。

也没多瞧别的，姜桃花冲着她衣裳上正红色的绣边行了礼："见过夫人。"

梅照雪进府已经两年，府里形形色色的女人，她都见过，深知沈在野的喜好，向来是对美人儿偏爱不已。所以听闻赵国公主姿容绝美的时候，她就准备好好见一见了。

但是，眼前这姑娘，怎么跟传闻中的不大一样啊？

梅照雪疑惑地上下打量了她一番，直叹道："公主昨儿想必是被折腾得够呛吧？瞧这脸色憔悴的，衣裳也不合身。来人啊，快去把府里新做的几套头面都拿来，给公主选一套。"

对于这种一上来就送她东西的好人，姜桃花是很喜欢的，目光便温和了不少。

可是，还没等她偷着乐一会儿呢，旁边扶着梅照雪右手的女子就笑眯眯地开口道："夫人大方，让新妹妹一来就有头面选。可是如今这新妹妹进了咱们相府，也只是与妾身同等的娘子，夫人就不必再称'公主'了吧？"

这话说得也没什么不对的地方，姜桃花赵国公主的身份在这大魏丞相府里着实没什么分量，她也不可能摆公主架子。但是这话听着让人心里不舒坦。

她抬眼看了看那说话的人。

那人眉心点着菱花痣，一双桃花眼也算是勾人，比正室夫人娇媚不少，身着妃色海棠长袍，里衬浅褐色锦绣，头上还插着两支孔雀步摇，一看就是得宠的侧室。

想了想方才徐管事说的话，姜桃花心中明了："这位姐姐便是秦娘子？"

秦解语挑眉，看了一眼后头站着的徐管事，轻笑道："新妹妹初来乍到，做的功课倒是不少，一来就记住我了。可是有人说我的坏话，叫你小心些？"

"怎么会？"姜桃花平视她，微笑着道，"都说秦姐姐美艳非常，妹妹自然一见便知。"

"哦？"秦解语乐了，不怀好意道，"你的意思是，夫人不如我美艳？"

梅照雪抿唇，垂头整理起自己的衣袖。

徐管事提醒得没错，这秦娘子还真是个需要小心的，张口闭口都在挑事，生怕她今儿好过。

然而说话的门道，姜桃花很久以前就摸清了，同一句话用不同的法子说出来，结果自然是大不同。人情来往，高手过招，比的也不过是谁更不要脸而已。

"海棠有海棠的艳丽，梅花有梅花的清雅。"姜桃花笑了笑，道，"姐姐总不能拿梅花与海棠比艳，也不能拿海棠与梅花比雅，各自有各自开花的好时候。相爷这院子里，也不会只有一季花开、一种花香，既然都是爷喜欢的，那又有什么好比的呢？"

秦解语一愣，转头看向梅照雪。后者微微一笑，眼露赞赏："姜妹妹是个会说话的，看样子也懂事，倒是能让我省不少心。别在这门口站着了，进去说话吧。"

"是。"姜桃花颔首，跟着踏上台阶。

"这府里人多，平时不必每日都来请安。"梅照雪坐在主位上，温和道，"每三日来请一次即可，若是平时有事，遣丫鬟来知会一声便是。"

这么轻松？姜桃花连忙点头。

刚才还担心万一遇见个心狠手辣的主母，那她的日子就难过了，没想到这么幸运！

"府里别的规矩都不严，就只一点，希望你好生遵守。"梅照雪看着她道，"关于侍寝，府中是有专门的安排的，不可故意打乱，以免引起后院纷争。"

这是自然的。姜桃花乖乖点头。一大院子女人，却只有一个男人，那就跟饿狼抢食似的，与其争个头破血流，不如一早定下规矩平等分配，对谁都好。

只是，堂堂丞相，会按照安排去宠幸后院的女人吗？

像是察觉到她的疑惑，秦娘子抚弄着指甲开口道："咱们爷也向来不喜欢女人争抢，所以只要不是有人使手段，爷就会按照规矩施恩。"

"明白了。"姜桃花点头，接过丫鬟递来的侍寝名单看了看。

一月共三十天，府中加上她，除暖帐那种没地位的，一共十二人。夫人占三日恩宠，娘子占两日，侍衣占一日，剩下的时日归沈在野自己安排，看是选幸哪个暖帐还是自己在书房过。

掐指一算这需要耕耘的天数，姜桃花觉得现在沈在野最缺的肯定就是牛鞭汤，要是以后需要讨好他，一定得熬给他喝，不然他哪天纵欲而死，她也会跟着没好日子过。

姜桃花暗暗握拳，与梅、秦二人又客套了一个时辰，躲避着秦娘子的挑衅，打探了不少府里的情况，然后才告退，准备回自己的院子。

结果她刚走到花园里，迎面就撞上了沈在野。

"……妾身见过相爷。"

第二章 博弈

沈在野本来没注意到她，听见声音停下来盯着她看了半晌，才道："公主？"

"爷以后叫妾身'桃花'便是。"姜桃花低着头道，"进了相府，就没什么公主了。"

沈在野微微挑眉，转过身子，目光幽深："你倒是挺适应。"

"自然，妾身还想好好过日子呢。"

不适应环境，难不成等着环境来适应她啊？天底下哪有那么多好事。

"你能这样想，我也宽心不少。"嘴里这么说着，沈在野却惆怅地叹了口气，好看的眉头轻轻皱起，似是有什么为难之处。

姜桃花垂眸，眼观鼻，鼻观心，闷头不接话。

她不傻，沈在野明显是有话想说，可偏不直接说，反而要她来问，她要是真问了，那不跟棵傻白菜似的又跟着他的步调走了吗？万一又被带进什么坑里，哭都没地方哭，装个不懂眼色的傻大姐都比凑到蛇嘴边去安全。不是她戒心重，要怪就怪沈在野一开始就骗了她，他们之间的信任已经荡然无存，那就不能怨她不配合了。

"今天天气不错啊。"沉默了半响，姜桃花抬头，看着春日明媚的阳光，傻笑了两声，"相爷要是没别的事，妾身就先回去了。"

沈在野挑眉，对她这样的反应感到意外，盯着她思忖片刻之后道："既然你这么急着回去，那我便陪你去争春阁坐坐吧。"

啥？姜桃花一愣，抬头看了他一眼，又低头悄悄将侍寝名单扒拉出来瞥了两眼。

她没记错的话，今天他要宠幸的应该是顾娘子，去她那儿干啥？不过转念一想，现在时候尚早，怎么可能一去就宠幸她，是她想多了，人家兴许只是想过去跟她说点事情。

脑子这么一转，姜桃花立马就换上了热情的笑容，朝沈在野屈膝行礼："好的，爷，这边请。"

沈在野勾唇颔首，转身之时，眉头却皱了一瞬。

女子多愚昧，聪明的也多半只会在男人身上动心思，局限于一室之中。所以他一直觉得，女人是最好掌握的东西。然而有那么一瞬间，他在姜桃花身上嗅到些异常，这人好似在他手心里，却又像随时会溜走一样。

心下生疑，他便若无其事地问道："看你从凌寒院的方向来，可是见过夫人了？"

"是。"姜桃花规规矩矩地回答，"夫人告知了一些规矩，妾身必将铭记于心。"

"嗯，秦氏可也在那院子里？"

"秦姐姐在呢，也教了妾身不少东西。"姜桃花低头答着，同时用余光偷偷瞥着旁边这人。

这长得人模人样的公子哥，心思怎么就这么深沉呢？害她都不能好好沉迷在这无边男色里，只能小心翼翼地提防着。

"你觉得秦氏此人如何？"沈在野问。

姜桃花想了想，一脸天真道："容貌上乘。"

他问的是为人，谁要她答容貌了？沈在野停下步子，皱眉看着她道："说起容貌，公主这一番打扮，倒还不如早晨毫无点缀来得好看。"

"这是自然。"姜桃花下意识地就说漏了嘴，"男人眼里，不穿衣服的女人才是最好看的。"

话音一落，身后跟着的家奴、丫鬟全傻眼了。

沈在野震惊地看了她一眼，而后警告地喊道："桃花。"

"妾身知错！"姜桃花麻利地往地上一跪，一脸慌张道，"妾身自小在赵国长大，有些言语难免不当，规矩还没完全学会，请爷宽恕！"

瞧她这紧张兮兮眼珠子乱转的模样，沈在野反而觉得心里一轻，伸手将她扶了起来："赵国风气开放，我倒是一直有耳闻，却不知竟然开放至此。"

"您不知道的还多着呢，有什么想问的，尽管问妾身就是了。"姜桃花抬头冲他傻笑，一副没心眼儿的样子，"不过妾身只知道些底层的事情，皇宫里头的事情，是不太知道的。"

"嗯？"沈在野挑眉问道，"你是堂堂赵国公主，怎会知低不知高？"

"相爷有所不知，"姜桃花下意识地捋了捋袖口，开始半真半假地忽悠，"妾身虽是公主，却是个身份极为尴尬的公主。母后早逝，新后不喜我与皇弟，为了让皇长女素薅将来顺利继位，便将我与皇弟安置在宫城边上的宫殿里，生活与普通宫人无异。"

赵国皇子可继位，皇女也可继位，这跟赵国的历史有关，沈在野是知道的。虽然这在大魏行不通，但他也尊重别国的习惯。

"如此说来，公主远嫁，是想改变自己的处境？"

姜桃花一点也不遮掩地点头承认："自然，远嫁大魏，怎么也比在那宫墙下头生活得好。"

"那你可有什么想要的东西？"

"有啊有啊。"姜桃花眼睛放光道,"妾身想要吃得饱穿得暖。"

沈在野:"……"

这话他听得都有点不忍心了,虽说如今赵国在大魏眼里也就是穷乡僻壤,但堂堂公主的愿望竟然只是吃饱穿暖,真是太让人心酸了。

沈在野放柔了声音道:"在这相府里,你自然是能吃饱穿暖的,不仅如此,若是能帮我两个忙,我还可以帮你找人带礼物回赵国,送给令弟。"

这么好?姜桃花心里的算盘噼里啪啦一阵乱响,然后她傻笑着试探道:"什么忙啊?"

"因为你,我与景王和南王都有了嫌隙。"沈在野低头看着她,很是温柔地一笑,"所以第一个忙便要请你在明日南王来府之时,告诉他,你是自愿跟了我的。"

姜桃花眨眨眼,问:"那第二个呢?"

"第二个自然是景王那边。后日我与他相约北门亭,你将昨日发生的误会都解释给他听即可。"

沈在野半垂着眼帘的样子实在是太好看了,尤其是从姜桃花的角度看过去,简直温柔得要把人融化了,换个女人来,不管他要什么,恐怕都会答应。

但是姜桃花是学过媚术的人,要是自个儿没使出来,还被别人迷惑了,传回去岂不是砸师父的招牌吗?

于是她定了定心神,有些为难地看着他:"我如今只是相府的妾室,随意与王爷搭话,没关系吗?"

"没关系,不会有别人看见。"沈在野道,"这些我自然会安排,你肯帮忙便可。"

听他这么说,如今的麻烦好像是她导致的,要是不知道先前他撒了谎,她肯定会觉得内疚,想补偿。

然而,面前这人一定是在骗她,虽然不知道他的葫芦里卖的是什么药,但是绝对不是要对她好。

"爷,"姜桃花一脸愁苦道,"不是妾身不肯帮忙,只是从昨儿起身子就不太舒坦,明日怕是要起不来床了。"

"哦?"沈在野眯眼,低头看着她,"不舒服?要不要找大夫来看看?"

"等回了争春阁请大夫来便是。"姜桃花坦荡道,"若是明日无大碍,可以起身,那妾身就帮爷的忙,若是实在无力……爷就想想别的办法吧,如何?"

看样子竟然是真的不舒服。沈在野有些惊讶,这时机也太巧了些,南王可不是轻易就会来相府的,若是明日找不到机会说,以那老实孩子的性子,肯定会跟他犟起来。

可是看姜桃花这双眼里满是诚恳,也不像是撒谎,他总不能让她带病去见南王,终归是不妥。

"既然如此,那你别回争春阁了。"沈在野停下步子,道,"这乍暖还寒的天气，争春阁里甚为冰冷，今日就在临武院过吧，这样明日兴许你便好了。"

啥？姜桃花立马把脑袋摇得跟拨浪鼓似的："夫人刚刚才说过，这府里有规矩，非侍寝之日，不得争宠。"

沈在野闻言轻笑一声，道："今日我该去怀柔的温清阁，所以才将屋子让给你睡，这又算什么争宠？"

哦，他不在啊，那也行。姜桃花松了口气，反正病也是要装的，在哪儿睡都一样。

"多谢相爷。"

沈在野点了点头，一行人便转了方向，往临武院去了。

将她安置在屋子里，沈在野便去了书房。

姜桃花瞥了眼自己身边跟着的陌生丫鬟，没敢乱动，就老老实实地待着，该吃饭吃饭，该休息休息。

傍晚，青苔回来了，一路摸到临武院，气喘吁吁地问："主子可要奴婢伺候沐浴？"

"要的要的。"姜桃花连忙朝旁边的丫鬟吩咐道："让人抬点水进来吧。"

"是。"丫鬟应声而去，没一会儿屏风后头的浴桶里就倒满了热水。

"行了，我沐浴的时候只要青苔伺候。"姜桃花看着其他下人道，"你们都在门外守着吧。"

前头一个丫鬟恭敬地应了，不过出去的时候随手将屋子里的箱柜都上了锁。

够谨慎的啊！姜桃花啧啧了两声，等大门合上，才将青苔拉到屏风后头问："怎么样？"

青苔小声道："先说景王吧。景王是如今最得宠的皇子，虽然不是嫡出，却是目前皇子里最有出息的，在朝中也颇有威望，只是有一众老臣一直不服他，没有归顺，所以他一直想拉拢沈丞相。

"再说沈丞相，先前打听到的那些都是真的，他在朝中没有结党，声望却极高，有众人拥护，但是在民间的名声极差，据说是工于心计、草菅人命之人。"

姜桃花闻言倒吸了一口凉气，瞪大了眼问道："还真是这种人啊！他那张脸看着倒是不像坏人，还挺……挺好看的。"

青苔连连摇头，道："人心隔肚皮，主子还是小心些。最后再说南王。南王年方十六，实在是天真不谙世事，据说是拜在大魏黔夫子门下，习的都是恭仁礼让。他母妃早逝，不得圣宠，他也安居一隅，不争不抢。他小时候似乎与他母妃一起被送去吴国当过质子，所以也挺喜欢吴国的礼仪，只是因此更惹得皇帝不悦。"

姜桃花点头道："总结来说，这是个很不错但是很不得宠的小王爷。"

"是。"

"既然不得宠，那沈在野为什么会特意让我去跟他解释呢？"姜桃花摸了摸下巴，想不明白，"他难不成对这小孩儿有什么想法？"

青苔脸一黑，连忙摇头道："外界有传言，说相爷与南王相见的机会不多，但对南王怜爱有加，把他当弟弟一般看待。曾屡次有人想将南王扯进纷争里，都被相爷挡住了。相爷还曾评价南王，说'世间难得此璞玉，岂能未琢就被污泥所染'，看起来就是单纯地想护他一二，两人并无血缘关系和其他交情。"

原来是这样啊。姜桃花点头："奸诈的人也是有人性的，这南王能在沈在野心里留一片净土，那应该真是个好孩子，那我明日最好还是别见了，以防万一。"

"好——不对，您为什么要见南王？"青苔瞪大了眼睛问道，"您与南王有婚约在先，毁约错嫁在后，再见岂不尴尬？"

"是相爷让我帮忙，可能是因为我的事情，他与南王有了嫌隙，所以让我去解释清楚，以免日后不好继续相处吧。"姜桃花道，"但是我已经说了，明日会病得起不来，正好躲过一劫。"

病得起不来？青苔皱眉，看了看旁边逐渐变凉的洗澡水："您是认真的？"

"自然，舍不得孩子套不着狼，没别的路可选了。"姜桃花伸手试了试水温，笑眯眯地看着她道，"明日记得好好照顾我哟，我要吃南瓜粥。"

青苔："……"

赵国只有两位公主。长公主是惯常对别人狠，所以宫里人人都怕她。而这二公主是出了名地对自己狠，青苔虽不怕，却打心眼儿里佩服她。

等了许久，门外丫鬟已经在问要不要加热水了。青苔出去把热水都提进来放在一边，然后看着自家公主脱了外袍，只着单衣，泡进了已经变得冰冷的水里。

这天气，晚上风从窗口吹进来，还是有些令人生寒的，然而姜桃花一脸坚定，泡在水里一动不动。

"要多久？"青苔有些担忧地问道。

"再三炷香的时间即可，久了也该惹人怀疑了。"姜桃花嘴唇有些发紫，她深吸一口气，直接将自己的脑袋埋进了水里。

温清阁。

沈在野看着窗外的月亮，手里把玩着一枚扳指，眼神幽深。

"爷，"顾怀柔笑着靠过来，"时辰不早了，咱们该休息了。"

"嗯。"沈在野应了一声，转头，嘴角微扬，顺着她的手朝床边走。

顾怀柔以前是这院子里最娇俏的，惯常会在床上讨沈在野欢心，所以进府不过一年就成了娘子。然而不知道为什么，如今再看她媚笑，沈在野忍不住皱眉。

媚笑不是她这样夸张的，分明该是细眉微挑，眼里含着无尽情意和诱惑，仿佛微微发光，嘴角的弧度不大，却跟个小银钩似的让人心里发痒。

这么一想，姜桃花那被月光映着的五官就浮现在他的脑海里。清如芙蓉去雕饰，媚人入骨不自知。

沈在野微微一怔，皱眉，接着下意识地起身，抬手挡住了顾清柔上前的动作，转身就往门口走。

"爷？！"顾怀柔被他这反应吓了一跳，慌了手脚，连忙伸手拦住他，"可是妾身哪里伺候不周吗？您怎么要走？"

今日是该她侍寝的日子啊，若是爷就这样走了，那她明日该以何颜面见人？

"你先睡吧，爷等会儿就回来。"沈在野安慰似的拍了拍她的肩，"有东西落在院子里忘记拿了。"

顾怀柔："……"

她愣怔地看着他远去，忍不住皱眉呢喃："什么东西这么重要啊？越桃，你跟去看看。"

"是。"旁边的小丫鬟应了，提溜着裙子就跟了上去。

见时间差不多了，姜桃花便从冷水里起身，换了一身干衣裳，让青苔把剩下的东西收拾了，自己头昏脑涨地坐在床边擦头发。

风从大开的门外吹进来，姜桃花只觉得眼前一阵花白，喉咙疼得难受。这样的程度，明儿怎么也该发高热吧？

"还没睡？"沈在野的声音陡然响起。

姜桃花吓得一个激灵，接着打了个大喷嚏："阿嚏——"

这喷嚏来得突然，以至于她没来得及捂住口鼻，唾沫星子就喷了来人满脸满身。

沈在野闭着眼睛，眉毛拧得能打个蝴蝶结了。

"抱歉！"看清来人，姜桃花连忙起身拿手帕给他擦，"妾身不知道相爷来了……等等，您怎么来了？！"

他不是应该在温清阁吗？！

"……我回来拿东西。"沈在野睁眼就看见眼前这人瞪大眼睛，跟见了鬼似的看着他，觉得又好气又好笑，"就算不是回来拿东西，这也是我的院子，我想去哪儿就去哪儿。"

"不是不是，您别生气。"姜桃花连忙解释，"府中规矩森严，妾身只不过怕犯错而已。"

"府里最大的规矩，是我。"沈在野接过她手里的帕子，慢条斯理地擦起自己身上的唾沫，"规矩是我定的，你明白吗？"

"妾身明白，爷高兴就好！"姜桃花抬头，冲着他一阵傻笑。

沈在野抿了抿唇，闻了闻自己的衣裳，嫌弃的意味溢于言表。姜桃花作为一个有眼力见儿的人，立马就去叫丫鬟拿干净的衣裳来。

"妾身替爷更衣吧？"

扫了眼她谄媚的模样，跟在和风舞那晚的脸怎么也对不上号，沈在野长叹了口气，轻轻地敲了敲自己的眉心，然后张开双手，一副"大爷等着伺候"的模样。

姜桃花麻利地将他的外袍脱了，不过因为动作太大，一方手帕掉了下来。

像沈在野这样姬妾众多的男人，带一方女人的绣花手帕在身上实在是太正常不过了，但是姜桃花刚捡起来，就被他紧张地一把抢了过去。

有没有风度？不能温柔点吗？姜桃花捂着自己被抓疼的手，斜睨了那手帕一眼。看沈在野当个宝贝似的塞进衣袖里，她也没多问，心想，应该是哪个他中意的女人的吧。

伺候这位大爷更了衣，大爷还不满意地扫了她一眼，伸手就将她抱起来丢进了被窝。

"你手太凉了，今晚上盖严实些睡。"

"多谢爷关心。"姜桃花笑道，"也请爷路上小心，夜路易滑。"

"嗯。"沈在野点头，目光打量她须臾，便往外走。

青苔在门外候着，看着他离开了，才溜进屋子里："主子？"

"没事，你去收拾一下准备休息吧。"咳嗽了两声，姜桃花将被子都掀开，然后闭眼躺好，"明日早些来伺候。"

"是。"青苔有些迟疑地看了看她这单薄的身子，叹了口气，终究没说什么，反正就算她劝，这位主子也不会听的，那还是省省力气吧。

不过，刚刚丞相爷到底是过来干什么？

夜路果真有些滑，沈在野漫不经心地走着，眼里盛着月光，温柔又有些阴暗，像一条雪白的毒蛇，在黑暗里优雅地吐着芯子。

"主子，北门亭那边已经安排妥当了，要是姜氏后日还未痊愈，便按第二个计划进行。"湛卢走在他身后，轻声说了一句。

沈在野眸光微动，侧头看他："你觉得，姜氏这病，是真的，还是假的？"

湛卢一愣，皱着眉道："府里的大夫已经看过了，说她的确有些虚弱，可能是初到大魏不太适应，加上最近的天气变幻莫测，病了也正常。"

"是吗？"沈在野轻笑了一声，继续往前走，"这姜氏看起来有点傻气，但是傻气中又好像带着点精明。一时半会儿，我也分不清她到底是兔子还是老虎。"

湛卢有些意外地问道："主子在意姜氏？"

"没有。"沈在野摇头，"我只是怕后日会有什么变数。"

虽然姜氏蛊惑人的功夫了得，但是他不吃那一套。她存在的意义就是拉开一场大战的帷幕，只要顺利拉开，她的生死就与他无关了。

"这个主子可以放心。"湛卢拱手道，"您的计划周密，下头的人也是万分谨慎，绝对不会出半点差错！"

"嗯。"沈在野道，"后日既然安排好了，那明日就看情况吧。若是姜氏的病未能痊愈，便越过南王，直接等着见景王。"

"小的明白。"

月亮高挂，熟睡中的姜桃花还不知道自己的小命已经被人惦记上了，她的梦里有赵国的大好山河，有从宫墙下流过的清澈溪水，一整夜她都觉得心里分外宁静。

她这一觉睡得极好，以至于醒来的时候神清气爽，浑身都暖洋洋的。

"主子。"青苔一直站在床边，看她醒了，长长地叹了口气。

姜桃花眨眨眼，看了看自己身上盖得严严实实的被子，再摸了摸自己温度正常的额头，当即坐了起来，横眉看着青苔："你怎么来给我盖被子了？"

青苔沉默了片刻，道："被子是您自己裹上的，奴婢扯了三回，也没能扯过您。"

姜桃花默然。好吧，她是会本能地扯被子的，要怪就怪昨晚她没将被子藏在柜子里，导致冷水白泡了。

"现在贿赂大夫还来得及吗？"姜桃花绝望地问道。

青苔摇头道："人生地不熟，不能贸然收买。"

那就是没退路了？姜桃花跌回床上，叹了口气，道："天将降大任于斯人也，必先苦其心志，劳其筋骨……既然挣扎没用，那就去见见南王吧。按照你打听到的情况来看，南王年幼、天真，应该不会为难我。"

"是，主子先更衣吧。"青苔应着，转身拿了件大斗篷来。

她们还在沈在野的院子里，昨儿过来的时候一直风平浪静，没什么人注意，趁着现在天还没大亮，还是赶快溜回去为妙。

姜桃花裹着斗篷带着青苔一路狂奔，跨出临武院大门的时候，没注意到旁边躲着的两个小丫鬟。

"跟上她，我去找越桃姐姐。"

"好。"

蹲守了一夜的小丫鬟麻利地去了温清阁，逮着越桃一阵嘀咕。越桃扭头，又对着自家主子顾怀柔一阵嘀咕。

"我就觉得昨日爷有些奇怪，果然那院子里有幺蛾子。"顾怀柔冷哼一声，"让人继续盯着，看是哪个不懂规矩的要跟咱们温清阁过不去。"

"是。"

丞相府的后院看似祥和、平静，公平无争，但也有不少人想打破这平静，为自己多争一份恩宠，就看是哪个倒霉蛋来开这个头了。

而姜倒霉蛋还什么都不知道，正在打扮。

因为南王年纪小，所以她也不能上太媚俗的妆，就洗了把脸，稍微涂了点粉，整张脸显得干干净净的即可。

选了套与相府姬妾身份相配的衣裙，又挑了两支素净的发簪，姜桃花对着镜子，十分慈祥地笑了笑。

"主子，"青苔有点看不下去了，"您是要把南王当小孩儿对待吗？"

"他才十六岁，不是小孩儿是什么？"姜桃花莫名其妙道，"就跟长珏一样大啊。"

"他是跟三皇子一样大没错，"青苔看了她一眼，"可是您也才十八岁。"

才大人家两岁而已，她摆出这一副长辈般的表情是要干什么？

姜桃花皱眉，低头认真想了半晌才反应过来："原来我才十八岁。"

这一年又一年的，她还以为自己早就三十多岁了呢。

青苔哭笑不得道："您这是还没睡醒不成？"

"没事，我只是习惯把长珏当小孩子了。"姜桃花叹了口气，道，"希望南王别像长珏一样难搞就好。"

这是一个发自内心的愿望，赵国三皇子姜长珏简直是个二愣子，一旦认定的事情，就算撞了南墙都不会回头。有弯路不会走，还非拉着她走什么"正义大道"，结果往往是两个人一起吃亏。

为了教育自家弟弟通人情知世故，姜桃花没少费心思，然而并没有什么用。遇上这种油盐不进、死脑筋的人，她是最没有办法的。

"姜娘子。"

外头有个丫鬟进来，打量了姜桃花一眼，见她脸色正常，便松了口气，道："您身子既然好了，那就快些去花园里准备吧。相爷说，客人用过早膳便会登门。"

"知道了。"青苔应了一声，眉头微皱，正想说自家主子的早膳还没吃呢，就见妆台前的人十分自然地站起来，领着她就往外走。

"主子，"她有些心疼地道，"您不饿吗？"

"相爷让咱们立刻去花园，哪里还能说饿？"姜桃花一脸大义凛然地跨出了门。

"可是……"跟在后头看了一眼自家主子走的方向，青苔神情古怪地道，"府里的花园在另一边。"

"我知道，相府的地图，我也看了。"

"那您往这边走干什么？"

姜桃花回头，白了她一眼，压低声音道："说你傻你还真傻，样子是做给别人看的，肚子可是自己的。现在还早，顺路去厨房捞点吃的啊！"

青苔木着脸看她，不是说立刻去花园吗？

她家主子果然是不用人操心的，这心里的小算盘可能比她的头发丝都多。

厨房里的人正在急急忙忙地准备早点。张厨子刚把一碟奶黄包放在灶台上，谁知转身拿个食盒的工夫，碟子竟然空了！

发生什么事了？张厨子很茫然，看了看四周，拿下帽子摸了摸自己光溜溜的脑袋，一副不可思议的表情盯着那盘子。

姜桃花将奶黄包与青苔一起分着吃，边吃边往花园走。

"这府里的厨子手艺还不错。"姜桃花满意地道，"以后有口福了。"

一共四个奶黄包，每人吃了俩，吃完的时候刚好走到花园门口。

"姜娘子。"花园月门处站着的丫鬟朝姜桃花微微屈膝，"相爷吩咐，您去亭子里候着便是。"

"知道了。"姜桃花颔首，左右打量了一番，便带着青苔往里走。

花园里已经有不少丫鬟来来往往，亭子里也备了很多好吃的，看起来沈在野还真是很喜欢这个小王爷，虽然这小王爷不得皇帝宠爱，但在这里享受的竟然是贵宾待遇。

在石桌边坐下，姜桃花忍不住摸着下巴低声道："青苔，你觉得有没有可能，这小王爷其实是相爷的私生子？"

青苔差点被自己的口水呛着，瞪大眼看着她道："主子，十六年前相爷才十岁。"

"哦，这样啊……"姜桃花点头道，"那就是我多想了。可是我不明白，沈在野这种位高权重、心思深沉的人，当真会因为喜爱而对一个王爷无条件地好吗？"

青苔想了想，道："也不是太好，两人平时都不怎么见面。兴许是因为南王没什么势力，相爷觉得与他交往比较轻松，所以才会这样对待他吧。"

她去外头打听的时候，也没多少人觉得相爷偏爱南王，只是对南王不似对其他人那么冷漠。

姜桃花眯了眯眼，摸着下巴沉默了。

"你当真没有骗我？"有些青涩的少年之声乍然在月门之外响起，姜桃花耳朵尖听见了，连忙伸长脖子往那头看。

沈在野先跨了进来，一身黛色织锦长袍，丰神俊朗，脸上带着让人看不透的笑意，正低着头道："微臣何时骗过王爷？"

旁边的人跟着他绕进月门，白底青边的锦袍配着细罗的袖口，让姜桃花眼前一亮。

好一个唇红齿白的少年郎啊！说是不得宠，却无半点卑微怯懦之意，背脊挺直，一身正气，眉如长舟划浪，眼含晴日碧波，鼻梁高挺，轮廓清秀，就是那小嘴儿抿得紧紧的。

"你骗我的时候，难道还少吗？"穆无瑕颇为恼恨道，"就是手段高明，叫本王抓不着把柄罢了！"

这气急败坏的样子，像是被欺负惨了，姜桃花心里一阵好奇。

这两人到底是什么关系啊？当真是要好，南王怎么会对沈在野这个态度？要是不好，沈在野又为什么这么在意南王？

"人就在前头，王爷不信微臣，就自己去问问吧。"沈在野颇为无奈地叹了口气，转过头看向亭子里。

姜桃花连忙收敛了表情，朝他们微微一笑。

穆无瑕跟着看了她一眼，秀气的眉毛皱成一团，戒备地看向沈在野道："她如今已经被父皇赐给你了，在你的府里，怎么可能说真话？"

"那王爷要如何才肯相信微臣？"

"很简单，你别在这里，本王单独问她。"穆无瑕抿唇，目光坚决道，"你不许作弊！"

姜桃花听着，默默地翻了个白眼。小孩子就是天真，人家作弊都是提前在背后做的，怎么可能当面说什么？

"微臣遵命。"沈在野微微颔首，转头温柔地对着亭子这边道："桃花，记得好好照顾王爷。"

话是温柔的，眼神却带着警告的意味。姜桃花打了个寒战，扯着嘴角应下："妾身明白。"

不就是要帮他骗小孩子嘛，这南王这么天真，根本就费不了多大力气，他瞎紧张什么。

穆无瑕站在原地看着沈在野离开，确定他走远了之后才转过身来，神情严肃地进了亭子，站在姜桃花面前。

"王爷，请坐。"姜桃花笑眯眯地看着他，"先喝点茶吧。"

瞧着她这平静的样子，穆无瑕的眉头又皱了起来："公主很高兴？"

"嗯？"姜桃花一愣。

"没嫁给我，却嫁给了沈丞相，你看起来很高兴。"他眼神微沉，"看来丞相的确没骗我，公主是自愿留在这丞相府里，没有受半点委屈。"

没想到南王年纪小，心思却很细腻，也很敏感啊。姜桃花眨眨眼，随即反应过来，手在桌子下头拧了一下自己的大腿，眼里迅速溢出盈盈的泪花。

"是啊，妾身如今能有什么资格觉得委屈呢？"声音里满是哀伤，她扯着嘴角勉强笑道，"人人都在说呢，妾身如今算是因祸得福了。"

说掉眼泪就掉眼泪，上一刻还笑语盈盈的人，须臾之间竟然伤心成这样，穆无瑕看傻了眼，愣了片刻，慌了起来。

"你别哭啊，本王说错话了，本王认错。"穆无瑕手忙脚乱地在自己身上找手帕，整张小脸都皱了起来，"你该是委屈、难过的，本王知道，所以今日才会来这一趟。"

真是个耿直的孩子。他这么容易上当受骗，反倒让姜桃花心里有些过意不去了，连忙收敛了些，朝他颔首道："王爷真是个好人。"

"也没什么好的，他们背后都骂本王傻，总是得罪人。"穆无瑕撇嘴道，"今日也是，府上的人都劝本王不要来，可本王坐不住，总要来问问你才安心——你到底是不是心甘情愿嫁给沈丞相的？"

"心甘情愿？"姜桃花瞪大了眼，张口就想否认。虽然她是想踩着人往上爬，但也不是一开始就愿意嫁给沈在野啊，是那禽兽强要了她，让她不得不嫁！

不过，话到嘴边，她还是想起了自己今日的任务，只能硬生生地咽下这口气，然后抬头，泪眼汪汪地看着穆无瑕道："此事由不得妾身做主。妾身一个女人，千里迢迢嫁过来，无依也无靠。突然出了这样的事情，如今又在丞相府的屋檐下……您这样问妾身，妾身当真无法回答。"

"怎么会无法回答？"穆无瑕皱着眉道，"愿意就是愿意，不愿意就是不愿意啊。"

姜桃花轻轻地叹了一口气，道："世上的事情不是都可以用愿意和不愿意来回答的。"

比如现在，她要是回答自己是愿意的，便要得罪这小王爷，以后就少了一条退路；可要是回答自己是不愿意的，那就是明摆着跟沈在野作对，往后在这相府里的日子还过不过了？她又不蠢，怎么能沈在野挖个坑，她就傻傻地往里跳？

"为什么？"小王爷犟起来了，眼神里重新带了戒备，"你也想糊弄本王？"

"不是。"被这眼神吓了一跳，姜桃花撇了撇嘴，"请王爷设身处地为妾身想一想！妾身突遭横祸，根本身不由己，如今大局已定，妾身背负不洁与趋炎附势等众多罪名，自尽未遂，忍辱偷生。这般境地，岂是区区愿意或不愿意能概括的？"

穆无瑕一愣，表情又柔和下来。看着姜桃花脸上的眼泪，他觉得不忍心，终于掏出一方帕子递给她，道："你的手帕都哭湿了。"

"多谢王爷。"姜桃花嘤嘤嘤地接过，拿自己的手帕擤了鼻涕就扔了，然后继续捏着南王的手帕擦泪。

"既然你说你是身不由己，那可愿跟本王说说前日事情的经过？"穆无瑕道。

姜桃花乖巧地点头，道："前日送亲的队伍被野狼拦在了半路，护卫四散，街上跑得没了人。妾身的丫鬟带着人断后，让妾身先走，于是妾身就逃了一路。结果不知为何误闯了青楼后院，被人打晕，灌了药……醒来的时候，就已经成这样了。"

"野狼？"穆无瑕皱眉，"专门来拦你的送亲队伍？"

姜桃花垂首不语，心想，难不成她还提着裙子去问野狼一句"你们是不是专门来拦我的"？

"妾身不知野狼从何而来，也不知它们为何会突然出现。"

小王爷的眉头皱得更紧了："前些日子国都里就在闹进了野狼，怎么可能这么久都没有捕获，偏生在你我大婚之日出了乱子？"

姜桃花抿了抿唇，道："这个没人能控制得了吧，谁能操控野狼呢……"

"有人能。"穆无瑕眼里隐隐起了怒火，他侧头看向相府四周，"丞相府上有门客名秦升，擅长驯狼。"

什么？！

姜桃花面上不动声色，心里却是一沉。

街上遇见野狼不是偶然吗？难不成是沈在野的人在背后操控？这也太可怕了吧，为什么啊？她嫁不成南王，对沈在野有什么好处？这么处心积虑地来害她，难不成她上辈子挖了他家祖坟？！

姜桃花又气又怕。她深吸一口气，闭了闭眼，努力让自己平静下来。既然现在的情况是她斗不过沈在野，而且自己已经在人家的掌控之中了，那就只能做他想要她做的事情，暂时保住小命，剩下的事情慢慢查。当下首先要做的，还是稳住南王。

"王爷怕是想多了。"桌下的手握得死紧，姜桃花脸上却万分镇定，"当时的情况有些混乱，那些野狼不像是被人操控的，就是饿极了在黄昏出来觅食，正好遇上送亲队伍而已。"

穆无瑕眉头未松："这也能看出来？公主当时不是顾着逃跑吗？"

当然是看不出来的啊，不过答应了人家的事，打落牙齿和血吞也得做到啊！姜桃花深吸一口气，装作认真回忆的样子道："虽然是在逃跑，但妾身也看了两眼。野狼若是被人控制，该直接来咬妾身才是，可是它们没有。妾身也是自己乱跑才跑到青楼后院的，怪不得别人。"

穆无瑕若有所思道："也就是说，公主是到了青楼后院，被景王的人当成歌妓打晕，送给了沈丞相？"

"是的。"姜桃花颔首道，"一进院子就被打晕了，后来的事情，妾身就都不知道了。"

就是知道也不能在一个小孩儿面前说啊！

小王爷的神色严肃起来，嘴唇抿着，下巴的弧线也紧绷着，好像在思考什么严重的问题。良久之后，他才道："本王大概能明白你的意思了，此事与你无关，也许是命运捉弄，也许是景王哥哥从中作梗，你只是受害者。"

"您不怪妾身了吗？"姜桃花眼巴巴地问。

"这样的情况下，本王若是还怪你，岂不是太过分了？"穆无瑕叹了口气，道，"也许是你我今世没有夫妻的缘分吧。"

虽然这小王爷身姿已经甚为挺拔，模样也清秀，但毕竟年纪还小，这话从他嘴里说出来，姜桃花还是有些尴尬的，只能拿帕子掩着眼睛叹气。她正想说点什么，对面的人忽然一惊，道："手帕拿错了，公主可否还给本王？"

啥？姜桃花一愣，拿下手帕来看。这帕子是普通的白色绢帕，只是上头绣了一朵花，层层叠叠，五颜六色，不知这花是何品种。

这花手帕，好像在哪里见过啊……

姜桃花抿了抿唇，看着穆无瑕问："这帕子对您来说很特别吗？"

穆无瑕犹豫了一番，看了眼站得很远的随从，才低声道："这是吴国的一种风俗，在春日之时将百春花绣帕贴身携带，可以祈求春神娘娘保佑家宅和睦、国家兴盛、百姓安康。但是，父皇不喜我崇尚吴国风俗，这东西我也只能偷偷带着。"

眼波流转，姜桃花细细地打量了这手帕一番，然后慢慢递到南王面前："是这样啊，陛下既然不喜欢，王爷又何必如此执着呢？"

"别的习俗、规矩,本王都没再推崇了,只这迎春礼是吴国最重要的礼节,吴国男儿不管在哪儿,都是要遵守的。"穆无瑕小声说着,像是很心虚,接了帕子就塞回袖子里,"本王虽然是大魏子民,但到底是在吴国长大的,所以……"

"妾身明白了。"姜桃花颔首,轻轻吸了一口气,笑道,"这花也是吴国特有的图腾吧?妾身没在别的地方看过。"

小孩儿没心眼儿,人家问,他就老老实实地答道:"是啊,世间是没有这百春花的。一朵花生七色,只能是仙花。据说是吴国第一位皇后绣出来的,此后就一直传承,算是吴国的信仰。"

信仰这种东西,不管人在哪里、是什么身份,只要心在,就不会舍得抛弃。

姜桃花觉得手脚有些发凉,勉强笑了笑,揉了揉眼角。

"你可是累了?"小王爷眉头又皱了起来,想了想,起身道,"本王也不宜久留,既然该问的都问了,那就此告辞,本王再去找丞相聊聊。"

"多谢王爷今日宽厚。"姜桃花起身,朝南王行礼,"王爷慢走。"

穆无瑕看了她一眼,只觉得这女子当真可怜,心下微叹两声,便转身离开了。

第三章 陷害

亭子外头站着的青苔见人走远,便进来打算扶自家主子一把,谁承想姜桃花竟然直接跌坐下去,眉头紧皱,眼神飘忽。

"主子?"青苔吓了一跳,"您怎么了?"

姜桃花闭了闭眼,伸手抓着青苔的胳膊,小声道:"我觉得事情越来越不妙了啊……"

青苔很茫然。姜桃花垂头,开始自顾自地想一些事情。

她是个记性很好的人,所以她记得,昨晚给沈在野更衣的时候,从他怀里掉下来的手帕上绣的图案跟今日南王手帕上的一样,都是吴国特有的、被奉为信仰的百春花。

南王曾在吴国做质子,遵循吴国风俗尚情有可原,可是,为什么沈在野也带着百春花的帕子?

她是不是可以猜想,沈在野和南王之间并不是单纯的朋友关系,还有什么更深的联系?

沈在野会是吴国的人吗?如若他是,大魏的皇帝怎么可能让他当丞相?如若他不是,那为什么要冒着惹皇帝生气的风险,把百春花手帕带在身上?

他身上的帕子,一般只有相府内眷才有可能发现,被她看见完全是偶然。而南王的帕子,相府内眷一般是没机会看见的,今日她看见也是偶然。这两个偶然加在一起,姜桃花觉得自己可能发现了常人没发现的东西。但发现这事儿是好还是坏,就说不准了。

脑子里乱成一团,姜桃花使劲甩了甩头。

不管沈在野到底是怎么回事,他和南王的关系好是事实,根据南王刚刚说的话加上先前在和风舞沈在野露的马脚分析,让门客控制野狼破坏婚事,而后强要了她的,就是沈在野。

这位了不得的丞相爷,竟然借着景王的手,将她从南王那里抢了过来,并且嫁祸给景王。可怜景王背了黑锅还以为真的是自己抓错了人,对沈在野愧疚不已。

真是好手段。

"咱们回去吧。"姜桃花心里平静下来,便起身带着青苔往外走。

"主子，"青苔担忧地开口，"明日还要出府，您确定没事吗？"

"没事，只是有些事情还没想通，你继续去帮我查吧。"姜桃花道，"查查沈丞相的出身，以及他有没有去过吴国。"

青苔一愣，想了想还是应下，也没有多问。

姜桃花边想边回争春阁，刚到门口，就看见一个小厮正垂手候着。

"姜娘子。"看见她回来，那小厮立马迎了上来，"奴才特地来提醒您一声，明日巳时一刻，有车马在侧门外候着，您提前准备，万万不可怠慢了景王爷。"

"知道了。"姜桃花一笑，朝他颔首道，"我会好好准备的。"

小厮点头鞠躬，飞快地退了下去。姜桃花看了他的背影一会儿，抿唇，踏进院子里。

青苔出去做事了，屋子里只有花灯伺候，这丫头比青苔活泼得多，见她回来就笑眯眯地道："主子，奴婢已经给您备好了新裙子，您来看看喜不喜欢。"

姜桃花挑眉，看着她捧出来的颇为华贵的锦缎长裙，笑着道："挺好看的，刚做成的吗？"

"是啊，听闻是相爷特意让人为您赶工做的，十几个绣娘一夜没睡，才做成了这么一套裙子。"花灯挤眉弄眼道，"看来啊，相爷是真的看重您。"

"是挺看重的。"姜桃花点头，"有机会得好好谢谢他。"

"哎，相爷说待会儿就会过来的。"花灯道，"您等着就是。"

骗完了南王，怎么也该过来跟她通通气。姜桃花倒是不意外，便颔首，坐在妆台前好生打扮自己。

书房里。

沈在野头疼地揉着太阳穴，看着眼前的人道："王爷还是不信？"

穆无瑕站在他面前，身板挺得笔直，皱着眉道："本王不是不信，只是近来相爷的动作，本王也不是看不懂。先前你说过让本王不涉朝堂之争，可如今为何借着赵国公主错嫁之事，让父皇对本王多加赏赐？"

景王犯错，皇帝震怒，但看在景王资质上乘，自己又一直器重的分儿上，只责骂了景王一通，并给了南王诸多补偿，甚至将京城刚建好的王爷府也一并给他了，允他未成家就开府。这在大魏王爷里可算是少见的。

沈在野轻笑道："王爷太高看微臣了，陛下的赏赐是陛下决定的，也是景王爷为了表示歉意，亲口替你求的，与微臣有何干系？"

"赵国公主是受害者，很多事情她不知情，所以帮你说了不少好话。"穆无瑕抿了抿唇，道，"但实际上这桩婚事到底是怎么变成这样的，你不可能毫不知情。"

"微臣当真不知。"

"你……"小王爷气得跺脚，"你这个骗子！"

沈在野无辜极了，脸上是受伤的表情："王爷这样想微臣，微臣真是难过。不过您在意的不是赵国公主有没有受委屈吗？您也看见了，她不是什么贞洁烈女，也愿意继续留在相府。这样的女子，幸亏没有嫁给您。"

穆无瑕一愣，皱眉想了想，语气缓和了一些："姜氏看起来也不像你说的那种人，她昨日不是还想要悬梁自尽吗？"

那是女人的小把戏而已。沈在野心里嗤笑，不过没必要跟小王爷解释这么多。

"您若是觉得这位公主是好人，那微臣以后便不会亏待她。"他道，"王爷尽管放心，若是没别的事情，便回去继续读书吧。"

穆无瑕撇了撇嘴，不悦道："希望你说话算话。"

姜氏的眼睛很美，像无边的大海，日月星辰出于其中，哭起来也不是显得楚楚可怜，倒是真心让人心疼。一个人什么都有可能是假的，但是眼睛不会，所以他相信姜氏是个好人，也希望她以后能过得好点。

"王爷慢走。"沈在野起身送他出去，"最近几日外头难免有乱子，您既然新开了府，就先将府内的事情料理好，少出来走动。"

"知道了。"穆无瑕闷闷地应了一声，又叹了口气，终究还是甩了袖子离开。

沈在野微笑着目送他，直到他出了相府大门，脸色才沉下来道："去争春阁。"

姜桃花真是有点意思，竟然能把南王蛊惑了，让他觉得她挺好。这跟他预料的不一样，而他一向讨厌超出自己预料的东西。

湛卢低着头引路，感受到自家主子周身隐隐的焦躁和怒气，不禁有些惊讶。好久没见主子因为一个女子这么上火了，这姜氏也真是厉害。

争春阁的大门开着，沈在野一跨进去，就见一袭潋滟生光的蓝锦裙迎了上来。

"妾身给爷请安。"

姜桃花上着妩媚的妆，颔首行礼之时露出雪白的脖颈，线条优美，盈盈可人。

沈在野一顿，低头看了她两眼。

上回见她还是一副老气横秋的装扮，一转眼她就变回千娇百媚的模样了。这女人，到底有多少张面孔？

"平身吧。"

"多谢爷。"姜桃花抬头，眼含秋波，眉目如画，柔柔地走到他身边，挽上他的胳膊，"知道您要过来，妾身已经备了香茶点心，爷尝尝可合口味。"

"好。"沈在野收敛了神色，跨进主屋坐下，抬头盯着她笑道，"今日的你，倒是让我看到了你以前的影子。"

他俩认识总共不到三天，哪儿来的"以前"？想必他说的是在和风舞的那个晚上。

姜桃花脸一红，嗔怪地看了他一眼，娇羞地扭过身去，心里骂了一句"这臭不要脸的"！

"爷，喝茶。"

沈在野伸手接过茶杯，却没喝，只看着面前这人的一举一动，轻声道："赵国的媚术倒是名不虚传。"

姜桃花一愣，拢了拢耳边的头发，道："爷，此话怎讲？"

"你这一举一动都是媚术，常人看不出来，只会被你迷惑了心智。"沈在野侧头看向自己身边站着的湛卢。

湛卢一直在旁边，此时看姜桃花的眼神已经发直，听见自家主子的话，他脸上一红，连忙甩了甩头，掐了自己一把。

"奴才该死。"

他只是不经意地看了两眼，怎知就会……

姜桃花笑了笑，捏着自己的手道："爷多想了，赵国的媚术不过是小把戏，怎么会惑人心智？"

"你太谦虚了。"沈在野一笑，将茶杯放在桌上，站起来走到她面前，轻声道，"可惜这种东西对我来说没用，还是省省吧。"

姜桃花脸上一僵，嘴角抽了抽，调整了身姿。

屋子里那股莫名的暧昧气息不见了，一切都好像清晰起来。

湛卢皱眉，心下不禁后怕。刚刚他当真觉得姜氏美得令人心惊，每一个动作都像在他脑海里被放大了一样，一颦一笑都绝丽。那个时候姜氏要是想让他做什么，他肯定会去做。

太可怕了！

他本来还觉得自家主子高看了这女人，没想到不仅没高看，还有可能低估了。不是人人都有主子这样的定力，这个女人要是为他人所用，那将是一个巨大的麻烦。怪不得主子做了那样的决定。

"你是个聪明人啊。"沈在野笑了笑，道，"先前的愚钝，是在糊弄我？"

姜桃花故作惊慌道："先前妾身有愚钝的地方吗？可是得罪了您？"

沈在野眯着眼看了看她，有些不悦道："我不喜欢撒谎的女人。"

可你自己就是个大骗子啊！姜桃花心里直翻白眼，面上却还是万分无辜，惶然又怯懦地说道："爷能不能说明白些？妾身从未骗过爷什么，这媚术……媚术是家师传授，用于自保，妾身已经习惯了……"

习惯？沈在野深深地看了她一眼。不过转念想想，她到底是个什么样的人已经不重要了，反正明天一切就会结束。

"你能告诉我，今日与南王说了什么吗？"沈在野垂头低声问。

姜桃花老实地将自己对南王说过的话重复了一遍，只是有些该隐瞒的还是得隐瞒。

沈在野听了明显不信，光凭这几句，以南王的性子，怎么可能觉得她好？

"你对南王也用了媚术？"他眯了眯眼。

姜桃花摇头："南王年纪尚幼，满怀赤城，那样的人是不会为媚术所迷惑的。"

那是为什么？沈在野不能理解，穆无瑕年纪虽小，心思却比任何人都细腻，如果不为妖术所惑，是不会轻易相信一个人的。连他都没能在南王那里讨到好，这女人何德何能？

"爷好像甚为看重南王。"瞧着沈在野的眼神，姜桃花小心翼翼地问，"您与南王经常来往？"

沈在野微微一愣，接着轻笑，睨着她道："南王要是与本王经常来往，今天这府里就不会为他准备这么大的阵仗了，下人可被折腾得够呛。所谓'亲者简，疏者礼'，你不明白吗？"

言下之意，他表现得这么看重南王，实际是因为不亲近，所以把礼数做了周全？

姜桃花在心里冷笑，这话拿去骗青苔还差不多。两个人亲近不亲近，外人用眼睛就能看出来。沈在野与南王就算表面上来往不多，私下里的往来定然不少。

"妾身明白了。"她装模作样地点了点头，一脸天真地道，"那妾身也就可以放心了，刚刚还担心爷夹在妾身与南王之间会十分为难呢。"

"不会的。"沈在野轻笑，搂住她的腰肢，伸手捏了捏，"我不会觉得有什么为难。"

就算现在有，很快也会没有。

姜桃花嫣然一笑，顺势依偎在他身上，纤柔的手指落在他的衣襟边上，若有若无地滑着。

空气里飘着暖香，湛卢低着头没敢再看，只感觉到这屋子里一时间竟然安静下来。他小心翼翼地侧头看了看四周，屋子里的丫鬟不知什么时候退下了，只有两位主子，并着他这一个下人。

湛卢有些尴尬地轻咳了一声，道："主子？"

沈在野闻言一振，凝视着姜桃花的眸子瞬间找回了焦点。他有些恼怒地闭了闭眼，道："嗯，你先出去吧。"

"是。"湛卢意外地看了自家主子一眼，然后躬身退出房间，连带着关上了门。

他转过身来，不解地回想了一下。刚刚主子那么沉默，难不成是中了姜娘子的媚术？

屋子里，姜桃花依旧依偎在沈在野身上，笑容里有藏不住的得意。

这是她第二次得手了，果然没有人是无坚不摧的，只要在他没有防备的时候下个套，任凭他意志再坚定，也会被迷惑。

"你可真厉害。"沈在野脸上笑着，声音却十分低沉，"是我大意了。"

"这是妾身的习惯，爷别生气。"姜桃花连忙举起双手，可怜巴巴道，"一时半会儿好像改不了。"

习惯？沈在野眯了眯眼，下巴的线条微微收紧："你这是跟谁练成的习惯？"

姜桃花一顿，抿唇道："自然是跟师父学的。"

赵国有专门教人媚术的人，造诣最高的那位就是她的师父。

"是比你还厉害的女子？"沈在野挑眉问道。

姜桃花干笑两声，捋了捋自己的袖口，含糊道："算是吧。"

眸光流转，沈在野忍不住想，比姜桃花还厉害的女人会是什么样的人？

他自持力甚好，一贯不会为女人所动。在和风舞那晚是他大意了，冷不防就掉进她的媚人陷阱，没能及时抽身。那也就罢了，可刚刚这一会儿的工夫，竟然又被她得手了一次，要不是湛卢提醒，今日他是不是又得为她所控？这样的女人，就算是再美再好，也不能留下来。

沈在野的目光里带了些可惜，他淡淡道："明日见景王，万不可失礼。"

姜桃花颔首道："妾身懂分寸的。"

拜托，她是会媚术没错，可又不是挂牌接客的，难不成见个男人就使啊？使媚术也是要费心神的，很累的好不好？

姜桃花心里翻了个大白眼，面上还是笑意盈盈的。她看见沈在野起身，连忙行礼："恭送爷。"

沈在野是准备走的，然而看她这态度，突然有点不悦："你这么急着让我走？"

姜桃花愣了，抬头一脸讶异地看着他："难不成爷也吃欲迎还拒那一套，妾身不留，您反而不想走了？那早说啊。"

一时间，沈在野不知该气还是该笑。这女人到底懂不懂如何勾引男人，话说得这么直白，一点情趣都没有！

他深吸一口气，微微一笑，道："你留，我也是要走的，只是妾室就该有妾室的态度，不该如此冷淡。"

哦，意思就是，本大爷要走，你必须留，你不留就是看不起本大爷！

姜桃花明了地点头，换了副谄媚的表情看着他问道："爷再坐会儿？"

"不了。"沈在野扭身，果断地大步离开了争春阁。

姜桃花哭笑不得，有那么一瞬间，她觉得这相爷还挺可爱的，跟个小孩儿似的。

青苔回来了。

"主子。"关上房门，青苔皱着眉喘着气道，"好奇怪啊。"

"怎么了？"姜桃花来了精神，连忙把她拉到内室。

青苔倒了杯茶喝下去，抹着嘴道："奴婢打听了良久，有知情人说，相爷是寒门出身，但是父母不详。陛下南巡的时候，他因为救驾有功而入朝为官，短短两年时间就爬上了丞相的位置。但是功成名就之后，他没有接任何亲戚来京城，府里全是别人送的姬妾以及他自己挑选的人，没有近亲，也没有远亲。"

一般的高门大户都是要靠家族关系来维持的，像沈在野这样的孤家寡人，在朝廷里当真算是一朵旷世奇葩，怪不得一直不涉党争，因为连个拖后腿的亲戚也没有，也就没把柄会落在人手里了。

姜桃花皱眉，歪着脑袋仔细想了想。

孤家寡人、父母不明，这样的身份，能得皇帝的信任才奇怪吧？自古帝王多疑心，沈在野能有今天的地位，到底是有多可怕的能力？

"沈丞相是几年前入朝为官的？"姜桃花问。

"两年前。"

"那先前说南王去吴国做过质子，是几年前回到魏国的？"

青苔想了想，道："也是两年前。"

这是巧合吗？！姜桃花瞪大了眼，愣怔地盯着青苔，目光飘远。

她眼前闪过绣着百春花的帕子，又闪过南王的脸，接着耳边响起一些声音：

"丞相府上有门客名秦升，擅长驯狼。"

"听闻会媚术的人遇上这春回汤，会更加要命呢。"

"景王那边，后日我与他相约北门亭，你将昨日发生的误会都解释给他听即可。"

心里越来越沉，姜桃花跌坐在床边，脸色发白。

"主子？"青苔吓了一跳，"您怎么了？"

"师父说，人心难测，不可以表面判之。果然没错。"姜桃花愣愣地说道，"他方才看我的眼神，让我觉得他对我是有情意的。"

那么温柔而深邃的眼里映的都是她的影子，专注而热烈。这样的眼神，也是可以伪装出来的？

青苔茫然道："奴婢不知道方才发生了什么事情。"

"不知道方才发生了什么不要紧，"姜桃花伸手捏着她，"只要知道后面会发生什么就行了。青苔，你快去准备，打听南王府的位置，明日咱们就抓准时机逃跑。"

什么？！青苔傻了，忙道："好端端的，咱们跑什么？"

"不跑就没命了。"姜桃花低低地说了一句，想了想，补充道，"瞎跑也会没命，现在只有南王有可能救我们一命。"

青苔张大嘴，一脸不知所措。

主子经常骂她笨，她总是不承认，现在是真的感觉到了，在自家主子面前，自己真的很笨，完全不明白她在想什么。

姜桃花已经起身在柜子里找东西，只给她丢下了一句话："沈丞相可能是南王的人。"

啥？青苔本来就迷糊，被姜桃花这一句话搞得更迷糊了。看自家主子在忙碌，青苔坐在桌子旁边思考。

沈丞相位高权重，比南王得宠，怎么会反过来是南王的人呢？再说了，就算他是南王的人，那主子又为何跑去向南王求救呢？这不相当于自投罗网吗？还有，为什么要跑，谁会要了她们的命？

没等青苔想明白，姜桃花就已经收拾好自己，上床休息了。她侧过头来看着青苔道:"明日需要很多精力,你赶紧去打听我想知道的事情,然后睡觉。"

"是。"青苔摇摇脑袋,放弃了思考,一切跟着主子走,肯定是不会错的!

姜桃花心里很乱也很慌,可越是这种时候,她睡得越快也越沉。

临武院。

沈在野靠在窗前,看着天上的月亮,手里捏着玉佩微微皱眉。

湛卢站在他旁边轻声道:"已经布置妥当了,只要到了北门亭,她便再无生还的可能。"

沈在野转回头来,勾唇一笑,带着邪气道:"那么美的女子,你觉不觉得可惜?"

湛卢一惊,连忙半跪了下去:"奴才不觉得有什么可惜的。"

"是吗?"沈在野轻笑,"你不是挺喜欢她的吗?"

湛卢闻言倒吸一口凉气,连忙磕头道:"主子明鉴,奴才绝无越轨之心!"

沈在野慢慢将玉佩戴回自己的腰间,重新转头,看向天上的月亮。

"你若是有不轨之心,也怪不得你。"他淡淡道,"那女子的媚术太厉害,少有人抵抗得住。"甚至连他可能也中招了,不然为什么大半夜不睡觉,跑来窗口看月亮?

湛卢心下微震,抬头,不可思议地看了自家主子两眼,然后垂头道:"有件事,奴才一早就想问您了。"

"你问。"

"您对姜娘子,似乎不太一样。"湛卢放低了声音,"从和风舞开始就有些失常,为什么?"

沈在野沉默。

今晚的月亮很皎洁,令人有些恍惚,一转眼好像就能回到姜桃花和穆无瑕大婚那天。

赵国公主与南王的婚事,整个大魏都没有几个人放在心上,所以送亲的队伍只有十几个护卫,松懈又懒散,以至秦升在国都里养了几天的野狼一上去就把他们吓得四散逃离。

人群混乱之后,有人负责拖住姜桃花的贴身丫鬟,有人负责暗暗给她引路,制造机会让她往和风舞的方向跑。

姜桃花是聪明的,一路上丢了不少彩色的石子儿,可惜,他的人就在后头,她丢多少,那人就捡多少,再往其他地方乱扔,以保在完事之前没人能找到她。

一切都在他的计划之中,只要他让姜桃花在青楼失身,景王便难逃罪责,势必被皇帝责骂,与他生出嫌隙。而南王不仅不用娶这个会媚术的公主,还会得到皇帝的赏赐。至于他,他是个不知情的人,景王怪不到他头上。

然而,站在二楼看见那女子不经意地抬头露出的绝美容貌的时候,他突然改主意了。

一箭双雕多没意思啊，一箭多雕才是本事。既然这女人如此倾国倾城，何不让他亲自领教呢？之后，景王还觉得拖累了自己，也就欠了自己一个交代，一举四得。

他只是表面重女色，不是真正贪图美色的人，但也许是压抑了太久，心想，反正这人怎么都会死，不如陪他放纵一回。

天知道当时他为什么会有这样疯狂的想法，难不成每一个禁欲的人身子里都住着一个浪鬼？沈在野没想明白，也不打算细想，反正一切都是按照他的计划在进行。

但是，从他踏进那间屋子开始，就好像有什么东西脱离了他的掌控，往不可知的方向去了。

相府的后院里有各种各样的女人——妖媚的、端庄的、活泼的、知趣的，然而他从来没见过姜桃花这样的。

雪白的胳膊从宽大的袖子里露出来，红色的锦被衬着她的皮肤，当真是诱人至极，加上这人媚眼如丝，挣扎又渴望的模样，瞬间便令他失控了。她分明不是最美的，但那双眼睛像是有旋涡一样，一点点地把他卷进去，再也出不来。

也许是姜桃花用媚术的原因吧，他没有防备，所以享受、沉沦。要不是脑中一丝理智尚存，那天她问什么，他必定会答什么。

这样的女人，怎么能让她继续活着？

"我为什么失常，一点也不重要。"敛了心神，沈在野微微一笑，"你只需要知道，她以后不会再出现，也不会对我造成任何影响就够了。"

"是。"湛卢抿唇，想了想，又看了他一眼，"昨日您半夜回临武院，顾娘子派人来盯着了。"

"那女人就是爱计较。"沈在野不在意地挥手，轻舒一口气，"随她去吧，反正明天之后，她也做不了什么。"

"奴才明白。"

起身关了窗，沈在野也收拾了自个儿，上床休息了。只是，也不知道是不是他想得太多，竟然梦见姜桃花了。

那女人穿着一身绣着桃花的长裙，裹着粉色的袍子，倚在桃花树下对着一个人笑。看不清那人长什么模样，正手执画笔，慢慢地画着她。

即便在梦里，沈在野还是皱了皱眉，心想，这么浪荡的女人，幸好没有嫁给南王。

月亮西沉，天色渐渐亮了。待到辰时，姜桃花就起身开始梳妆。

她穿上沈在野准备的华贵的裙子，然而在穿那裙子之前，先穿了一条素裙在里头，发髻也是用些轻巧的发簪固定，压头的只用来装点门面。

"唉。"看着镜子里的自己，姜桃花忍不住叹息，"分明是张沉鱼落雁的脸，为什么每次打扮之后都要逃命呢？"

青苔顶着两个黑眼圈站在她身后，闻言看了看四周，道："奴婢已经拿到地图了，碎银也准备好了。"

"嗯。"姜桃花点头，"你办事，我放心。"

说完，她又对着镜子顾影自怜了一会儿，整理了一下外袍，起身准备出去，却见沈在野跨了进来。

"爷？"姜桃花惊讶万分，眨了眨眼，问道，"您今日不用上朝？"

沈在野的脸色不太好看，像是没睡好。他揉着眉心道："折子递上去了，今日我休假。"

"哦……那爷要随妾身一起去北门亭吗？"

"不了，等会儿还有其他要紧事。"沈在野看了她两眼，微笑着道，"我只是在你临行前来看看你。"

临刑前。

姜桃花脸上笑着，心里却在咆哮："要不要这么直白啊！"都说临刑前来看她了，她果然没有猜错，今天无论如何都是要逃的！

"怎么这么紧张？"沈在野靠近她两步，垂头看着她，眼神温柔极了，"很怕景王吗？"

比起景王，我更怕你。

姜桃花嘿嘿笑了两声，微微屈膝道："有爷撑腰，妾身不怕。"

"嗯。"

沈在野应了一声，就在主位上坐了下来，也没说别的，只端起旁边青苔放的茶杯，有一下没一下地撇着茶沫。

他不吭声，姜桃花也不知道该说什么，于是陪他干坐着。这位爷不走，她是不可能先离开的，只能眼睁睁地看着时间慢慢过去。

茶凉了，沈在野一口也没喝，他将杯子放下，目光深沉地看着姜桃花道："你路上小心。"

四目相对，姜桃花微微一愣，歪了歪脑袋，突然朝他天真地一笑："爷在担心妾身？"

"你看得出来？"沈在野轻笑道。

"嗯，您的眼里写着舍不得和犹豫。"姜桃花眼里满是亮光，像发现了什么宝贝一样，开心地看着他道，"短短几日，爷能对妾身情深至此，妾身也是无憾了。"

沈在野抿了抿唇，垂了眸子，像带着道别的释然，挥手道："去吧。"

"妾身告退。"姜桃花起身行礼，视线一直在他身上没有移开，直到转身。

青苔在门口等着她，见她出来，便不经意地往屋里看了一眼。

主位上的丞相爷依旧看着自家主子的背影，那眼神……好生奇怪。

"走吧。"姜桃花低声道。

青苔带着姜桃花一路到了侧门,等上了马车才问:"相爷这是怎么了?"

姜桃花理了理自己的袖子,淡淡道:"即将告别不久前才与他共度良宵的女人,良心不安。"

啥?青苔震惊了。

姜桃花嗤笑了一声,喃喃道:"我方才没说,他那双眼里有不舍,有犹豫,但更多的是狠绝,分明就是在同我做最后的告别。不过……他专门过来陪我坐这么久,看起来这相爷也未必绝对无情。"

他知道她会没命,所以方才才没有掩饰情绪。若她傻一点,就当真该觉得他只是舍不得自己出门而已。但事实是,他对将死之人没什么好掩饰的。

昨晚入睡之前,姜桃花是愤怒过,毕竟自己是个公主,他怎么能说弄死就弄死,万一影响了两国的邦交呢?

后来她就想通了,沈在野实在是个聪明人,要她去见景王,她肯定会死在景王面前,跟他没有什么关系,罪责全在景王身上。

看来上辈子有可能是她和景王合伙挖了他家祖坟吧,多大的仇啊!

青苔皱眉,轻轻握了握自家主子的手,然后掀开帘子看向外头。

车夫是相府的人,车边还有四个护卫,昨夜已经悄悄换好了,其中两个是从赵国跟过来的她们自己的人,只等到了合适的地点,她们就可以逃了。

姜桃花看着地图,手指落在一个街口上:"这里,离那边最近。"

"奴婢明白。"

车夫是会功夫的,接这任务时,心想,不过是两个弱女子,应该不会有什么意外,只要到了北门,他就可以回去交差领赏了。所以他这一路心情都很好,甚至哼着小曲儿。

"滴哩哪个啷呀,啷个里个啷……"

"好听!"一曲哼完,旁边竟然有捧场鼓掌的!车夫高兴地扭头,却见青苔冲自己一笑,然后照着脸就是一拳,力道之大,直接将他揍得摔下了马车,昏迷不醒。

车旁的两个护卫一惊,还没来得及反应,就同时被另外两个护卫打晕。

"好样的!"姜桃花看得直鼓掌,然后麻利地将锦袍和头上多余的头饰取了,再伸手掏出一瓶猪血。

北门亭那边是一早安排好的,应该不用担心。但是不知道为什么,难得休假一天,沈在野什么地方也没去,就躺在院子里的躺椅上发呆。

湛卢站在一旁,看了看自家主子那飘忽的眼神,轻轻咳了一声,道:"今日天气不错,您不想进宫去瞧瞧吗?"

眼神有了焦点,沈在野侧过头来,散乱的墨发挡住了他半只眼睛,看起来慵懒极了。

"有些累,不想动弹。"

他从起床到现在也就去争春阁送了个人而已，有什么累的？湛卢不能理解，忍不住伸手探了探自家主子的额头。

没事吧？……

沈在野拍开他的手，皱着眉道："你有空戳在这里，不如去看看事情进行得怎么样了。"

"主子放心，"湛卢道，"一切都在计划之中，姜娘子毫无防备。等午时准备的膳食下肚，她就该上路了。"

"万一她不吃呢？"

"不会，府里没有为姜娘子准备早膳，又有景王在座，就算是意思一二，她也必定会动筷子。就算她真的不吃，旁边站着的丫鬟也会给她喂下去的。"湛卢想了想，道，"不过她应该会自己吃的。"

这样啊。沈在野点头，继续躺平，看着天上的云，轻轻叹了一口气。

这叹气声在别人听来没什么异样，湛卢却听得心中一震，瞳孔微缩，惊疑地看了他一眼。

湛卢跟在沈在野的身边太久了，久到能从他的语气里感觉到他情绪的变化。上一次他这样叹气，好像是两年前离开那个地方的时候，沉重又带着惋惜，尾音落下，却是坚定、决绝，像做了什么特别困难又必须做的决定。

两年了，主子的情绪一直不曾有过大的波动，今日怎么会……

湛卢皱了皱眉，抿着唇转身便退后几步，挥手招了院门口站着的人来问："北门亭那边如何了？"

下人一脸惶恐，犹豫了半天才道："刚刚京都衙门传话来，说相府的马车在半路遇刺……正在追查情况。"

什么？！湛卢一惊，连忙回头想去禀告，却差点撞上沈在野的下巴。

"出了事怎么不早点来禀？"沈在野就站在湛卢身后，脸色有些阴沉，"要是不问，你们还打算一直瞒着？"

下人脸色惨白，连忙跪地道："相爷明鉴，刚刚才传来的消息，奴才正要进来禀告——"

"事情发生多久了？"沈在野不耐烦地打断他。

"有……半个时辰了。"

"废物！"

沈在野恼怒地扯了披风过来，沉着脸就往外走，怒道："相府的消息，什么时候变得这么迟缓了？"

湛卢急忙跟在后头，小声道："您两日前才将闻风堂关了。"

闻风堂的人是负责相府的消息传递的，最近出了奸细，沈在野一怒之下关了。一时间，也没人能像他们那样风一般传消息回来。

沈在野冷哼了一声，出门上马，二话没说就朝北门亭的方向奔去。

京都衙门的人正在街口查看情况，瞧着是相府的马车，谁也不敢乱动。但是旁边三个人都是昏迷不醒，车里没人了，万一是什么重要的人被劫持，那麻烦可就大了，所以京都府的人都在着急地想办法，没有第一时间去通知丞相府。

这街口来往的人不多，没人知道发生了什么事，追查起来也甚为困难。

捕头正盯着马车发呆，冷不防听得背后一阵马儿的嘶鸣，还没来得及回头，衣襟便被人扯了过去。

"人呢？"

沈在野脸上的表情很轻松，像随意地问了这么一句，眼里的寒意却吓得捕头腿都软了。

捕头连忙道："卑职不知！这里好像是发生了什么事情，车里的人不见了……"

沈在野眉头微皱，松开了他，又轻轻地拍了拍他的衣裳，道："人不见了，不会去找吗？"

"是！"捕头抖了抖身子，连忙挥手让在场的捕快散开，每条街都派人去追。

这样追，能追到什么？沈在野压了压心里的火气，掀开车帘看了看，又瞧了瞧旁边躺着的三个人。

"湛卢，弄醒他们。"

"是。"

湛卢命人寻来一盆水，往三人脸上一倒，立马就醒了两个。

"丞相！"两个护卫慌张地跪地。

"发生什么事了？"沈在野睨着他们，"你们一点反抗之力都没有？"

两个护卫心下一惊，连忙道："不是属下们没反抗，是不曾防备，冷不防有人从背后将属下打晕，根本来不及反应。"

从背后？沈在野一愣，又扫了一眼四周，问道："出来的时候带了几个人？"

"回相爷，四个。"

四个？沈在野抿紧了唇，微微眯眼。

车上没有挣扎过的痕迹，有两个护卫不见了，比起被人绑架，那女人自己带着人逃跑的可能性更大吧？

可是，她跑什么？那么傻的人，难不成还能察觉到前头有危险？

"湛卢，你先去稳住景王爷。"沈在野想了想，沉声吩咐，"我先回去更衣，然后赴约。其余的人，回相府去清人，若是护卫少了两人，立马带人搜查京城各处。若是没少……那就让京都衙门去找人。"

"是！"在场的人都动了起来，按照吩咐各自去做事。

沈在野重新上马，握着缰绳想了想，轻轻摇头，策马往回狂奔。

但愿不是他想的那样，姜桃花那女人本就够危险了，若还是个聪明人，那就真的麻烦了。

午时还没到，天色却莫名地阴沉下来，太阳不见了，风也更大了。南王府的侧门半开，不一会儿就有人跑了出来。

"姜氏？"

看着门边靠着的人，穆无瑕一脸震惊道："你……你怎么会……"

姜桃花一身血迹，将素裙染得惨不忍睹，脸上没什么血色，看起来像是受了很重的伤。

"王爷！"一看见他，姜桃花立马红了眼眶，"王爷可能救我一命？"

"发生什么事了？"穆无瑕慌张极了，蹲到她身边，眉头紧皱，"伤成这样，怎么不告诉沈丞相？"

"不能告诉他。"姜桃花摇头，喘着气道，"详细的情况，进屋之后，王爷可以听我慢慢说，现在请您务必想个法子，在所有人都不会发现的情况下，将我带进您的屋子里。"

穆无瑕一愣，随即冷静了下来，道："本王明白了。"

她既然派她的丫鬟偷潜王府来传话，自然是不想被旁人知道的。穆无瑕转身进去，将一众家奴赶去后院，说是等会儿要训话，然后用披风将姜桃花裹了，让青苔背进去。

"这府里的人都精明着呢，本王得先去应付一二。"将姜桃花安置在自己房间的内室后，穆无瑕道，"稍等片刻。"

"好。"姜桃花点头，目送穆无瑕出去。

"主子，"青苔有些忐忑地坐在床边，"王爷会相信咱们吗？"

"别的王爷肯定不会。"姜桃花轻轻吸了一口气，捂着腰侧，抿唇道，"南王不一样，他完全是少年心性，正义感十足，本身又对沈在野抱有怀疑。"

只要她连猜带蒙地说对一半，他必定会相信的。

青苔叹息，忍不住小声嘀咕："还以为嫁来这大魏是什么好事，没想到是生里来死里去的，早知道……"

"别说那些没用的。"姜桃花撇撇嘴，道，"命运是老天定的，谁也没有早知道的能力，都已经这样了，不如想想怎么活下去。"

她原以为错嫁是好事，没想到是掉进了更大的坑。沈在野是个没有人性的人，白瞎了一副好看的皮囊，她也没必要对他抱着期待，该陷害就陷害吧，保住自己的小命要紧。

青苔沉默，看着姜桃花的眼神充满了心疼。姜桃花倒不是很在意，一边想着事情一边等南王回来。

穆无瑕没离开多久，回来的时候就将房门关紧了，大步走到床边问道："你还好吗？"

姜桃花笑了笑，道："可能是不太好，但是王爷这么信任我，倒让我觉得意外。您不怕我是坏人吗？"

"本王看人很准。"小王爷拉过一旁的凳子坐下，扬了扬下巴，很是自信地道,"上回一见,本王就知道你不会是坏人。"

他打哪儿看出来她不坏啊?姜桃花一愣,很是怀疑地低头看了看自己。

"你的伤,要不要先看大夫?"穆无瑕皱着眉道。

"等我把话说完,王爷要是信,便可叫大夫;要是不信,也没必要叫了。"姜桃花轻喘了两口气,目光灼灼地看着他。

穆无瑕微微一顿,继而点头道:"你说吧,到底是怎么了。"

"沈丞相要杀了我。"

穆无瑕倒吸了一口凉气,眼睛都瞪大了,脱口问道:"为什么?!"

"因为他想让景王承担杀了赵国公主的罪名,从而让皇帝与景王之间的嫌隙更甚,顺便除掉我,以免我继续留在相府里乱他心神。"直视着南王,姜桃花一字一句道,"最重要的可能是因为您,杀了我,对您最有利,南王爷。"

第四章 过招

穆无瑕心里一震，惊愕不已，张了张嘴刚想反驳，却又像是想起了什么，低头认真思考起来。

看他这反应，姜桃花心下也明白自己多半是猜中了什么，于是继续道："您先前的质疑是没有错的，因为沈丞相施压，我骗了您。这场婚事的确是沈丞相故意搅乱，他强娶了我，景王受陛下责难，您得到了补偿，也不必娶我这样无权无势的和亲公主，一举多得。

"之后，您定然会因为我被丞相收纳成娘子的事情，遭受不少人的嘲笑。相爷怕您与他心生嫌隙，也为了让您少受非议，便想在今日借景王的名义杀了我。这样一来，您不会有任何损失，相府连白幡都不用挂，遭殃的却还是景王。

"我没有想过沈丞相会利用你我的婚事进行如此精密的谋划，更没想过我这无辜之人竟然要成为相爷为扶您一把而献上的祭品！"

姜桃花抬头看着穆无瑕，眼里的泪水哗啦啦地流："王爷不觉得，我是无辜的吗？"

穆无瑕眉头拧得死紧，拳头也握了起来："你自然是无辜的，大魏朝野之事，与你没有半点关系！"他顿了一下，又问，"所以你这伤，也是沈在野造成的？"

"是。"姜桃花抿唇，低头轻轻捋了捋自己的袖子，"今日丞相假意让我赴景王北门亭之约，却在半路埋伏杀手，要取我的性命。虽有忠仆护着我逃了，但这泱泱大魏，沈丞相一手遮天，哪里有我的容身之地？我也是急了，才会斗胆来打扰王爷。

"我觉得王爷不是滥杀无辜，踩着别人的尸体往上爬的人，所以求王爷救我一命！"

姜桃花猜的十有八九都是真的，再加上一直以来也没有人发现沈在野和南王的关系，听她这么一说，南王自然先信了一大半，剩下的一小半在看见她身上的重伤的时候也信得差不多了。

"沈在野果然是这世间第一大骗子！"穆无瑕又怒又气，"本王要怎么做才能保住你的性命？"

"很简单，"姜桃花认真地看着他，"只要王爷与丞相挑明，您已经知道他的计划，让他不要伤害我的性命，否则便不会再信任他即可。您在相爷心里有非同一般的地位，这样一说，相爷必定不会再动我。"

"本王明白了。"穆无瑕严肃地点了点头，站起来道，"现在本王去给你找大夫，顺便将相爷请过来一叙！"

姜桃花一喜，但是没高兴多久，脸上的神色就变成了担忧："要请相爷过来吗？"

"自然。"穆无瑕道，"他要是不过来，本王如何与他对质？"

"对质是必要的，但是……"姜桃花抿唇，看了南王两眼，小声道，"您可得小心一些。"

"怎么？"

"相爷能言善辩，又位高权重，想来会将罪名全部扣在我身上，说我冤枉他，故意陷害他。"姜桃花撇着嘴，昧着良心开始挖坑，"以相爷颠倒是非的本事，指不定会说他今日根本没有派人刺杀我，这伤，是我自己弄的。"

穆无瑕皱眉道："荒唐，谁能对自己下这么重的手？他那巧舌也骗了本王很多次，这次本王一定不会再信。"

"多谢王爷。"姜桃花感激地看着他，"王爷肯帮我这一次，日后，桃花必定报答！"

穆无瑕挥了挥手，满不在乎地道："不用你报答什么，这是本王的原则问题，本王还得谢谢你给了本王证据，不然，本王真的拿那骗子没办法！"

说罢，他一甩衣摆就往外冲。

真是个心怀正义的好少年啊！姜桃花觉得自己可能是大奸大恶的人见得太多了，每次看见这种傻小子，都觉得有些心疼，他太单纯了。

这样的人，要是能单纯一辈子就好了。

北门亭。

沈在野一脸镇定地应付了景王一会儿，就推说身子不适，要打道回府。

今日本就是他二人相约，只是沈在野原本打算替换成姜桃花来的，等大事完成，便说是自己生病，是姜桃花擅自做主前往的即可。

但是很可惜，大事未成，他只能听景王说了半天的话，然后赶回府去看情况。

"主子，"湛卢皱眉过来道，"府里查过了，少了两个姜娘子的陪嫁护卫。"

沈在野脚步一顿，沉默着，脸色有些难看。

"还有一个消息。"湛卢低头道，"南王府那边传来消息，小王爷请您过府一叙。"

沈在野缓缓地闭上眼睛，抬手揉了揉自己的眉心。

"实在是太久没遇见这么厉害的女人了，"他低声道，"以致看走了眼，将只狐狸看成了兔子。"

他一开始就觉得哪里不对劲，果然是姜桃花在作怪。这个女人一早就发现了他的心思，一步步地拆他的招，坏他的事。而他，竟然现在才反应过来！

什么生病，什么愚钝，她怕是一直在给他唱大戏，而他，竟然信了！

荒唐！

"去南王府！"沈在野咬牙低喝了一声，翻身上马，一贯不显山露水的脸上也绷不住，蒙了层怒意。

姜桃花！好个姜桃花！他算计别人多年，没想到会在阴沟里翻船，被个女人骗了！不杀了她，焉能平心头之恨？！

"驾！"沈在野策马狂奔，一路都紧绷着脸，后头的湛卢险些跟不上。

到了王府主院，湛卢还没来得及说什么，就见一柄剑倏地朝自家主子刺了过来。

沈在野一顿，身体比脑子先反应，一个侧空翻便躲过剑，接着反手捏住剑柄。

穆无瑕正在气头上，横腿一扫，力道极猛，逼得沈在野不得不松开剑柄，吃他两招。

剑是没开刃的，伤不了人，但是被人刺着也有些疼。看清挥剑的人，湛卢没敢上前护主，只能焦急地看着。

好端端的，南王怎么会发这么大的火？

躲闪之间，沈在野先冷静了下来，最后一招捏住剑身，轻笑道："王爷的剑法精进了不少。"

穆无瑕抿唇，抽回宝剑，看着他道："这是斩佞剑，你教我的。"

斩佞，斩尽天下佞臣。

沈在野扫了一眼四周，眯了眯眼，道："王爷觉得微臣是佞臣？"

穆无瑕皱眉，立身站好，眉宇间满是正气："话是你说的，忠臣不欺主幼，不逆主意，不阳奉阴违。可你呢？"

心下满是不解，沈在野微笑着看着他，问道："微臣怎么了？"

"本王就知道，你这个人，不是铁打的证据放在眼前，就算打死不会认错！"穆无瑕怒极，眉毛都要倒立起来了，"什么时候才肯跟本王说实话？你要杀赵国公主嫁祸给景王的事，本王已经知道了！"

沈在野颔首，看了他身后紧闭的房门一眼，镇定道："想必是姜氏来了南王府，告了微臣一状吧？"

"她不该告吗？"穆无瑕瞪着面前这人，"先前你承诺过本王什么？现在做的又是什么？姜氏只是弱质女流，与我们无冤无仇，你为何如此不把人命当回事？"

沈在野承认姜桃花是女流，可姜桃花弱吗？他心里冷笑了一声，面上的神色却格外坦诚："微臣觉得，姜氏可能是误会了什么，有些过于敏感了。臣从来没有要加害她的意思。"

"误会？"穆无瑕的脸色沉得更加难看，他咬了咬牙，没急着争辩，而是抱着胳膊问，"什么误会？"

"从您与姜氏的婚事出错到现在，不过才几天时间，这几天姜氏在相府里惶惶不安，还生了病，难免多想。"沈在野微微一笑，很是淡定地道，"微臣也不知道她为什么会觉得微臣要杀了她，嫁祸给景王，今日姜氏的马车在半路出事，微臣还甚为担心，四处寻她呢。"

"哦？"穆无瑕挑眉道，"你的意思是，你今日没有派杀手刺杀姜氏，她身上的伤是她自己弄的？"

沈在野微微一愣，眉目稍动："姜氏受伤了？"

"嗯，很重的伤，浑身都是血。"穆无瑕道，"来人想必也是下了狠手。"

要是没查过府里的护卫情况，这会儿沈在野可能会相信姜桃花遇刺了。但是，她自己的人带着她逃了，还能受重伤？这伤要不是她自己弄的，他就把沈府的牌匾拿去当柴烧！

"王爷，"沈在野叹了口气，沉声道，"您涉世不深，心性纯良，大抵是没见过多少狡猾奸诈、满口谎言之人，容易被人蒙骗。微臣不曾派人刺杀姜氏，她身上的伤是怎么来的，可能只有她自己清楚。"

果然被姜桃花说中了，瞧瞧他把责任推卸得多干净。穆无瑕冷笑，退后了半步，睨着沈在野道："沈丞相可否告诉本王，今日姜氏为何出府。"

"今日……"沈在野微笑着道，"姜氏是闲在府中无聊，想自己出去走走。"

"哦？"穆无瑕神色冷厉，又退半步，"本王怎么听说，她是要去北门亭见景王？"

"王爷说笑了，"沈在野道，"姜氏已入相府，怎么还会去见景王？"

穆无瑕不吭声了，目光深沉地看着沈在野。

沈在野一脸坦然，浑身正气，半点不像在说谎。

然而，话音落下没多久，旁边就有人小跑过来，半跪在穆无瑕面前道："启禀王爷，景王殿下已经离开北门亭，刚到宫门口。"

穆无瑕浑身一震，抬头看向沈在野，后者神色竟然未变。

"你没有什么想说的吗？"他咬牙问。

沈在野一笑，道："这有什么好说的？微臣今日本就与景王相约北门亭，刚分开，不信您可以问景王。其实这反而说明姜氏在撒谎，她根本不是要去北门亭。"

"你觉得这话有说服力吗？"穆无瑕冷笑道，"姜氏初嫁，人生地不熟，若没有你的吩咐，她会出府？"

"微臣的确吩咐过她出府，不过不为别的，只是闲逛，看看京都的风光。"沈在野道，"就是不知她为何会遇刺了，王爷仔细看过她的伤势吗？"

穆无瑕一顿，摇头道："男女有别，姜氏是你的姬妾，本王如何看得？"

"那王爷何必这么着急？"沈在野笑道，"究竟是真受伤还是假受伤，总得先查个清楚吧。"

"……"

穆无瑕瞪了沈在野半天，又想了想，最后还是让开了身子，示意他先进去。

沈在野优雅地颔首，接着不慌不忙地跨进了主屋。

姜桃花苍白着脸躺在床上，一身血衣未换，就算有被子半掩着，看起来还是触目惊心。

旁边的大夫见着他们便拱手道："王爷、相爷，这姑娘伤在腰上，老夫不便查看。老夫已经传唤了医女，正在路上。现在暂且让丫鬟帮着粗略地包扎了一番，又开了些补血的药材。"

"别忙活了。"沈在野往床上扫了一眼，笑着道，"其他人都下去吧，留王爷与我即可。"

大夫一愣，低头应了。青苔留在床边没动，姜桃花半睁开眼看了看她，她才起身，不情不愿地出去并关上了门。

"相爷竟然亲自来了。"姜桃花挣扎着起来，半靠在床头，眼里满是戒备，"是打算来惩罚妾身吗？"

沈在野低头看她，半嘲半笑地道："你知道自己做错了什么吗？"

"泄露了爷的计划，妾身是该死。"姜桃花脸色苍白地笑道，"为了苟活，妾身也是不择手段了，还请爷见谅。"

"你要活，没人会拦着。"目光落在她的血衣上，沈在野眼里的嘲讽之意更浓，"但是原本就活得好好的，还要反过来诬赖我，又是何居心？"

姜桃花一愣，震惊地看了他一眼，道："妾身诬赖您？您难道不是要妾身赴景王北门亭之约，然后想杀害妾身嫁祸给景王吗？不是这样吗？"

是这样没有错，但沈在野实在想不明白这女人是怎么发现的，不过现在在南王面前，他打死都不能承认！

"你想多了，"他镇定道，"我没有那个意思。"

"没有？"姜桃花嗤笑，捂着自己的腰，眼里微微泛着泪光，"那爷的意思是，这京都之中，还有别人敢来行刺相府的车驾，敢对赵国来和亲的公主动手？妾身死了，对别人可有什么用处？"

"你这伤……"沈在野顿了一下，又勾唇笑道，"骗得了南王，你以为也骗得了我吗？"

若真是流了这满身的血，她还能醒着说话？这血，怎么看都不像人血，压根儿就是她自导自演的一场好戏吧？

姜桃花抿唇："爷这是什么意思？"

"很简单，"沈在野微微一笑，转头看着穆无瑕道，"姜氏大概对微臣心有不满，她不知从何得知微臣对王爷敬重有加，故而假装受伤，上门诬陷，以便要挟臣。虽然不知她想要挟臣做什么事，但是其心可诛，实在不可轻信！"

穆无瑕皱着眉道："你的意思是，姜氏是假装受伤？"

"是。"沈在野伸手，捏起姜桃花身上的一片衣襟，"这多半是猪血，才会凝成块，呈紫红色。"

穆无瑕微微一愣，看向姜桃花。

姜桃花斜靠在床上，任凭沈在野捏着她的衣襟，连眼皮都没抬起来，道："相爷这诬赖人的本事，是越发厉害了。妾身是实实在在挨了人家一剑，如何做得了假？"

"呵呵。"沈在野挑眉，轻笑了一声，低头凑近她，他的声音轻轻软软的，却满是嘲讽，"你这女人是真蠢还是假蠢，受伤这种事，一看便知，你还真以为能骗到底？"

姜桃花眼波粼粼，眸子微动，带着挑衅的意味直视他："那爷不如就看看好了。"

还真以为能唬住他不成？沈在野失笑，也不顾忌南王在场，直接将床上的被子掀开，伸手就去扯她的腰带。

穆无瑕吓了一跳，到底是学了君子之礼的，立马扭身看向别处。

姜桃花脸色发白，却没挣扎，任凭他将自己的外裳扯了，露出一截白嫩的细腰，以及腰上裹着的厚厚的白布。

"你的面色可真像是受了重伤的人。"沈在野一边说一边继续扯那白布，"若不是见过你上妆的本事，我也得被你骗了。"

"在爷心里，妾身竟然这么厉害？"姜桃花笑了，一双杏眼弯成了月牙状，"那爷这一腔信任可能是错付了。"就算她会上妆，也画不出这样苍白得跟鬼一样的脸色。

沈在野嗤笑一声，表情明显不信，手上动作不停，不耐烦这一圈圈的白布，干脆用了狠劲儿，一把扯了下来。

就算是做好了准备，姜桃花还是疼得嘴唇发白，倒吸了一口凉气。

刚止了血的伤口被他动作野蛮地扯开，鲜血淋漓！

三寸长的口子，皮肉翻开，形状可怖，从后腰一直延伸到前腰，瞧着都令人皮肉发紧。

竟然真的有伤？！

沈在野重重一震，脸上的嘲笑消失得干干净净。他表情僵硬地瞪着她道："你疯了？！"

女子的身体何其重要，她竟然舍得划这么大一道伤口？更何况，就算是腰上，伤口再深一点，那也是能要人命的！

姜桃花疼得眼泪直往外冒，她勉强冲他笑了笑，道："这不都是拜您所赐吗？"

若不是他计划着要她的命，她也不会被逼到这份儿上啊！她那么怕疼，又那么怕留疤，要不是没办法，谁愿意挨这一刀啊！

没错，她是准备了一瓶猪血，但是跟沈在野这种"毒蛇"过招，假血哪里够用？肯定是要真伤的。猪血只是让她表面看起来惨一点，震撼南王的心，她又不是真打算靠此蒙混过关。

沈在野的确是小瞧了她，而这就足以让她打他个措手不及。

的确是措手不及。诡言善辩的沈在野现在竟然说不出什么话来，一双眼里像吹着隆冬凛冽的风，冻得姜桃花打了个喷嚏。

他应该兴奋的，毕竟在大魏这两年，他从未棋逢对手，今日好不容易发现了个厉害角色，以后的日子必定不会再无聊。但是不知道为什么，眼前这片血色让他觉得十分不舒服，他脸色难看得像刷了层锅灰，手也下意识地捏紧。

就没见过对自己这么狠的女人，有必要弄这么大的口子吗？万一没死在他手里，死在她自己手里了，不觉得荒唐吗？！

真是个疯子！

"听沈丞相不说话，想必姜氏伤得不轻。"

背对着他们的穆无瑕负手而立，沉声道："既然伤得不轻，那先前丞相所说的就完全不成立了。你还有什么要争辩的吗？"

屋子里安静了好一会儿，姜桃花也耐心地等着。她知道，以沈在野的能力，至少还能瞎掰五百字，把南王说晕，然后再把罪名扣回到她头上！

所以，她已经在整理腹稿准备下一轮的反击了！

但是，出乎意料的是，沉默良久之后，沈在野竟然淡淡地道："臣的确有借景王之名杀姜氏之心。"

姜桃花一听，吓得捂着腰就往床榻里缩。穆无瑕更是转过身来，怒目直视他："你承认了？"

"是，但是微臣为什么要这样做，王爷应该明白。"

穆无瑕皱眉，刚想反驳，却又像是想起了什么，脸色微变："你答应本王的事情不算数了？"

"此一时，彼一时。"沈在野抬头看他，"您来大魏，难道是打算安乐度日？"

穆无瑕微微一愣，沉默了，眉宇间又是气愤又是愧疚，姜桃花看得一头雾水。这两人在说啥？南王刚刚还气得不行，现在怎么又是一副这样的表情？

沈在野拿起放在一边的药，慢慢在床边坐下，伸手就将姜桃花扯了起来。

姜桃花被他的动作吓傻了，一边挣扎一边喊："王爷救我！"

穆无瑕回过神来，刚想上去帮忙，眼里却映进一片雪白的肌肤。

小王爷脸上一僵，赶紧转过身去，咬牙道："姜氏身上本就有伤，你就不能温柔些？"

沈在野挑了挑眉，将人拉进怀里按住，瞥了一眼姜桃花那鲜血直流的伤口，冷笑道："有些人，你对她温柔，她就越发不知道天高地厚，还不如麻利地收拾了，免得为南王府平添一条人命！"

虽然姜桃花痛得嗷嗷直叫，沈在野却半点没含糊，照着伤口撒了半瓶药，末了扯过白布，沉声冲她低喝："压着！"

姜桃花吓得一哆嗦，泪眼汪汪地拿纱布的布头按住伤口，然后就感觉到这人开始一圈一圈地给她包扎。

沈在野的胸膛很结实，两条手臂从她身侧穿过，在她背后交接白布，像是将她抱在了怀里，呼吸都在她耳畔。

姜桃花有点紧张，觉得四周的气氛突然暧昧起来。但是沈在野似乎完全没感觉到，脸色恢复了平静，越发让人捉摸不透他的心思。

"王爷打算问臣的罪吗？"包好了伤口，沈在野心平气和地开口问南王。

穆无瑕背脊挺直，语气古怪地道："本王没有资格问你的罪，或许你做的是对的。但是，本王有选择自己走哪条路的权力。"

听到前半句，沈在野还觉得有些欣慰，结果后半句险些让他背过气去，生气道："王爷！"

"本王一早就说过了，这世上前行的方式有很多，有人愿意坐车，有人愿意走路。你不能觉得走路的人就一定是错的。"穆无瑕语气坚定地道，"本王说过，本王不傻，不是非要走你铺好的路。"

不走人家铺好的路，自己去踩满身泥的人真的不傻吗？姜桃花表示怀疑，但是她失血过多，硬撑了这么久，已经极为勉强，面前这两个人不知为何还说偏了话题，她顿时就有些支撑不住了。

"我有点累，"在失去意识之前，姜桃花语气坚定地朝穆无瑕道，"恳求王爷，在妾身清醒之前，一定不要让丞相将妾身带走，妾身会没命的！"说完，她就晕了过去。

沈在野黑着脸搂着她，滚烫的热度透过她的衣裳传过来，更叫他哭笑不得。

半条命都没了，还能说出这种话，真是够拼的！

穆无瑕十分认真地点了点头，听姜桃花的声音也能感觉她虚弱至极，便对沈在野道："要谈话就去书房，让医女进来给姜氏看看。若真死在南王府上，倒不好跟人交代了。"

"好。"沈在野颔首，将姜桃花放回床上后，起身跟着他出去了。

屋子外的青苔已经等很久了，见他们终于出来了，连忙带着医女进去。

"主子？"

床上的人已经昏迷不醒。青苔红了眼，低声对医女道："伤口未及内脏，只到皮肉，但也极深，需要缝合。"

医女点头，打开药箱拿出麻沸散，正要倒热水，却听得面前这丫鬟道："不要用镇痛的药。"

医女微微一愣，皱眉道："缝合伤口极为疼痛，这位夫人怕是受不住的，不用镇痛药，如何能行？"

青苔咬牙道："我也知道缝合极疼，但是主子向来不用任何镇痛之药。"

原先在赵国断了腿，接腿那么疼，姜桃花都坚持没用麻沸散。她的原话是怎么说的来着？

"麻沸散这一类的镇痛药是会伤脑子的，除非疼得我断气，否则不要用！脑子不能用了，你家主子我死得更快！"

先前她觉得此举荒唐，打算在主子痛极的时候强制用一点，谁知从接骨开始到结束，主子愣是咬紧牙关一声没吭，一点机会也没给她。

这样的人，能拿她怎么办呢？

医女神色古怪地看了青苔一眼，想了想，还是放下了麻沸散，直接取了肠线，烧针，做准备。

昏迷中的姜桃花神色很不安，大概是知道这里不够安全，眉头始终紧皱。

医女一度担心缝合的时候姜桃花会惊醒，然而针一穿肉，她的眉头反而松了些，只是冷汗一层层地冒，手也捏紧了。

"这……"医女额头上的汗都下来了，她回头看了青苔一眼，"我的医术还算不得很纯熟，要不再让人去宫里请个医女出来？"

青苔黑着脸道："人都这样了，哪来的时间再去请人？缝合伤口你都不会吗？"

"……会是会。"但是她手抖啊！医女哭丧着脸，不知如何是好。

医女又缝了一针，感觉到床上人的皮肉紧绷，再看一眼她越来越苍白的脸色，心里不禁打起了鼓。

这些刚从闺阁里出来的娇客向来细皮嫩肉，受了风寒都哭哭啼啼的，她就没见过不用麻沸散直接缝针的！

这人一声不吭，她看着都觉得疼啊！

心神难定，医女瞧着那伤口起码要缝几十针，当下坐不稳了，道："姑娘，奴婢真的不太合适，奴婢还是去王爷那里请罪吧，快些叫人请个资历老些的医女来！"说完，医女不等青苔拒绝，跪下连磕了三个响头。

青苔气急："你这算什么？针都下了，竟然不能一次缝完？！"

医女哭得比床上的姜桃花还惨，脸色也是惨白的，身子抖得跟筛糠一样，站起来就往外跑。

"你站住！"青苔伸手想抓她，却没她动作快，连忙给姜桃花盖上被子就追了出去。

南王府因为主子仁慈，下人都是胆子大的，这医女也没往别处跑，直接就朝旁边南王的书房去了。

"王爷！"

穆无瑕和沈在野正在僵持，冷不防听见这一声，穆无瑕皱着眉开门问道："怎么？"

医女满头是汗地跪在院子里，带着哭腔道："奴婢缝不了那位夫人的伤，王爷还是快些找人进宫，在宫门落钥之前请个资历老些的医女来吧！"

沈在野跟着走到了门口，闻言睨着那医女道："连伤口都缝不了，这医女的名头是你们王爷随意赏赐的不成？"

"丞相有所不知！"医女连忙道，"不是奴婢缝不了，实在是……那位夫人伤势严重，又不肯用麻沸散，奴婢不敢妄动。"

现在高门贵府里最流行的就是"治不好某某，你们统统陪葬"！她只是个小医女啊，不想那么早就死！屋子里那情况，一看就不太妙，她又不傻，还真等着赔命不成？

"不肯用麻沸散是什么意思？"穆无瑕皱眉，"她醒了？"

"没有。"青苔站在后头，低头道，"只是主子以前就说过，不用镇痛之药。"

"荒唐！"沈在野冷哼一声，"人都没醒你也听命？"说罢，一甩衣摆就往外走。

穆无瑕连忙跟上，心里也觉得青苔定是傻了，现在人都不清醒，还管那么多命令做什么？她家主子的命肯定是最要紧的才对。

结果回到主屋看了情况之后，穆无瑕就发现自己错怪了青苔。

沈在野端着麻沸散要往姜桃花的嘴里灌，奈何她牙关咬得死紧，怎么也掰不开。

有那么一瞬间，穆无瑕觉得姜桃花可能是醒着的，不然不会在失去意识的情况下还浑身充满戒备。

但是他掀开她的眼皮看了看，这人的确是在昏迷，没有清醒。

"怎么会这样？"沈在野皱眉，转头看向青苔，"你家主子这是什么毛病？"

青苔无奈地摇头道："很早之前就是这样，在睡着或者昏迷的时候，谁也别想让她的牙关松开。"

她跟在主子身边只有两年，以前发生过什么，她还真是不知道。

沈在野抿唇，睨了姜桃花好几眼，有些不耐烦地道："不用药就不用吧，疼死也是她自找的。但是伤口还算在我的头上，流血而死就不太好了。把缝伤口的针拿来。"

医女一愣，小心翼翼地伸手指了指桃花身上。

穆无瑕大惊，转头瞪她："你下了针还半途跑了？"

"王爷息怒！"医女战战兢兢地跪了下去，"奴婢当真是没胆子缝完……"

"罢了，你们都出去，王爷也去书房等着微臣。"沈在野皱眉挥手，"青苔留下来帮忙即可。"

穆无瑕不太信任地看着他，道："你来缝？"

"缝针没什么难的。"沈在野道，"她自己不怕疼，微臣还会怕她疼不成？再耽误下去，白受这一条人命，您岂不是更要与微臣不死不休？"

穆无瑕抿了抿唇，带着医女出去了。

青苔眼神古怪地瞧着沈在野，一时不知他这是什么意思。

"愣着干什么？"

掀开被子看了一眼姜桃花惨不忍睹的伤口，沈在野气不打一处来，扭头就朝青苔道："去准备热水、帕子，你主子这一身的血，伤口都看不清了。"

"……是。"青苔嘴上应着，却没真动。她担心自己一转身沈在野就把自家主子一巴掌拍死了。

"你怕我害她？"瞧着这丫鬟的脸色，沈在野气极反笑，捏着姜桃花的肩膀道，"这女人不知道有多聪明，早就给自己找好了保命符，我动不了她的，你放心去！"

保命符？南王吗？青苔一愣，呆呆地点了头就往外走。

主子的确说过，只要南王答应护她，她们就不会死在沈在野手上。只是到目前为止，她还没看懂这形势。为什么有了南王的庇佑，沈丞相就不会动她们了呢？

青苔想不明白，摇摇头，想着还是赶紧去找热水。

瞧着这一床的血，沈在野当真不知道说什么好。他活了二十六年，就没遇见过这么可怕的女人。说她想活吧，这分明就是不要命的行为。可说她不要命吧，她又那么费尽心机地要从他手里逃出去。

她到底是怎么想的？这伤口放男人身上都会疼个半死，她竟然连麻沸散都不肯用，人再不怕疼，也有个限度吧？！

心下一阵烦躁，沈在野伸手捏着一旁吊着的针，对准伤口，毫不留情地开始缝合。

"嗯。"

大概是他的力道太大，姜桃花痛得闷哼了一声，紧闭着的眼睛流了两行泪水，打湿了他半边肩膀。

沈在野眉头皱得更紧，深吸一口气，下手又狠又准，没缝几针，就将姜桃花彻底痛醒过来。

"你想要我的命……也不用这么折磨人。"姜桃花半睁着眼睛，只觉得头昏脑涨，手都抬不起来，说话也费力。

饶是如此，她还是伸手掐沈在野的胳膊，死命地拧。

沈在野眼皮子都没动，下手依旧又准又狠。针从她的皮肉之中穿过，感觉到她疼极得瑟缩，他笑了起来，道："你原来是会疼的。"

谁不会疼呢？姜桃花要气死了，下巴搭在他肩上，头上的汗水混着眼里的泪水流得满脸都是，干脆就蹭到他身上。

沈在野心其实是有些紧张的，毕竟给人缝伤口这种事，他是第一次做，对方还是个清醒的女人，呜咽声压在喉咙里，他听得见。

但是，想着这女人的所作所为，他沉了脸色，当真是半点都不想同情她！

"有件事我很好奇，"手上满是血，沈在野还漫不经心地开口，"你怎么知道我想做什么？"

姜桃花痛得直翻白眼："您……觉得妾身现在能长篇大论？"

针穿肉，后头的线就在针口拉扯，这个过程还不是一瞬间就能结束的，一针、两针、三针，痛了还会更痛，连绵不断，抓心挠肺。

这可不比当初接骨轻松，姜桃花浑身控制不住地战栗起来，嘴唇青白，连掐沈在野的力气都没了。

"不能长篇大论，那就听我慢慢问，等你有精力了，再一并回答。"沈在野抿唇，一边缝合一边说道，"这伤是你自己弄的吧？也算是你自作自受。只是，你凭什么笃定南王一定会救你？"

这是他最好奇的事，他分明未曾对南王有过什么特别的表现，一切都是按照正常礼仪来的，姜桃花怎么就看准了他与南王爷有私交？

身上的人没再吭声，大概是疼得神志不清了。

沈在野瞧着那伤口，嗤笑道："不管怎么说，这一场算是你赢了。现在南王不信我，并且要保你的命，说你要是死了，不管死在谁手上，他都会算在我头上，与我分道扬镳。

"姜桃花，你这瞎碰乱撞的，可抓着我一个了不得的把柄，让我想立刻杀了你却又毫无办法，只能投降。"

姜桃花的脑子里已经是一片空白，但还能听见他的话，忍不住勾了勾嘴角。她赢了啊，没有下错赌注，虽然去了半条命，但是也留下了半条命。

照这样说，沈在野现在不仅不能杀她，反而要想尽办法保住她。对这样一个精于算计的人来说，突然被她诓了，心里该是十分恼火吧？怪不得他现在对她下手这么狠。

这么一想，姜桃花便觉得这穿肉之疼不算什么了，趴在他肩上，还轻笑了一声。

沈在野眯了眯眼，侧头凑近她耳边轻声道："别太得意，你能留下的，也只有命而已。"

人还在他相府，把他得罪了，能有什么好日子过？

姜桃花虽然没吭声，心里却是不在乎的。路要一步步地走，这第一步她走通了，后面还怕没路吗？

最后一针缝完，沈在野剪断肠线收了针，睨了一眼那狰狞的伤口，道："以后你不必再侍寝了，看着恶心。"

汗水和泪水顺着鼻翼往下淌，姜桃花没力气跟沈在野呛声，离开他的怀抱就倒在床上，皱着眉昏睡了过去。

缝了二十八针，一声痛都不曾呼，这样的人哪里是女人，应该是怪物吧？

沈在野起身，用青苔打来的热水拧了帕子，把她身上的血污擦了，又洗了手，然后出去了。

穆无瑕一直在外头等着，一度怀疑姜桃花是不是断气了，不然怎么会一点动静都没有。但沈在野出来，微笑着对他道："伤口缝完了，叫医女去上药照顾即可。"

穆无瑕一愣，转头看了医女一眼，医女连忙行礼进屋。

"你缝完的？"他又问。

沈在野点头，坦荡地迎上南王怀疑的目光："既然王爷把她的命与微臣的命系在了一起，那微臣自然会对她负责。"

"那就好。"穆无瑕神色放松下来，轻叹道，"你早如此，就不必这么折腾了。再完美的谎言也有被拆穿的时候，你何不一开始就对本王坦诚？"

沈在野微笑，俊朗的五官在阳光下显得温柔极了："微臣做的一切都是为王爷好，至于要怎么做，王爷不必担心。"

意思就是，这次欺骗不成功是他运气不好，下次他会编得天衣无缝？穆无瑕的眉头又皱起来了，道："想要本王不插手，那你就做与本王无关的事。一旦与本王有关，你又想继续欺骗本王，牵连无辜的人，那就不要怪本王亲手断你的后路了。"

沈在野轻吸一口气，垂眸看着他："王爷让微臣为难，对您自己有什么好处吗？"

"没有。"穆无瑕负手而立，双目坦荡地回视他，"但是本王自己良心能安，对本王也没什么坏处。"

他们两人的目标是一致的，只是走的路不同。沈在野一直致力于把他拉到他的路上去，穆无瑕却坚持要自己走。正是这个分歧给了姜桃花今日活下去的机会。

沈在野深吸一口气，依旧笑得温文尔雅："微臣明白了，等相府的马车过来，微臣便先将姜氏带回府。"

"好。"穆无瑕颔首，"但是日后本王会经常过去看望姜氏。"

"王爷随时可以过来，"沈在野抿唇，"注意行踪便是。"

"嗯。"

湛卢将马车停在南王府侧门外，沈在野当着南王的面，温柔地将姜桃花抱上了车。

然而车帘一落下，姜桃花就被粗鲁地丢在软垫上。

她闷哼了一声，还是没醒。沈在野闭了闭眼，掀起旁边的窗帘，笑着朝南王道："王爷留步。"

穆无瑕点头，站在门口目送马车离开了面前的官道，才转身回去。

"主子，"湛卢策马跟在马车旁边，沉声道，"计划既然有变，景王那边该如何？"

沈在野揉了揉眉心，道："先去府里通报一声，让管家去宫里请个御医出来，就说姜娘子伤着了。"

湛卢一愣："姜娘子的伤不是已经……"

"照吩咐去做。"

"是。"湛卢低头应下，没再多问，策马就先往相府奔去。

姜桃花枕在沈在野的大腿上，不知道是不是感觉到自己又被人算计了，眉头无意识地皱了皱。

沈在野低头，手指轻轻从她的脸庞上滑过，深沉的眼里闪着不明的光，声音极轻地道："既然你这么聪明，那我就没必要客气了。"

相府那一池安静的水，早就该有人来搅乱，既然她掉进水里能不死，不如多折腾点浪花出来。

梦里的姜桃花自然是听不见沈在野的话的，她正走在一片茫茫的水上，脚步过处，涟漪一圈圈地荡开。

"这是哪里？"姜桃花诧异地问道。她腰上的伤还很疼，可整个人轻巧得像在飞。

远处有一座金碧辉煌的宫殿，琉璃瓦的飞檐上立着镇檐神兽，白玉石阶梯一路从宫殿门口延伸到水边。

"这是皇宫。"有个声音告诉她，"你若有一日能踏进这里，得到人上人的心，那这大魏天下便都是你的！"

"都是我的？！"姜桃花两眼放光，"想做什么就能做什么吗？"

"是，"那声音回答她，"你的心愿，通通能完成。"

那太好了！姜桃花大喜，提着裙子就往那边跑，但是没跑两步，腰上就疼得厉害，她只能停下来，皱眉看着前头。

"在跑过去之前，先保住命才是正事。"那声音道，"桃花，你又不要命了吗？"

要啊，她什么时候不要命了？不过这语气好熟悉啊……姜桃花皱眉，抬头朝四周看了看，问道："你是谁？"

说话的人顿了顿，接着就有一盆水朝她猛地泼了过来！

"啊！"姜桃花一个激灵，连忙睁开了眼睛，意识有些恍惚地喃喃，"就算我不记得你的名字，你也不能泼我水啊！"

屋子里安静了一会儿，接着就听见青苔沉声厉喝："顾娘子！"

顾怀柔捧着水盆站在床边，脸上要笑不笑："哎呀，我……我只是想帮忙给姜娘子擦擦身子的，谁让你一个劲儿地拉我的手……姜娘子，你没事吧？"

冷风从窗口吹进来，姜桃花打了个寒战，瞬间就清醒了。感觉到自己脸上、身上的水，她侧头看了一眼床边站着的人。

一身紫色上袄配着黄色的锦绣长裙，花纹考究，但用的是小花碎叶，想来身份和她差不多。脸长得瘦削，跟锥子似的，下巴尖尖的，显得眼睛很大，眉却细得几乎看不见。

姜桃花看她的眼神就知道她不是个好相处的主儿，不知自己哪里得罪了她，她竟然上门就泼自己一盆水。

"这位是……"

青苔皱眉，想发作又碍着身份，只能压着脾气道："这是温清阁的顾主子，与您同是娘子。"

同是娘子，位份一样，就没有被她这样欺负的道理吧？！

第五章 攻心

姜桃花抹了一把脸上的水,上下扫了顾怀柔一眼,语气温和地道:"原来这就是顾娘子。"

顾怀柔一愣,有些意外地道:"你认识我?"

"听爷提起过。"姜桃花笑了笑,"爷说,这院子里,就数你最得他心。"

顾怀柔抿唇,目光里满是怀疑地看着她:"爷亲口说的?"

"是,难为爷回去拿个东西,还特意叮嘱我以后要同娘子多往来。要不是爷那么说,我也断然不知道你。"说着,姜桃花状似羡慕地看了顾怀柔一眼,疼得直皱眉,"娘子前来看望我的好意,我心领了,但是我现在重伤在身,受不得寒,要马上更衣。还请娘子回避。"

顾怀柔捏着铜盆想了想,勉强点头道:"等娘子更了衣,我再进来说话。"

"你……"青苔气急,这人怎么能这么胡搅蛮缠!主子伤重,需要休息,她还想说什么话?

姜桃花伸手按下青苔,微笑着颔首:"好。"

等顾怀柔出去后,青苔急忙拿来干衣裳,又将姜桃花扶到软榻上去:"您理她干什么?她摆明是来找事的!"

"我知道。"姜桃花白着嘴唇,吸着凉气将湿衣裳换了,皱眉道,"但顾娘子这人嫉妒心重,做事不过脑子,也爱争强好胜。对付这样的人,你要是置之不理,她只会越来越记恨你,以后难免找更多麻烦。"

青苔一愣,抬头看她:"主子认识顾娘子?"

"不认识。"

那怎么会知道顾娘子是什么性子?青苔很惊讶,眼睛瞪得圆圆的。

不用猜也知道青苔想问什么,姜桃花挥手让她去把干被褥抱到软榻上。把自个儿安顿好了,她才轻声解释:"前些天本该是顾娘子侍寝的日子,相爷不是半夜来过一趟临武院吗?估计她知道了当时我也在临武院,以为我刻意争宠,所以今日来找我麻烦。这说明顾氏善妒,且行为莽撞。聪明点的人,断不会在这个时候当出头鸟。"

她刚进相府,相爷的态度还不是很明朗,顾氏就敢上门这么干,不是没脑子是什么？好歹她还挂着个和亲公主的名头，得罪了她，对顾氏有什么好处？

青苔一愣，歪着脑袋想了想，好像是这个道理。

不过，主子只知道前天是顾娘子侍寝这一件事，竟然就能顺着前因后果，将顾氏的心思都摸了个清楚？

青苔轻轻打了个寒战，抿唇看着自家主子的目光里又添一分敬畏。

"奴婢明白了。"

姜桃花点头，轻轻挪动着身子在软榻上躺好。

她刚掖好被子，外头就有人问了一声："姜娘子可好了？"

"……好了。"青苔应了一声，去开了门，看着顾氏进来，连忙站回姜桃花身边，戒备地看着她。

顾怀柔进去就在床边坐下，俯视着姜桃花，皮笑肉不笑地道："方才是我不小心，泼了你满身的水，还望娘子莫要往心里去。"

姜桃花好脾气地笑道："想来你也不是故意与我为难，这点小事，自然不必放在心上。"

小事？她可是端了整整一盆冷水呢，这人心可真宽！顾氏眯眼，阴阳怪气道："娘子大度，怪不得相爷要百般宠爱了。"

姜桃花保持微笑，平淡地问："爷如今这般，算是对我百般宠爱？"

"还不算？"本来不想多嘴，却被她这不为所动的态度气着了，顾氏沉着脸道，"就为你受伤之事，天快黑了，爷还让人进宫请御医，闹得整个相府没人安生，就你还睡得安稳！"

啥？姜桃花有点傻了，眨巴着眼道："爷……为了我的伤势，派人进宫请御医了？"

"可不是嘛。"顾怀柔上下扫了姜桃花两眼，不悦道，"瞧你也没受多严重的伤，爷那么着急请御医，岂不是小题大做？"

的确是小题大做，因为在南王府她的伤口就已经缝合、上药，现在她缺的只是休息，还请御医来干吗？他什么时候这么善良了？

脑子一转，姜桃花突然想起沈在野在南王府说过的话。

他说："别太得意，你能留下的，也只有命而已。"

背脊有点发凉，看着面前顾氏的态度，姜桃花感觉自己的心似乎朝无底深渊坠了下去，前方的道路瞬间一片黑暗。

那人是真的恼了，不能光明正大地宰了她，就改曲线泄愤，想变着法儿地玩死她？

这后院里一大堆女人，想想也知道其中的高手不少，他平白给她拉这么多仇恨，她该拿什么去平息？！堂堂大男人，不跟男人去过招，为难她这么个小女子有意思吗？有意思吗？！

在心里默默地问候了一下沈在野长眠地底的祖先后，姜桃花强打精神一脸委屈道："伤得是挺严重的，差点就没了性命。我到底是从赵国远嫁而来的，婚事又关乎两国邦交，相爷担心我也在情理之中。"

言下之意，沈在野不是在乎她才请御医的，而是因为她是和亲公主，希望各位息怒。

姜桃花本以为这借口挺好的，顾怀柔应该会相信，没想到她听了，怒气反而更重："娘子不提我还忘记了，听闻你们赵国女子最会蛊惑人心，怪不得能把爷迷得神魂颠倒，甚至不惜为你乱了规矩！别拿身份来糊弄我，咱们夫人还是奉常家的嫡女呢，也没见爷这样厚待，反而是你，受个伤而已，爷不但忙前忙后给你找人参、灵芝，更是要打破府中的规矩，留在你这争春阁三日！"

啊？！姜桃花惊呆了，脱口而出："三日？"

"你还嫌不够久，是不是？"顾氏冷笑道，"别怪我没提醒你，这府里的规矩是一早就定下的，今日因你而乱，府里以后将永无宁日！你带了争宠的头，前天将爷半夜从我院子里引走，而今又要独占爷三天，抢秦娘子她们的恩，那么日后定然也会有人来争你的宠，抢你的恩，你就好生受着吧！越桃，我们走！"

青苔听傻了，眼睁睁地看着顾氏满脸怒火地离开，连忙转头看向姜桃花："主子？"

"拦住她！"姜桃花果断下令。

"是！"有命令就执行。青苔是练家子，动作可比顾氏她们快多了，飞奔过去一巴掌扣在门闩上！

大门紧闭，顾氏黑着脸回头："姜娘子这是什么意思？"

"人与人之间，只有好好沟通，才不会出现误会。"姜桃花温柔一笑，白着嘴唇虚弱地道，"我不想与众人为敌，也不想独占爷的恩宠，顾娘子可否听我把话说完？"

顾怀柔捏着手帕皱眉道："我不觉得与你还有什么好说的。"

"只要你我同在这院子里伺候相爷一日，就有一日的话好说。"姜桃花诚恳地看着她道，"听两句话又不吃亏，可是你这样离开争春阁，定然会吃大苦头。"

顾怀柔一愣，明显不相信："我能吃什么苦头？"

"恕我多嘴问一句，"姜桃花笑了笑，"今日是谁挑拨你来这争春阁的？"

"你凭什么认为是有人挑拨我才来的？你争了我的宠在先，我来说两句，不应当吗？"

"不应当。"姜桃花摇摇头，肯定地道，"如你所说，我正受爷百般宠爱。你若不是受人挑拨、唆使，怎么会在这个关头来跟我算先前那笔不算什么大事的账？毕竟那晚相爷还是回了你的温清阁。"

顾怀柔眼神微动，低头看向地面："是我自己想来的。"

"是吗？"姜桃花轻笑，"那许是我多想了，没人要害你，是你自己想不开……如此斤斤计较，若是爷追究起来，你打算怎么说？"

"什么怎么说？今日我什么也没做，不过是被你的丫鬟拉滑了手，泼了你一身水而已。"顾怀柔撇嘴道，"爷还能重罚我不成？"

"能。"姜桃花看着她道,"不信你回去等着,爷定然会因为今日你泼我这身水,重罚你。"

顾怀柔难以置信地看着她。这女人以为自己是谁?她陪在爷身边都一年了,还能因为这点小事被重罚?就算爷如今看重她姜桃花,也不可能宠到这样的地步吧!

"你若不信,就留个丫鬟在我房里,然后自己回去吧。"姜桃花道,"你可以看看,在我不多说一句话的情况下,爷会怎么处理今日之事。若我说的是对的,那你就暂且放下偏见,再过来与我聊聊。"

她那脸色虽然已经很难看,说出来的话却依旧充满自信,令顾怀柔一时间有些犹豫。

难道面前这女人说的是真的?那人真的要害她?

不,比起不了解的陌生人,她还是更愿意相信自己一直交好的姐妹。

青苔收回手,顾怀柔抬着下巴就跨出了房门。

只是走到争春阁门口的时候,她还是回头对身后一个丫鬟道:"你留下来盯着。"

"是。"

见人走了,姜桃花终于松了口气,交代青苔让顾氏的丫鬟进内室躲着,并让所有人都不要提及方才之事,这才继续睡了过去。

"闹完了?"书房里,沈在野捏着册子问了一句。

湛卢点头道:"听闻顾氏直接泼了姜娘子一盆水。"

沈在野翻页的手一顿,他抬头沉默了片刻又轻笑道:"真是不错,那咱们就上场吧。"

"是。"湛卢应了,跟着自家主子一起往外走。

后院一直是风平浪静的,因为先前沈在野没有多余的精力应付那些女人,所以就制定了一套规矩,一切按规矩来,任凭谁有多少心思,也翻不起什么浪。

但是如今情况不同了,朝中众臣大多已经忠于他,该掌握的东西都捏在他手心里,是时候搅乱这一池水了,以便趁机得到更好的东西。

本来姜桃花是应该死在景王那里的,那样一来,他就可以逐步挑起皇帝与景王之间的矛盾,设法让景王依赖他、信任他,最后为他所用。

可惜他看走了眼,姜桃花这女人完全出乎他的意料,不仅没死,竟然反过来利用南王保住了命!他的计划被她打乱,那她就得付出相应的代价。

活着也该有活着的用处。

沈在野眼神深邃,瞧见前头大开的争春阁院门,抬脚就跨了进去。

院子里一片祥和,姜桃花在主屋里睡觉,旁边的丫鬟神色平常,好像什么也没发生过一样。

沈在野觉得有点奇怪,顾氏既然来撒了野,按照常理来说,姜桃花身边的丫鬟见着他，怎么也该上来告一状吧，站着不吭声是什么意思？

"怎么不在床上睡？"沈在野扫了一眼软榻上的人，一撩袍子在床边坐下，伸手捏了捏姜桃花的手腕，"那么重的伤，还折腾着挪位置？"

青苔低头道："主子觉得床上睡着不舒坦。"

"不舒坦？"沈在野抬头，目光深沉地看着青苔，"你觉得这理由说得过去？"

青苔沉默，垂着头充当柱子。

屋子里的气氛变得有点古怪。

湛卢站在一旁很纳闷。姜娘子奇怪，身边的丫鬟也奇怪，这个时候不逮着机会在相爷面前告顾氏一状，还在等什么？她不说话，他家主子该找什么理由定顾氏的罪啊？

眼下正是姜娘子出风头的时候，无论她做什么，相爷都会好生护着，给她无上的恩宠。换作别的女人，定然会高兴得不得了，然后恃宠而骄，捏着些小事踩别人两脚。如今顾氏都闹上门来了，姜娘子却没动静，难不成堂堂公主还是个软包子？

"刚才有人来过了吧？"沈在野突然开口，淡淡地问了一句。

青苔抬头看他，微微挑眉道："爷如何得知？"

"她的衣裳换过了，"沈在野伸手，捏着姜桃花的发梢捻了捻，"头发还有些湿，想必是哪个不长眼睛的把水泼到了你家主子身上，床上许是还没干，所以让她挪了个地方。"

青苔心里微惊，有些底气不足地看了自家主子一眼。

这人真厉害。她还以为不说话就没事了呢，没想到他竟然能猜出来。现下主子睡着了，没人告诉她接下来该怎么做啊！

"你这做丫鬟的，胆子竟然这么大！"湛卢皱眉喝道，"把水泼到主子身上，按照规矩可是要打十大板子的！"

青苔一愣，下意识地就摇头否认："不是奴婢泼的。"

"不是你，那是谁？"沈在野道，"你要是指出来，就罚泼水的人；若是指不出来，那你就去后庭领十下板子吧。"

"这……"

青苔有点慌，她心思单纯，只知道照自家主子的吩咐做事，哪里玩得过沈在野这老谋深算的狐狸？反正主子只说过不说多余的话，没说连实情都不能说啊……那就……说一说吧。

在保住自己的屁股和别人的屁股之间，青苔果断选择保住自己的屁股。

"方才顾娘子来过了。"青苔深吸一口气，老老实实地道，"顾娘子是想帮忙照顾主子的，没想到手上失力，就将水泼在了主子身上。主子醒来也没计较，所以奴婢不曾向相爷禀告。"

躲在内室衣柜里的丫鬟听着这话，微微点了点头，心想，姜娘子主仆还算厚道，当真没告顾娘子的状，还帮着大事化小了。

但是谁知，青苔话音刚落，沈在野一巴掌就拍在榻上，震得姜桃花在梦里都皱了皱眉。他吼道："荒唐！姜氏有重伤在身，她还上门来闹事？"

青苔心里一震，饶是有主子的话在前头做铺垫，还是被沈在野这夸张的反应吓了一跳。

她一直觉得相爷是温文尔雅的斯文人，长身玉立，风度翩翩，没想到生起气来这样吓人。他剑眉冷对，眸子里像结了冰，整张脸黑得吓人，任谁看了都得打个寒战。不过，这张脸还真是好看，轮廓跟冰雕的一样，一刀一刀，鬼斧神工……

青苔伸手掐了自己一下，打了个激灵，连忙回神，跪下来道："相爷息怒，主子都说不计较了，顾娘子也是好心。"

"顾氏是什么性子，你能比我清楚？"沈在野冷笑道，"也不知她到底什么时候才能懂事，若是别人也就罢了，对桃花竟然也如此，看来是时候给她立个规矩了。"

青苔抿唇，跪着不说话，心想，自家主子算得还真是准，顾氏这回定是免不了被当作儆猴的鸡，杀给院子里的人看了。

沈在野伸手掖了掖桃花的被角，然后起身，沉声对青苔道："你好生照顾你家主子，若再有人来打扰她休息，你就说是我的吩咐，一律在外头递了礼就走，不准进主屋。"

"是。"

"湛卢，走。"

湛卢躬身点头，跟着自家主子踏出了争春阁，问也不问，直接朝温清阁而去。

顾怀柔正坐在软榻上发呆，心里反复思考姜桃花的话。

她去争春阁，倒不是只为算上次临武院的旧账，还有柳氏的原因。

柳香君说："姜氏擅长媚术，与你相似，却更胜你一筹。有了珍珠，谁还会稀罕鱼目？姐姐也该早些为自己打算，别等到恩宠被人抢完了，才想起来挣扎。"

联想起那晚相爷不宠幸她的事，顾怀柔心里难免有些不舒服，再一看爷竟然为了姜氏派人进宫请御医，当下就有些火大，脑子一热就上人家院子里去挑事了。这会儿冷静下来想想，姜桃花说得不是没有道理，这院子里一个个深藏不露的，有嫉妒之心的也不少，为什么就只有她冲出去了呢？虽然她是不相信相爷会为这点小事重罚自己，但是……自己是不是当真被利用了？想想也不能吧，柳氏可是她的手帕交啊，有这么多年的感情，她怎么会害自己？

顾怀柔正纠结着，院子门口突然传来一声好大的响动，像是谁把门踹开了。

她吓了一跳，站起来皱眉就喊："越桃，你在做什么？"

越桃小跑进来，还没来得及使眼色，后头的沈在野就大步越过她，直接站到顾怀柔的面前。

"爷？"顾怀柔被他的脸色吓了一跳，一时没站稳，跌坐回了软榻上，愣愣地看着他，"您这是怎么了？这么大的火气。"

"我怎么了,你不清楚吗?"沈在野垂着头睨她,"你做了什么好事?"

心里咯噔一下,她下意识地就张口道:"姜娘子当真告状了?"

沈在野没回答,一脸怒气毫不掩饰,伸手就掷了茶盏,茶水、碎片四溅,惊得一众丫鬟都跪了下去,顾怀柔也差点没坐稳。

"姜氏是从赵国远嫁而来,你这般胡闹,真是不知分寸!"沈在野低斥了一句,冷眼道,"她的伤若是因为你而加重,你便难辞其咎!院子里若都学你这般恶毒,那便永无宁日!今日若是不罚你,这府里哪还有规矩!"

"爷!"顾怀柔又气又委屈,"妾身也没做什么过分的事情啊!"

"泼了姜氏一身的冷水,还不过分?"沈在野冷笑,"要杀了人才叫过分吗?她身受重伤差点没命,好不容易缓过气来,你这一盆水叫她又感染风寒病情加重了怎么办?"

"妾身——"

"往日你在这院子里小动作不少,我念你本性不坏,就没放在心上。如今看来,你是当真自私、任性,又心肠歹毒!"沈在野挥手就打断她的话,"你也不必多说了,这府里没规矩不成方圆。虽然你与姜氏同为娘子,但你恃强凌弱,有违宽容、端庄之女德,罚三个月的月钱,思过半年。"

顾怀柔倒吸一口凉气,眼睛瞪得极大,满是难以置信,以为自己听错了。

她可是很早就进了相府,还是娘子的位份,一直得相爷宠爱,怎么可能……怎么可能就因为这点小事,半年不能侍寝?

"是不是有些重了?"湛卢轻声问了一句。

沈在野摇头,目光幽暗地道:"若不是桃花说不想计较,比这更重的还有。"

顾怀柔喉咙一紧,半响才找回自己的声音,眼泪也跟着泛了上来:"爷,妾身在您身边伺候这么久,在您的心里,就当真这么不如姜氏吗?"

沈在野抬了抬下巴,眼神晦暗不明,看了她一会儿,也没回答,径直往外走。他这个样子,比回答了还让顾怀柔难受,摆明就是不但不如,连解释都懒得说。

顾怀柔从软榻上跌坐下来,看着沈在野的背影消失在门外,终于忍不住,号啕大哭。

越桃连忙扑过来,不知所措地喊道:"主子?"

顾氏哭得很凶,声音虽然大,但没多少眼泪,伸手抓着什么就往外扔,发了好大一通脾气,惹得温清阁外头路过的丫鬟、家奴都纷纷往里头瞧。有伶俐一点的,听了一会儿,就拎着裙子往别的院子通风报信去了。

顾怀柔是个闹腾起来不管不顾的,任凭越桃怎么劝都没能收住声,直到小半个时辰之后嗓子哑了才慢慢消停。

"您这又是何必呢?"越桃小声道,"爷这一罚,院子里不知道多少人看笑话。您再这样一哭,她们不是更得意了?"

"谁爱得意就让她们得意去!"顾氏抽搭两声,哑着声音道,"我这心里头不舒坦,你总不能哭都不让我哭!"

越桃直叹气，自家主子偶尔也算是精明的，偏生这娇生惯养的脾性，一旦闹起来就完全不考虑后果，只管自己一时舒服。她这做丫鬟的也说不上话，只能硬着头皮打来热水，让主子洗把脸。

顾氏肿着眼睛生闷气，怎么想都觉得委屈。三个月的月钱倒不算什么，她有娘家帮扶，钱不是问题。但半年不能侍寝，那半年之后，谁还记得她？若在这院子里失了宠，她还有什么用，谁还愿意继续伺候她、帮她？

原以为姜氏说得夸张，没想到她真的说中了。

"越桃，金玉从争春阁回来没？"顾怀柔突然想起来，扭头问。

越桃出去看了看，没一会儿就将先前留在争春阁的小丫鬟领了进来。

"争春阁那边发生了什么？"顾怀柔皱眉问。

"主子，"金玉跪下道，"奴婢一直在内室里听着。姜氏昏迷不醒，她身边的丫鬟也没告状，反而只说是主子您不小心洒了水，没想到爷还是发了火，说要拿您立规矩。"

"都为我这般开脱了，爷为何还发火？"顾怀柔不信，"你确定她们没做什么小动作？"

"奴婢亲耳听着，姜娘子主仆当真是诚心为您说话，但是相爷……"金玉也想不明白相爷是怎么了。

顾怀柔沉默，捏着帕子想了好一会儿，又气又疑惑。

爷以前从不曾对谁发火，处罚也很轻，姜桃花不过是个刚过门的嫁错了的公主，赵国式微，公主的名头也就是个空架子，没权没钱，爷凭什么对她另眼相待？

"若我说的是对的，那你就暂且放下偏见，再过来与我聊聊。"

脑海里突然响起姜氏说的这句话，顾怀柔心神微动，伸手招了金玉过来小声道："你继续回争春阁去看着，等姜氏醒了，找爷不在的时候，回来禀告。"

"是。"金玉应了，恭敬地退下。

争春阁。

姜桃花的情况实在是不容乐观，伤口面积大，失血过多，又一直在折腾，御医来了还真派上了用场，整个争春阁的人忙碌了一晚上，才捡回她半条命。

沈在野悠闲地坐在外室，对众人进进出出端药送水不闻不问，只管看自己手里的文书，半点不为所动。

青苔有些恼，他要么别在这屋子里待着，要待着也好歹配合一下气氛，露出点担心着急的神色吧？他这副事不关己的模样，瞧着就让人来气！

也亏得自家主子聪明，懂得找南王当靠山，不然就以沈在野这副铁石心肠，肯定不会管她的死活。

这到底是嫁了个什么人啊……青苔摇头叹息，在床边坐下，捏着姜桃花冰凉的手，轻轻地搓着给她暖手。

姜桃花在睡梦里好像不太安稳，一直皱着眉，表情紧张极了，苍白的嘴唇嗫嚅了两下，似乎在喊什么。

青苔一愣，忍不住贴近她，仔细听了听。

"王八蛋……王八蛋，你给我站住……"

啥？青苔傻了，抬头看看自家主子，又低头听了听，好像没听错。敢情她这不是在被人追杀，而是在追杀别人啊？

青苔进宫晚，不知道这位主子以前发生过什么，不过也没听说主子跟谁有深仇大恨啊，主子怎么会梦里惦记？她正想着呢，背后冷不防响起沈在野的声音："她在说什么？"

青苔吓得差点跌倒，连忙起身站到一边，低头道："主子在说梦话呢，听不清楚。"

沈在野微微挑眉，竟然坐了下来，俯耳去听。但是不知道梦里是不是已经追上了，姜桃花没再说话，只是眉头还皱成一团。

"你家主子这是什么毛病。"沈在野轻笑了一声，伸手将她的眉头揉开了，"睡觉都皱眉，以后会很难看的。"

青苔顺着他的手看了看，认真地问："相爷觉得我家主子难看吗？"

沈在野收回自己的手，沉默了。

面前这人睡得安稳些了，一张脸苍白、憔悴，却无狼狈之态。眉如柳叶，即便皱着也让人觉得心疼，并不难看。

这个女人美得有攻击性，所以那双眼睛睁着的时候，他很不喜欢，倒是这样安静地睡着，让他觉得可爱。女儿家就该老老实实地动女儿家的小心思，不要太蠢，也不要太聪明。像姜桃花这种聪明过头的人，容易薄命。

天下毕竟还是男人的天下，没有女人什么事。

姜桃花翻了个身，咂了一下嘴，想跟平时那样将身子蜷缩起来，却像是扯着了伤口，疼得闷哼一声。

"睡个觉都这么不老实？"沈在野挑眉，伸手将她的身子摆正，让她平躺，然后顺手扯过一旁放着的腰带，将她双脚捆在床上，又找了锦带，把她的肩膀一并固定，叫她翻不了身。

青苔："这样主子会不舒服吧？"

"总比她再扯着伤口好。"沈在野说着，起身把桌上的文书都搬了过来，靠着床边继续看。

青苔抬头瞧了一眼外头的天色，有些意外道："您要守夜吗？"

"还有两个时辰天就亮了，守夜不守夜，有区别吗？"沈在野漫不经心地道，"你下去休息就是，明日天亮再来。"

青苔一愣，不放心地看了他一眼。

这人的心思怎么这么难懂呢？堂堂丞相，给一个侧室守夜，真是闻所未闻。要真是关心，那为什么看起来完全是一副事不关己的表情？可要是不关心吧，干吗还要留在这里？

她想不明白，要是主子还醒着，肯定能提点她一二，可惜现在主子还在昏睡。

青苔犹豫了一会儿，还是选择去外室的椅子上休息，万一有什么动静，也来得及跑进来。

沈在野单纯是想走个过场，自己都给姜桃花守夜了，这想救她的心就算是真真切切的了吧？传去南王那边，也是个重新取得信任的契机。

但是，这女人睡觉为什么这么不老实？不是哼哼就是想翻身，眉头皱了又松，松了又皱，搅得他连公文都看不进去。

心下有些烦躁，沈在野干脆脱了外袍，上床将她压住，跟哄孩子似的轻轻拍着她的肩。

这一拍，姜桃花还真就老实了，靠着他，不声不响地沉睡。

难道非得挨着男人才能睡舒坦？沈在野抿唇，嫌弃地看了她一眼，手上的动作却没停，温柔又轻巧。脸上的表情与手上的动作形成了强烈的反差，让他整个人看起来像是褪去了丞相那层老奸巨猾的皮，露出了一个别扭孩子的天性。

要是湛卢在，肯定会被吓一跳的。可惜湛卢去做别的事情了，整个内室只有他们两个人。

不知道过了多久，沈在野拍着拍着，自己也困了。他心里对姜桃花有高度的戒备，本是不应该在这里睡的，但实在太累，不想动弹，以至渐渐陷入睡梦里还一直在挣扎，时时刻刻想从梦里离开。

这种纠结的情绪一直持续到第二天醒来。

沈在野一睁开眼睛，看到的就是姜桃花的眼睛，清澈里带点迷茫，正傻愣愣地看着他。他完全可以从她的眼睛里看见自己——同样带着点茫然、毫无戒备的自己。

沈在野心里一沉，翻身而起，扯了一旁的外袍披在身上，脸色难看得很，大步离开了。

"他有起床气啊？"姜桃花愣怔地问了一句。

青苔捧着水盆，有些古怪地道："大概是没睡好吧。主子，您先洗脸。"

"嗯。"姜桃花睡了一晚上，又用了药，今日的气色虽然还是不好，却不像昨天那样糟糕。她勉强洗了把脸，继续躺着。

"顾氏那边出事了吗？"

青苔点头道："如主子所料。"

还真是这个套路啊。姜桃花乐了，能按照她想的那样发展，她就有与沈在野谈判的筹码。

沈在野骨子里看不起女人，要是不让他明白自己的价值，他可能还会觉得杀了她更省事。他这回想破了院子里立的规矩，搅乱这一池静水，从而得到什么，她可以帮忙。

但是，想让她成为众矢之的，被困在这宅院之中不得动弹，没有多余的精力与南王往来，那就是他想得太简单了。

自大的男人，总是要吃点亏的。

沈在野一出门就找来御医问姜桃花的伤势。

御医一脸疲惫地道："下官已经尽力了，娘子的命可以保住，但后续需要好生调养，否则会落下病根。这回失血过多，伤口过长，少说也要静卧半个月，补血益气。等拆了线，下官再来复诊。"

"半个月？"沈在野眼神微动，问了一句，"要是半个月内没有静卧，反复折腾，又会如何？"

御医一愣，抬头看了他一眼，眼神瞬间古怪起来："若是不静养，伤口崩裂，贫血，眩晕，受苦的还是娘子自己。丞相若是当真疼惜娘子，也该忍着些。"

沈在野心里在想事情，也没注意听后头的话，只当是医嘱，便有礼地颔首："知道了，有劳。"

御医叹息一声，背着药箱转身离开，心想，外头传言沈丞相爱好女色也不是空穴来风，人家都伤成这样了，他还惦记着房事，听他说这话，竟然也脸不红心不跳！现在的年轻人啊……唉。

目送御医离开后，沈在野甩了袖子就往临武院走。既然姜桃花半个月内不能动，那他平时留个人在争春阁看着就行了，晚上再来上演恩爱戏码足矣。

说了三天都会在争春阁，那接下来要被抢掉恩宠的两个女人定然不会善罢甘休。顾氏已经被他罚一次，只等再踩一脚，娘子之位就会空出来。之后两个女人的态度，也会决定她们的恩宠变化。

他这后院里，每个女人都与朝中势力有关且关系深厚，处理起来不是那么简单的。

当今陛下有四位皇子，皆已封王。景王虽然是历来最得宠的，但最近瑜王势头大盛，两人谁高谁低，一时还不清楚。后头的恒王虽然势力不大，但文采斐然，颇懂治国之道，也有野心，未来形势不一定会差。最后是南王。

唯一没有往丞相府里塞女人的皇子，就是南王。

沈在野微微勾唇，抬头看了看这大魏的天空。巍巍大国，皇帝正值盛年，国力强盛，百废俱兴，真是一个很好的国家啊……

像极了一把锋利的绝世好剑。

他收回目光，低声吩咐："湛卢，将府上刚进的汗血宝马牵去景王府吧。"

"是！"湛卢应了，转身去办。

相爷不在争春阁了，金玉就连忙悄悄回去知会顾怀柔。等午时下人都去吃饭的时候，顾怀柔便悄无声息地进了姜桃花的屋子。

姜桃花正在吃饭。虽然她没什么胃口，但是为了身体能尽快好起来，还是有什么就吃什么。顾怀柔进来的时候，她还在跟鸡腿做斗争。

"啊，你来啦。"姜桃花转头看见来人，擦了擦嘴，笑眯眯地看着她，"脸色不太好，是外面太冷了吗？"

顾怀柔站在床前看着她，眼神凛冽："春天到了，外面怎么会冷，冷的只是人心而已。"

姜桃花神色不变，指了指床边，温柔地道："先坐下，站着怪累的。"

"你是不是很得意？"顾怀柔脸色微沉，不悦地盯着她，"被你料中爷重罚了我，你很得意吧？"

火气好大啊，看来沈在野还真没留情。

姜桃花收敛了神色，一本正经地道："我没什么好得意的，倒是有些同情你，早听我的话不就好了，非得闹到现在这个地步。"

"你！"顾怀柔想发火，可心里到底是有些怕了，咬了半天牙，最后还是放下身段，在姜桃花床边坐着道，"我想不明白！"

"你不明白爷为什么重罚你？"

"是！"

姜桃花笑了，伸手指了指自己："因为爷不想让我好过啊，所以才会让这院子里的人不好过，而且账都算在我的头上。"

顾怀柔微微一愣，皱眉不解道："什么意思？"

"比如这回的事情，若是昨日我未曾同你说那些话，那今日爷重罚你，你还会上门来跟我说话吗？"姜桃花抿了抿唇，又道，"以你的性子，多半会怀恨在心，以后一有机会，肯定会往死里整我，是不是？"

顾怀柔心里一跳，别开头道："我不是这样的人，谁……谁会那么小气？只是你抢我的恩宠是事实，害我被重罚也是事实，以后你犯错的时候，我肯定不会轻饶你就是了。"

话虽这么说，但顾怀柔心里明白，自己会做得可能比姜桃花说的还严重，指不定会故意弄些东西来整她，以平心头之恨。

姜桃花笑了笑，也没反驳她，只道："不管怎么说，你我这梁子算是结大了，以后相互敌对，各自都不会安生。但实际上，我是无辜的，什么也没做，还平白多了你这一个仇家。"

顾怀柔歪着头想了想，沉默了。

好像是这么个道理，可是，怎么会这样呢？

"男人在这后院里的作用啊，是最大的。"姜桃花轻咳两声，道，"谁与谁生恨、谁与谁亲近，其实只有爷才能影响，因为咱们不就是指着他活的吗？所以他想让我不好过，实在太简单了，只要先宠我，为了我，不惜重罚他人，剥夺他人的恩宠加在我身上，就会引起所有人对我的仇视。等有朝一日他不再宠我护我，我便如同掉进蛇窝，再也没有什么好日子过。"

"这样说，娘子可能明白？"

顾怀柔有点傻眼了，愣怔地看着她："爷为什么要让你不好过？"

这具体的原因，姜桃花是不可能告诉她的，只垂头捋了捋袖口，叹道："因为当日错嫁，我得罪了爷，令他蒙羞了，所以……"

"令爷蒙羞？"顾氏瞪大了眼睛，"发生了什么事？"

"说来有些难以启齿。"姜桃花抿唇，一脸羞怯地看了看屋子里其他人。

顾怀柔回头，朝着越桃道："你与这丫鬟一起出去。"

"是。"越桃屈膝，与青苔一并退下，关上了门。

姜桃花重重地叹了口气，看着顾怀柔，吞吞吐吐地道："你在府里待的时间比我长……没有发现爷有什么问题吗？"

顾怀柔一顿，低头想了想，神色也古怪起来："你是说……房事吗？"

哎？她是打算污蔑沈在野不举的，难道他真的有什么问题吗？姜桃花眼睛一亮……立马来精神了……靠在床头欲言又止："你也发现了？"

"是啊，这事儿在府里不算什么秘密，大家都是心照不宣。"顾怀柔道，"但是那怪癖算不得什么，你做了什么得罪了他？"

怪癖？姜桃花一愣，心下忍不住打鼓。她与沈在野圆房那一晚没发现什么怪癖啊，难不成这人其实有虐待人的倾向？还是说他有什么特殊爱好？

姜桃花浑身一激灵，装作一脸茫然道："我觉得一切都是正常的，但是不知道为什么爷发了好大的火，说我放肆。"

顾怀柔一惊："难不成你点灯了？"

姜桃花想了想，点了头。

"天啊，那怪不得了。"顾怀柔瞥了她一眼，捏着手帕道，"你是新人，可能不知道，爷晚上就寝的时候，屋子里是不能有一点光的，不然他会很暴躁，大发雷霆。咱们屋子的窗边都有厚帘子，就是为爷准备的。"

还有这种事？姜桃花吃了一惊，她记得，在和风舞那晚，月光好得很，照得沈在野的脸还特别好看，他一点事也没有啊，怎么会见不得光？

姜桃花暂且按下这疑惑，看着顾怀柔道："原来是这样，我晚上是喜欢点灯睡的，怪不得爷那么生气。我当时身中媚毒，脑子也不清醒，还与他大吵了一架，爷大概是很恨我的，要不是有公主的身份，我怕是活不到现在。"

"原来是这样啊。"顾怀柔点头，想了一下心里才舒坦了些。爷是为了弄死姜桃花，所以现在这样对她的话，那她不算委屈。

"咱们其实都是爷手里的棋子罢了。"姜桃花看她一眼，叹道，"若是当真任他摆布，相互仇视，那最后只会两败俱伤。娘子今天既然过来，咱们不如想一个互利的法子，对大家都好，如何？"

"你有什么法子？"顾氏戒备地看着她。

姜桃花微笑着道："眼下我得宠，你失宠，我就能在你失宠的这段时间帮扶你，让你不至于被府里那些见高踩低的奴才欺负。但是作为回报，我希望娘子能与我坐在一条船上，莫要害我。"

顾怀柔沉默着，眼珠子转了几下，才起身道："这个我要回去好生考虑。"

"没问题。"姜桃花抬头看她，"眼下的情况，娘子频繁来我争春阁也不方便。若是同意我的想法，只管送个红色的香囊来；若是不同意，那日后娘子的事，我便不会再插手。"

"好。"顾怀柔多看了她两眼，微微颔首，转身离开。

越桃还在外头等着，见顾怀柔出来，便跟着一起出了争春阁，往温清阁走。

"你觉得这姜娘子是个什么样的人？"顾怀柔轻声问了一句。

越桃一愣，上前两步，轻声道："奴婢觉得她是个聪明人，就方才奴婢听见的那些话，她是有理有据的，令人信服。"

"那你觉得她值得我投靠吗？"顾氏皱着眉道，"眼下她虽然得宠，但也不知道爷会什么时候跟她算总账，若我真跟她坐在一条船上，到时候被牵连了，怎么办？"

第六章 结盟

越桃想了想,轻声道:"依奴婢之见,主子若是既想要她帮忙,又不想被她牵连,就与她私下结盟,不去害她就是。至于明面上的,过得去就成,不要让爷觉得您与她太亲近。"

"你的意思是,我什么都不做就行了?"顾怀柔想了想,"这个买卖倒是划算。"

姜桃花可能是想在这后院里找帮手,她既然那么精打细算,自己可不能被她算计了,到时候白白给人当阶梯,还脱不了身。

打定了主意,顾怀柔便回温清阁找了个红色的香囊,让金玉送去了争春阁。

姜桃花喝了一碗阿胶鸡汤,正嚼着红枣当零嘴儿,就见青苔拿着香囊进来了。

"反应倒是挺快啊。"姜桃花伸手接过香囊看了看,轻笑,"青苔,你猜这顾娘子是什么意思?"

青苔莫名其妙地看了自家主子一眼,道:"还能是什么意思?您方才不是说,要是顾娘子同意您的话,就会送香囊来吗?现下人家送来了,肯定就是同意的意思啊。"

即使现在身子还很难受,姜桃花也费力翻了个白眼给她:"若都像你这么单纯,这世上就没有'人心隔肚皮'这句话了。"

"难不成她还有别的意思?"青苔不明白,看了那香囊两眼,"您从哪里看出来的?"

"很显然,顾氏是想让我拉她一把,但是又怕被我连累,所以送个香囊过来跟我结盟,享受我的庇佑,但不会为我做事。"伸手将香囊放在一边,姜桃花轻笑道,"这样一来她只赚不亏,所以才会这么快做决定,把香囊送来。否则,她会多想一段时间。"

青苔嘴角抽了抽,道:"您……连这个也算进去了?"

"当然。"姜桃花揉了揉额头,疲惫地躺了下去,"我一早就知道她不会干脆地来帮忙,所以压根儿没当真想与她上一条船,因为沈在野先拿她开刀的态度,就知道她以后未必有什么好日子过,所以她只要别为难我,互相也不拖累，就算好的了。"

青苔："……"

这位主子现在嘴唇发白，看她的表情也知道她身上不会太好受，竟然还有多余的精力想这么多事情，简直是可怕。

"您还是先躺会儿吧，"青苔低声道，"等会儿还要换药。"

每揭开纱布换一次药都是折磨，姜桃花闻言连忙闭眼休息，只是闭上眼睛了还不忘吩咐一声："你去了解一下这府里的用度供给。"

"是。"

平静了许久的丞相府后院终于起了波澜。沈在野留在争春阁三日，为姜桃花请御医，还重罚了上门找事的顾娘子。这些消息很快传到了各个院子。

"这下有热闹看了。"秦解语坐在梅照雪旁边，嗑着瓜子道，"顾氏泼辣、任性，被这么一罚，面子上过不去，肯定会与姜氏为难。今晚本该是孟氏侍寝，明晚是段氏，这两人都与姜氏同为娘子，论资历还比姜氏老一些，却同时被姜氏抢了恩，这梁子可结大了。"

梅照雪轻笑一声，摆弄着面前的茶具道："没惹上我们，看戏便是。孟氏和段氏都不是好对付的，咱们只管站远些，别让血溅了裙子就好。"

秦解语颔首，脸上笑容甚为明亮，嘴唇轻动，瓜子皮吐得老远。

沈在野就像什么也不知道一样，白天上朝做事，晚上就到争春阁，亲手给姜桃花喂药。

姜桃花笑眯眯地看着他，不肯张口。

"这是补血的药，"沈在野微笑着道，"我亲自喂，你还不吃？"

姜桃花坚定地摇了摇头，笑着伸手对青苔道："银针。"

青苔恭敬地递过来。姜桃花捏了针就放进药里试了试。

沈在野眯了眯眼，脸上依旧挂着笑："你还怕我给你下毒不成？"

"妾身才不担心爷呢。"看着银针没异常，姜桃花才笑吟吟地将药接过，靠在床头道，"南王爷不是说了嘛，妾身的命托付给爷，爷不能杀了妾身。但是这院子里人这么多，难免有人不小心用错了药，试一试没什么不好的。"

看着她自己一勺一勺地喝药，沈在野轻笑道："你的戒心倒是重。"

"在爷眼皮子底下生活，不重也活不了。"姜桃花朝他低头，一副恭顺的模样，"不过妾身既然是爷的人了，爷又何必总想着为难妾身呢？"

沈在野挑眉，看着她低头露出来的白皙脖颈，伸手捏着她的下巴，强迫她抬头看着自己。

"你从哪里看出我在为难你？为了你，我可是让御医一晚上都没能回宫。"

姜桃花对上他那双深邃的眸子，不慌不忙地道："听闻爷重罚了顾娘子。"

"那是她不懂事，该罚。"

"爷未免太过苛刻了吧？"姜桃花笑了笑，"顾娘子一不是故意与妾身过不去，二也没造成任何严重后果，何以半年不能侍寝？"

"你是在为她求情？"沈在野有些意外道，"她侍寝的日子少了，分到你身上的日子就更多了，你还不高兴？"

当谁都愿意跟条毒蛇睡一窝吗？姜桃花虽心里冷笑，面上却是温温柔柔的："妾身没有多想，只觉得凡事都该讲个理。顾娘子被重罚，委屈了不说，这院子里的其他人还会觉得爷被妾身迷惑，所以处事偏颇，连带着责怪妾身。爷这样做，难道不是与妾身为难吗？"

竟然被她看出来了？沈在野垂头，自我反省了一下。他是不是依旧低估了这女人？分明是宠她的表现，换作其他人，早就得意忘形了，怎么会清醒地说这些，还能分析弊端？

沈在野眼神微动，道："这确实是我考虑不周，可是规矩已经立了，再宽恕顾氏，未免让人觉得我出尔反尔，此事——"

"妾身有办法。"姜桃花打断他的话，伸手就拿起枕头边放着的香囊，"这是顾娘子送来给妾身道歉的小礼。知错能改，善莫大焉。据说顾氏性子高傲，既然都肯低头认错，爷何不宽容一二，得个大度的名声？"

沈在野抬头，目光在她脸上流转了一圈，道："顾氏来跟你道歉了？"

"是，本就不是什么大事，还劳她过来认错，妾身真是过意不去。"

骗人的吧？沈在野不信，以顾氏的性子，绝对会大闹一场，怎么可能什么都不做，还反过来给姜桃花道歉？她没那么懂事。

沈在野侧头看了湛卢一眼，湛卢躬身在他耳边道："顾娘子午时的确来过争春阁。"

沈在野沉默，看着面前脸色苍白还强自笑着的人，许久之后才开口："你怎么做到的？"

"爷说的是什么意思？"姜桃花一脸无辜道，"妾身做了什么？"

"你要是什么都没做，顾氏会来道歉？"

姜桃花眨眨眼，眼神清澈，道："妾身的确什么都没做，可能是顾氏自己觉得愧疚，所以才来的吧。"

这话糊弄外头的人还可以，糊弄他？沈在野笑了，伸手拿过姜桃花喝完药的碗，重重地放在旁边的托盘里。

清脆的声音惊得屋子里的人都绷紧了身子。姜桃花抬头，镇定地看着他："好端端的，爷怎么发火了？"

"我不喜欢会撒谎的女人。"沈在野沉了脸道，"尤其是自作聪明，企图将我玩弄于股掌之间的。"

姜桃花坐直了身子，微微皱了皱眉又松开，平静地看着他道："爷息怒，妾身只是想保命，与您没什么直接的冲突，您又何必这样在意呢？"

到底是她自作聪明惹他生气，还是真的算准了他的心思惹他恼羞成怒，姜桃花不是看不出来。这架势吓唬别的女人可以，她可是被吓大的，早就不怕了。

沈在野的眼睛像锋利的剑，将她从头到尾戳了一遍。末了，他似乎发现她没什么惧色，便放弃了威慑，直接开口问："你当真只是想保命，还是有其他想要的东西？"

姜桃花微笑着道："爷放心，妾身只是想保命，毕竟命要是没了，就什么都没了。其余的事情，妾身都可以配合爷，但那些会让妾身处境危险的事情，爷就莫怪妾身明哲保身了。"

意思很明显，他要怎么动他的后院都没关系，只要别威胁到她的性命，她都能好好配合。那种一时捧她上天再让她摔死的想法，最好别再有了。

沈在野静静地看着她，目光充满了压迫感。姜桃花温柔地回视他，甚至带着微笑。

屋子里的气氛很紧张，像拉满的弓，要么弓断，要么箭出。青苔和湛卢站在旁边，都不敢大口出气，背后已经隐隐有汗。

良久之后，沈在野竟然轻笑了一声，伸手将姜桃花的手握在掌心里，道："既然如此，那你我不如好好合作，各取所需，如何？"

"爷想要妾身怎么做？"姜桃花歪着脑袋俏皮地问。

"你就当个寻常女人，在这后院里该做什么就做什么。"沈在野抬手，温柔地捋了捋她的长发，"至于你的性命，有我在，不会丢。"

"以何为信？"姜桃花道，"爷在南王那里也是保证过妾身性命无忧，可惜说得到做不到。若是没有凭证，妾身也不敢轻信爷。"

还挺谨慎。沈在野挑了挑眉："那你觉得用什么当凭证才妥当？"

这个一早就打听好了。姜桃花直接开口道："听闻爷有一块宝贝得不得了的玉佩，可否暂且放在妾身这里，一旦妾身因为爷的行为丧命，便人亡玉殒，如何？"

沈在野的脸色唰地就沉了下去，下巴的弧线绷得紧紧的，屋子里的光线瞬间暗了不少。

"不行！"

姜桃花一惊，没想到他会有这么大的反应，下意识地缩了缩肩膀，问道："为什么？"

床前这人垂了眼眸，神色颇为不悦："那块玉佩我不离身，你换别的东西。"

"哦，那啥，您先别激动。"姜桃花打量了他两眼，小心翼翼地道，"玉佩不行就换钱吧，您押一万两黄金在南王那里，一旦妾身死于您之身手，黄金就归妾身，可好？"

戾气稍微消了些，沈在野神色古怪地看着她道："你命都没了，钱要给谁？"

"总会有人替妾身讨，这个爷不用担心。"姜桃花笑了笑，"一万两黄金不是小数目，据妾身所知，相爷一年的俸禄也不过五十两黄金。当然，其他收入定然是不菲，妾身也不担心爷拿不出来。"

拿是拿得出来，但被个女人这么算计，他心里还是很不爽："你的命值这么多钱？"

"妾身会向爷证明，这买卖爷只赚不赔。半年之后，若是妾身还活着，那黄金就原数奉还给您，公平、公正。"

放在南王那里，沈在野倒是没什么意见，反正就算没这约定，他也是要放的。这条件对他来说不痛不痒，不过他没有一口答应，而是上下扫视着姜桃花，像是在估价。

姜桃花挺直背脊，脸色差，但是气势不输，眼神坚定地告诉他："老娘就是值这个价！"

"既然要合作，那就要双方互相信任。"沈在野伸手，轻轻拢上她的脖子，"我可以答应你的要求，你也该好好为我所用，别再动什么歪心思。"

"爷放心，"姜桃花道，"妾身很靠谱。"

"既然靠谱，为何还企图对我用媚术？"沈在野眼神一沉，放在她脖子上的手微微收紧，似笑非笑地道，"我这个人见不得太美的东西，见着了就想亲手捏碎，你要试试吗？"

姜桃花心里一跳，连忙收了媚术，惊恐地摇头："不必了不必了，爷息怒！妾身以后保证会在您面前改掉这习惯！"

习惯？她根本就是企图控制他，找到他身上的弱点。这若是习惯，那也太可怕了。

沈在野轻哼一声，松开她，看她老老实实地缩着肩膀，没好气地道："等会儿我就让人写份契约给你，然后将黄金送去南王府，你就好生休息吧。"

"爷！"见他想起身走，姜桃花连忙喊住他，"爷觉得，妾身当真只用在这后院里当个普通女子就够了？"

沈在野斜睨了她一眼，双手抱胸道："你还想怎么样？"

"妾身觉得爷这金子给得爽快，再这么躺着好像有点对不起您。"姜桃花笑眯眯地道，"景王的事情，爷还没办妥吧？"

沈在野神色一紧，沉眸看她："你知道些什么？"

"您不必紧张，您想做的事情，没几个人知道。"姜桃花抿唇，沉着声道，"妾身就算知道，也不会多说半个字。如今妾身是您的人了，便只会帮您，不会害您。"

沈在野满是怀疑地看着她，身侧的手慢慢捏紧。

姜桃花就当没感受到杀气，仍旧镇定地道："景王如今是圣上最宠爱的皇子，爷若想涉夺嫡之争，必定从他入手。先前爷就想用妾身的死换景王与陛下生嫌隙，再收拢景王的心。从这一步，妾身就能明白爷对景王是个什么态度。"

先拉拢，再当垫脚石，最后一脚踢开。

沈在野的伪装是极好的，以当下的形势，恐怕外头的人都会觉得他是倾向于景王的，朝中也应该渐渐有了立景王为太子的呼声。景王是一心想拉拢他，对他毫无戒备,所以沈在野这一步棋胜算极大。

"妾身坏了您的事,爷必定还有些恼怒,不如就由妾身出马,将此事弥补了,如何?"

好大的口气!沈在野冷笑道:"你以为是什么事,轻而易举就可以办到?机会只有一次,没了就是没了,你拿什么弥补?"

头有些晕,姜桃花伸手揉了揉,气息弱了些:"恕妾身直言,爷上次的计划大概有些匆忙,很多地方有纰漏。景王就算当真因恨杀了妾身,在陛下那里顶多受一顿骂,嫌隙不会太深,还会对您产生怀疑。"

"妾身倒是有法子,可以让陛下对景王的为人起疑心,且不会牵扯您一丝一毫。"

沈在野一顿,眼里的杀意微减:"什么法子?"

"等妾身先休息一会儿,醒来再禀告,总归是会说到做到的,毕竟事关性命。"姜桃花的脸色苍白得难看,她勉强朝他一笑,躺平了身子,皱着眉闭上了眼睛。

沈在野:"……"

这还是第一次有人能吊得了他的胃口。这女人初来乍到,怎么会知道这么多事情,好像对自己和相府后院甚至朝中的事都了如指掌。

怎么办到的?

沈在野伸手戳了戳她的眉心,看着这巴掌大的一张脸血色全无,心里的天平还是忍不住往"留下她"这一边微微倾斜。

这么厉害的女人,死了有点可惜吧?

若是她当真能把景王的事情办妥了,那……他就没有必须杀她的理由了。

想起她的伤势,沈在野伸手去掀被子,心想,今天怎么也应该开始结痂了。结果被子掀开,还没脱她的上衣,就瞧见白色的寝衣上血红一片。

他脸色一沉,低喝一声:"湛卢,叫医女和大夫来!"

"是。"

青苔抬头看了一眼,心里也是一紧,顾不得规矩,连忙上前轻轻掀开姜桃花的衣裳,解开纱布看了看。

"定是方才坐起来的时候扯裂了!"青苔急得红了眼,埋怨似的看了沈在野一眼,"爷不能让主子躺着说话吗?这伤口好不容易……"

沈在野抿了抿唇,道:"她自己逞强要坐起来,也要怪在我的头上?"

这罪名他不背!分明是姜桃花自己蠢!

青苔张嘴也说不出什么话了,只能转身去将药都备好,等大夫和医女来重新包扎。

沈在野靠在一边看了一会儿,等医女和大夫来了,就带着湛卢往外走。

"争春阁里还有房间吧?"

湛卢点头道:"侧堂空着。"

"嗯,那今晚我就在侧堂休息,对外只管说相爷通宵照顾姜娘子便是。"

湛卢有点惊讶，抬头看他："您不是同姜娘子合作……"

"合作当中，她就该体现她的价值，不然我为什么要答应她的条件？"沈在野轻笑道，"姜桃花命硬得很，你不用担心她。"

湛卢心里一跳，头摇得跟拨浪鼓似的，一脸惊恐地道："奴才不担心！"

"逗你罢了，别着急。"沈在野看他一眼，叹道，"姜氏容貌秀丽，也的确没几个男人抵挡得住。"

除了他之外的男人对她动心，他都不会觉得奇怪。

湛卢绷紧了身体，悄悄打量自家主子，心里头一次没什么底。按说主子这话说得轻松，也不像是要问罪的样子，可是周身散发的气息怎么有些怪怪的？

沈在野没在意他，进侧堂就洗漱、休息，也不再过问主屋里的情况。

姜桃花的伤口裂开，大夫和医女忙活了两个时辰才退下。

一夜休息之后，她睁开眼睛，面前就是沈在野那笑得很假的脸："起来喝粥吧。"

姜桃花有气无力地笑了笑，看着他道："爷当真很闲？"

"不闲，只不过你昨日话没有说完，让我很惦记。"沈在野居高临下地看着她，道，"等你说清楚，我就该去上早朝了。"

姜桃花闭了闭眼，道："爷只管告诉妾身陛下最忌讳的是什么事即可。妾身要怎么做，就是妾身自己的事情了。爷难道还是个喜欢看过程的人？"

皇帝的忌讳？

沈在野扫了她一眼，道："你若不告诉我具体的计划，我怎知你不会拖累我丞相府？"

"妾身不用丞相府的名义做事。"姜桃花道，"出了这相府，大魏没几个人认得妾身，爷又担心什么呢？"

好像也是这个道理，如今看过她这张脸的，也就南王和他而已，景王是没见过的。

沈在野略微思忖，开口道："陛下最忌皇子不知分寸，做事冲动。所以景王一向稳重，从未越矩。"

"妾身明白了。"姜桃花点头，"等妾身再休养两日，伤口愈合得好些，便去替爷办事。"

两日？沈在野笑了，道："你这伤，御医说了，没有半个月下不来床。"

"爷等得起半个月？"

"等不起。"

"那不就得了？"姜桃花轻笑道，"妾身要怎么做，爷都不必管，只等着看最后的结果就是。"

他们这种人，都是不管过程多艰险，只看成败结果的。

跟这种人做事，也不必强调自己多辛苦多努力，把事情做好就对了。

"你倒是信心十足。"沈在野伸手将粥放在一边,看着她道,"别怪我没提醒你,景王为人谨慎,不是那么好对付的。"

"多谢爷关心,两日之后,妾身便以逛京都的名义出府,还望爷允许。"

"好。"沈在野点头,也不再多问,转身去桌边坐下用了早膳,便进宫去了。

三日的时间很快就过去,沈在野却没有要离开争春阁的意思,每日都是亲自喂姜氏吃饭、喝药,细心照看。

第三日的时候,他终于下令,不扣温清阁的月钱了,只是侍寝之事,还得看相爷的心情。

"这是怎么回事?"秦解语十分意外,"不仅顾氏没闹,姜氏还反过来替她求情,这两个人是怎么了?"

梅照雪洗着茶具,轻声道:"有些人,你当她傻,她其实还是聪明的。顾氏被罚了一次,许是知道疼了,所以向姜氏服了软。"

"那岂不是没戏看了?"秦解语颇为不悦道,"这三日都过去了,段芸心和孟蓁蓁那里也没什么动静,害我白高兴一场。"

"你急什么呢?"梅照雪洗净一个白瓷茶杯,轻轻放在案上,"茶要慢慢品,日子要慢慢过。现在没动静是因为不到时候,等时候到了,动静便不会小。"

秦解语皱眉,有些按捺不住,不过看夫人这么镇定,她还是压了脾气,耐心地继续等。

被抢了恩宠的孟氏和段氏不是不怨,只是看眼下爷这么看重姜氏,姜氏又没什么机会犯错,所以她们不敢有动作罢了。

段芸心也是相府开府就进来的老人,很能沉住气。但孟蓁蓁进府不到三个月,年轻气盛,难免关着门在屋子里发火。

"她凭什么叫爷这样宠爱?"孟蓁蓁捏着帕子直掉眼泪,哽咽着看着自己的丫鬟,"我进府才多久,难道就要失宠了吗?"

丫鬟采苓轻轻替她拍背顺气,道:"您这也不算失宠,只是那姜氏手段了得,搅乱了府中的规矩罢了。"

"日子过得好好的,怎么就出来这么个妖孽!"孟蓁蓁委屈极了,眼神却分外怨毒,"你让人看紧那院子,一旦有什么动静,马上来告诉我!"

"奴婢已经吩咐下去了,"采苓道,"半夜都有人守着的,您不必担心。"

孟蓁蓁点头,手里的帕子都快被揪烂了,她盯着屋子里某一个角落,眼神没有焦点,却带着股狠劲儿。

又过了一日,姜桃花的伤口终于结了痂,她勉强下床走了两步,还是晕得要坐下来。

"景王那边打听得如何了?"她问。

青苔道："今日景王与瑜王有约，未时一刻会去浮云楼。大魏国都的地图，丞相已经送来了，奴婢将景王府到浮云楼的路线画了出来，您过目。"

接过地图，姜桃花在桌上趴着，葱指轻轻滑过图上的线，眼里满是沉思。

片刻后，她道："替我更衣吧。"

青苔一愣，道："您现在站都站不稳，真的打算一个人出去？"

"带着你也不像话，你要是不放心我，在暗处跟着也行。"姜桃花笑道，"免得万一我死在街上了，没人收尸。"

"主子！"青苔沉了脸，"您既然知道危险，为什么非要冒这个险？！"

"我开玩笑的，你别紧张啊，乖。"姜桃花连忙拉着她的手轻轻摇晃，"死是肯定不会死的，这两日大补，身子恢复得也快，坚持几个时辰不是问题。要是不冒险，早晚也是死，还得拉上你给我陪葬呢。"

"陪葬就陪葬！"青苔眼眶红了，"总比让您一个人在生死间挣扎来得好。"

姜桃花失笑，目光温和地看着她："傻子，做人可以重情义，但不能本末倒置。在你我都能活下来的情况下，为什么要抱着一起死？"

青苔语塞，泄气地跺脚："反正奴婢怎么都说不过您就对了！"

"既然说不过，那就乖乖听话。"姜桃花笑眯眯地看她一眼，起身去妆台边坐下，开始给自己这惨白的脸上妆，"拿那件月色清荷的布裙出来。"

"是。"青苔闷声应了，去找来裙子，等自家主子上完妆，便伺候她更衣。

"这样看得出病态吗？"姜桃花张开手，低头打量着自己。

青苔摇头道："看不出，您的妆容也很恰当，就像是普通的民间女子。"

"好！"姜桃花满意地点头，转身就往外走。

沈在野已经允她出府，所以马车就在侧门外等着。姜桃花一上去，门口就有家奴去回禀沈在野了。

说是要上朝，这位爷却待在府里没动，看人来禀了，才披了披风往外走："跟去看看，以防万一。"

湛卢莫名其妙道："您为什么要亲自跟？奴才派人去就可以了。"

"她要对付的是景王，"沈在野斜了他一眼，"你们去看着有什么用？出了岔子，你们能摆得平？"

好像也是这个道理，湛卢点头，老实地跟着自家主子往外走。

未时还差一刻景王的马车就从王府出发了。姜桃花算着路线，他怎么都是要经过回音巷的，所以她就在巷子口等着。

回音巷在国都的南边，里头多的是歌坊、赌馆，国都最大的地下钱庄和赌坊都在这里，所以来往的人难免杂乱些。

清丽的姑娘往巷子口这么一站，瞬间有不少人看了过来。胆子大的还上前调戏："小姑娘，可是缺钱花了？不如跟哥哥们去喝酒？"

姜桃花抬头，怯生生的眼神分外惹人怜爱。她肩膀一缩，像极了一只无辜的小白兔，捏着裙角就往旁边退。

围观的众人心里都是一跳，这等姿色的女子，比起和风舞的头牌怕是也不逊色，怎么会孤零零地站在这里？

"你……你们别过来。"姜桃花一双杏眼睁得大大的，瞬间蓄满了眼泪。她贴着墙根儿站着，脸上满是惶恐。

这场景，是个人看着都会心生不忍，想把这姑娘拉进怀里好好疼惜。四周经过的人本打算看一眼热闹就走，结果只往她那边看上一眼，便再也没能走动路。这等绝色，又是这等楚楚可怜，像仙女一样，令人移不开眼。

"真是好本事。"看着巷子口聚集的人越来越多，已经开始堵塞街道，对面茶楼上坐着的沈在野冷笑了一声，捏着茶杯却没喝。

湛卢浑身一紧，觉得自家主子身上那种奇怪的感觉又出现了，打量一下他的表情，却完全看不出他是高兴还是不高兴。

"姜娘子这是打算干什么？"湛卢小心翼翼地问了一句。

空荡荡的茶楼上只有他们两个人，沈在野也没有顾忌，淡淡道："她是想堵了景王的路。"

用姿色堵人家的路这种大胆又自信的做法，还真是让他不知道说什么好。

景王的马车四面皆封，若是不让他下车，定然看不见姜桃花。姜桃花这样做无可厚非，但他更好奇的是，这人见着景王后打算怎么做。

未时，回音巷口连同旁边的街道都被形形色色的男人堵住了，场面十分壮观。有衙役接到消息过来赶人，沈在野直接让湛卢去挡了。

于是姜桃花十分顺利地堵到了景王爷。

"前面发生什么事了？"穆无垠掀开车帘，皱着眉问。

身边的护卫连忙上前打探，没多久就回来拱手道："这些人好像在围观一名女子。"

"什么样的女子，值得这么多人围观？"穆无垠不耐烦地道，"让人去开道，本王赶时间呢。"

"是。"护卫应了，刚转身想下令，却见人群纷纷让开，有一抹身影跌跌撞撞地跑了出来。

"什么人！"前头的护卫连忙拦住。

这一声呵斥，让刚要放下车帘的景王爷也看了过去。

姜桃花瑟缩着身子，慌张地看了一眼护卫的刀，又连忙往人群里退。这一退，后面的人便想上来拉着她。

"求求你们放我走吧！"姜桃花挣扎着哽咽道，"小女子只是在这儿等人，与各位无冤无仇……"

她的声音脆如谷中之莺，一身荷花裙也是清丽非常。

景王愣了愣，掀开车帘走了下来，问道："你是何人？"

护卫连忙让开，四周的人也纷纷后退。

姜桃花跌坐在地上，闻声抬头看他："小……小女子是初到贵地的，没犯什么错，什么也没做……"

"别紧张。"她这副模样像极了去年他在猎场上追的那只花鹿，眼睛清澈，充满慌张，让人格外心疼。他顿时变得十分温和，低下身子来看着她问："你的家人呢？"

姜桃花撇嘴，带着哭腔道："走散了。"

"那你打算去哪里？"

姜桃花小心翼翼地看了看他，抿了抿唇，道："我在这里等爹爹的，他拿了我的簪子进了这巷子，叫我在这里等。"

巷子里？穆无垠抬头，瞬间有些气愤，却没说什么，只温柔地将她拉起来："那本——我带你去找他，如何？"

对面茶楼上，沈在野洒了半杯茶。

湛卢惊疑地看着对面的沈在野，扫了一眼他的表情，这回总算是有点明白了。自家主子好像是在生气，脸色沉得难看，不知道是气自己失算还是气别的什么。

景王的反应的确在他们的意料之外，他们本以为那么谨慎的人定然不会轻易相信陌生女子。没想到这姜娘子有这么厉害的本事，能轻而易举地引起景王的注意。不过这对自家主子来说是好事啊，毕竟姜娘子是在帮他的忙。所以主子在气什么？

"走。"

瞧着那两人已经往巷子里去了，沈在野起身，大步下楼。湛卢连忙跟上，一边看着前头的情况一边小声嘀咕："姜娘子这是打算做什么？"

沈在野没回答他，只看着前头。那一群护卫跟在两边，中间穆无垠扶着姜桃花慢慢地走着，他左手放在她手腕下，右手放在她腰上扶着。

沈在野微微抿唇，忍不住冷笑一声，心想，这大概就是景王难成大事的原因。"色"字头上一把刀，站在这个位置的人，还敢这么轻易相信陌生人，他不栽跟头谁栽跟头？一看姜桃花这种姿色就不可能是大街上随意能捡到的，这些人为什么就相信自己会有这么好的运气？还靠这么近，万一姜桃花会武，岂不是一刀就可以捅死他？

隐了身形跟了半条巷子，沈在野只见王府的护卫几乎都站在大喜赌坊门外，景王只带了两个人就跟着姜桃花进去了。

去赌坊干吗？

沈在野抿唇，想了想，转头对湛卢道："你先去京都衙门打点好，让他们懂事些，等会儿听我吩咐。"

"是。"湛卢应了，悄无声息地离开了。

在原地站了一会儿，沈在野还是拐进了旁边的和风舞，再度出来时，一身锦衣换成了毫不起眼的布衣，戴着斗笠就进了大喜赌坊。

姜桃花跟在景王身边，茫然地四处寻找，急得嘴唇发白："爹爹呢？爹爹哪里去了？"

穆无垠很是心疼地拉着她："你别急，慢慢找。若是当真找不到，就随我回府吧。"

"不要！"姜桃花果断地拒绝了，愣了半天好似才反应过来要顾及人的面子，连忙行了个小礼，哽咽道："小女子不是无家可归，若是当真找不着爹爹了，回老家去就是。"

穆无垠有些意外，神色更加放松了些，看着她道："你看不出我身份尊贵吗？"

姜桃花怯生生地打量了他一眼，显得有些局促，接着挣开他的手后退了两步，道："看……看得出来，多谢您愿意帮忙小女子寻找家父。"

奇了怪了，一般的女人看见他这一身绣龙锦袍都会扑上来，怎么这女子反而怕他？

人都有逆反心理，所以"欲擒故纵"这一招从古至今只要没被人识破，就屡试不爽。被人捧久了的景王爷，头一次在一个民女这里不受待见，反而更加固执："你先别忙着拒绝，先看看能不能找着你的爹爹吧。"

姜桃花欲言又止，想了想，还是轻轻点头，继续在人群里找。

沈在野隐在一旁冷眼旁观，心想，她的招数也没个新鲜的，要不是她长得好看，景王今儿才不会买账！

不过，把人拖在这赌坊里有什么用？

姜桃花跑到柜台前一边比画一边问："掌柜的，你们有没有看见一个这么高、大约四十岁的男人？穿着蓝布衫，脸上有颗痣。"

这纯属瞎掰，但是赌坊每天来往那么多人，她随口诌一个也是能砸中的。

掌柜抬头看了她一眼，本来有些不耐烦，但在看见后头穿四爪龙袍的人时，吓得一个激灵，连忙站直了身子，恭恭敬敬地答道："好像是有这么个人来过，但是咱们这里地界儿宽，您要找起来可能得多花点时间。"

瞧她当真是在找爹爹，都没多看他两眼，景王也就渐渐地对姜桃花放下了戒心。就在放松戒备的一瞬间，他对上了姜桃花的眼睛。

她的眼睛很好看，清澈带雾，里头像是有风卷起的温水，形成了漩涡，引着人就往里头掉。

"贵人，咱们得多找些时候呢。"姜桃花微微低头，白皙的脖颈看起来诱人极了。

一瞬间，穆无垠都记不起来自己在哪里，只呆呆地点头："好，找多久都可以，我陪你。"

姜桃花嫣然一笑，笑得身后两个护卫都失了神，跟着她一起往赌桌那边走。

"瞧一瞧看一看了啊，只要你押对十把，不仅是赔资，这满架子的宝物还可任选一样带走！"

经过一张赌桌时,庄家吆喝得大声,姜桃花也就停了下来,目光落在一支金钗上头,流连了片刻。

"想要吗?"穆无垠温柔地问她。

姜桃花咬唇,摇摇头:"不想要。"

说是这么说,目光可没从那金钗上移开。

景王当即坐在赌桌旁,身后两个护卫也没拦着。

看到这里,沈在野好像有点明白了。当今圣上最忌讳皇子不知分寸,不洁身自好。景王驶了万年的小心船,今儿怕是要在美人沟里沉舟了。

想了想,他转身就去找赌庄的东家。

穆无垠到底是王爷,就算东家有背景,也不敢往死里坑王爷。他得给他们点底气,让景王见识见识民间赌坊的厉害。

自古爱赌的人里就没几个有好日子过,而且一旦开始赌,想停下来是很难的。景王自己也知道,但是不知怎的就开始赌了,一旦开始,看着旁边眼巴巴地望着他的美人儿,他就没法儿说不要金钗了。

赌法是三个骰子押数。方法很简单,赔率很高,但是要赢十把才能获赠架子上的东西。

姜桃花一脸期待地看着他先赢了三把,然后开始一直输。

"怎么会这样?"穆无垠皱眉,让护卫继续去换筹码,"要赢十把会不会太难了?"

庄家赔着笑,背后直冒冷汗,正想着要不给这位王爷放放水算了,就见一个伙计过来在他耳边嘀咕了两声。

这一嘀咕,庄家的背就挺直了,他笑眯眯地看着穆无垠道:"这位客官,您要是觉得十把太多,可以只赢五把获赠一件宝贝,但是每一把的筹码必须是一百两银子。"

"一百两?!"穆无垠一惊,很想说一百两都够普通百姓用一辈子了,这赌庄怎么可以这么狮子大开口?

可是,旁边站着的美人儿还一脸崇拜地看着他,他也不好认怂,只能硬着头皮道:"一百两就一百两吧。"

姜桃花倒吸一口凉气,伸手轻轻地拉了拉他的袖子,道:"贵人,这银子太多了吧,咱们别——"

"你不用担心,我有的是银子,不缺这一点。"穆无垠拍了拍她的手。

这一拍,他只觉得触手如玉,细嫩又光滑,忍不住就抓住,细细摩挲。

姜桃花脸红了,怯怯地看了他一眼,连忙把手收回来。

可惜,她收得再快,刚回来的沈在野也看见了,他微微眯了眯眼:她这勾引人的手法未免太熟练了,到底在多少人身上试过?而且如此看来,和风舞那一夜,未必当真是她的初夜吧?

沈在野轻嗤一声,抿唇,继续隐在一边看情况。

赌局开大了，四周围观的人也就多了，穆无垠更加骑虎难下，只能一次次地下注，带的银子不够，便让人记在景王府的账上。

输输赢赢三十多把，那簪子才终于戴在姜桃花的头上。

"贵人好厉害！"姜桃花双眼泛光，仰视着他道，"是经常赌吗？我爹爹赌了十几年，都没能赢个什么东西给我。"

穆无垠本来还有些心虚，一听这话，再对上她的眼睛，就觉得这几千两银子值得，微笑着问："还想要吗？"

"不要了不要了。"姜桃花乖巧地摆手，眼里充满爱慕，"只是方才下赌注的时候，您看起来真的很霸气，像统率千军万马的将军一样。"

"哈哈。"穆无垠笑了，低头凑近她耳边，轻声道，"你要是跟了我，总有机会亲眼看着我统率千军万马。"

姜桃花脸颊一红，敏感地捂住耳朵后退两步，正色道："贵人说笑，贵人这样的身份，小女子怎么配得上？既然找不到爹爹，那小女子就先——"

"你别走。"穆无垠连忙拉住她，低声道，"是我唐突了，你别生气。你爹爹在这赌坊里，咱们就慢慢找，找得无聊，我就赌两把给你看，怎么样？"

"这……"姜桃花很犹豫，景王却是不管不顾，直接拉着她的手就往下一张赌桌走。

沈在野此刻已经安静地坐在二楼喝茶，看着景王带着姜桃花在楼下各个赌桌之间穿梭，冷笑了一声。

未时过了，申时、酉时也过了，大喜赌坊里热火朝天，众人都来围观王爷赌钱，景王好像也忘记了自己和瑜王有约，只顾着一掷千金为红颜。

但是，在最后这一张赌桌旁，他赌下不去了。

"你们使诈！"一拍桌子，穆无垠大喝，"不可能总是我输！"

庄家平静地看着他道："输赢有命，愿赌服输，咱们大喜赌坊百年老店，从来不出千。贵客既然愿意赌，那输了就不能耍赖！"

穆无垠冷汗涔涔，也不想耍赖，但是这赌注不知不觉加到了二十万两，这么一输，就算是他景王府，一时半会儿也不可能拿出这么多钱！

第七章 景王

他到底是怎么坐上这赌桌的？怎么会这么控制不住自己？

穆无垠突然打了个激灵，觉得四周的一切好像都清晰起来，心里一片清明，瞬间觉得大事不好！

这该怎么收场？欠这么多钱，谁来还？

他抬头看向身边，空荡荡的，那姑娘已经不见了。

"人呢？"穆无垠脸色一沉，低声问两个护卫。

一个护卫道："方才那姑娘不是跟您说了吗，去旁边继续找她爹爹去了，您还点了头。"

他点过头吗？他完全不记得了，难不成当真是玩入迷了，没顾上周遭的事物？

穆无垠起身想走，庄家连忙喊了一声："景王爷，咱们赌庄的钱可不兴赊欠的，等会儿就上您府上去拿，您可得提前备好。"

"荒唐！"穆无垠冷冷地看他一眼，"早听说这赌坊谋财害命，原来当真不假。本王尚且被你们诈骗二十余万白银，若换作普通百姓，岂不是真要被逼死？今日来查访，本以为你们看见本王会有所收敛，不想竟然变本加厉！若要钱，有本事去官府要！"说完，转身就想走。

"哎！皇亲贵胄就能欠钱不还？"庄家底气十足，根本不怕他唬人的这一套，当即让人上前拦住他，"您既然不想还钱，那就休怪我们不让您走出这大门了，就算告去官府，您也没理！"

周围一片哗然，议论纷纷，景王被一群打手围在中间，脸色难看得很。

"去通知京都衙门！"穆无垠低声对旁边的护卫道，"让他们派人过来。"

"是。"护卫应了，强硬地闯了出去。赌庄的人也没拦着，任由他离开了。

赌场里顿时一片混乱，赌客四散，吵吵嚷嚷。穆无垠一脸铁青，眼睛还在四处搜寻姜桃花的身影。

姜桃花已经上了二楼，坐在沈在野旁边，还把厢房的窗户关上了。

"您帮个忙。"她白着脸道，"等衙门的人来，这事儿就成不了了，还是快些去把瑜王请过来，景王今日爽了他的约，他也该过来看看。"

沈在野扫了她一眼，道："这些不用你担心，瑜王已经在路上了。"

"那就好。"姜桃花松了口气，一把抢过他手里的茶，灌了两口之后，就趴在桌上喘粗气。

有那么累吗？沈在野平静地又给自己倒了杯茶，道："姜娘子好生厉害，三言两语就蛊惑了景王，他平时可不会这么傻。"

姜桃花翻了个白眼，有气无力地道："他当然不傻，不仅不傻，浑身戒备还紧得很，要不是妾身拼了命伪装找到机会，还真没办法。"

"你用了媚术？"

"废话！"

沈在野眯眼道："脾气这么大？"

姜桃花叹息，撑着脑袋起来，看着他道："不是妾身脾气大，是妾身还带着伤，又坚持了这么久，真的很难受。爷在人辛苦完成任务的时候，能不能温和一点？别以为使媚术是什么轻松的事，需要天时、地利、人和，以及大量精力，没那么简单。"

不简单吗？沈在野抿唇，他远远看着，她也就是抛了几个媚眼罢了。不过……看她累成这样，他也不再多说什么，起身就要走。

"您去哪儿？"姜桃花虚弱地问了一声。

"还能去哪儿，自然是回府。"沈在野停下步子，回头看她，"你该做的都已经做了，剩下的是我的事情，回去吧。"

姜桃花点点头，她是很想回去，可是……

"您能不能扶我一把？"

"姜桃花，别得寸进尺。"沈在野不悦地眯眼，"能走就自己走，我扶你出去像什么话。"

姜桃花气极反笑，咬牙道："妾身要是自己能走，就不会向您开口了！"

沈在野黑了脸，转身过来，一把捞起她，道："方才站在景王身边的时候不是还活蹦乱跳的？能给人家倒茶，也能给人家拉手呢。这会儿倒是没力气了？"

身子的重量全靠在沈在野身上，姜桃花松了口气，声音也越来越弱："您这酸了吧唧的有意思吗？目的达到就行，您管我怎么达到的？"

"女人要有廉耻之心。"

"您看我是水性杨花了还是跟人苟且了？"姜桃花气得直哆嗦，"说话别那么难听！"

她这是在给谁办事呢？办成了没奖赏就算了，还要受他这一顿嘲讽？

沈在野冷笑，也没多说，搂着她出门，从后门离开赌坊，坐上了马车。

湛卢亲自驾车，小声禀告道："京都衙门的人会在瑜王到了之后才来，主子放心。"

"嗯。"将身边这人放好后，沈在野道，"快些回府里去。"

"是。"

马车动起来，一路上难免颠簸。姜桃花脸色苍白，妆都要遮盖不住："能不能慢点?"

"不能。"沈在野面无表情地道,"越快离开这里,越万无一失。"

"那……放我下去,我自己走回去。"

开什么玩笑?沈在野不耐烦地扫她一眼,道:"有马车你不坐——"

话没说完,他就被她的样子吓了一跳。月色荷花裙腰上的位置血红一片,她整个人苍白得像是马上要晕过去了。

"停车!"

马车急停,姜桃花一个没抓稳就往前倒,沈在野伸手捞住她,低斥道:"你是疯了还是怎的,伤口裂了不会说一声?"

姜桃花张了张嘴,晕得难受,压根儿没力气跟他吵了,干脆靠他怀里装死。

"湛卢,走官道,平稳些回去。"

"是。"

沈在野毫不犹豫地掀开她的衣裳看了看,这伤口也不知道裂了多少次,白布上有凝固的血,也有新鲜的。

这样都不死,这人是妖怪吧?

他拆开白布放在一边,看了一眼她狰狞的伤口,眼里终于有了些动容。

青苔跟了自家主子一路,最后没能跟上马车,只能自己跑回去。等她到争春阁的时候,姜桃花的伤口已经被清理过,重新包好了。

"你好生伺候。"沈在野一脸平静地看着她吩咐道,"等你家主子醒来,转告她,想死就直接去库房寻一把上好的匕首抹脖子,不想死就安安静静地待着,别乱折腾了。"

青苔一愣,随即有些气不过道:"主子今日这么折腾还不是因为——"

"做丫鬟的,话不要那么多。"沈在野粗暴地打断她,抬脚就往外走,"这伤口是她自己弄的,死在这上头,那些黄金也不会归她。"

什么人啊这是!青苔气得直瞪眼,看着沈在野大步出去,心里直咒他路上摔个跟头!

屋子里点了安神香,姜桃花睡得很好,只是脸色很苍白。医女熬好了药进来,细心地一点点喂给姜桃花,又对青苔道:"药房送来了上好的当归阿胶,烦请姑娘找细心的丫鬟去熬上,晚些时候再给娘子吃。"

"好。"青苔点头,连忙出去吩咐。

一直在争春阁外看着的丫鬟飞快地回了软玉阁,将看见的事情统统告诉了孟蓁蓁。

孟蓁蓁眼神幽暗地听着,歪了歪脑袋,道:"你是说,姜氏今天出门,是和爷一起回来的,还旧病复发了?"

"是。"丫鬟小声道,"看爷的样子紧张得很,亲自抱着回来的。"

"知道她去哪里了吗？"

"这个奴婢不知，听其他人说，今日是爷许她出门去逛逛国都的。"

孟蓁蓁揉了揉帕子，不悦道："多半就是装病博爷怜惜，要是病没好，那还出什么门！"

"奴婢也是这么觉得。"小丫鬟道，"您打算怎么办？暗地里教训她两下？"

"先不急。"孟蓁蓁抬手打断了她的话，道，"让人去打听清楚她出门做了什么，才有话好说。"

"是。"

睡了两个时辰，姜桃花清醒了一刻钟，青苔本来想问她饿不饿，附耳听见的却是："你去外头跟院子里的丫鬟聊聊天，就说今日与我一同出去看了不少大魏国都的风光，很高兴。"

青苔又气又笑，哽咽道："您就不能少操点心吗？"

姜桃花摇摇头，闭上了眼。

青苔无奈，只能整理好情绪，按照主子的吩咐出门去，跟几个熬药的丫鬟坐一起说话。

"姐姐今日都陪娘子去了哪里啊？"院子里的小丫鬟好奇地问。

青苔笑道："逛了许久的街，将这国都看了大半。魏国的国都真气派。"

"那是，姐姐有空可以多看看，咱们魏国可比赵国繁华多了。"小丫鬟笑着，一边扇风一边道，"不过也巧，主子怎么刚好和爷一起回来了？"

"路上碰见的，算是缘分吧。"打量了这问话的小丫鬟两眼，青苔伸手接过她手里的扇子，道，"我来吧，你们也该去用晚膳了。"

"多谢姐姐。"小丫鬟起身，高兴地招呼着院子里其他人去吃饭。

青苔打开药罐子，检查了许久才继续熬。

主子说得没错，她一旦不能用脑子的话，真的会死得很快。这相府后院，比起赵国皇宫也丝毫不逊色。青苔暗忖。

书房里。

沈在野听着下人的汇报，微微勾唇："瑜王一去，事情闹大也是预料之中，明日就等着他们闹进御书房了。湛卢，研墨，咱们也得准备一道折子。"

"是。"湛卢应了，摆开空白折子准备好笔墨。沈在野慢悠悠地开始写。

景王和瑜王一向是表面交好，作为势力仅次于景王的人，瑜王不会甘心将皇位拱手让给景王的，一有机会，定然会踩他一脚。

姜桃花今天就给了瑜王这个机会，明日等今日之事传进宫里，皇帝必然大怒，之后就看瑜王自己的本事了。

至于他，还有份大礼备着，等着景王。

当今朝堂，皇帝因偏爱兰贵妃，不似以前那般勤于朝政，而是逐渐将权力分给几个皇子。太子未定，圣心一直偏向景王，景王也一直觉得皇帝最看重自己，于是信心十足地等着，只待十几年后皇帝西去，自己便可以登上大宝。

然而，现在出了乱子。

堂堂皇子，光天化日之下进赌坊赌钱不说，还欠了赌坊二十万两雪花银。

"二十万两！"

一盏茶摔在脚下，震得景王后退两步，又不得不硬着头皮站过来，踩在碎瓷之上，低头道："父皇息怒！"

明德帝一张脸气得涨红，手猛地在书桌上一拍："你叫朕怎么息怒！二十万两银子够我大魏边疆的将士吃饱穿暖一整年，你却挥手就扔进了赌坊，叫朝中百官怎么看你，叫天下百姓怎么看你？！"

景王心里也气啊，他完全想不明白自己怎么就去赌钱了！想来想去只觉得是红颜祸水，要不是那姑娘，他也不至于……

不过，就算有那姑娘，他怎么就这么糊涂呢？！

景王伸手打了自己一巴掌，直接跪了下去，也不管地上还有碎碴儿和茶水，连连磕头："儿臣自知犯下大错，罪无可恕，但求父皇保重龙体，莫要发怒。太医说您的身子——"

"朕的身子用不着你操心！"明德帝恨声道，"你给我回府去思过，一个月之内不准上早朝！"

"儿臣谢过父皇。"

出了御书房，景王浑身都被汗湿透了，扶着随从的手才能走稳。他正要离开，却见瑜王迎面走了过来。

景王深深地看了他两眼，没打算多说什么。两人对视一笑，拱手作礼，和和气气地寒暄了两句，瑜王就进御书房了。

"好一个瑜王爷。"穆无垠继续往前走，咬牙切齿地小声道，"先前沈丞相说他有野心，本王还不信，如今才发现，这披着兔子皮的狼当真会咬人！"

"说起沈丞相，您要去见一见吗？"随从小声道，"听闻他今日早朝就往陛下面前递了折子，又差人过来，说请王爷出宫后一叙。"

沈在野？穆无垠打起精神道："见是定然要见的，去他府上吗？"

"丞相说在宫门口恭候。"

"快走！"

沈在野是他一早就想拉拢的人，先前送了个美人儿过去，没想到前些时日误抓了赵国公主，给他惹了麻烦，幸亏他大度，不仅没记恨，还帮他把罪责扛下了。这样的人，若是能完全收为己用，何愁他主不了东宫？

宫门外停着相府的马车，穆无垠到了，微微拱手就上了车。

沈在野摆着茶案，微笑着看着他道："王爷辛苦。"

穆无垠扫了一眼冒着热气的茶，心有疑虑地坐下来："丞相找本王有何事？"

"出了大喜赌坊那样的事，您又没上早朝，微臣猜想，早朝之后，您定会被陛下责难。"沈在野伸手递了杯茶过去，道，"所以特意等在这里，让王爷安心。"

景王一愣，接着就是一喜："丞相愿意助本王一臂之力了？"

"微臣乃受皇恩为官，效忠的只是陛下和大魏，谈不上是助您一臂之力。"沈在野微微一笑，道，"只是当今朝野，只有您有资质继承皇位，所以为您做些事也是正常。"

"丞相做了什么？"

沈在野摇了摇茶杯，没直接回答他，反而问："王爷觉得陛下心里的太子之位，是非您不可吗？"

太子之位。

景王抿唇，认真地想了想，道："先前本王一直是有信心的，但是今日出了事，本王倒是看清了一些东西。父皇他……未必当真非我不可。"

一个月不能上早朝，这惩罚听起来轻，可瑜王本就是在聚势阶段，他这么一让，不是给了瑜王机会丰满羽翼吗？一个月后他回去，朝堂会是什么样子，父皇压根儿没为他想过。

在他的眼里可能还是能者居之，不管是他还是瑜王，谁有能力，将来的太子之位就会是谁的。父皇与他，不是父子，是君臣。

看清这个事实，他的心凉了一半，越发想抓紧沈在野这些朝臣了。

"王爷心里清楚就是好事。"沈在野笑道，"陛下无情，只看成败。瑜王野心，路人皆知。您再不明白形势，东宫之位可就真要落入他人之手了。"

"求丞相指点！"景王连忙坐直了身子，目光真诚地看着他。

沈在野不慌不忙地抿了一口茶，接着伸手将旁边放着的折子递给他："这份奏折，微臣抄了两遍，另一本已经送到陛下手里。"

景王心里一跳，连忙接过来看，看完之后大喜："相爷大恩，叫本王以何为报？"

沈在野微笑："您以后成为一代明君，就是对微臣最好的报答了。"

这话把景王感动得都说不出话了，他看了沈在野许久才道："若本王一朝为帝，定不负丞相今日之恩！"

沈在野微微颔首，算是应了："王爷回去吧，剩下的事情，微臣会替您处理。"

"多谢！"景王满怀感激地起身行礼，然后下了马车，目送沈在野离去。

两天后，姜桃花总算又能动弹了，嚼着红枣在院子里躺着晒太阳，惬意无比。

沈在野刚跨进院子就看见她那猫一般的模样，不禁勾了勾唇。他挥手让其余的人退下去，自己走到躺椅旁边，伸头就挡了她大半的阳光。

"爷，"姜桃花朝他一笑，问道，"可还顺利？"

在她旁边坐下后，沈在野轻声道："我禀明陛下，说大喜赌庄是黑赌之所，景王暗访，为查封这赌庄出了大力。陛下气已经消了。景王方才送了三个大箱子来，不知道是什么谢礼。"

"恭喜爷。"姜桃花微笑着道，"得了景王的信任，离间了他们父子的感情，还顺带让瑜王成了景王的眼中钉。"

一听这话，沈在野心里又不舒坦了，微微眯眼看着她道："你懂不懂什么叫大智若愚？真正的聪明人话别说太多，也别说太明白。"

就算看懂了他真正的意图，也别这么大大咧咧地说给他听行不行？很让人不爽。

"妾身女流之辈，没有大智，只不过有些小聪明。"姜桃花道，"爷的要求别太高了。"

懒得跟她贫嘴，沈在野伸手就掀开她的上衣看了看。

包着的白布上总算没血迹了。这两天她的伤口一直无法结痂，还让他有些惦记。万一她死这府上了，南王还真会跟他没完。

不过，这样严重的伤口，留疤是肯定的了。

"爷，"姜桃花伸手按了按自己的衣裳，神色古怪地看着他，"您这动作会不会太流畅了一些？光天化日的，还是注意点吧。"

"你名义上是这府里的娘子，"沈在野斜眼看她，"就算我在这里把你办了，也没人敢多说一句。"

姜桃花嘴角抽了抽，"不要脸"三个字就在嘴边了，她忍了忍，还是咽了回去。

"您说啥就是啥，妾身认了！"

沈在野微笑，很是满意地放开了她，看了看她脸上的血色，起身道："在你的伤口完全好之前，我不会再让你做什么了，安心养着吧。"

"多谢爷。"姜桃花笑了笑，"妾身也是想安心养着的，可惜您这院子里好像不怎么平静。"

这两天她躺在屋子里，院子里的小动静也是不少呢。

"院子里平静还是不平静，看你的本事，跟我无关。"沈在野道，"女人之间的事情，我一向不会插手。你要是没本事，被人欺负了，可别来找我做主。"

"妾身也不求爷做什么主。"姜桃花抿唇道，"只是妾身初来乍到，什么都不清楚，傻乎乎地站在明处被人折腾，也不是个事儿。爷要是方便，赏妾身一本府中的花名册看看可好？"

沈在野挑眉道："你想看这院子里人的家世？"

"这不是必须的吗？"姜桃花俏皮一笑，"好歹要知己知彼啊。"

她来得晚，没时间去一一打听各房各院的身家背景，走沈在野这条路是最快的，因为花名册这种东西只有他才会有。

沉思了一会儿，沈在野挥手道："你等会儿让丫鬟去湛卢那里取，我还有事，就先走了。"

"恭送爷。"姜桃花颔首，直到他跨出院门才抬头，示意青苔去拿东西。

这两日沈在野公务繁忙，谁也没宠幸，晚上也没在争春阁过夜。饶是如此，姜桃花身上的压力也不小，先前耽误了别人五六天的侍寝机会，要不是她出不了这院门，估计早被人变着法子教训了。

顾氏现在倒是安分，但是别的人可没跟她联盟，暗箭、阴刀什么的，她还得硬扛。

这人生啊，有时候真是不公平，有的人轻轻松松就能有锦衣玉食、高床软枕，有的人却必须在地狱里挣扎个九九八十一回才能有安乐日子过。

要是可以，姜桃花很想当一个靠脸吃饭的美人儿，没事撒撒娇绣绣花，就有人保她一生富贵。

可惜，梦想美得能让人飞上天，现实总是残酷得能让人摔个稀巴烂。

比如眼下，不知道哪里传出来的风声，说争春阁的姜娘子带病上街与男子私下相处，惹得人家拿着她的画像四处寻人。

姜桃花听得心惊肉跳，心想，那天街上难不成有会画画的人记住了她的样子？那可就糟糕了啊，万一让景王发现，沈在野还不先宰了自己以绝后患？

她急忙让青苔去外头寻了她的画像回来，打开一看，白眼都能翻出花了。

"这长得像我？！"

青苔看了一眼画上那张稀奇古怪的脸，安慰道："不像，所以这画像肯定与您无关。"

"但要是与我无关，府里怎么会有这种风声？"姜桃花皱眉道，"哪儿传出来的？"

青苔摇头，表示不知道。她们现在对这府里还不是很熟悉，始终处于被动阶段，一切都只能等情况明了再说。

姜桃花沉默，手指落在面前的花名册上，翻到了孟氏那一页。

孟太仆之嫡女。

太仆是管马政的官，权力颇大，油水也多。他的嫡女竟然没进宫，只在相府当个娘子？

姜桃花瞬间觉得自己这公主当娘子也不是那么委屈了，毕竟她只是个庶出的，人家正正经经的高门嫡出也只是个娘子。

总归她现在也做不了什么，不如等水淹进来了再说吧。合上册子，姜桃花安心地躺下休息，心想，现在谁爱议论就议论去，反正景王那边，沈在野肯定会帮忙兜着。其余的事情，她压根儿不怕。

"主子，"用过午膳，青苔神色严肃地进来禀告，"夫人说一会儿要过来。"

梅照雪？姜桃花眨眼，心想，她来干什么？

虽然目前这后院里她认得的人不多，但梅氏的确是所有人中最端庄的，有大家闺秀的气度，也不是会没事找事的人。她这个时候来，想必有什么要紧事吧。

这样一想，姜桃花还是勉强打扮了一下，靠在床头等着。

梅照雪是一个人来的，一身梅花映春的裙子，微笑着在她床边坐下："身子可好些了？"

"多谢夫人关心。"姜桃花笑道，"还在养着，不便见礼，夫人莫怪。"

"你是懂规矩的，我知道。"梅照雪笑着拉起她的手，"只是有些事情你身不由己，我未曾想与你计较。"

这话说的，还叫不计较吗？姜桃花心里也明白自己坏了这府里的规矩，只能低头认错："妾身惶恐。"

"美色当前，爷不管不顾了，我也能体谅。"梅照雪轻轻叹息一声，道，"只是如今侍寝的规矩不复存在，府里难免有人不安。若有一两个不懂事的冲撞了你，娘子也多担待。"

这算是提前跟她知会一声，有人要对付她了吗？姜桃花干笑道："妾身瞧着这院子里的人都挺懂事的。"

梅氏摇了摇头，一双眼里神色深沉，靠近她一些才道："有的人可不是那么好相处的，已经来我这里告了不少状。我知她无理取闹，所以没理会，但是你可得小心，院子里的是些什么东西，也该看清楚了。"

姜桃花眼神微动，抬头看她一眼，点头道："多谢夫人提点。"

梅照雪微笑，目光温和又无害："我就喜欢你这样宠而不骄、懂得分寸的女子。等伤好了，可以经常去我那里坐坐。"

"好。"姜桃花一脸感激地应下，"等妾身伤好，一定带礼物去谢您。"

梅照雪颔了颔首，临走前还送了她一对镯子，是上好的羊脂玉。

"真有钱。"青苔咋舌，"咱们皇后娘娘手上戴的也是这种镯子。"

姜桃花拿起一只掂量着，轻轻一笑："这位夫人好会做人，收拢人心倒是有一套，不愧是奉常大人家的嫡女。"

"主子觉得她可信吗？"

姜桃花摇摇头，伸手将镯子放下，道："这世上可以完全信任的人只有一个，那就是你自己。"

青苔一愣，有些失落道："主子连我也不能完全信任？"

"我可以把命托付到你手上。"姜桃花微笑，偷换了概念。

青苔也没多想，听着只觉得感动，于是一脸认真地道："夫人既然都来提点了，那咱们就小心些吧。奴婢去注意一下院子里的人。"

"不用注意了，直接把那天套你话的丫鬟赶出去，就说她犯了上，争春阁不要了。"

青苔一惊，道："这么直接？"

"夫人都给机会了，咱们还不抓紧？"姜桃花笑了笑，一双眼里满是狡黠，"她想挑拨离间，那咱们就顺水推舟，看看那丫鬟到底是谁的人。"

梅照雪的意思，她其实是明白的，就是告诉她有人要害她了，她在帮她挡，甚至提点她院子里有不干净的东西。话说到这份儿上，她要是不借夫人的名义把那丫鬟赶出去，不是可惜了吗？那丫鬟背后的主子就算想算账，肯定也是记在夫人头上。她躲在大树下头乘凉就好了。

青苔点头，立刻去办，没一会儿院子里就响起了哭声。

"姜娘子，姜娘子！奴婢什么也没做，怎么就被赶了呢？"缀玉边哭边喊，"请娘子饶了奴婢！饶了奴婢吧！"

姜桃花听了一会儿，声音远得快要出争春阁的时候，她才开口："把人带进来吧。"

青苔单手就将小丫头拎了进来，丢在她面前。缀玉吓得浑身发抖，带着哭腔道："奴婢可是哪里做错了，娘子要这么重罚？"

一个院子里犯了错被赶出去的丫头，会直接被赶出相府，因为别的院子也不会收。

姜桃花靠在床头，看着她，轻声开口："好奴不事二主，你明白吗？"

缀玉脸色一白，难以置信地抬头看她："怎么会……"

她怎么知道的？

"我对这府里的情况不是很清楚，你是谁的人我也不在乎。"姜桃花叹了口气，看着她的目光里满是怜悯，"但是夫人都亲口说了你不是忠仆，有害我之心，那这争春阁就容不下你了，走吧。"

缀玉连连摇头，实在是不甘心："奴婢没有害主子之心！伺候这几天虽然不是鞠躬尽瘁，但也是尽心尽力，娘子难道看不出来吗？"

"日久见人心，这么几天也说明不了什么。"姜桃花道，"比起你，我更相信夫人。"

若是其他人来嚼舌根，她好歹还有辩解的余地，可是为什么偏偏是夫人？缀玉咬唇，慌了神，忙道："奴婢以前的确是在软玉阁伺候过，可不得孟娘子喜欢，就去后院打了一段时间的杂，之后才被分到这里。"

孟氏？姜桃花挑眉："原来是这样，你是孟氏的人？"

"是……不是！"差点被套话，缀玉急得眼泪直掉，"奴婢现在只是您的人，跟孟氏已经没了主仆情谊。"

"那我管不着。"姜桃花摇头，"继续留你，就是不给夫人面子。我主意已定，你不必多说。青苔，拖走她。"

"遵命！"青苔应了，缀玉就更慌，伸手抱着旁边的大花瓶企图挣扎一下。

结果青苔走过来，连她带花瓶一起拎了起来，潇洒地送了出去。

姜桃花轻咳两声，吸了吸鼻子，听见外头的惨叫，有点担心那花瓶会不会碎。

不过青苔的功夫是靠谱的，人被她扔了，花瓶被原封不动地放了回来。

"很好。"姜桃花点头，继续躺下休息。

要正式就寝的时候，院子里有丫鬟碎嘴，跑到青苔跟前嘀咕了一阵，青苔就传话给了自家主子。

"孟氏大晚上跑去给夫人请安,说是有些不愉快,出来的时候脸色难看得很。"

如此一看,那丫鬟还真是孟氏的人。

姜桃花裹着衣裳点头道:"剩下的就让她们自己去折腾吧,我抢恩的这点罪过,没多久她们就会忘记的。"

她因为受伤,不能侍寝,院子里的其他人能。接下来才是这群女人真正的战场,她可是想置身事外的。

然而,不知道孟蓁蓁是不是受了刺激,第二天竟然直接上门来了。更可怕的是,她还带着沈在野。

"妾身有事要禀告爷,"孟蓁蓁咬着嘴唇看着姜桃花道,"与姜娘子有关,所以烦请娘子屏退左右。"

姜桃花睡得正舒坦,半睁着眼睛给沈在野请了个安,就挥手让青苔下去。

"出什么事儿了?"

沈在野面无表情地坐在一边喝茶,孟蓁蓁就伸手拿出一张画。

这画不是别的,就是姜桃花那稀奇古怪的画像。

"咱们相府一向是清清白白,没有半点流言的。"孟蓁蓁幽幽地道,"没想到现在却出了这样的事情。夫人的意思是要瞒着爷,可妾身觉得,爷应该知道。"

看了那画一眼,再看沈在野一眼,姜桃花似笑非笑地问:"什么事儿啊,为什么连我都不知道?"

孟蓁蓁抿唇,神色古怪地扫了她两眼,再看了看自己手里的画,沉默了一会儿。

姜桃花知道,她肯定也觉得画得不像,有些犹豫。

不过孟蓁蓁最终还是把画放在沈在野面前,道:"最近外头盛传西街的画师对一名女子一见钟情,便画了画像四处寻人。妾身的丫鬟上街偶然看见,觉得这画像和姜娘子有些相似。想起前些天姜娘子独自上街与人私会的蜚语,妾身便觉得应该让爷来问清楚,不然冤枉了娘子也不好。"

沈在野十分配合地点头,然后看向姜桃花:"你有什么要解释的吗?"

"妾身未曾与人私会,也不认得什么画师。"姜桃花的眼里满是无辜,她撇嘴道,"爷觉得这画像上的人像妾身?"

"不像。"

"那就是孟娘子想多了吧。"姜桃花微笑,目光落在孟蓁蓁身上,"不过孟娘子倒是与我想象中的不同,更娇柔些呢。"

说得好听是娇柔,说不好听的是小家子气。姜桃花原以为太仆家的嫡女就算不及九卿之首的奉常,也该有贵门风范,没想到看起来就像怨妇,两条眉毛时常皱着,眼角下垂,整个人气色还不如她好。

所以说"相由心生"也不是没道理,逮着点影子就敢上门来找她麻烦,这样的人心肠也不会好到哪里去。

孟蓁蓁有点底气不足。来的时候有丫鬟跟她说这画像上的女子很像姜娘子，所以她才敢带爷来，没想到如今一见，姜氏竟然长得这般……美。不是有攻击性的美艳，就像花瓣上的露珠，光彩熠熠，清澈，半点不令人抵触。

她跟画像上的人简直是天差地别，那些丫鬟到底有没有认真看过她的脸？

"姜娘子也与我想象的不同。"孟蓁蓁抿唇道，"这样看来，倒是我捕风捉影了。既然是个误会，爷也相信娘子，那这府中的流言就该散了，也免得坏了爷的名声。"

"你总是这么体贴。"沈在野微笑，丝毫不怪罪她，神色也温和极了，"今日就当作你来见一见姜氏了吧。她进府晚，以后你们还得相互照顾。"

"这是自然。"孟蓁蓁点头，勉强朝姜桃花一笑："姜娘子不会讨厌我吧？"

姜桃花摇头，笑道："娘子帮我澄清了流言，怎么还会惹我讨厌呢？我喜欢都来不及。"

两个女人皮笑肉不笑，看得沈在野起了层鸡皮疙瘩，于是嫌弃地拂了拂衣袍，道："既然没事，那咱们就先走了吧，让姜氏好生休息。"

"是。"孟蓁蓁颔首，脸微微涨红，多半是羞的。她不敢再看姜桃花，捏着画像就匆忙离开了。

姜桃花目送他们出去，心想，这点小风小浪，手段也太轻了吧？她躺着都能解决的事儿，那都不叫事儿。

一颗心放了回去，她继续养伤休息。不想睡了个午觉醒来，床边又多了个人。

"我过来看看娘子。"顾怀柔脸上带着笑，目光打量了她一番，"气色好像好了不少，不枉咱们爷有什么好药材都往争春阁里塞。"

无事不登三宝殿，顾氏是打算跟她撇清关系的，怎么会突然来了？姜桃花有点好奇地看着她："出什么事了吗？"

"娘子放心，没什么大事。"顾氏笑道，"不过是往常都会有的一些小打小闹，闹不进你这争春阁。"

那就还是出事了呗。姜桃花慢慢坐起来些，笑着问："有什么热闹？"

"这府里的情况，娘子不太了解，所以今日我特意过来一趟，免得你卷进什么不必要的麻烦里去。"顾怀柔道，"不知为什么方才孟氏和秦氏又杠上了，这两人天生不对盘，一个刚，一个柔，每过一段时间就要吵上一回。"

这么激烈？姜桃花咋舌，孟氏和秦氏她都见过了，秦氏明显更难对付一些啊，孟氏那种心思浅的，是怎么活下来的？

"这府里新来的人，饶是爷再宠，也就是一时的风光，但是秦氏得宠已久，并着府中万侍衣等人形成一派，与以孟氏为首的另一派水火不容。其余人的争斗都是轻巧的，上一回吵了嘴，指不定下一次就和好了。但是这两边的人像是有不共戴天之仇，只会相互算计，甚至死过人。"

姜桃花眉心一跳，忍不住问："那你是哪一边的？"

顾怀柔不悦地看她一眼，道："不是所有人都要分边站的，我谁也不依靠，自己过日子。"

这倒是落个轻松。姜桃花点头道："那我就事不关己，高高挂起了。"

"你尽管好好享受这段养伤的日子吧。"顾怀柔看了她一眼，撇嘴道，"等娘子伤好，这热闹便少不了你的一份。"

虽然新宠的确不足为患，但姜氏这样让爷看重的新宠，到底让几位主子有些忌讳，能踩死她，她们一定不会松脚。

本来顾怀柔是不打算来的，瞧着最近府里姜娘子的势头不是很好，虽然她帮过自己，但互不相干才能明哲保身。可今儿孟氏竟然也没能在这争春阁讨着好，爷还半点不怀疑姜氏的忠贞，这让她不得不过来一趟，给自己留条后路。人嘛，总是要懂得变通的。

姜桃花也没多说，受了她这份好意，然后就开始边看热闹边养伤。

她可能是小瞧了孟娘子，人家斗起来还真不弱。

沈在野在软玉阁连歇了六天，秦解语踢开软玉阁的大门就开始闹，然而她一闹，孟娘子就哭。她自个儿哭还不算，竟然喊了亲娘来，一起去相爷面前哭。

姜桃花乐了，一想到沈在野每天要面对这些女人的争吵，她就觉得莫名地爽啊，烦死他最好！

沈在野倒是倔强，秦娘子要闹，他就继续在软玉阁住下去，大有住到天长地久的架势，连公文笔墨都搬过去了。

秦解语气得不行，却不敢去相爷面前说什么，于是开始阴着使法子。孟蓁蓁恩宠正盛，难免骄纵，不仅不把秦解语放在眼里，渐渐地竟然连见着夫人也敢不请安了。

府中众人颇有微词，沈在野却像不知道一样，在软玉阁住满了十天。

十天的时间，姜桃花的伤也有了起色，她终于可以下床活动了。这天晚上她正在屋子里高兴地尝试自己换衣裳，房门冷不防地被人推开了。

美人儿肌肤如玉，半遮半掩，脸转过来，朱唇微启，盈盈的眸子里满是惊讶："您进人家房间不敲门的？"

沈在野轻笑一声，进来就将门合上，睨着她道："这是相府。"

换言之，这是老子的地盘，老子想去哪儿就去哪儿，敲门做什么？

姜桃花被他这种理直气壮的态度震得一时语塞，穿好衣裳后，老老实实地过来给他倒茶："爷今晚怎么过来这里了？"

"住腻了，换个地方。"

"要让孟氏摔疼吗？"

聪明人跟聪明人说话，压根儿不用多解释。沈在野瞥了她一眼，哼了一声，算是应了。

姜桃花心有余悸地拍拍胸口，一脸感激地看着他道："多谢爷放过妾身，不然妾身可能就是之后孟氏的下场了。"

沈在野抿了一口茶，嫌弃地皱眉："你再敢给爷泡这种粗糙的茶，离孟氏的下场也不远了。"

粗糙吗？姜桃花拿着他的杯子尝了一口，道："苦荞茶，很好喝啊，您不觉得吗？"

沈在野深深地看了她一眼，道："府里下人才喝这种茶。"

"可是好喝就是好喝，管他谁喝的？"姜桃花把温热的茶水一口喝完，撇了撇嘴，"您要是不满意，下次来的时候就提前说一声，妾身好准备龙井。"

"嗯。"沈在野起身，张开双手看着她。

姜桃花一愣，上下打量他一眼，犹豫了许久，走过去伸手抱住了他。

沈在野气得不知说什么好。

"我的意思是，让你更衣。"一把将这人从自己身上扯下来，他板着脸道，"这点规矩都不懂？"

姜桃花脸腾地一红，连忙伸手给他解扣子。

可是，她分明还是个病人！她抬手的时候扯着腰伤很疼啊，刚刚给自己穿衣服都那么困难，现在还得伺候这位大爷换衣裳？

姜桃花眼珠子转了转，突然惊叹了一声："这谁系的扣子啊，这么紧？"

沈在野一顿，疑惑地伸手解开脖子边的一颗盘扣，问道："哪里紧了？"

"这个。"姜桃花指了指他腰上的系扣。

沈在野伸手自己解了，皱眉看着她道："并不是很紧。"

"不紧就好，您把衣裳脱了吧，扣子都开了。"姜桃花十分自然地点头道。

屋子里安静了一会儿，沈在野眯着眼睛盯着她，目光不太友善。

姜桃花傻笑，嘿嘿嘿几声就装作去叫人打水洗漱的样子。

这屋子就这么大，两人今晚还得睡一张床，她能躲哪儿去？沈在野嗤笑一声，坐在床边，洗漱完了，自顾自地躺在床的外侧。

敏锐的直觉告诉姜桃花，今晚可能不太好过。

首先，沈在野睡在床边，就让她上床很困难。

其次，这位大爷根本没有意识到她是个伤员，行动不便，跟挺尸似的躺着，一动不动。

她现在有两个选择：

一、上床休息，但是因为腰上的伤口，只能压着沈在野爬过去，后果可能是被揍一顿。

二、抱床被子出来在地上睡，但是人家来她这里休息，她还打地铺，后果可能也是被揍一顿。

既然都是被揍一顿，姜桃花释然了，抬脚就踩在沈在野身上！

第八章 中毒

正在假寐的沈丞相幽幽地睁开眼睛，目光更加不友善地看着她："你想造反？"

"妾身想上床睡觉。"姜桃花无辜地看着他，"但是进不去。"

要是腰上没伤，她还能像只猫一样不惊扰他跳进去，但她现在是伤员啊，根本不能有太大的动作，万一伤口再裂，受罪的还是她！

沈在野目光里满是戾气，他坐起身，收拢了自己的大长腿，让出一小块地方。姜桃花感激地笑着，蹑手蹑脚地爬上床，乖乖地缩进墙角躺着。

"你连外袍都不脱？"沈在野嫌弃地看着姜桃花，伸手去扯她的腰带，"穿着睡不难受吗？"

姜桃花一惊，跟只被拔了毛的麻雀似的，差点蹦起来。腰带解了，外袍垮了下来，里头是薄薄的寝衣。

"妾身晚上睡觉很不老实，"她小声解释道，"为了爷着想，还是穿着外袍比较好。"

沈在野白了她一眼，懒得跟她废话："脱了，你不难受我难受。"

姜桃花低头看了看自己的袍子，讨好地看着他："爷既然连腰带都扯了，不如再帮妾身把袍子一并脱了吧？"

沈在野："……"

谁见过这种女人？不帮他更衣也就算了，他堂堂丞相，还要反过来伺候她？

瞧着面前这人的眼神真像是要揍人了，姜桃花连忙装可怜："妾身腰疼，疼死了，嘤嘤嘤！"

疼死你活该！沈在野心里骂着，目光落在她的腰上，还是好心地帮她将袍子脱了，一把丢出床帐外。

"多谢爷！"姜桃花乖乖躺下，这回不折腾了，立马闭上眼睛就睡。

沈在野先前说过，因为她的伤疤丑陋恶心人，不会再宠幸她，所以他今晚来这里，多半只是单纯想找个地方睡觉。这样一想，她就收了心思，没一会儿就沉沉睡去。

一旦睡着，除非从床上摔下去，否则姜桃花不会醒。

先前在争春阁，沈在野都是在侧堂过夜，所以还真不太了解姜桃花的睡觉习惯。反正他睡觉要许久才能入睡，睡前的很长时间是用来闭眼思考的，所以理所当然地认为旁边的人也没睡着。

他正想着瑜王的事情，旁边的人冷不防靠了过来，手脚并用，搂住了他。沈在野微微皱眉，轻声道："老实睡觉。"

伤还没好完全呢，还想折腾什么？

姜桃花睡得沉，压根儿听不见他的话，抱着个东西就安心地蹭了蹭，温热的身子贴在上面轻轻地扭了两下。没错，她睡觉就喜欢抱个东西，先前一个人睡就抱枕头，现在多余的枕头被人枕了，她就只能抱人了。

感觉到她那不安分的手往自己寝衣里伸，沈在野喉结微动，终于睁开眼瞪她："你想干——"

"什么"两个字没说出来，他就对上姜桃花安静的睡颜。

虽然不太喜欢这个过于聪明的女人，但她睡着的时候实在很好看，脸嫩得像月光敷软玉，鼻子细挺，嘴唇丰盈，长长的睫毛像两把小扇子，下巴不尖不圆，额头饱满，要是给算命的人看，大概会说她生了极好的福相。

只是，耳垂有些小，这样的人年少的时候多磨难。

不知不觉就盯着她看了许久，等回过神来，沈在野有些不悦地道："闭着眼睛也能用媚术？"

姜桃花自然是无法回答他的。梦里她只觉得今晚抱着的这个东西不错，虽然有点硬，但是温温热热的，很舒服，于是忍不住伸腿在他的腿上缠起来，身子也贴得更紧，让那体温透过薄薄的寝衣传过来。

黑暗之中，不知道是谁的呼吸声突然粗重起来。

"你是真睡了，还是装睡？"沙哑的男声低低地响起。

屋子里安安静静的，月光从窗户外头透进来，将他脸上复杂的神色照得十分清晰。

"相爷？"有人在暗处喊了一声，随即窗户边厚厚的帘子就被拉上了。

沈在野想起身，顿了片刻却道："算了，你去好生休息吧，她身上有伤。"

暗处的人一愣，半响之后才答道："好。"

几声响动之后，门窗再度合上，沈在野深吸了两口气，终于伸手将这祸水搂进怀里。

他是正常的男人，不是柳下惠，也不是出家的和尚，这么活色生香的人在他旁边，还这样大胆，他不可能忍得住。

沈在野低头凑近姜桃花，脑子里闪过一些画面，眼眸一沉，张口就含住了她的耳垂。沉睡中的姜桃花打了个激灵，伸手推开了他，跟蜗牛回壳似的缩到了一边。

这会儿才想跑，是不是晚了？他冷笑，一把将人捞回来，手也忍不住解开她的寝衣，抚上她光滑的肌肤。

真是触手如玉，这人究竟是吃什么长大的？

纠缠了好一会儿，沈在野觉得自己快要受不住的时候，突然听见姜桃花梦呓了两声，还咂了一下嘴。

他动作一顿，伸手捏着她的下巴："别告诉我你当真睡着了。"

这么大的动静谁还能睡？就算先前睡着了，现在也该醒了！

然而，姜桃花是真的睡得很沉，完全没有要搭理他的意思。

沉默了一会儿，沈在野下床，将窗帘拉开了些。

屋子里亮了些，只见床上的人香肩半露，红色的兜肚带子四散，一张脸天真无邪，微微带着红晕。

这是熟睡的样子，装不出来。

沈在野黑着一张脸，很想将这人弄醒算账！作为妾室就该有妾室的样子，比他先睡着是什么意思？

"姜桃花，你真是有胆量。"沈在野咬牙切齿地说了一句，手背上青筋暴起。

他忍了半天才平静下来，伸手扯了被子给她盖上，转身披衣出门。

"主子？"外头守夜的湛卢惊呆了，"您还在？"

"去侧堂。"

"是。"

无风无浪的一个晚上，谁也不知道争春阁里发生了什么。姜桃花这一觉睡得极好，醒来的时候觉得外头的阳光很温暖。

"青苔，咱们去晒太阳吧。"

打水进来的青苔连声叹道："主子，您都没发现这屋子里少了个人吗？"

哎？仔细思考了一番，姜桃花才想起来："相爷上朝去了？"

"已经下朝了。"

"哦，那就好。"姜桃花点点头，慢慢坐起来，正想更衣，却见青苔脸上一红。

"主子……"

啥？姜桃花顺着她的目光，低头看了看自己。寝衣是敞开的，里头的兜肚也没穿好，锁骨下零零星星的，有几道红痕。

不是吧？她还有伤呢，沈在野竟然这么禽兽？愣了一会儿，姜桃花怒道："太没人性了！太说话不算话了！说好不宠幸，他这是干吗啊，就非防着，一点机会也不给我？"

就算要跟她那啥，好歹提前告诉她一声，叫她有个准备啊，这样偷偷摸摸的，有意思吗？！

青苔目瞪口呆道："所以您这是在气相爷不给您蛊惑他的机会？"

"不然呢？"姜桃花翻了个白眼，道，"我本来就是他的人，难不成大早上一起来还要尖叫一声，捂着胸口跟被强暴了的良家妇女一样？别逗了。"

青苔觉得她家主子说得好像也挺有道理的。

洗完脸，起身上了妆，姜桃花心里其实还是有点疑惑的。女人侍寝后身子多少会有点异样，但她除了这一点痕迹，什么感觉都没有啊，昨儿到底是发生什么了？

然而，这点疑惑在看见沈在野的时候就消失了。

对上他那一张充满戾气的脸，姜桃花心虚一笑，心想，不用问了，她定然是在睡着的时候胡乱抱人，惹了这位爷却没能把人家伺候好，所以人家这会儿找她算账来了。

"爷的脸色不太好。"她嘿嘿两声道，"来喝点龙井茶吧，刚泡的！"

"我要喝苦荞茶。"沈在野皮笑肉不笑地看着她。

姜桃花麻利地吩咐："青苔，泡茶！"

"不用她，你亲自来。"

背脊一凉，姜桃花小心翼翼地看着他道："爷，妾身还有伤。"

"有伤了不起吗？"沈在野冷笑，"没死就泡茶吧。"

"是！"姜桃花果断地应下，抱着茶壶就转身出门。

屋子里全是火啊，吓死人了。她不就是一回没伺候好，至于吗！按理说沈丞相不该是这么重色的人啊，不然当初为啥还想弄死她？

姜桃花心里正想着，前头已经是小厨房，门口站着的丫鬟微笑着将她手里的茶壶接过去："主子，您歇会儿，奴婢泡好了给您。"

"好。"想事情时，姜桃花也没注意那么多，就站在门口等着。

丫鬟没一会儿就把茶泡好了，端出来道："主子小心。"

姜桃花抬头，不经意地扫了她一眼，便接过托盘回了主屋。

沈在野神色有些古怪，手轻轻敲着桌子，也像是在想什么。见她回来，他倒是没有先前那么生气，只抬着下巴问："你亲自泡的？"

"爷的吩咐，妾身自然遵从。"姜桃花笑眯眯地放下茶壶，拿出茶杯，小心地给他倒上一杯。

沈在野颔首，为难了人家一番，他这会儿已经消了气，接过茶杯吹了吹，便抿了一口。

"茶艺还该再练练，"放下杯子，沈大爷不悦地道，"跟下人的手艺差不多，也是丢人。"

"您每天踩的地也跟下人踩的一样，要不叫人来把这相府刨了？"

姜桃花下意识地就反驳了这么一句，说完便后悔了，她拍了拍自己的嘴，顶着沈在野如寒冬冷风一般的目光，笑道："妾身开玩笑的。"

"你嘴皮子很利索啊。"沈在野冷声道，"看样子精神不错，要不就在这儿练茶艺吧。青苔，去给你家主子找十套茶具来，泡出十杯好茶再用午膳。"

十杯喝不死你！姜桃花愤怒地抬头，很想控诉这种行为完全没人性！结果一对上人家的眼睛，她立马就怂了，乖乖坐在桌边等茶具。

沈在野今天好像很闲，完全没事儿做，就待旁边看她泡茶。

"爷不忙吗？"倒水的时候，姜桃花问了他一句。

沈在野微微摇头，道："今日我休假。"

又休假？姜桃花震惊了："你们大魏的丞相这么好当？"

三公之首，身担重任，事务繁忙，他还每隔十几天就能休个假？

"你已经嫁到了大魏，"沈在野斜了她一眼，淡然道，"现在就是大魏人，还说'你们大魏'？"

"妾身知错。"姜桃花低头，但是没打算改，她又不会一直留在这里，终究不会是大魏的人。

不过瞧沈在野这模样，虽然是休假，神色也没放松，好像在思考什么事情。这丞相的位置想必也不是很好坐，说不定哪天会累到吐血。

刚这么想，姜桃花抬头就发现沈在野神色不对劲，脸色有些发青。

"爷？"姜桃花吓了一跳，缩了缩肩膀，"妾身在按照您的吩咐泡茶呢，您至于气得脸都青了吗？"

沈在野深吸一口气，说不出话来，闷了一会儿，俯身一口乌血吐在地上。

屋子里的人都是一惊，湛卢连忙上前扶住他："主子？！"

姜桃花傻了，盯了他半天，小声嘀咕："还真吐血了？"

湛卢耳朵尖，抬头瞪向她："你在茶里放了什么？"

姜桃花摇摇头，无辜地耸肩："我什么也没放啊。"

"你没放东西，怎么会知道爷要吐血？"湛卢皱眉，起身就朝外头喊："来人！"

安静的争春阁里突然拥进来不少护卫，有的扶沈在野离开，有的将青苔和姜桃花一并押了起来，有的直接去拿沈在野刚刚喝过的茶杯，分头合作，井井有条。

青苔吓得脸都白了，急忙扯姜桃花的衣裳问："主子，怎么回事？"

姜桃花皱着眉，任由这些人押着自己，仔细想了想。

沈在野只喝了头一杯茶，而那杯茶，不是她泡的，是厨房的丫鬟泡的。

"你们分头点人，去把争春阁里其他的丫鬟都押着，带到临武院去。"

听见命令，护卫们下意识地应了一声："是！"结果应完才发现，相爷不在，谁在发令？

湛卢皱眉看了姜桃花一眼，还是挥手让他们去押人，然后跟着一起带去临武院。

在争春阁喝个茶竟然能吐血？大夫一到临武院，姜桃花给爷下毒的流言就传遍了整个相府。

孟蓁蓁是最高兴的，当即带了人赶过去。其他院子的人自然也没闲着，陆陆续续地过去，将临武院围了个水泄不通。

这算是姜桃花第一次与后院的所有人见面，虽然她是跪在内室，其余的人都站在外室。

床上的沈在野脸色苍白，下巴绷得紧紧的，眉头紧皱，整个人看起来难受

103

极了。把脉的大夫神色凝重，过了会儿才道："相爷脉象古怪，应该是被毒物伤了内脏，所以才会吐血。具体是什么毒，还得容老夫仔细琢磨，先服一颗解毒丹，再调养内息即可。"

当真是中了毒。

坐在床边的梅照雪脸色难看得很，凌厉的目光落在姜桃花头上，跟刀子似的："你到底给爷喝了什么？"

姜桃花实在无辜，小声道："爷说要喝茶，妾身便让厨房的人泡了茶。"

"撒谎！"湛卢沉声道，"奴才刚一直站在主子旁边，分明听见主子让娘子亲自泡茶，娘子泡了茶回来，也说是自己亲自泡的，怎么就成了厨房的人泡的了？"

姜桃花叹了口气，觉得这事儿还真有点说不清，只能尽量坦诚地道："我身上有伤，只能让丫鬟代劳，连厨房的门都没进。"

梅照雪皱着眉道："哪个丫鬟泡的，你能找出来吗？"

"能。"姜桃花点头道，"请夫人先让妾身去看一看我争春阁的丫鬟。"

"好，"梅照雪起身，"我陪你去看。"

旁边的秦解语听了，白眼直翻："爷都这样了，夫人还说什么陪她？押着她去就是了。这院子里咱们怎么闹都没关系，伤着爷的人，您还要给她好脸色不成？"

梅照雪看了她一眼，道："真相尚且未明，你总不能一上来就定了人家的罪。"

孟蓁蓁捏着帕子哭，闻言哽咽着开口："不是她还能是谁？咱们爷是多谨慎的人，也就是最近被姜氏迷得有些失态，在她院子里惯常没个防备。现在出事了，姜娘子还能择个干净不成？"

姜桃花无奈道："你家里死了人，就一定是你杀的？这是什么逻辑？红口白牙地污蔑可不行，孟娘子一口咬定是我要害爷，那倒是说说我有什么理由这么做。女人以夫为天，我闲着没事儿把自己头上的天捅破了，有什么好处？"

孟蓁蓁一愣，张口欲辩，可转念一想，姜桃花的确没有害相爷的理由，除非傻了才会跟自己的性命过不去。但是，就算明白这一点，冲着旧仇，她也不会帮姜氏开脱，宁可选择沉默。

"行了，要知道真相就得查，你们在这里吵嚷，还耽误爷休息。"梅照雪道，"都出去，姜氏跟我去后院审人，其余人该干什么干什么，秦娘子列个名单出来，这两日府里的人轮流给爷侍药。"

"是。"秦解语颔首应了，笑意盈盈地看了孟蓁蓁一眼。

她安排的单子，那就得顺着她的心意来。

孟蓁蓁皱眉，想争辩又顾忌着床上的沈在野，只能强压下心中的不满，低头退了出去。

姜桃花起身，揉了揉膝盖，跟着梅照雪去了后院。

争春阁里除了青苔，一共只有三个丫鬟，姜桃花用人谨慎，这三个丫鬟一般都是在后院和厨房里，从未进主屋，所以她看见的机会不多，脸也生。

但只扫了一眼，姜桃花就知道不对："那个丫鬟不在这里头。"

梅照雪有点惊讶："你一直在屋子里养伤，也能将院子里的粗使丫鬟记得这么清楚？"

"妾身记不清楚。"姜桃花摇头，"但是妾身见过帮忙泡茶的那个丫鬟，她身高到妾身眉毛的位置，双肩削长，右手食指上有一道旧疤。而这几个丫鬟身形都不对。"

姜桃花看着梅照雪的神色，抿唇道："人的容貌可以伪装，记住面容没什么作用，但是身体特征不容易伪装。夫人，趁着现在那丫鬟多半还抱着侥幸的心理留在相府，您马上下令令相府里的人都不得进出吧。"

梅照雪心中一震，看了姜氏两眼，便转头吩咐道："照姜娘子说的，把府里的丫鬟都带过来，任何人不得离府。"

"是！"下人应了，匆忙去办。

梅照雪脸上的表情终于没那么严肃了，她看着姜桃花道："娘子的记性真不错。"

姜桃花笑了笑，道："记性这东西有时候真是能救命的。"

她没说的是，她还有过目不忘的本事呢，只是以前没发现有什么作用，这回到了魏国，多次让她捡回小命，功劳巨大。

梅照雪抿唇，不动声色地小声道："我相信不是你要害爷。"

"多谢夫人。"

"但是爷伤着了，你怎么都会被罚，哪怕最后查出毒不是你下的。"梅照雪目光温柔地说道，"若是罚了你，你也别记恨我，当夫人的，总是要秉公办事。"

姜桃花微微一笑，没吭声。好人坏人都让梅照雪一个人当了，她还能说啥？谢她提前预告，让她受起罚来有个心理准备？还是闷声发大财吧。

府里的丫鬟大大小小加起来竟然有五十多个，一起站在院子里，把姜桃花吓了一跳。

相府真是有钱！

"点过名册了，人都在这里。"管家躬身对梅照雪道，"夫人尽管盘问。"

梅照雪颔首，正想让姜桃花去看，就听见她大喝一声："就是她！"

院子里的丫鬟都吓了一跳，相互看看，还没来得及反应，便见站在最后的一个丫鬟飞快地拔腿就跑！

姜桃花笑了，她这一嗓子只是吓唬人的，因为丫鬟数量太多，有不少身形相似的，她一时不好找。没想到做贼心虚的人胆子这么小，一下子就露了馅儿。

"青苔，抓住她！"

"是。"青苔应了，飞一般地追上去，没一会儿就把那人拎了回来，丢在梅照雪面前。

这一切发生得太快，梅照雪还没反应过来，愣了好一会儿才低头看着那丫鬟问："你是哪个院子里的？"

小丫鬟浑身发抖，半晌之后才道："软玉阁。"

孟蓁蓁的院子。

梅照雪脸色微沉，看了姜桃花一眼。

姜桃花耸肩，表示这事儿她也是不知情的，要问就问孟氏。

"就是你替姜氏给相爷泡的茶？"梅照雪继续问。

小丫鬟沉默了半天，没吭声。

姜桃花笑眯眯地道："打开手掌看看就知道了，您问她她也不会承认。"

青苔闻言，伸手就将那丫鬟的右手扯了出来。梅照雪低头一看，食指上果然有一道旧疤。

"你好大的胆子！"梅照雪当即低喝一声，挥手就道："来人，把她给我押起来！"

"是！"旁边的护院上前，将小丫鬟按在了地上。

小丫鬟吓得带着哭腔道："夫人饶命，奴婢也是奉命办事，真的不关奴婢的事啊！"

奉命办事。

梅照雪和姜桃花对视了一眼，心里都清楚了。软玉阁的人，除了孟蓁蓁，还会奉谁的命？

孟蓁蓁正跟秦解语在临武院外头僵着。

孟蓁蓁盛气凌人，她看起来柔柔弱弱，却半步不肯退让："爷最近是偏宠我，如今有事，定然也想让我伺候左右。你若是想公报私仇，抹了我的名字，那等爷醒来，我便要好生说道说道了。"

秦解语朝天翻了个白眼，嗤笑道："当谁不会找爷说道一样。你使手段把爷留在你院子里十来天，可苦了府里的其他姐妹了，天天见不着爷，独你一人开心。如今爷都躺在里头了，你还想霸占？可真够不要脸的。"

"爷自己都说了，此后府里没什么规矩，就按照他的喜好来。那他偏爱我，怎么就成了我的过错？"孟蓁蓁抿唇，"秦娘子自己摘不着葡萄，便要怪人家长得高，岂不是可笑？"

"这话说得好，个儿不够高摘不着葡萄，就别怪人。"秦解语娇俏一笑，挥了挥手里空白的单子，"如今可是我比你高。孟娘子自己都觉得可笑的事儿，就莫要做了吧？"

"你……"

她们俩争吵不休，看着倒是很精彩。

然而梅夫人现在可没心情听她们吵，带了人出来便道："把孟氏押进静夜堂，等爷醒了再审。"

孟蓁蓁一愣，瞪着眼睛看她："审我干什么？关我什么事？"

梅照雪挥手，那小丫鬟就被绑着推到她面前。

"绿茗？"看清那丫鬟的脸，孟蓁蓁很意外，"夫人，您绑她干什么？这是我院子里的粗使丫鬟。"

"既然是你院子里的，那就没错了。"梅照雪道，"给爷下毒的就是她，已经审过了，说是奉命行事。"

孟蓁蓁傻眼了，捏着帕子看着地上的丫鬟，半晌才回过神来道："不可能啊……这跟我没关系……"

旁边的护院只听夫人的话，当即上来押住她往静夜堂带。孟蓁蓁连连回头，刚开始眼神还有些茫然，后来看向秦解语的目光就充满了恨意。

这事儿不是她干的，她没这么傻，肯定是有人在背后搞鬼！而这府里会这么费尽心思害她的，就只有秦解语！

姜桃花躲在后头瞧着，孟氏斯文，也没大喊大叫，只是看样子很不甘心。旁边的秦娘子倒是得意了，眼里满是笑意，只是没笑出来，还作势捂着嘴道："太可怕了，原来是她。亏得爷最近这么宠她呢。"

梅照雪微微皱眉，看了看姜桃花，又看了看被带走的孟蓁蓁，道："说来我也没想明白，要是姜氏没有理由害爷，孟氏又有什么理由这么做呢？"

"这还不好想？"秦解语笑道，"夫人，您太单纯了，想想整件事，要不是夫人聪明，找到了真正的下毒之人，是不是就怪在姜娘子头上了？那孟氏先前就与姜娘子有过节，之后得爷连宠十天又是被姜娘子断了恩，弄这么一出来害姜氏，也不是不可能。"

分析得还挺有道理的啊，姜桃花低头想了想，这也的确说得通。孟氏这个人本来就小气，上次一幅画都能拉爷过来找她算账，这次整这么大一出把罪名扣在她头上，也不让人意外。

只是，她总觉得哪里不对劲。

孟蓁蓁要真这么计划，方才看见绿茗被捆起来，怎么会那么茫然地承认这是她院子里的人呢？她脸上一点慌乱都没有。要么是她演技出神入化，已经到了可以蒙骗她这个演戏老手的地步，要么……孟蓁蓁就是被人坑了。

基于自己演戏骗人的丰富经验，姜桃花暂时倾向于后一种可能。

想了想，她还是转身进屋去看沈在野。

这个时候的沈在野可能是最温和的，安安静静地躺在床上，眼睛闭着，不会突然算计人，也不会黑着脸吓唬人。

姜桃花仔细看了看，发现这人其实还挺年轻的，也就二十多岁，一张脸真是俊朗、精致，可惜气场太强，总让人觉得他已经四五十岁了。这么年轻的人，心怎么会那么狠？

"主子需要静养。"湛卢站在旁边，戒备地看着她说了一句。

姜桃花回头斜了他一眼，道："你要是不开口说话，这屋子里一直是安静的。"

湛卢低头想想，觉得姜娘子这话竟然挺有道理的。他现在想张口再赶人，都不敢出声。

姜桃花打量了沈在野一会儿，伸手摸了摸他的脉搏。虽然她不会医术，但是把脉她还是可以的。

虚弱迟缓的跳动从她的指尖传过来，姜桃花挑眉，心想，可能她把这人想得太坏了，以为他要故意整孟氏，没想到他是真的中毒了。难道真是孟氏在作妖？

姜桃花低头思考了片刻，抿唇，正想起身离开，再一抬头，视线却对上了沈在野半睁开的眸子。

"爷？"她吓了一跳，连忙问，"您感觉怎么样了？"

沈在野眼里好半天才有焦点，睨着她，有气无力地道："你这女人，心真狠。"

姜桃花嘴角抽了抽，本来还有点担心他，一听这欠揍的语气，瞬间坐直身子离他远些，皮笑肉不笑道："夫人已经审问出来，给爷下毒的人是软玉阁的绿茗。爷这样醒来张口就骂，妾身很受伤。"

"绿茗？"沈在野一愣，转头看向湛卢，"我睡了多久？"

湛卢低声道："半个时辰。"

半个时辰她们就把下毒的人找到了？

沈在野有些难以置信，满眼怀疑地看着姜桃花："怎么审问出来的？"

"妾身得先认个错。"姜桃花乖巧地道，"今儿骗了爷，您喝的第一杯茶是软玉阁的绿茗所泡，不是妾身泡的。妾身一去厨房，她便主动提出帮妾身泡茶，所以妾身就顺水推舟，端了她泡的茶给爷。"

沈在野眉头微皱："软玉阁的丫鬟，怎么会在你争春阁的厨房里？"

"这就要问孟氏和绿茗了，妾身一直在主屋养伤，连门都不怎么出的。"

脑子里突然有什么东西闪了过去，姜桃花顿了一下，盯着沈在野的眼睛问了一句："爷认识绿茗吗？"

"不认识，"沈在野淡淡地道，"在软玉阁也没听过，多半是个粗使丫鬟。"

"是啊，是粗使丫鬟。"姜桃花点头，眼里突然充满了探究，"可是，她这个粗使丫鬟知道爷最爱喝龙井，问都没问，就给爷选了龙井茶。"

沈在野抬头，不悦地看着她道："别用这种眼神看我，我爱喝龙井又不是什么秘密，府里的人都知道，她知道也不稀奇。"

姜桃花点头，想了想，问："孟氏已经被夫人关去静夜堂了，爷是要现在审，还是多休息一会儿有了力气再审？"

"过会儿吧。"沈在野疲惫地闭上眼睛，道，"我头有些疼，你让其他人都回去，然后留下来给我揉揉。"

姜桃花呵呵笑了两声，道："妾身还受着伤呢，爷。"

"你我如今都不是完好无缺的人，更该相互照顾。"沈在野声音沉了下来，冷眼睨她，"让你留下来就留下来，为什么每次都要多说些改变不了结果的话？"

"妾身明白了！"姜桃花低头，十分果断地行了个礼，然后起身出去传话。

这个节骨眼儿上，后院都乱成一团了，他还留她在这里，不是给她找事儿是什么！姜桃花恨得牙痒痒，又拿这人没办法，只能硬着头皮将他的意思传达出去。

梅夫人站在门口，目光落在她头顶许久，才点了点头，转身离去。旁边的秦解语就没那么爽快了，笑嘻嘻地看着她道："按照爷这意思，那侍药的名单上，是不是写娘子一个人的名字就够了？"

这话说得尖锐，叫人不知道回什么好。姜桃花叹息一声，朝秦娘子行了个平礼就回主屋去了。

侍药名单是夫人要弄的，沈在野刚刚醒来还不知道这事儿，连累她无辜遭殃，连争辩两句也没立场，还是老实地夹着尾巴伺候大爷去吧。

这府里没人真敢要了沈在野的命，所以那毒虽然看起来厉害，但一碗药下去，他的神色就恢复了不少。

姜桃花乖乖地上床，趴在他旁边给他揉额头，一边揉一边盯着他问："要是查出来背后下黑手的真是孟氏，爷打算怎么办？"

"此等蛇蝎心肠之女子，还能继续留在府里不成？"沈在野闭着眼睛道，"一旦罪名落实，便让孟太仆带人来领回去吧。"

姜桃花挑眉。

这若是在寻常人家，嫁出去的闺女犯了错被休，顶多是家里脸上无光。但沈在野是谁？当朝丞相，三公九卿之首。孟太仆位列九卿，自家女儿因谋杀丞相而被休，那就不是掉面子的事情了，家破人亡也不是没可能，他定然不会愿意把事情闹大。

也许这事儿会有出人意料的发展呢。

晚上的时候，沈在野休息够了，就让梅照雪带着孟蓁蓁一起到了临武院。

"爷！"孟蓁蓁一看见他就泪水涟涟，"妾身是冤枉的！"

沈在野的脸色还有些苍白，他躺在太师椅上，睨着她道："大夫说，若不是我只喝了一口，现在这相府就该挂白幡了。"

"不知是谁这么胆大包天，但妾身是不可能害爷的啊！"孟蓁蓁眼神里满是急切，"爷是相信妾身的吧？"

沈在野没回答，旁边的梅照雪小声道："绿茗已经把什么都招了，毒药也是在她房间里找到的，证据确凿。"

孟蓁蓁瞪大了眼睛喊道："爷，那丫头只是外房的，跟妾身并不亲近。她做的事情，不能就这样算在妾身头上啊！"

"你的意思是，府里洗衣裳的丫鬟把你杀了，我也可以不用向孟大人交代了？"

一听这话，孟蓁蓁的心就沉了，她呆呆地看着沈在野，眼泪哗啦啦地流："爷……您先前不是还那般宠爱妾身，如今怎么会半点不愿意相信妾身？"

"若是我将你宠成敢朝我下毒的人，那我甘愿痊愈之后去静夜堂思过。"沈在野语气冰凉，眼神也冰凉，"不管我先前多宠爱你，你犯了今日这样的过错，我也不会继续容你。"

"爷！"孟氏有些崩溃道，"妾身当真是冤枉的！"

"若你是冤枉的，那就拿出证据，看是被谁冤枉的。"梅照雪轻声道，"若是拿不出，干号也没用。"

孟蓁蓁一愣，看向沈在野，后者面无表情，算是默认了梅照雪的话。这一时半会儿的，叫她去哪里找证据？她是被人算计的，现在还一头雾水呢！不过，有一点她能确定："这院子里想害妾身的，只有秦氏！"

"你的意思是，绿茗是被秦氏收买了，故意害相爷，嫁祸于你？"梅照雪轻笑道，"可据我所知，你们两人互相一直盯得很紧，你的丫鬟若是去见过秦氏，你会不知道？"

孟蓁蓁有点慌，眼珠子左右转着，仔细想了想。

绿茗的确不可能见过秦氏那边的人，若是见了，她肯定会知道。最近她院子里恩宠多，秦氏只上门撒过几回泼，其余时候，连丫鬟都不曾来走动。这到底是怎么回事？

"明日一早，我会去上早朝。"沈在野淡淡地道，"若是在那之前你澄清不了自己，也定不了别人的罪，我便只能顺便请孟大人带你回去了。"

"爷……"孟蓁蓁哭得双眼红肿，"您这是要了妾身的命啊！"

"你不是也差点要了我的命吗？"沈在野疲惫地闭了闭眼，道，"这件事就说到这里，你回去吧。照雪，今晚多派些人看着软玉阁，别出什么岔子。"

"是。"梅照雪领首，转身见孟蓁蓁呆呆地跪着，没有要走的意思，当即让人架着她出去了。

姜桃花看了半天的好戏，直到人全部走了，才感叹道："爷可真狠心，到底是同床共枕这么久的人，说不要就不要了。"

沈在野侧头看了她一眼，嗤笑一声，也没多解释，起身就让湛卢准备晚膳，顺带对她说了一句："你今晚上不要回去了。"

姜桃花一愣，脸随即一红："爷不是身子还虚弱吗，怎么还要妾身侍寝？"

沈在野白了她一眼，扯了扯嘴角道："不是要你侍寝，而是爷觉得这临武院的侧堂挺舒服的，你去住几天，给爷侍药。"

姜桃花："……"

这什么毛病啊？自己身子难受，还要折腾她！她又没跟他结仇，好端端的睡什么侧堂！

气鼓鼓地瞪了半天，姜桃花无奈，只好吩咐青苔回争春阁去拿点东西过来。

"您瞧瞧，爷这不管不顾的，就把姜娘子留在院子里了。"秦解语捏着手里的纸，阴狠地笑着，一点点地撕烂，"还写什么单子啊，爷的心思就是不在咱们这儿！"

梅照雪温和地摆弄着茶具，微微一笑，道："孟氏都落得如今这个地步了，你还学不会沉住气？"

"她倒霉是自己作的，现在这样也是活该！"秦解语说着，语气还是软了些，"不过您说，她这是做什么呢？姜氏虽然得宠，但在大魏又没什么背景，她背后可还有个太仆大人呢，怎么那么小家子气，非跟个新人争。"

"这我也没想明白。"梅照雪摇头道，"得不偿失，为了整姜氏，把自己甚至连孟家都牵扯进去了，值得吗？"

"兴许她就是脑子坏了。"秦解语嗤笑道，"孟蓁蓁那个人，平时就阴森森的，心肠也毒，也许是以为自己的计划天衣无缝吧，谁知道姜娘子的记性那么好，硬是把那个丫鬟抓了出来。"

"往后你我可得小心了。"梅照雪淡淡地看着门外的树，"这个姜氏，当真很厉害。"

秦解语抿唇，轻哼了一声，却还是点了点头。

天已经黑了，大晚上的，又不能离开软玉阁，孟蓁蓁自然什么也做不了，只能在屋子里发脾气。她更多的是气这后院里的女人狠毒，却未曾想过，自己院子里的人到底是因为什么这样害自己。

天亮的时候，姜桃花打着哈欠去主屋伺候沈在野起身，这位爷今天倒是起得早，都不用人叫，一身朝服已经穿得妥妥当当。

"真好看。"

听着这难得的发自内心的称赞，沈在野回头，挑眉看着姜桃花道："好看？"

"嗯！"姜桃花盯着他衣摆上的仙鹤，咂了咂嘴，"很精致的绣花。"

废话，朝服都是官里的绣娘绣的，能不精致吗？他还以为她在说什么好看，原来是在说衣裳。

沈在野抿了抿唇，不悦地道："你在这里继续休息吧，我上朝去了。"

"恭送爷。"姜桃花屈膝，看着他带着湛卢踏进晨光里，突然觉得这男人的背影真是好看，像一个清瘦干净的少年郎，而不是阴险狡猾的丞相爷。

阴险狡猾的丞相爷踏进了朝堂，站在皇帝右手第一位。

"爱卿这是怎么了？"明德帝一看就发现沈在野脸色不对劲，"病了？"

沈在野侧头，看了对面的孟太仆一眼，拱手道："多谢陛下关心，微臣并无大碍。"

被他这么一看，孟太仆很是莫名其妙，心里不免就打起了鼓。该不会跟蓁蓁有关吧？

早朝正常进行，因为沈在野的折子，景王得以继续上朝，心里对他自然是又感激又倚重。所以一下朝，景王就打算上前跟沈在野说两句。

结果他还没走过去，孟太仆就抢在了他前头，朝着沈在野行了礼，神色恳切地问着什么。

穆无垠微微皱眉，想了想，这个孟太仆好像是被瑜王提拔上来的，而且有个女儿是沈在野的娘子。

裙带关系也就是私下敢攀谈，今日怎么这么急切，直接在殿前拦人了？

"沈丞相！"孟太仆胖胖的身子跟个圆球一样，在沈在野前头一边倒退着走，一边作揖，"您大人有大量，小女犯错，下官愿意尽力弥补！"

沈在野扫了一眼他额上的汗水，淡淡地道："也是侥幸，沈某才在这儿有让孟大人弥补的机会。"

"您别这样说……下官惭愧，教女无方！但是蓁蓁在相府也有几个月了，您多少也得留些情面啊。方才说的事的确是她不对，但您好歹给下官一个机会……"

沈在野脚下不停，不再看他，径直往前走："机会不是沈某给的，大人，请留步。"

孟太仆微微一怔，琢磨了一下这话的意思，当即大喜，不过扫了一眼四周，还是谨慎地没有表现出来，马上低着头一路出宫。

景王在旁边瞧着，皱了皱眉，叫了护卫过来吩咐："回去准备些礼物，给门下那几家送去。"

"是。"

沈在野这个人城府太深，穆无垠是没什么把握能完全驾驭他的，但是他既然喜欢女人，那自己就不必从其他地方花心思了。

第九章 交易

瑜王在相府有人，景王自然也有，只是先前一直使不上什么力，如今听闻赵国公主进府之后，府中争宠之风日盛，那他也该趁机让自己人抓紧沈在野的心。只要他门下有人能迷惑沈在野，他心里便有些底。

沈在野这样的人，幸好还有"美人关"这一处软肋，要是他连女人也不喜欢，那这天下可能谁也拿他没办法了。

一路出宫，乘车到了相府门口，沈在野刚准备进府，旁边就蹿出个人来。

"相爷，我家大人在等您的消息呢。"这人穿着家奴的衣裳，一上来就冲他行了个大礼，脸上讨好之意十足。

沈在野看了他一眼，淡淡地道："他可真是够急的，只是我府中书房的门坏了，在修，恐怕子夜时分才能修好，你去回了你家大人吧。"

家奴一愣，连忙点头，飞也似的跑走了。

看来孟太仆很心疼这个女儿啊，但是，他表现得这么急切、慌张，就相当于亮了底牌，可算不得什么聪明的人。

好歹位列九卿，怎么连姜桃花那种女流之辈都比不上？至少到现在为止他还不知道姜桃花的底牌是什么。

"爷！"

沈在野刚跨进府里，穿着一身素衣的孟蓁蓁就扑了过来。沈在野侧头一看，吓得后退了半步。

她的双眼又红又肿，多半是哭了一个晚上，面色憔悴，鼻头发红，眼里依旧有泪光，发髻没梳，只挽在后头，衣裳上也有不少灰，整个人跟疯了一样。

湛卢手疾眼快，在孟蓁蓁扑到沈在野身上之前就将她拦住了。

孟蓁蓁挣扎着朝沈在野伸出手："妾身当真是冤枉的，爷，妾身没有让人下毒！"

"我会查明真相，你不用急。"沈在野面容平静地看着她道，"若你是冤枉的，我会替你洗清冤屈；若你罪有应得，那也不能怪我绝情绝义。"

至于她到底是不是冤枉的，那就要看孟太仆的表现了。

孟氏愣怔片刻，感觉到沈在野没有昨日那般生气了，心下一喜，连忙站直了身子，理了理发髻，道："爷只要还肯给妾身机会，妾身便感激不尽！"
　　沈在野微微颔首，也没心思跟她多说，转身就往临武院走。

　　姜桃花已经在临武院里转悠了一上午，除了书房，其余的地方全部看了个遍。
　　"相爷还颇懂风雅啊。"瞧着他花架上收藏的古董字画，都是清雅名士之作，姜桃花忍不住轻声感叹，"真是人不可貌相，我以为他那样的人会更喜欢藏剑。"
　　"为什么？"青苔好奇地问。
　　"因为他一看就是杀人不眨眼的人，我昨儿还梦见他半夜在院子里磨刀呢。"姜桃花撇了撇嘴，想了想，又道，"不过也对，他是文官，就该摆弄些字画古董。"
　　背后有人悄然而至，青苔机敏地回头，正对上沈在野一双深沉的眸子，当下被吓得说不出话，连忙拉了拉姜桃花的衣袖。
　　姜桃花还在看一幅仕女图，没注意身边的人，只道："行了，你别急，再看两眼，我还没看懂沈在野到底是个什么样的人呢。"
　　"我是什么样的人，你看这些哪里能看出来。"沈在野冷笑着，伸手从背后环住她的脖子，轻声道，"应该仔细看看我本人啊。"
　　他像毒蛇在自己耳边吐着芯子一样，姜桃花吓得耳后起了一层鸡皮疙瘩，下意识地想挣扎。
　　然而，沈在野虽然没勒着她，但也好像没打算放开她。旁边的青苔想上前救她，却被后头的湛卢直接拖了出去。
　　情况不对劲，赶紧认怂！
　　"爷，"姜桃花笑道，"您怎么这么快就回来啦？"
　　沈在野勾唇，学着她的语调道："因为要回来看你在干什么啊……"
　　"妾身不过随意走走而已，也问过下人了，说是只有书房不能进，所以才敢来这里的。"姜桃花无辜地眨了眨眼，道，"没犯着您的忌讳吧？"
　　"没有。不过，你方才说的话，我都听见了。"沈在野轻笑，低头凑到她的耳边，哈着气道，"原来昨儿梦见我了？"
　　姜桃花一个激灵，捂着耳朵，脸色一红，支支吾吾道："啊……是……是啊。"
　　"原来在你的心里，我就是那种半夜磨刀的狠戾之人。"沈在野的语气听起来颇为伤心，他站着环着她，小声道，"不过你竟然这样了解我，我觉得很高兴。"
　　啥？姜桃花一僵，不明所以地看着他。
　　屋子里就他们两个人，沈在野面上看起来好像挺温和的，但是她拿不准这位爷心里在想什么、是高兴还是不高兴，只能浑身紧绷，戒备地盯着他的动作。
　　沈在野的手从她身侧伸过去，捏住了花架上的一个净瓶，轻轻地拧了拧。看似一体的架子竟然从中间分开，露出了后头的一个小隔间。
　　姜桃花一愣，伸着脑袋朝里头看去，待看清墙上挂着的是什么东西之后，她背后冒出一层冷汗。

不是吧？

满墙的刀剑，被外头洒进来的光一照，泛起一片凛冽的光。

姜桃花觉得有点腿软，转头看向身后人，讨好地鼓掌："原来爷文韬武略样样精通，妾身真是佩服得五体投地！"

沈在野头没动，眼睛睨着她，轻笑道："这些刀剑皆出自名家之手，都是没开锋的。他们说，好的刀剑，要用美人血开锋，才会有灵气。"

姜桃花听得打了个寒战，随即她一本正经道："这话是他们骗您的！爷，您相信妾身，妾身的血跟猪血并没有太大的区别，都是红色的血。"

本来还想继续吓唬她一番的，一听这话，沈在野差点破功，他强忍住笑意，嫌弃地松开她："你的意思是，我每晚是抱着头母猪睡觉？"

"您要这样想，妾身也没办法。"姜桃花咬牙，忍辱负重道，"但是妾身觉得抱着自己还是比抱着母猪舒服的！"

沈在野松开她，转身朝着门外站了一会儿。

姜桃花一愣，还以为门外来人了，结果看了半天，也没见谁进来。

"爷？"

"没事了。"沈在野轻咳一声，憋着笑僵着脸道，"你的伤也差不多该拆线了，这两天多补补，然后请医女来吧。"

"是。"姜桃花点头，虽然听到他突然说到自己的伤有点莫名其妙，不过能听出这人现在真的没打算要她的命，她就放心了。

用过午膳，姜桃花就带着青苔去药房给沈在野熬药。

由于这府里不太平，所以药都是医女全程看着的，只用丫鬟烧火，连水都要经人检查。

这种情况下，姜桃花侍药也就是走个过场，在旁边等着药熬好，再端回临武院去就是了。

"远瞧着就觉得这一片风光大好，原来是姜娘子在啊。"

有女人的声音远远地传过来，姜桃花一顿，回头看过去。

顾怀柔和另一个女子并肩朝这边走过来。顾怀柔没开口，是她旁边的女子喊的这一声。

姜桃花微微挑眉，打量了她一番，起身颔首作礼。

料想她也不认识旁边这人，顾怀柔上前就道："这位是柳侍衣，与我是多年的朋友。"

侍衣？姜桃花点头，就见柳氏规规矩矩地朝她行了屈膝礼，然后抬头笑道："一直没能与您搭上话，今日倒是巧了，妾身陪顾娘子来抓药呢。"

"娘子哪里不适？"姜桃花问。

顾怀柔抿了抿唇，道："是有些不舒坦，早先便很难睡着，如今更是连饭都吃不下，也不能再拖着了。"

姜桃花点点头，道："有什么需要帮忙的，让丫鬟去我争春阁知会一声便是。"

"多谢娘子。"

柳氏在旁边瞧着，掩唇笑道："这可真是缘分啊，谁能想到您二位一上来就结了梁子的人竟然能相互帮扶，妾身瞧着，真为顾娘子高兴。"

是真高兴还是假高兴？姜桃花扫了她两眼，总觉得这人不是很靠谱。她想提点顾氏两句，又觉得人家两个是好朋友，自己贸然上前说话，难免有挑拨离间之嫌。

还是安静地做自己的事情好了。

又寒暄了两句，这两个人就进药房了。沈在野的药一好，姜桃花就端着托盘回了临武院。

沈在野在床上看一本册子，上头乱七八糟地画着一些东西，远看也不知道是什么，但他看得很入迷，还拿着朱笔轻轻地勾着。

"爷，吃药了。"

"嗯。"

看她进来，沈在野便不动声色地将那册子塞到枕头之下，然后接过药碗，淡定地灌了下去。等他喝完，姜桃花伸手就往他嘴里塞了个蜜饯。

含着这甜腻腻的东西，沈在野眉头微皱："你当我是小孩儿？"

吃药还需蜜饯哄着？

姜桃花笑道："没人规定只有小孩儿喝药才能吃蜜饯啊，妾身在药房里瞧见了，觉得挺好吃，就拿点回来给您压压苦味儿。"

"我不喜欢。"沈在野张嘴就想吐了。

姜桃花手疾眼快，一巴掌按在他的嘴上！

"不要浪费，医女说这个蜜饯很难得的，是宫里赏的！"

沈在野脸色更沉，抬头看她："到底是谁给你的熊心豹子胆，敢这样对我？"

姜桃花浑身一个激灵，弱弱地收回手，小声道："爷息怒……"

她在赵国的时候，尊卑观念很淡薄，跟宫人上下不分，谁知道他这里连塞个蜜饯都不行啊？又不是毒药！

沈在野轻哼一声，张嘴想吐掉蜜饯，可不知怎的，一个不小心，竟然直接咽下去了！

姜桃花乖乖地伸手在他面前，示意他吐在上头，她好拿去丢。

"爷？"

沈在野看着她的手沉默了。

这种尴尬的事情还真是头一回遇见，已经吞下去了，要怎么吐出来？但要是不吐出来，他刚刚不是白吼人家了？

"你先去叫人准备晚膳吧。"他一脸镇定地道。

姜桃花一愣，眼神古怪地看他一眼，又转头看看外面的天色："现在才未时刚过,您就要吃晚膳了?"

分明刚刚用过午膳,他是饭桶吗?

沈在野皱着眉道:"还这么早,那你去让人做些点心。"

还真是个饭桶。姜桃花撇撇嘴,站起来看着他道:"那您把蜜饯吐出来,妾身一并带出去吧。"

沈在野:"……"

你说这女人,记性这么好干什么,就不能忘记他嘴里还有蜜饯这回事吗?!沈在野气不打一处来,黑着脸道:"已经化在嘴里了,你别管了。"

啥?化了?姜桃花震惊地看他一眼,又看了看旁边剩余的蜜饯。乖乖,这可都是桃肉做的啊,要怎么才能这么快化掉?

她脑子一转就发现不对劲了,揶揄地看了沈在野两眼,便嬉皮笑脸地道:"爷该不会是把蜜饯咽下去了吧?"

屋子里一阵沉默,沈在野皮笑肉不笑地抬头看着她道:"我突然觉得,可能还是你的血适合给宝剑开锋,要不咱们去试试?"

"爷,您好生休息,妾身先去吩咐人做点心!"姜桃花脸上的神色瞬间变得正经,她屈膝行了个礼,就扭头往外跑。

沈在野冷眼瞧着她的背影,哼了一声,又看了一眼旁边放着的蜜饯。

倒是没有想象中那么难吃,甜腻之后还有余香在口中,当真将药味儿都压下去了。

他抿了抿唇,抽出枕头下的册子,继续看。

天黑下来的时候,沈在野就准备去书房了,去之前又把姜桃花拎过来,认真地强调了几遍:"晚上就在侧堂休息,不要出门。"

"妾身明白。"姜桃花点头,"正好今日有些疲乏,妾身也想早睡。"

"嗯,去吧。"

"是。"

姜桃花老老实实地退出主屋才翻了个白眼。

他要是不这么说,她说不定真的会早早地睡下,他偏这样严肃地警告,让她想压下好奇心都困难。

"青苔,你去院子门口蹲着吧,别让人瞧见了。"进了侧堂,她小声道,"若是晚上有人进这院子,你也不必做什么,回来禀我一声便是。"

"遵命。"

吩咐完,姜桃花便继续去看这府中的花名册,边看边等。

子夜刚过,青苔就悄无声息地回来了。

"主子,的确有人来了,裹着斗篷,看身形是个男人,有些胖。"

姜桃花听后,手撑着下巴问:"往书房去了?"

"是。"

三更半夜的，沈在野不幽会美人，却幽会个胖男人，什么口味啊这是！

书房里。

沈在野面无表情地看着面前的孟太仆，后者一直在擦额头上的汗，显得有些局促不安。要是平时，孟太仆不会这么慌乱，毕竟有瑜王撑腰，又有沈丞相这样的姻亲，出去都是给别人脸色看的人物。

但是如今，他得罪的恰恰是沈在野，这比得罪瑜王还可怕。而且若是一般的小问题也就罢了，自家女儿为了争宠，竟然差点要了相爷的命，这不是要拉着他孟家上下一起去死吗？！

"我不是不通情达理，只是令爱此回过错严重，若是还留她在府里，难保哪天沈某就没命了。"沈在野开口，一点感情也没有地道，"当初送孟氏进我相府，大人似乎就说过，若是孟氏犯错，你定然会带回去严加管教。"

那只是说说啊！真把女儿从相府领回去了，那不是叫满朝文武看笑话吗？瑜王也不会放过他的！

"相爷，下官也知道蓁蓁罪无可恕，可是您能不能……给下官一个将功补过的机会？"孟太仆搓着手道，"下官愿意为相爷效犬马之力！"

沈在野斜了他一眼，淡淡地道："大人该效忠的是陛下，与沈某有什么相干？"

"话是这么说，"孟太仆上前两步，小声道，"可忠君之余，下官还是有别的事可以做的。朝廷最近新买了两千匹马，要兴建马场，已经拨了款下来。相爷要是愿意，下官便将最好的几匹宝马，并着款项的三成利润，送到您府上。"

"荒唐！"沈在野一拍桌子，脸色难看得很，"大人主管马政，竟然这般中饱私囊！"

孟太仆腿一抖，连忙跪下磕头道："相爷明鉴啊，太仆之位，历朝历代的人都是这么坐过来的，不止下官一人如此，这从上到下，都是默认的啊！"

一个人贪污叫贪污，一群人一起贪污就叫法不责众，若是从上到下全贪污，那就叫约定俗成的规矩了。

沈在野心里冷笑，看了孟太仆许久，才伸手将他扶起来，抿唇道："沈某入朝不过两年，有些事情知道得还不是很清楚，错怪大人了。既然是上下都默认的，那也无可厚非。"

孟太仆一喜，连忙抬头看着他道："相爷可愿收下？"

沈在野脸上满是犹豫，低头不语，像是顾忌什么。

"下官知道相爷一向是两袖清风，不想被人诟病。"孟太仆眼珠子一转，自作聪明道，"下官有法子，让您半点不沾污水。"

"什么法子？"

"每次兴建马场、购买马匹，利润的大头都在上面。"孟太仆道，"下官这次便将账从上头走，再不经账面地送到相府。如此一来，谁也查不到那笔钱哪儿去了。"

沈在野眼神微动，轻轻地勾了勾唇，道："大人可真是睿智。"

瞧他这脸色像是允了，孟太仆大喜，连忙试探性地问道："那蓁蓁的事情……"

"大人诚心至此，沈某自然也愿意再给她一次机会。"沈在野道，"不过丑话还是要说在前头，若是令爱以后再犯这等错误，就算大人将整个马场送来，沈某也讲不得情面了。"

"多谢丞相！"孟太仆连忙行礼，"下官一定让贱内到府上好生管教蓁蓁两日，以后定然不会再给相爷添麻烦！之后谢礼也会立刻送过来。"

"嗯。"沈在野打了个哈欠，疲惫地道，"没有其他的事，大人就请回吧。沈某这身子，还得好生歇息两日呢。"

"是，是。"孟太仆连声应道，然后飞快地退了下去，圆滚滚的身子一时没注意，差点撞在门框上。

湛卢看得摇头，等人走出去了，才低声道："这人瞧着真不堪用。"

"不堪用的人多了去了，人倒是没关系，关键是他的位置。"沈在野轻笑一声，在面前的册子上画了个钩，"湛卢，你去安排接下来的事情吧。"

"是！"湛卢应下。

听着院子里轻微的人声和脚步声，姜桃花知道沈在野多半是完事儿了，立马躺上床装睡。

"你家主子休息了？"湛卢的声音在门外响起。

青苔应了一声："早就休息了。"

外头安静了一会儿，门就被推开了，湛卢进来，扫了一眼床上鼓起的被子，才放心地退出去。

可真够谨慎的啊。姜桃花睁开眼睛，看着黑漆漆的帐顶想，沈在野今天又做了什么缺德事呢？

第二天天亮，梅照雪等人就被叫到了临武院。

"你们是怎么看人的？"沈在野捏着封信，皱眉看着梅照雪，"不是说把绿茗好生关起来了吗？"

梅照雪有些莫名其妙，道："的确是好生关起来了啊，就在后院的柴房——"

"那这是什么？"沈在野伸手把信丢过去，怒道，"堂堂相府，竟然让人来去自如，传出去让我的脸往哪儿搁？！"梅照雪一惊，连忙接住信来看。

"奴婢绿茗，受人之托，陷害孟氏。然良心不安，辗转已久，故而想告知相爷事情之真相：下毒之事并非孟氏吩咐，奴婢也非孟氏之人。今日逃命，还望爷看在奴婢坦诚的分儿上，饶奴远走，莫再相追。"

梅照雪心里一跳，转头问身边的丫鬟："去柴房看过了吗？"

丫鬟嗫嚅道："奴婢不知。"

梅照雪皱眉，转头就朝沈在野跪了下去："是妾身失责，请爷惩罚！"

沈在野揉着眉心，重重地叹了口气，道："人跑了许久，要追也追不上，倒是这信……"

信上说孟氏是冤枉的，那现在谁去道歉、赔礼？

梅照雪咬牙道："信上之言难辨真假，妾身愿意去软玉阁再次审问。若是没有孟氏毒害爷的直接证据，那妾身便自罚一个月月钱，并向孟氏道歉。"

人是她审的，结果是她判定的，这事儿她怎么也逃不掉。

只是，梅照雪想不明白，眼瞧着已经是板上钉钉的事情，怎么会突然峰回路转，出现这样的结果呢？

相府守卫森严，绿茗一个小小的丫鬟，是怎么逃掉的？

"既然如此，那你便去问吧。"沈在野点头，顺带看了旁边的秦娘子一眼，"解语就别过去了，免得又起冲突。"

秦解语一愣，低头应下："是。"

两人带着丫鬟出去了。

一离开临武院，秦解语就忍不住抓着梅照雪的胳膊道："夫人，爷刚刚那句话是什么意思？怀疑我？"

梅照雪叹息，轻揉着太阳穴道："这也是没办法的事情，孟氏被人冤枉，你是这院子里唯一在明面上跟她过不去的人，爷多想一些，也是情理之中。"

"那怎么能行！这件事跟我半点关系也没有啊！"秦解语急了，"爷最近本来就不怎么待见我，再有误会，岂不是更不会去我那里了？"

"你冷静些。"梅照雪不悦道，"一遇事就慌张，能成什么大事？你在这院子里的地位稳得很，就算爷现在暂时不宠你了，以前的余恩也够你继续逍遥的。再说，日子还长，你未必没有机会重新得到爷的心。"

秦解语皱眉。话是这么说，但她是被娇宠惯了的，长时间住那被冷落的院子可不行。不过夫人说得也有道理，她急不得，眼下还是先将孟氏的事情搞定，最好还能继续咬死她，让她翻不了身。

她们一走，姜桃花就从内室溜了出来，明亮的眼睛在沈在野身上扫着。

沈在野看她一眼，淡淡地道："你又想说什么？"

姜桃花笑着爬到他的大腿上坐着，眨巴着眼睛，小声道："妾身先前以为，孟氏是被秦氏冤枉的。"

"先前？"沈在野挑眉，"那现在呢？"

"现在……妾身觉得爷真厉害。"

差点连她都被骗了！要整孟氏的，分明就是他自己！

本来还觉得秦氏的嫌疑更大，毕竟除掉孟氏，对她更有好处，对沈在野似乎没什么帮助。

然而，昨日沈在野见过一个胖男人之后，绿茗竟然逃了。

开玩笑，丞相府是什么地方？苍蝇飞出去都得做个全身检查，绿茗这个不会武功的丫鬟，怎么可能半夜无声无息地跑了？思来想去，只会是沈在野自己放走的，目的大概就是放过孟氏。

为什么之前他宁愿自己遭罪，也要陷害孟蓁蓁，如今却要放过她呢？

联系昨晚发生的事，姜桃花觉得真相只有一个，那就是沈在野利用孟氏跟孟家做了什么交易。这交易原先一定很难达成，使得他不得不以退为进。而今目的达到了，所以他放了孟氏一马。

如此一想，沈在野真是厉害，这一院子的女人应该是别人塞进来想跟他攀关系的，他却反过来用这些女人，掐着别人的脖子。这样的男人，真是既可靠，又危险。

沈在野看了看她的眼睛，知道她多半又猜到了自己的心思，心下便有些不悦："坐得舒服吗？"

"啊？"姜桃花茫然地看着他，"舒服啊。"

"我不舒服，你很重。"沈在野板着脸道，"下去！"

哪儿养成的习惯，一上来就往他怀里坐？

姜桃花鼓着腮帮子，起身爬到旁边的软榻上，小声嘀咕："别人都很喜欢温香软玉在怀的，你是不是男人啊……"

"你说什么？"沈在野眯眼。

"妾身说今天天气晴朗，阳光明媚，适合郊游！"

沈在野冷笑一声，道："你忘记今天还要拆线了？"

对哦。姜桃花脸垮了下来，叹了口气，伸手摸了摸自己的腰。

拆线也是折磨啊……

"主子，医女到了。"青苔进来说了一声。

姜桃花小脸皱成一团，试探性地问了一句："要是不拆了，让线长肉里，有什么不好的吗？"

青苔一脸严肃地看着她道："会感染，生病，线是不能留的。"

"好吧。"姜桃花郁闷地点头，起身跟着青苔往外走。

沈在野微微挑眉，觉得有点意思。姜桃花天不怕地不怕的，缝针都敢不用麻药，原来还是挺怕疼的。既然怕，那还犟个什么劲儿？这女人脑子有问题？

医女已经在侧堂等着了，姜桃花抿唇，一声没吭地上床，将腰上的伤口露出来。

"您忍着些，"医女轻声道，"奴婢会说些别的分散您的注意力，也让您好过一点。"

"好啊。"姜桃花闭着眼睛道，"给我讲讲这府里的小道消息也成。"

小道消息？医女拿了剪刀出来，一边动手一边道："最近出了绿茗的事情，药房这边井然有序，倒是不曾有什么趣事可谈。只上回柳侍衣与顾娘子来找大夫，出门之后不知为何争吵了起来。"

　　姜桃花感觉到一阵伤口撕扯的疼痛，咬着牙问："她俩不是多年的好友吗，怎么也会争吵？"

　　"再好的朋友也没有不吵架的，况且最近这两位主子来往也少了，似乎生了嫌隙。"

　　姜桃花抿唇，她昨儿就在花名册上找过柳氏的名字。柳香君，当朝卫尉大人家的庶女，既然来相府当个小小的侍衣，想必在家里也不是很得宠。

　　那日，柳氏口齿伶俐，说话也讨喜，看起来比顾怀柔聪明些。姜桃花忍不住想，最开始唆使顾氏来她这儿吵的，会不会就是柳氏？

　　想着想着，线已经拆了一小半，等她回过神来，才发现伤口真是疼得难受，这么磨磨蹭蹭的，还不如青苔给她一刀的时候来得痛快。

　　"你不如一下子扯出来吧！"姜桃花难受地道。

　　医女嘴角微抽："这个……一下子是扯不出来的，娘子再忍耐一二。"

　　青苔瞧着也有些不忍心，正想再安慰她一番，就见外头跑进来个丫鬟，张口就道："李医女快去温清阁啊！"

　　线还有一半在肉里呢，医女头也没抬地道："等姜娘子的线拆完了再去。"

　　"上门来抢医女是什么道理？"青苔上前，不悦地拦着那丫鬟，"你家主子急，我家主子就不急了？"

　　小丫鬟急得快哭出来了，直接跪下道："府里其他的医女今儿都不在，我家主子好像是……好像是身子不对劲了，只能让医女去瞧。奴婢也是一时情急，还请姜娘子体谅！"

　　只能让医女瞧？那就是女人的病了。姜桃花抿唇，声音虚弱地道："不是我不体谅，是我也难受着呢。"

　　青苔没好气地道："主子，您躺着就是，奴婢送她出去。"说完，拎起小丫鬟就往院子里一丢，接着哐的一声关上门，上了闩。

　　小丫鬟傻眼了，看了看主屋的方向，有点胆怯，只能硬着头皮跑回温清阁。

　　折腾了小半个时辰，姜桃花伤口的线总算拆完了，只是腰上一道疤，狰狞又难看。

　　"这可怎么办啊？"她发愁道，"有什么法子可以去掉吗？"

　　李医女温和地笑道："娘子多吃些猪皮一类的东西，好好养个几年，能淡下去一些。"

　　几年？姜桃花叹息，那就等于得一直带着它了。

　　她正伤感呢，外头突然吵闹起来，湛卢好像拦着什么人，那人却不管不顾地朝里头喊："爷！出事了！您快出来看看啊爷！"

　　那声音听着有些熟悉，姜桃花挑眉，捂着腰让青苔开门。

　　沈在野正在休息，被这声音吵着了，一脸不耐烦地打开门，问道："怎么了？"

　　湛卢躬身站在一边。

柳香君脸上带泪，一看见他就跪了下来："爷，怀柔姐姐胎象有异啊！您怎么半点都不着急？"

胎象有异？沈在野一愣，侧堂门口的姜桃花也是一愣。

她什么时候怀上身子的？

柳香君哭得伤心极了，捏着帕子道："方才姐姐想来要个医女，姜娘子都不肯给，现在好了，大夫过去才发现，怀柔姐姐可能是动了胎气。"

"确诊了吗？"沈在野问。

"还没，大夫一直在看呢，说是时间太短了，有些不好把脉，可能要再观察一段时间。"

都没确诊，她怎么知道是胎象有异，不是闹了肚子？

姜桃花咋舌，慢慢走过去，对沈在野道："妾身的情况爷也清楚，并非妾身有意霸占医女，只是时候刚好撞上了。"

"我知道。"沈在野点头，揉了揉眉心道，"既然这么严重，那就去温清阁看看吧。桃花，你也一并来。"

"是。"姜桃花应了，看了地上跪着的柳香君一眼。

柳香君慢慢起身，依旧擦着眼泪，看起来像是担心极了，才会过来为自己的姐妹打抱不平。

然而，李医女方才不是说她与顾氏生了嫌隙吗？这会儿摆出一副感同身受的模样又是什么意思？

沈在野走得不快不慢，柳香君在旁边跟着，有些着急道："爷，您不紧张吗？一旦确诊了，就是您的第一个孩子啊。"

"我不是大夫，紧张也没用。"沈在野淡淡地道，"何况你也说未曾确诊，若诊断出来不是，我岂不是要怪罪顾氏了？"

柳香君一愣，闭嘴，退到一边不说话了。

姜桃花默不作声地跟在后头，心想，这沈毒蛇也真够无情无义的，自己的女人半点不在意就算了，连孩子也不紧张。

沈在野建府两年，后院充盈，却一直没子嗣。如今可能有了，就算没确定，也好歹激动一下啊，怎么还跟个老大爷似的在这儿散步，难道他的心当真是石头做的？

一行人慢悠悠地到了温清阁，大夫上来就朝沈在野行礼，眉毛皱成一团地道："老朽无能，暂时看不出娘子到底是否有孕。"

"嗯。"沈在野在床边坐下，看着顾怀柔道，"上一次侍寝是一个月前，日子不够长，确诊不了也是寻常。"

顾怀柔满脸惊讶地看着他："爷，您怎么来了？"

"柳氏说你身子不对，便去临武院请了我过来。"沈在野看着她，微微一笑，"现在好些了吗？"

"好些了。"顾怀柔眉心微皱,转头瞥了柳香君一眼,连忙朝沈在野道,"劳烦爷亲自过来,是香君唐突了,爷切莫怪罪。"

柳香君站在一边,委屈地道:"姐姐有喜,当妹妹的不过是为您担心罢了,爷怎么会怪罪呢?"

这话说的,你来我往的都是刺儿啊。姜桃花连忙站远了些,好奇地看着这两人。

听她们话里的意思,柳氏去叫沈在野,似乎不是顾氏的主意。柳氏擅自做主去临武院哭闹,而顾氏急于撇清,半点不想被她牵连。真有意思,多年姐妹反目成仇为哪般?

沈在野没吭声,安静地坐着。顾氏和柳氏你来我往,几乎快吵起来了。

"没确定的事情,妹妹便急忙去知会爷,到时候若是叫爷失望了,是该怪你还是怪我?"

"姐姐真是把人好心当驴肝肺,方才您找不到医女,不还是妹妹去药房请的大夫?妹妹是关心您,您倒好,一看见爷,就什么都往妹妹身上推了。"

"是不是真的为我好,我心里清楚。"顾怀柔冷笑,"就算多年披着羊皮,狼还是狼,早晚会露出真面目。"

"姐姐你——"

"差不多够了。"沈在野听着有些心烦,终于出声打断了她们,"自家人吵成这样,你们也不嫌丢人。既然还没确诊,那就让大夫往后每日来温清阁请脉,下头的人伺候得也仔细些。等日子长一点再说。"

"多谢爷!"顾怀柔低头作礼。柳香君也不吭声了。

站在旁边看了半天热闹的姜桃花终于过来,看着顾怀柔小声道:"既然还没确诊,那便是有希望。娘子好生休息吧。"

顾怀柔看了她一眼,神色有些复杂,碍于沈在野在一边,她也不好说什么,只能点点头。

"没别的事情就散了吧。"沈在野起身,象征性地说了一句,"没事别出去走动了,仔细养着身子。"

"是。"顾怀柔应着,悄悄打量了一番他的神色。

爷的心思还是那么难猜,听见这样的事,脸上依旧平静,没生气,却也不是很高兴,转头就带着姜娘子走了。

"我说什么来着?"

等他们都离开了院子,柳香君才阴阳怪气地道:"您把那姜氏当靠山,她可半点没顾着您,跟您争医女就算了,连爷来看您都要死劲儿跟着,分明没想让您得宠。"

顾怀柔皱眉,不悦地道:"你的话太多了。"

"姐姐今日对我好生冷淡,"柳香君撇撇嘴,委屈地道,"不但不理我,还反过来怪我。这多年的姐妹到底是抵不过荣华富贵。"

"的确抵不过。"顾怀柔抬头，看着她的眼睛道，"在你心里本就是这样想的，不是吗？"

柳香君微微一愣，垂了头道："您说什么呢，妹妹可听不明白。外头熬着药呢，妹妹先替您去看看。"说罢，转身出了内室。

人心啊，还当真是难测。顾怀柔嗤笑一声，靠在床头摸了摸自己的肚子。这里头要是真多了一块肉，那她就有救了。

姜桃花跟在沈在野后头，一路从花园绕回临武院。

"咱们两人身上都不是很利索，您走那么快干啥？"姜桃花捂着腰追着他，喘着气道，"方才去的时候走得那么慢。"

"那是因为我在想事情。"沈在野头也不回地道，"你若是走不动了，就自己慢慢走吧，我先回院子里去。"

什么人啊！姜桃花白眼直翻，干脆放慢步子自己走。

"主子，您不觉得奇怪吗？"青苔跟在她身边，看着沈在野的背影道，"奴婢就没见过谁家的内人有了身孕，当丈夫的一点都不兴奋的。"

"不是还没确定吗？"姜桃花道，"他这样子也正常，没有期望便不会失望。"

"奴婢倒是觉得顾氏多半是不得相爷的心了。"青苔道，"要是相爷当真喜欢她，就算没确定，也该多陪陪她的。"

这倒是真的，姜桃花点点头。顾氏从她进府起，好像就一直不怎么受待见。按理说顾氏是郎中令的嫡女，应该不至于被这般冷落吧？

姜桃花想不明白，决定暂时不想了，先回临武院再说。

然而，等她跨进院子里的时候，沈在野面前多了两个人。

"妾身自认有过错，甘愿受罚。"梅照雪跪在他面前正色道，"妾身已经道过歉了，孟娘子大度，并不计较。"

沈在野转头看向孟蓁蓁，后者小脸还有些苍白，眉间的愁绪像是更深了："确如夫人所说，只要愿意还妾身一个清白，妾身便什么都不想计较了。"

"如此便好。"沈在野颔首道，"既然是冤枉了你，那我也该给些补偿。等会儿便让管家给你院子里送东西，你也别难过了。"

孟蓁蓁眼里含着泪，哽咽着应下，看了梅照雪一眼，便先行退了出去。经过姜桃花身边的时候，孟蓁蓁抬头扫了她一眼，眼神冰凉冰凉的。

姜桃花一脸莫名其妙，心想，自个儿好像没得罪她吧，干吗这样看她？

"你也起来吧。"沈在野伸手，将梅照雪扶了起来，"这院子里人多，辛苦你了。"

"妾身不辛苦，只要爷能安心，妾身做什么都可以。"梅照雪抿唇，小声说着，眉目温和。

这样的人就适合当正室啊，姜桃花点头。虽然梅氏的心地未必善良，但能处理好后院之事，让沈在野省心的话，她就是一个合格的主母。

人都走了，沈在野像是终于松了一口气，躺在软榻上道："可以好生休息几日了。"

敢情他这些天一直在忙啊。姜桃花挑眉，笑眯眯地道："爷似乎恢复得差不多了，那妾身什么时候回争春阁？"

沈在野斜眼看她，道："你不是这么不争宠的人啊，能留在临武院，怎么就想回争春阁了？"

姜桃花抿唇，心想，老娘又不傻，要争也是争私下的宠爱，这大大咧咧地一直住在他的院子里不是找事儿吗？人家夫人都没住进来，她算个啥？

"爷这话是舍不得妾身走的意思吗？"她面上一笑，十分自然地又爬进沈在野怀里，抱着他的腰身轻声撒娇，"那妾身可就一直住了？"

沈在野嘴角微抽，嫌弃地看着她道："你能不能不要动不动就爬到我身上来？"

"不能。"姜桃花娇俏一笑，歪着脑袋道，"爷身上最舒服。"

沈在野眼神微暗，伸手捏着她的手腕，一把将她拉到面前，轻笑着问："爷身上哪儿最舒服？"

姜桃花："……"

臭不要脸的流氓！能不能有点贵门高官的气质啊？含蓄一点啊！她这是在跟他撒娇呢，他反过来呛得她说不出话有意思吗？有情调吗？

姜桃花老实地爬下去，也不傻笑了，一本正经道："如果没别的事情要妾身做，那妾身今晚就回争春阁继续养伤了。"

"有事。"沈在野抿唇，扫了她一眼，道，"明日你去做一身衣裳，再过两天南王要来看你。"

南王要来？姜桃花一听，心里一喜，那少年真是说话算话，很负责任啊，定期来看看她被沈在野宰了没有，大大地提高了她在毒蛇窝里安全活下去的可能性。

"我答应了他好生照顾你，所以在他放心之前，你就住在这儿。"沈在野笑了笑，眼睛深深地看着她，"该说什么话、不该说什么话，不用我教你了吧？"

"爷放心，"姜桃花笑眯眯地道，"妾身明白！"

说实话，上次那么骗那个小孩儿，姜桃花心里还是很过意不去的。这回终于不用再利用他了，她打算好好报答人家一回。

姜桃花带着青苔去挑了衣裳料子，又选了几样点心，然后去准备材料。接下来几天她都忙得团团转，在临武院里跑来跑去的。

沈在野看公文的时候偶尔会抬头看她一眼，见她精神那么好，便嗤笑一声。

还说养伤呢，看她这模样，上山打虎都没什么问题。

不过，有件事他还是很好奇，姜桃花和穆无瑕也就是萍水相逢，话都没多说几句，怎么就这么看重彼此？

第十章 踏青

几日之后，南王登门。

府里像往常那般准备着礼仪，姜桃花一早就坐在妆台前打扮，换了裙子之后跑到沈在野面前问："好不好看？"

沈在野不耐烦地抬头扫了她一眼，忽地一顿。

以往在府里姜桃花都会上妆，整个人显得很明艳。今日脸上却白白净净的，一身裙子也素雅得体，像极了邻家的小姑娘。

姜桃花五官柔和、干净，看着让人觉得心情舒畅想亲近，只是她平时总喜欢上浓妆。虽然浓妆也好看，但是就像戴了层面具，始终与人有距离。

看了她一会儿，沈在野忍不住问："你平时在府里为什么不是这样的装扮？"

"爷喜欢？"姜桃花很意外，"你们男人不都喜欢上了妆的女人吗？什么'轻口咬胭脂，颊蹭妾香腮'，都是你们男人写出来的啊！"

沈在野眼角微跳，眼神微沉："你还看这些淫词艳诗？"

姜桃花干笑两声，装傻充愣地看向窗外："今天天气明朗又暖和，适合出去踏青哎！"

她还没来得及往后退两步，领子就被人抓住了，接着被沈在野拎上了软榻，抱在怀里。

"遇事别总想着躲。"沈在野说话跟蛇吐着芯子似的，抱着她时，手还温柔地抚着她的鬓发，"爷开口问了，你就要答，明白吗？"

姜桃花打了个寒战，伸手抱着他，埋着头道："老实说就是。以前师父在教习媚术的时候，会让我看看男人眼里香艳的女人是什么模样的，所以才会读这些诗词。读得多了，自然就脱口而出了。"

原来是这样，沈在野点头，觉得这尚算正常。然而等他回过神来时，身子已经快被她抱得发麻了。

"你抱我这么紧干什么？"他无奈道。

姜桃花埋着头道："师父说这是防御的动作，你打不着我的脑袋。"

这蠢女人每天到底在想什么？难不成他堂堂丞相还会对个女人动手？！沈在野气极反笑，伸手将她扯开，然后抖直了放在榻前的地上站好，说："别折腾了，等会儿南王就要到了，去府门口候着。"

"好嘞！"姜桃花点头，拔腿就跑。

自己有那么可怕？沈在野轻喷一声，不爽地跟着起身，整理好袍子往外走。今日的天气的确很好，阳光洒在人身上，让人有种想去踏青的冲动。

"我们去踏青吧！"穆无瑕站在相府门口，还真说了这么一句，一双清澈的眼看着姜桃花，满是温和。

姜桃花一愣，眨巴着眼睛看看他，又看看身后的沈在野。

"踏青？"沈在野眉头微皱，"您跟姜氏？"

"是。"穆无瑕微笑，两只小手背在身后，背脊依旧挺得笔直，"今日刚好是春日会，迎仙山上有桃花，本王想跟相爷借姜氏一天，去看看到底是桃花美还是人美。"

府里已准备了半天的东西，结果今日南王根本不进去，那她在临武院住这么多天有什么用？姜桃花心里直叹气，面上还是笑意盈盈的："就妾身一人陪着王爷有些不妥，不如带上相爷？"

"这个你不用担心。"穆无瑕看了沈在野一眼，道，"本王带了侍卫，你也可以带丫鬟，就足以避嫌了。"

这么一说，姜桃花没辙了，只能转头看向沈在野。

沈丞相的脸色不是很好看，他勉强微笑着道："王爷可是对微臣有什么不满？"

"没有啊。"穆无瑕认真地道，"丞相做什么都做得极好，本王不会有任何不满。"

"那今日这是……"

"今日本王只是想跟姜氏聊聊，相爷跟着，难免有些不自在，不如放她一日清闲，陪本王去玩玩。"穆无瑕说完一顿，又认真地补充道，"放心，有借有还，本王绝对不会抢丞相的任何东西。"

沈在野沉默着，背后的手轻轻捻着，目光柔和地落在穆无瑕身上。

暖风从门口吹过，吹得姜桃花身上的留仙裙微微翻飞。穆无瑕安静地等着，眼神坚定。

许久之后，沈在野才轻笑着开口："既然王爷这么说，那便去吧。姜氏虽然只是府上的娘子，但到底虚长王爷几岁，王爷不必照顾她。反之，王爷有什么损失，微臣定会找她算账。"

穆无瑕眉毛皱了起来，上下看了他一眼，认真地道："沈丞相，你这样会很不招女人喜欢的。"

"王爷放心，相爷只是刀子嘴豆腐心，他才舍不得罚妾身。"姜桃花转头，冲沈在野娇俏一笑："多谢爷恩典，妾身这便出门了。"

沈在野眯眼，很想问她哪里来的自信说他舍不得罚她。不过碍着穆无瑕在，他只能顺势点头，目送他们上车。

穆无瑕是越来越聪明了，知道有些事得避着他才能知道真相。然而，这招换成别的女人兴许还有点作用，姜桃花那种机灵得跟小狐狸一样的女人，就算不在他眼前，也不会自己找死的。

马车走得远了，沈在野才转身回府，继续处理公务。

这一次才算是真正意义上出府看大魏的风景，姜桃花坐在车上，心情好极了，看穆无瑕的眼神也温柔极了。

穆无瑕被她看得有些愣怔，忍不住问："你家里有弟弟？"

"咦？"姜桃花惊讶了，"您怎么知道的？"

"因为我姐姐以前也爱这么看我。"穆无瑕轻笑着道，"怪不得总觉得你亲切，你跟她太像了。"

这样啊。姜桃花点头，想起长玦就笑了笑，道："妾身的弟弟跟王爷也有几分相似，一身正气，倔强又执拗。"

"本王倔强吗？"这评价穆无瑕听得很意外，"旁人都说本王傻。"

"您要是真傻，今日就不会带妾身出来了。"姜桃花微笑，看着他道，"想问什么在相府不能问的事情，是吗？"

穆无瑕收敛了神色，一本正经地点头："此番带你出来，就是想问问，丞相可有继续苛待你？"

"没有。"姜桃花道，"您方才也瞧见了，相爷就是刀子嘴豆腐心。自从上次回去，他一直对妾身很好。说起来，妾身还必须谢谢您。"

"谢本王倒是不必。"穆无瑕垂下头去，放在坐垫上的手轻轻收拢，像是纠结于什么事情。

姜桃花耐心地等着，她知道南王不会只为这一件事带她出来，定然还有其他的问题。

"你一直住在临武院里，是吗？"

"是啊，最近爷身子不适，妾身一直在院子里照顾。"

穆无瑕点点头，清了清嗓子，沉声问："那你可知道，他最近在府里都见了什么人？"

竟然是问这个？姜桃花挑眉，眨眨眼，看着他道："王爷问这个做什么？"

"最近本王觉得丞相的举动不太对劲，所以想问问。"穆无瑕一笑，一张小脸显得分外紧张，眼里又有些愧疚，"也不该问你的，但是除了你，相府其他的人也不会告诉本王。"

姜桃花想了想，南王和沈在野之间有超乎寻常的紧密联系，在这样的基础之上，南王竟然还防备着沈在野。

那她说还是不说？沈在野只道让南王相信他对她很好即可，这事儿超出了命令范围，他也没给个指令啊。

大概他也没想到南王会这么问。

姜桃花抬头看了看穆无瑕的眼睛，那里头没有阴谋算计，却也不是天真无邪。十六岁的南王爷，已经知晓世故，却并不打算跟着其他人一起世故。

姜桃花神情微动，心里的天平忍不住朝南王这边倾斜了些，低声开口道："最近这几日，爷就在半夜见过一个胖男人，裹着斗篷来的，妾身也不知道他是谁，但……也许跟孟家的人有关。"

"胖男人？孟家？"穆无瑕一愣，想了想，道，"朝中最胖的就是孟太仆了。"

是孟蓁蓁的亲爹啊！怪不得第二天孟氏就被择出下毒事件了。孟太仆付出的代价肯定不会小。姜桃花想着，忍不住撇嘴，不过还是好奇地看着穆无瑕问："这事儿对您有什么影响吗？"

"没有任何影响。"穆无瑕回神，笑看着她道，"但还是要谢谢你肯告诉我。"

"谈何'谢'字，妾身的命都是王爷救的。"姜桃花认真道，"若是有什么可以帮忙的，妾身一定会帮您，您尽管开口就是。"

穆无瑕微微一愣，歪了歪脑袋，感慨道："你果真像我姐姐，顶着沈丞相的压力，都愿意站在我这一边。"

他这小脸水嫩水嫩的，睫毛又长又浓密，笑起来还露出两颗小小的虎牙，让姜桃花忍不住就想伸手去揉他。然而，身份有别，她只能恭敬地颔首："若是王爷不嫌弃，妾身倒愿意像姐姐一样一直照顾您。"

"别听沈丞相的话。"穆无瑕突然严肃起来，挺直腰杆看着她道，"方才他说让你照顾我，这是不对的。男人才该照顾女人，不管比我大多少，你都该站在我背后，不用想着要怎么照顾我。"

瞧人家孩子多有男儿气概啊！姜桃花听得感动极了，忍不住伸手掐了掐他的脸，满眼慈爱地道："可是王爷，您才十六岁，尚未弱冠，还不算男人。"

小王爷一听这话就不高兴了，饶是脸还被掐着，也十分严肃地道："是不是男人不能以年纪来衡量。有人哪怕已到而立之年，但唯唯诺诺、软弱无能、毫无担当，也算不得男人。而本王就算还未弱冠，身行正直、无愧天地、敢作敢当，怎么就不算男人了？"

说得好有道理，姜桃花听得连连点头，看着他白嫩嫩的小脸，眼神更加慈祥了。

南王爷身上有她许久未见的少年气，只有这样热血沸腾的少年，才会坚持让别人称他为男人。

看着也是挺可爱的。

姜桃花松开手，强行忍住摸他脑袋的冲动，心里默念"这是以下犯上"二十遍，然后笑道："是妾身狭隘，不该以年纪断人。王爷是妾身见过的人里头最有男人风度的！"

穆无瑕脸上还带着点气愤，听她这么一说，瞬间觉得有些不好意思了，转头看向外面，换了话头："这迎仙山上面车去不了，等会儿咱们还得自己爬。"

这神情，是害羞了？姜桃花看得惊奇，心里更是软成一片。跟沈在野那种阴险老辣的人周旋久了，南王爷这种真性情的人就显得格外珍贵。

"好。"她应道，"咱们等会儿慢慢爬。"

说来真是奇怪，他们两人身份有别，又不是很熟悉，但是相处起来半点不觉得尴尬，反而很自在。

姜桃花一路上都在分析原因，最后得出的结论是，可能她和这小王爷有缘吧。

"这山是父皇最喜欢的一座，他偶尔会微服上来踏青。"

下了马车，穆无瑕边走边跟姜桃花介绍："山上最高的地方有座寺庙，春日就会开桃花会，京城的贵人大多会上去观看，很是热闹。"

姜桃花点头，深吸一口气，感觉这外头的空气就是比丞相府里的新鲜。

"那边是什么？"经过一片郁郁葱葱的树林时，姜桃花好奇地问了一句，"路上别处的人都挺多的，那儿看起来很舒服，怎么反倒没人去休息？"

穆无瑕转头看了一眼，道："那边是蛇林，父皇亲自圈出来的地方，非皇亲不得入内。里头全是父皇喜欢的各种毒蛇。"

啥？姜桃花震惊了，问道："当今圣上喜欢毒蛇？"

"是啊。"穆无瑕微微抿唇，道，"我也不明白父皇为什么会喜欢这种阴毒可怕的东西。不过，你若是想看看，咱们也可以从旁边的小道进去，那边没人看守。"

"不了不了，妾身怕蛇！"姜桃花嘴角抽了抽，扫了那蛇林一眼，语气古怪地问了一句，"陛下也很喜欢沈丞相吧？"

"这是自然。"穆无瑕道，"父皇最倚重沈丞相，有时候待他比待景王兄都好。"

难怪，沈在野本身就是条大毒蛇，简直是投圣上所好啊！姜桃花撇嘴，跟着穆无瑕继续往山上走。

越靠近寺庙，人就越多，四周有不少人认出了穆无瑕，微微颔首示意。

"绕过前头就好了。"小王爷一边跟人回礼，一边道，"寺庙后头那一片桃林只有皇亲才能进，那里人就少了。"

"嗯。"姜桃花尽量低着头，以丫鬟的端礼姿势跟在南王后头，以免被人注意。

好不容易穿过人多的前庙，刚要松口气，她突然听见个熟悉的声音："无瑕也过来了？"

南王爷回头，看着那边朝自己走过来的人，微笑颔首："景王兄。"

穆无垠今儿也是趁着天气好出来踏青，没想到能遇见南王。对瑜王他是充满算计，对恒王则是一力打压，但是对这个年纪小又没任何威胁的南王，他偶尔也是有兄长的慈爱之心的。

姜桃花浑身的汗毛都竖起来了，根本来不及跟南王解释什么，趁着景王没看清自己的脸，连忙扭头就跑！

这要是遇见了还得了？！本以为她不会有机会再看见穆无垠，结果这倒霉催的，出门忘记看皇历了吧？

"什么人！"

一见有人跑，景王就低喝了一声："站住！"

南王一怔，转头茫然地看着姜桃花狂奔的背影，一时不明白她跑什么。

"挽风，把她给本王抓回来！"景王沉声道，"鬼鬼祟祟，必定不是什么好人！"

"是！"旁边的护卫应了，飞快地追上去。

穆无瑕站着没动，想了想，笑着问："皇兄这是怎么了？这么紧张。这庙会人来人往的，有跑动不是很正常吗？别把人家姑娘吓着了。"

穆无瑕盯着那远去的背影好一会儿，才转头看着他道："本王觉得那人有点熟悉，你认识？"

穆无瑕微微抿唇，摇头道："不认识，大概是跟着我误进了皇亲庭院，以为自己犯了大罪过，所以才跑的吧。"

这样啊，穆无垠点头，拍了拍他的肩膀道："你先玩着吧，皇兄去看看，说不定她便是我一直找的人呢。"

穆无瑕颔首，看着景王追出去了，才朝旁边的人吩咐道："去想办法阻止他们。"

"是。"

本来是姜桃花拽着青苔跑，但是后头的人跑得太快了，青苔直接将自家主子扛了起来，飞檐走壁，跳出了寺庙。

后头的人追上来，寺庙里人群熙熙攘攘，一时间没看到人去哪儿了。

"我的天啊！"姜桃花紧张地道，"这是要玩儿命啊，被逮着就是个死！青苔快跑！"

青苔喘着粗气，慢慢地将她放下来，道："您最近是不是重了些？奴婢没力气了。"

姜桃花："……"

最近一直补身体，好像的确是重了些，没以前那么轻巧。

"您先走，奴婢在后头想办法拦住他们。"青苔脱了外裳，穿着里头的裙子道，"他们没看见奴婢的脸，定然只认得衣裳，奴婢不会有事。"

"好。"姜桃花想了想，提起裙子，飞快地往前头继续蹿。

这山很大，她也不认识路，只能凭感觉东躲西藏。糟糕的是，追捕她的人好像甚为执着，不抓到她不罢休似的，开始从山顶往四周扩散，一点点地排查。

要这么狠吗？姜桃花欲哭无泪，努力寻找下山的路。

"那边！"上头突然响起一声大喝。姜桃花抬头，就见一个眼睛贼好的人站在高处，看见她了。

要命啊！她咬牙，提着裙子就往树林里钻。

林子越往下越茂密，身后的追捕声一直没断，姜桃花不敢停下。没一会儿，前面竟然出现了一道墙，左看看右看看，她一时也看不出这墙里是院子还是什么东西，干脆就往上爬。

躲进墙里头，听着外头的声音逐渐靠近，姜桃花连大气也不敢出，死死地闭着眼睛。

"哪儿去了？"

"这边没有。"

"继续往下追吧。"

吵闹一阵后，脚步声渐渐远去了，她这一颗心才终于落回肚子里，接着缓缓睁开眼睛。

"嘶——"一条黑白花纹的蛇在她面前睁着黑色的圆眼睛，朝她吐了吐芯子。

姜桃花瞳孔微缩，瞪大了眼睛，嘴慢慢张大，一声尖叫就卡在喉咙里！

蛇啊！

她正要大声喊出来的时候，旁边有人纵身跳下，一把将她捞了起来，挥剑就将那蛇的七寸斩断！

眼前一片花白，姜桃花吓得浑身发抖，抓着来人的衣裳，咽了半天的口水才找回自己的声音："蛇……蛇林？"

穆无瑕皱眉，任由她抱着自己，叹道："你也太会跑了，直接进了蛇院。"

这里的蛇都是极为珍贵的，皇帝每过一段时间还会选一些进宫去把玩几天，一般皇亲来，也就是在观蛇台上看看，谁承想她竟然这般慌不择路。

不过运气好的是，她选的是没人看守的小路过来的，不然擅闯蛇林，罪名可就大了。

"那……那边又来了！"姜桃花脑子里一片空白，只看得见满地的蛇，直往南王背后缩。

这个时候也不能叫人，穆无瑕沉声道："本王护着你，你快爬出去。"

姜桃花点头，努力转身想爬墙，然而……

"妾身腿软……爬不上去了……"

察觉到他们的攻击性，院子里的其他毒蛇都朝这边慢慢游移，一条花纹极好看的蛇突然立起身子，朝穆无瑕扑了过来。

穆无瑕抿唇，半点没慌，眼神分外锐利，看准蛇的七寸，一剑便挥了过去。

蛇血飞溅，穆无瑕面色有些沉重："你冷静一点，快些出去，不然后果会比被蛇咬还严重。"

"好！"姜桃花深吸一口气，尽量不去想背后的场景，借着脚下的石头爬上了墙。

长剑挥舞，听着背后的动静差不多了，穆无瑕便转身，蹭着墙爬了上去。

然而，他腰上的玉佩被墙檐一挂，就落在蛇院墙角的草丛里了。

两人都处于高度紧张之中，也没发现掉了东西，一出蛇院，穆无瑕就拉着姜桃花狂奔。

他们跌跌撞撞地找到马车停留的位置，青苔和南王身边的护卫都在这里等着，一行人半刻也没停留，慌忙离开。

"你跟景王兄认识吗？"南王喘着粗气，小声问。

姜桃花脸色苍白，叹道："此事说来话长，您要是实在想知道，可以回去问问相爷。"

还跟沈在野有关系？穆无瑕疑惑了，还想再问，可一看姜桃花这心有余悸的模样，估计被吓得不轻，想了想，还是小声安慰道："没事了，咱们车上不会有蛇。"

"妾身知道。"姜桃花抿唇，抬头担忧地看着他，"但是王爷方才是不是斩了蛇？"

南王点头，那蛇院里的蛇都是没拔毒牙的，咬一口可不得了，若是不斩，他们两人性命难保。

"您先前就说过，这蛇林里的蛇是陛下喜欢的。"姜桃花皱眉，"被斩了的话……没关系吗？"

穆无瑕一顿，低头沉默。

父皇爱蛇成痴，先前是将毒蛇养在后宫。后来兰贵妃进宫了，见她实在怕蛇，他才不得不将蛇移去迎仙山。那蛇院里的蛇，每一条都是他的宝贝，被斩了自然是大事。

只是，人命攸关，他总不能让姜桃花被扣上一个擅闯蛇林的罪名，更不能让她被蛇咬，白白丢了性命。要是当真出了什么事，那就由他来担着好了。

"没事，先回去再说吧。"小王爷一脸平静地道，"你回去好生休息，剩下的事情本王会处理。"

瞧他这一副顶天立地的模样，姜桃花哭笑不得："王爷，陛下若当真怪罪，您打算怎么处理？"

"本王是皇子，就算父皇生气，至少命是无忧的。"穆无瑕认真地看着她道，"但是你就不一样了，单单一个擅闯蛇林的罪名就有可能让你丢掉性命。更何况你是相府女眷，跟本王私自出来，一旦闹大，声名难保。"

姜桃花一愣，呆呆地看着他。

这小王爷脸上半点犹豫都没有，就因为罪名落在她头上，她会更不好过，所以即便他是为了救她才斩了蛇，也愿意一力承担后果？

他是真的有点傻吧？换成沈在野，他定然会毫不犹豫地推她出去顶下全部罪名，自己一脸微笑地站在旁边吐芯子。

南王到底有没有考虑过，他本就不被陛下宠爱，再犯下斩蛇之罪，万一被逐出京城怎么办？

"王爷为什么这么护着妾身？"姜桃花忍不住问。

穆无瑕一脸理所当然地道："因为我是男人，你是女人，出了事情，没道理让女人受罪。今日踏青之行是本王主动邀你的，所以有什么问题都是本王的责任。"

男人啊！南王爷当真是个男人，不是小孩儿！姜桃花心里又温暖又感慨，看着他的小脸，心里暗暗下了个决定。

丞相府。

沈在野还在书房处理公文，冷不防就见湛卢跑进来道："主子，出事了！"

他心里一紧，抬头皱眉问道："怎么？"

"南王和姜氏撞见了景王，姜氏逃走的时候，误入蛇林。"湛卢飞快地道，"南王斩了蛇，两人现在逃回来，已经快到相府侧门了。"

"没人受伤吧？"沈在野问。

湛卢摇头。

"那便好。"沈在野起身，匆忙往外走。

姜桃花进门就是一个趔趄，差点摔倒。穆无瑕连忙拉了她一把，轻笑道："上次伤那么重，也没见你这样慌。"

姜桃花干笑，心想，这相府里的毒蛇可不比蛇院里的好对付，她不慌才怪呢。

"多谢王爷。"

穆无瑕颔首，张口正想再说，却听得沈在野严肃的声音从不远处传了过来："进屋说话。"

姜桃花身子一僵，心想，这人的消息也太灵通了，这么快就知道他们出事了？

她心虚地看了穆无瑕一眼，后者却一脸镇定地道："你去休息吧，本王去同相爷说清楚。"

"不必，妾身还是一起去吧。"姜桃花道，"要是不去，后果更严重。"

沈在野一定会扣她个蛊惑南王、找人顶包、躲避责难之罪！相比之下，过去挨一顿骂也不算什么。

穆无瑕微微一愣，想了想，点头应了。两人一起进了旁边的屋子。

沈在野的脸色很不好看，一见他们进来，他就盯着姜桃花道："出门的时候我是怎么吩咐的？"

姜桃花干笑着走过去道："这实在怪不得妾身，谁知道大魏国都如此之小，一出去就撞见了景王爷。"

"撞见他你是该跑。"沈在野皱眉道，"可连累南王必须斩蛇救你，你该如何向我解释？"

能怎么解释？这都是命啊！她第一次去迎仙山，又不认识路，谁知道跑着跑着就进了蛇林？造化弄人，也怪不得她不是？

"爷息怒！"姜桃花垂着头，道，"事情已经这样了，既然解释不清楚，不如想想接下来该怎么办吧。"

135

穆无瑕站在一边，低头摸了摸自己的腰间，忽然喊了一声："糟了！"

沈在野和姜桃花都侧头看他，穆无瑕皱眉，抚着空荡荡的腰带道："本王的铭佩不见了。"

"铭佩？"姜桃花很茫然，"什么东西？"

"大魏皇子在出生之后都会被赐予铭佩。"沈在野沉着脸道，"上头刻有皇子的名字和生辰八字，是身份的象征。"

姜桃花倒吸一口凉气，瞪大了眼睛道："不会掉在蛇院里了吧？"

"湛卢，去找！"沈在野当即下令。湛卢连忙领命而去。

穆无瑕抿唇，抬头看着她道："若真是如此，那也没办法。"

姜桃花皱眉，脑子已经飞快地转了起来："今天咱们遇见景王爷了，对吧？"

"是。"穆无瑕莫名其妙地看她一眼，道，"那又如何？"

姜桃花捋了捋袖子边，低声道："不如何，妾身就是随口问一句。既然事已至此，那咱们站在这里也没什么用，王爷不如先回府吧。"

"可是……"

"先回去休息吧。"沈在野也开口道，"王爷看起来很累，衣裳上都有灰了。"

穆无瑕低头看了看有些狼狈的自己，想了想，点头应了："那本王先回去。"

"恭送王爷。"姜桃花和沈在野异口同声地道。

穆无瑕疑惑地看了这两人一眼，转身往外走，心里觉得有点奇怪。

那两个人好像也没说什么话，但是刚刚那一瞬间，怎么像达成了什么协议一样，身上的气场融洽极了？是他的错觉吗？

大门关上，姜桃花转头就朝沈在野跪了下去："妾身愿意将功补过，为爷出一个主意。"

沈在野摩挲着手上的扳指，睨着她，声音清冷："说来听听。"

外头阳光依旧明媚，这一间屋子里却是寒风凛冽。

细细地将想法说给沈在野听后，姜桃花明显感觉他是赞同的，周身的气息都温和下来，屋子里也温暖起来。

"可以试试。"他道，"不过你为什么会想做这种事？"

姜桃花抬头，认真地道："因为欠了南王爷人情，要是不还，妾身心里过意不去。"

她也不是没欠他人情，怎么不见她过意不去？

沈在野嗤笑一声，懒得跟她计较，只道："你若真心要帮南王，那还是好事。但若让我发现你有一丝不轨之心，就别怪我心狠手辣了。"

"妾身明白！"姜桃花低头道。

"行了，起来吧。"有了解决的法子，沈在野的心情轻松了些，他扫了一眼姜桃花那苍白的脸色，伸手朝她勾了勾手指，"过来——"

姜桃花一愣,接着连忙起身,飞快地扑进沈在野怀里,死死地抱着他的腰身,瑟瑟发抖,模样可怜极了。

"在这儿坐下"这后半句话还没说出来,这女人就已经把他抱住了。沈在野抿唇,垂头看着她问:"当真吓坏了?"

"妾身可能要做几天的噩梦。"姜桃花撇嘴,小声道,"太吓人了!"

如果单纯从面相上来看,沈在野还是比毒蛇好看很多的,至少她不会一睁眼就被吓个半死。

沈在野伸手想在她背上拍一拍,转念一想,又放下了,嫌弃地道:"知道怕还脑门上不长眼睛地往蛇林里跑?"

"你的眼睛才长在脑门上呢!"姜桃花气不打一处来。

屋子里又安静了一会儿。

"嘿嘿……"感觉到周围的气氛不对,姜桃花伸手就打了一下自己的嘴巴,然后抬头看着沈在野道,"妾身这是有口无心,爷别往心里去。"

顶撞他都成习惯了?沈在野冷笑,伸手就要扯开她。

"别别别,让妾身再抱会儿!"姜桃花连忙手脚并用地缠在他身上,可怜巴巴地道,"抱着您能让妾身安心一点。"

沈在野心里微动,问道:"抱着我你就能不怕蛇了?"

"当然!"姜桃花答得又快又坚决。

沈丞相嘴角微扬,心情不错地继续问:"为什么?"

是因为他高大、强壮,还是因为他有能力把她保护得安然无虞?

姜桃花咧嘴一笑,十分认真地道:"因为您应该是蛇王啊!擒贼先擒王!抱着您,哪条不要命的蛇还敢咬我?"

沈在野一愣,等他反应过来的时候,整张脸都沉了下去:"姜桃花,我看你就挺不要命的!"敢说他是毒蛇之王?!

"啊啊啊!"感觉他站了起来,姜桃花连忙用力地挂在他身上,一副死活不下去的模样,"爷息怒啊!妾身在夸您呢!咱们陛下不是最喜欢蛇了吗?"

沈在野伸手,姜桃花就把他的手死死地抱在怀里道:"您不能对妾身这么粗鲁啊!温柔点!"

沈在野嘴角微抽,嫌弃地看着她道:"你打算这样抱着我多久?"

姜桃花梗着脖子吼:"海枯石烂,天长地久!"

沈在野:"……"

他已经不知道该用什么表情来面对这个女人了。他一开始觉得她是个蠢货,后来被她摆了一道,才发现原来她挺聪明的。现在她怎么又从聪明人变成疯子了?

更可气的是,他竟然生不起气,还得花点力气忍着才能不笑场。真是奇了怪了,这府里规矩森严,怎么就唬不住这人?

"你今天又是跑又是爬的,不让医女过来看看伤口吗?"沈在野没好气地道,

"再抱一会儿，扯开了口子，可别算在我头上！"

沈在野不说还没什么，一说姜桃花就感觉到腰上好像真的疼！

她连忙松开他，跳下来，躲到旁边撩起衣裳看了看。长长的一条蜈蚣疤，已经呈现出淡红色。中间的位置可能是今儿扯着了，隐隐有些血迹。

姜桃花撇撇嘴，扭头看着沈在野道："看在妾身这么惨的分儿上，您就让妾身去歇着吧？"

"没说不让你去，是你自己抱着不肯撒手。"沈在野睨了她一眼，道，"你说的事情，我会准备，先把自个儿藏好，别让景王再撞见了。"

"妾身明白。"姜桃花恢复了正经，盈盈一笑，行了礼便退了出去。

其实沈在野也不像看上去那么凶啊，虽然有时候瞧着挺吓人，却没真揍她，还容忍她耍嘴皮子。最开始那个笑得假惺惺要杀她的人，如今好像跟他没什么关系一样。

难不成是因为她长得太好看，所以他动心了？

这个想法刚冒出来，姜桃花就给了自己后脑勺一巴掌。

用这种小女儿心思去揣度一条毒蛇，将来死得肯定比上吊还快。真正的原因应该是方才她出的主意真的对南王和他有帮助，所以他心情好，能够包容她一二。

"哟，姜娘子，"前头突然响起一声吆喝，"您怎么走到这侧院来了？"

姜桃花一愣，停下步子抬头，就见柳香君扭着细腰轻飘飘地走到她面前，看着她道："妆容这么素净，妾身几乎没认出来。"

你没认出来更好，姜桃花心里想，今儿出生入死的，累了半天，谁还有闲心应付她啊？

"柳侍衣怎么也在这里？"姜桃花反问她一句，继续往前走。

柳香君十分自然地跟在她的身边，微笑道："妾身原本打算出门给顾姐姐买补品，刚走到这儿就遇见了您。"

"既然有事，你便去吧，我也该回去休息了。"姜桃花浅浅一笑，朝她颔首作别。

然而，柳香君竟然当没看见，继续贴着她道："难得有机会跟娘子单独说两句话，买补品倒不是最要紧的事情了。"

"你想说什么？"姜桃花目视前方，直接开门见山地问，懒得跟她兜圈子。

柳香君抿唇，看了看四周，然后凑近她小声道："别人不知道，妾身心里最清楚，顾姐姐肚子里十有八九是有东西了。"

"哦。"姜桃花点点头。

柳香君盼着她有点反应，然而她这事不关己的态度差点让柳香君脸上的笑容挂不住："娘子不担心吗？"

"担心什么？"

"相府里的第一位子嗣要是从顾氏的肚子里出来,那你们这些正当宠的人,岂不是要被抢了恩?"

姜桃花斜了她一眼,觉得这姑娘的脑子可能不太够用。

"顾氏生了孩子,爷为什么要少我们的恩?"她道,"就算顾氏母凭子贵,那至多是像以前一样多些恩宠,又不会让爷一直留在她的院子里。"

更何况,沈在野看起来好像也不是很喜欢顾氏肚子里的孩子。

"话不能这么说啊!"柳香君扭着腰,捂着唇小声道,"这院子里谁不想最后坐上夫人的位置?顾氏与您几位同为娘子,一旦有孕,便会立马踩您一头。您就不着急吗?"

"是啊,我不着急。"姜桃花淡淡一笑,侧头看她,"你又急什么呢?"

"我……"柳香君一僵,脸上终究严肃起来,皱眉道,"妾身看娘子似乎颇得爷心,是为您好,所以才上来提醒两句。您要是不急,那妾身也没什么可说的了,就此告退。"

"慢走。"

姜桃花转头,继续回争春阁。

青苔在旁边跟着,回头看了柳香君好几眼,忍不住小声问:"柳侍衣这是想干什么啊?不是与顾氏关系颇好吗?"

"还能干什么,她明显是见不得顾氏一飞冲天,急忙来找拦路石。"姜桃花轻笑道,"这多年好友的情分,还是抵不过富贵荣华。可怜顾氏怕是最近才明白自己的姐妹到底是个什么样的人。"

柳香君家世不算太好,又是个庶女,登高基本无望,便只能依附他人,顺势而昌。但她选的要依附的人定然不是顾怀柔,所以借着姐妹之情,在撕破脸之前踩人家一脚。这样的女人最可怕,心眼儿小,嘴巴巧,三寸舌头就能卷起后院风雨,叫人不得安宁。

青苔皱眉,表情颇为担忧道:"这后院里没一盏省油的灯啊,主子您……"

姜桃花微顿,转过头来看着她:"你在担心我?"

青苔一愣,低头想想,她或许应该反过来担心别人家的主子吧,虽说都不是省油的灯,但自家主子这一盏肯定比别人费油些。

"奴婢想多了,咱们还是先回去吧。"

姜桃花志不在后院,这儿也就是暂时的歇脚之处。只要自己门前没积雪,管别人瓦上霜干什么呢?

蛇院里的蛇被斩,养蛇之人吓了个半死,立马搜寻院中痕迹,找到了南王的铭佩。湛卢赶过去的时候已经晚了,为了保命,养蛇人已经将消息传回了皇宫。

"奴才无能。"湛卢跪在沈在野面前道,"宫中那边只能暂时拦住消息,但陛下早晚会知道的。"

沈在野抿唇,眸子里暗光流转,好一会儿才道:"把南王请到别苑去,立刻！"

"是！"

既然瞒不住了，那就有瞒不住的应对法子。沈在野起身，换好衣裳就去了争春阁，将正在用晚膳的姜桃花拎出来，径直往侧门走。

"爷，妾身的碗还没放下。"姜桃花被他拎着，手里捧着碗，还有半碗米饭，"您就不能稍微缓缓？"

"不能，你将功补过的第一步必须现在就走。"沈在野眉头微皱，低声道，"南王性子古怪，且十分执拗，你要是无法劝说他听我的话，那么之后的事情咱们也做不成。"

"妾身明白了。"姜桃花点头，往自己嘴里扒了口饭，就将碗筷扔了，坐上马车。

南王爷与丞相表面上是一个月见一次，但像今日这样有特殊情况，两人便会在一处别苑相见。

沈在野和姜桃花进去的时候，穆无瑕已经到了，正坐在凉亭里捏着茶杯摩挲。听见脚步声，他抬头看着他们，开口直接问："事情没瞒住？"

"是。"沈在野在他面前坐下，一脸严肃道，"若是王爷认罪，以陛下的脾气，定然会重罚。"

这重罚可不只打板子、扣月钱那么简单，南王一向不受宠，陛下为了眼不见心不烦，很有可能直接遣他出国都，到时候再想回来，那可就难了。

穆无瑕点头道："错是本王犯的，若是父皇实在生气，那也只有受着，另寻出路。"

沈在野皱眉道："微臣希望王爷咬死不认此事，就说是去看桃花的，不知为何铭佩不见了。"

"你要本王撒谎？"穆无瑕抿了抿唇，道，"这样说的话，又是打算把罪名给谁担？"

"自然是景王爷。"沈在野道，"当日只有您与景王两位王爷在迎仙山，按理来说，也只有您二人能进蛇林。"

景王的势力在皇子中算是极盛，这一点小错，也不会把他怎么样。

穆无瑕安静地看了他一会儿，歪着脑袋问了一句："保全自己的同时，就必须踩别人一脚吗？"

沈在野道："弱肉强食，优胜劣汰，朝野之中本就是这个规矩。您若再执迷不悟，前路便会更加坎坷。"

"景王兄没有犯错，也没有对我不好，"穆无瑕道，"平白让我诬赖他，我怕晚上睡不好觉。"

"睡不好觉总比没了命好。"沈在野皱着眉道，"官中的消息，微臣暂时压住一些，但拖不了太久，估计明日陛下就会知道情况，到时定会大发雷霆，您早些准备吧。"

穆无瑕皱眉,看着沈在野的目光不是很友善,浑身的刺好像都竖了起来,想要反抗。

姜桃花在旁边瞧着,见时机差不多了,便道:"爷操心内外,肯定很累了,不如让妾身跟王爷聊聊,如何?"

南王一愣,侧头看过去,就见姜桃花冲他温柔一笑。

"好。"沈在野点头起身道,"我身子也不是很舒坦,就在旁边的屋子里休息一会儿,你们聊完了,叫人知会一声便是。"

"遵命。"姜桃花颔首,看着他走远了,才扭过头来朝小王爷挤眼:"妾身有个好法子,王爷要不要听?"

第十一章 争宠

"什么法子？"对着姜桃花，小王爷的态度就温和多了，眼神也柔软下来，乖乖巧巧地问。

姜桃花蹭到他旁边坐下，笑眯眯地道："王爷看起来不愿意踩着别人往上爬，景王无辜，您不忍加害，这是对的，是相爷太过心狠手辣。"

上来先肯定人家一番。小王爷的神色变得更温和了："原来你也这么觉得。"

"是。"姜桃花点头，小声道，"妾身的主意是，您可以一口咬定没去过蛇院，但咱们也不必把罪名扣在景王头上。当今朝野夺嫡之战已经开始，王爷完全可以利用这次的争斗做掩护，抽身事外。"

穆无瑕微微一愣，有点不明白："若是本王推卸责任，不是必定会有人遭殃吗？"

姜桃花笑着摇头："这世上的事情又不是非错即对，中间总有周旋的余地。比如没人知道您的玉佩是怎么掉进蛇院的，也没人知道景王到底在派人追谁。"

穆无瑕越听越糊涂，茫然地看着她道："这是什么意思？"

"王爷信得过妾身吗？"姜桃花诚恳地看着他，"此事若是交给妾身来做，妾身定能遵从王爷的意志，又能让王爷少受责难。"

能有这样两全其美的法子？南王很疑惑，可看姜桃花的眼神，清清澈澈，应该不会像沈在野那般阴险狡诈吧？可以相信吗？

见他犹豫，姜桃花也不急，就坐在旁边安安静静地等着，看着他的目光始终有慈爱之色。

南王在担当方面的确已经是个男人了，可在手段方面还是个干干净净的十六岁孩子。他不是不懂，也不是不会，只是不愿意。这样的人在沈在野那样的聪明人眼里是愚蠢的，在她看来却很珍贵。

总是走捷径，踩着别人往上爬的人，终归要摔跤。傻一点，走得踏实一点，也没什么不好的。

他还有很长的时间可以慢慢成长，慢慢学会以刚毅正气对抗阴暗算计。然而现在，他羽翼未丰，稚嫩天真，也的确该有沈在野这样的人在身边护着。

"好。"

良久之后，穆无瑕终于开口，眼里满是认真地看着她道："本王听你的，希望这件事最后的结果能不让本王失望。"

"多谢王爷！"姜桃花一笑，恭恭敬敬地起身朝他行了个礼。

穆无瑕轻叹，小声嘀咕道："若不是身份有别，本王当真想喊你一声'姐姐'。"

她跟他姐姐实在太像，倒不是相貌像，而是身上的气息——让他觉得既安心又温暖的那种气息。

姜桃花听了，心里微动，低头看着他道："能得王爷如此一念，妾身也算心满意足。"

青苔在外头听得嘴角直抽，心想，这两人好歹也是有过婚约的，现在竟然当姐弟当得这么自然，不知道相爷听见了会是什么表情。

两人达成了共识，姜桃花就让青苔把沈在野请出来。

"你们说什么了？"沈在野问。

姜桃花朝穆无瑕使了个眼色，然后笑道："王爷同意了，就说没去过蛇院。"

"当真？"沈在野挑眉，看向对面的人。

穆无瑕抿唇，点头："就这么办吧。"

"好。"看了姜桃花一眼，沈在野道，"那微臣就去准备了。"

一听这话，穆无瑕还是有点担心地看着姜氏。到底是女流之辈，能左右朝野之事吗？

不能，但是能左右沈在野。姜桃花自信地看着他，做了个口型："王爷放心。"

穆无瑕抿了抿唇，点头，也没多说，与沈在野道别之后，便从小门回府。

亭子里的两人坐着没动，沈在野低声问了一句："你怎么办到的？"

"当臣子的，自然要顺着主子的心意做事，不然怎能得到主子的认可？"姜桃花微笑着道，"相爷一直不得南王爷待见，就没有反省过吗？"

沈在野沉默，他做的都是对的事情，要怎么反省？南王就是这个脾气，他还能强行拧着改了不成？

不过……

他微微眯眼，盯着面前的女人道："谁告诉你南王是我的主子？这话要是传出去，你的命可就没了。"

"妾身可不会传出去，只是在爷面前说说罢了。"姜桃花笑得眼睛弯弯地看着他，"爷一直在为南王谋划，护着南王，妾身若看不出爷在做什么，岂不是太傻了？"

沈在野心里一沉，目光幽暗："我护着他，可能只是因为他年纪小，甚得我喜爱，并不一定就是要扶持他。"

"那爷为什么在南王面前称'臣'？"姜桃花歪着脑袋，俏皮地看着他，"若是只因喜爱，以相爷的身份，在南王面前自称'沈某'或者'在下'也没有什么不妥。可您每次见南王，都自称'微臣'。"

堂堂丞相，对一位年幼皇子称臣，这在三国之中都是少见的吧。

身子一僵，沈在野黑了脸："姜桃花，你是在逼我杀了你？"

身为女人好好活在四方院子里不行吗，知道这么多干什么？

"不不不！"姜桃花连忙摇头，"妾身才不是自己找死呢！妾身想说的只是爷不用防备妾身，饶是知道你们所有的秘密，妾身也只会帮着爷和南王，不会有丝毫背叛之心！"

审判的目光落在她身上，沈在野皮笑肉不笑地道："何以见得？"

"你傻啊？"姜桃花一脸震惊地看着他，"当朝之中就数相爷您的势力最大，且深藏不露、老奸巨猾，妾身还能为谁背叛您啊，那不是找死吗？"

沈在野："……"

道理是这个道理，但是这不要命的女人刚刚是不是又拐着弯骂他了？

"姜桃花。"

"妾身在！"知道这位爷生气了，姜桃花连忙灵活地蹿进他怀里，伸手抱住他的脖子，笑靥如花地道，"妾身刚完成爷的吩咐，爷不打算奖励一下妾身吗？还这么凶……"

"奖励？"沈在野气极反笑，"你都敢骂我了，还想要奖励？"

"爷，您不能这样误会妾身。"姜桃花觉得十分委屈，小嘴一撇，眼睛里水汪汪的，"妾身对爷充满了崇拜和尊敬，怎么可能骂您呢？有些话只是随口说说，您大人有大量，总不能因为两句话就跟一个女儿家过不去吧？"

听听，这话把他的路全堵死了。他要是再计较，岂不是真成了跟女儿家过不去的小气男人？

沈在野嗤笑一声，睨着她道："我很想知道，你这肚子里到底有多少甜言蜜语，能帮你挡多少次灾。"

姜桃花坐在他的大腿上，巧笑倩兮："妾身还要陪爷天长地久呢，总不能早早死了。爷就得过且过，多包容一下吧。"说完，吧唧一口就亲在沈在野的唇上。

她动作快得沈在野压根儿没反应过来，只觉得唇上一软，清香的气息就卷了过来。

"好啦，时候不早，咱们快回去准备吧，爷应该还有很多事要忙。"亲完就想跑，姜桃花的算盘打得很好，偷袭这一下，是个男人就不该再计较了。

但是，她算错了一点，那就是沈在野不但是个男人，还是个头顶"好色"之名的男人。

沈在野伸手掐住她的腰，微微用力就将她扯了回来，低头看着她，轻笑着道："就这一下便想溜之大吉？"

姜桃花一愣，感觉到他整个人慢慢压过来，不由得缩了缩脖子："爷？"

他不是不喜欢亲吻吗？在和风舞那晚还嫌她脏来着。

看着这骨碌乱转的眼睛，沈在野身上侵略的气息变得更加浓重，他张口就含住了她的唇，辗转摩挲。

姜桃花心口一热，下意识地别开了头，白皙的脖颈露了出来，衣襟也在挣扎之中微微松开。

"别动。"沈在野伸手捏着她的下巴，微笑着道，"爷只是想好好奖励一下你，把你的媚术收起来，爷不吃这一套。"

又被发现了？姜桃花嘴角微抽，颇不甘心。早知道就再刻苦一点，跟师父多学一点，否则也不至于遇见这毒蛇就束手无策。

姜桃花任由他压着自己亲吻，目光却陷进他的眼里拔不出来。

这人难不成也会媚术？不然怎么会这么好看？

四周的空气暧昧起来，青苔和湛卢各自隐去，这两位主子就在凉亭里缠绵亲热，惹得刚露面的月亮也忍不住躲回云里。

沈在野觉得，姜桃花的确是个尤物，可以好好珍藏，只要不落在别人手里，一切就好说。

姜桃花觉得，沈在野好重，半边身子都压在她身上，让她快喘不过气了。

"爷，虽然很煞风景，但是妾身还是想说，"她微微喘息，面若桃花地道，"这儿是凉亭，您打算在这儿宠幸妾身？"

沈在野动作一顿，不悦地看着她道："你的确是挺煞风景的。"

不过她要是不开口，他很有可能当真不会停下来。

他伸手将她从桌上抱起来，又将她的衣裳拉拢，然后走进旁边的房间。

青苔和湛卢本来在院子外头守着，但是听着屋子里的声响，就越站越远，越站越远……最后站到了别苑外头。

"今晚不回相府没关系吗？"青苔问了一句。

湛卢摇头，道："爷开心就好。"

反正规矩都是他定的，他才是老大。

夜风轻拂，从别苑吹到了丞相府。听见姜氏同爷外宿的消息，相府里的一群女人今晚定是睡不好觉了。

顾怀柔捂着肚子靠在床头，皱着眉看着窗外。孟蓁蓁捏着帕子站在院子里，眼神幽暗地望着天上的月亮。梅照雪和秦解语也没睡，不过比其他人看得开些。

"姜氏果然很得爷的心。"秦解语披着衣裳坐在梅照雪的面前，脸上没了妆，看起来清淡不少，"也不知道她是怎么办到的。"

梅照雪抿唇，抚弄着案上的茶具，轻声问："顾氏那边有确切的消息了吗？"

"还没有，但妾身仔细问过大夫和府里的嬷嬷，顾氏这个月的月信的确是没来。"秦解语道，"怀上的可能也是有的。"

"孟氏被冤，爷会怜惜她一段时日。顾氏有身孕，爷定然也会多加关切，再加一个得了爷心的姜氏，落在咱们头上的恩宠，怕是会越来越少了。"梅照雪低声道，"我倒是无妨，这府里谁也不敢欺负到夫人头上。至于你，解语，你该怎么办？"

秦解语皱眉，拢了拢轻烟纱衣，低声道："妾身要是知道该怎么办，也不会半夜跑您这儿来坐着了。"

她性子冲动，有些事不如梅照雪看得透彻，所以总爱听她的话。

梅照雪垂了头，想了一会儿道："顾氏先前不还与姜氏有矛盾吗，虽说算是交好，但后来也没见这两人有什么来往，多半是息事宁人而已，并未当真站上一条船。"

"您这样一说，妾身倒是想起来了。"秦氏道，"柳侍衣还一直在说呢，说姜娘子连爷去看顾氏都不允，死活一路跟着。"

"那不就好办了？"梅照雪微笑，"你最擅长怎么做，那就怎么做吧。"

秦解语一愣，继而恍然大悟，笑着起身行礼："妾身明白了。"

这头一院子的人心头乌云密布，一宿没个好眠，那头的两个人却是缠绵到了五更天。

"要上早朝了。"姜桃花眼睛都快睁不开了，说话也软绵绵的，"爷，您快去更衣准备吧。"

沈在野起身，披了衣裳坐在床边，将她整个人抱到怀里看了看。

姜桃花困得都像小鸡啄米了，整个人身上的戒备和攻击性荡然无存，像一只白白软软的糯米团子，戳一下就陷下去。

沈在野嘴唇微勾，伸手捏了捏她的脸颊："你不该起来给爷更衣？"

姜桃花掩唇打了个哈欠，撒娇似的往他怀里一钻："妾身没力气了，妾身要睡觉！"

沈在野轻笑了一声，起身将她塞进被子里盖好，然后朝门外喊："湛卢。"

湛卢顶着两个黑眼圈进来，恭恭敬敬地将朝服奉上。

要不怎么说当奴才苦呢，主子风流一宿，奴才要帮忙善后不说，还得陪着站一宿。苦啊，当真是苦！

沈在野心情不错，更衣、洗漱之后，吩咐青苔看着她家主子，然后出门往皇宫的方向去了。

姜桃花没能睡太久，天刚蒙蒙亮的时候，外头的青苔便进来喊："主子，咱们该回去了。"

姜桃花翻了个身，嘟囔道："你把我搬回去吧，我继续睡会儿。"

青苔："……"

看样子是真的很累啊，干脆就让她在这儿多睡一会儿好了。青苔坐下来，给自家主子披了披被子。姜桃花已经重新陷入了梦乡，睡得香甜。

顾怀柔一大早起来就觉得身子不太舒服，想着可能是昨晚没睡好的原因，也就没管。但是，早膳吃不下，肚子还一直隐隐作痛，她就觉得不对劲了，连忙让人去请大夫。

越桃出去,没一会儿就回来了,着急地道:"主子,他们说大夫和医女都不在府里。"

"不在?"顾怀柔皱着眉道,"那么多人,去哪里了?"

"听人说,是去外头了。"越桃抿了抿唇,"他们不肯细说,奴婢猜想,那姜娘子还没回来呢,多半是又出什么幺蛾子了,把大夫和医女都叫去了吧。"

姜氏?顾怀柔心里有点不舒坦了,她们两人结了盟,姜氏也没带给她多少恩宠,就只是让她被罚得轻了一些,如今却还要反过来为难她吗?她开始怀疑姜桃花先前说的话是不是骗她的,什么爷针对她,要整她,瞧瞧当下这形势,她可是越来越受宠,爷压根儿没有要冷落她的意思啊。难不成姜氏用的是缓兵之计,就为了在立好足之前保护自己?

顾怀柔越想越觉得不对劲,拉过越桃道:"你出去打听一下,看爷最近都做了什么。"

"这哪里还用打听?"越桃道,"府里的人都知道,爷最近一直在姜氏那里。连那日过来看您,姜氏都是跟着的。"

这么一听,顾怀柔就更觉得不对了。既然爷一直在姜桃花那里,那她为什么不肯为自己说说好话,两个人一起受宠?怕是也想独占爷的宠爱,不愿分她一杯羹吧?

顾怀柔咬了咬牙,道:"既然府里没人,那你就去外头请个好大夫来府里,我有些受不住了。"

"是!"越桃应了,连忙出去。

刚出府没走两步,越桃就看见个背着药箱、举着"悬壶堂"布幡的老大夫。悬壶堂是国都里数一数二的药堂,里头的大夫自然是信得过的。越桃连忙上前询问:"您是悬壶堂的大夫吗?"

老大夫点头道:"悬壶济世乃我悬壶堂的宗旨,故而今日出门义诊,家里有什么病人,老夫都可以帮忙救治,分文不取。"

这个靠谱,要是骗子的话,肯定是要收钱的。他不收钱,就一定是悬壶堂的人。

越桃这样想着,连忙将这大夫请去了府里。

老大夫走得不慌不忙,看见丞相府也毫无惧色,颇有大家风范。

越桃看得佩服,在顾怀柔问起的时候,便十分确定地道:"奴婢请的是悬壶堂的大夫。"

顾怀柔点头,搭了丝绢就让大夫把脉。

"老夫行医数十年,对妇人之疑难杂症最为在行。"老大夫胸有成竹地道,"别人时常误诊,但老夫不会。"

听了这话,顾怀柔眼睛一亮,道:"那您能诊断出一个月余的身孕吗?"

"这个简单。"老大夫道,"望闻问切,只要夫人配合,要查身孕也不是难事。只要告知老夫月信的日子以及最近的身子情况,再让老夫把脉观察,便可得知。"

"好!"顾氏连忙道,"越桃等会儿与老大夫详谈,现在先诊脉吧。"

老大夫点头,认真地把起脉来,又看了看顾氏的脸色,再了解了一番最近的饮食和月信后,转头便笑道:"这还有什么好怀疑的,夫人定然是有身孕了!"

"真的?!"顾怀柔大喜,"您确定?"

"确定。"老大夫道,"悬壶堂的招牌还不至于砸在这儿!"

太好了!顾怀柔高兴极了,脸上的病色一扫而空,连忙道:"越桃,带大夫去账房拿赏银,然后去知会夫人和相爷!"

"哎!"越桃也高兴,连忙领着大夫往外走。

大夫摇头道:"今日是义诊,不用赏银,夫人以后要是有事,去悬壶堂请老夫就是了。先告辞。"

多好的大夫啊!越桃连连道谢,一路送他出去。

等姜桃花睡饱了,回到相府的时候,府里已经是一片欢腾。

"这是怎么了?"青苔跑过去逮了个人,好奇地问。

那下人笑得见眉不见眼地道:"顾娘子有孕,已经证实是真的了,夫人大喜,赏每人十贯钱,现在只等爷回来继续赏了!"

姜桃花听得惊讶,忍不住问:"不是说月份小了诊断不出来吗?"

"回娘子,具体怎么回事儿奴才也不清楚。"下人道,"但温清阁那边已经放了消息说是有了,夫人也已经认了,其余的,咱们也没必要问。"

刚开始顾怀柔还十分谨慎,不让柳香君乱传消息呢,这一转眼,怎么就自己沉不住气了?姜桃花心下有些疑虑,饶是身子还难受,也转身先往温清阁去了一趟。

温清阁里来来往往不少人,顾怀柔脸上都是喜气,送走几个人,刚准备休息,就见姜桃花来了。

脸上的喜色微微收敛了些,顾怀柔坐在床上,上下扫了姜桃花几眼,微笑着道:"娘子回来了?"

姜桃花抿唇,见她内室里也没几个人,便直接坐下来,看着她问:"你怎么确定有身孕了的?"

这话要是先前她说出来,顾怀柔还不会觉得有什么,就是普通的关心,可现在这一问,她心里难免就有点不舒服了。

"娘子是觉得我撒谎吗?"

"不是。"姜桃花摇头道,"但月份小的身孕本就不易诊断,你何不多等些时候?"

顾怀柔轻笑一声,道:"今日有悬壶堂的大夫上门来看过了,他专攻妇女之疾，把个月份小的喜脉也算不得什么难事。"

这样啊，姜桃花点头，感觉到顾氏对自己有些抵触，也懒得多留，关切了两句就带着青苔离开了。

"怎么回事？"青苔皱眉，"先前顾娘子对您不是挺好的吗，还特意上门提醒您，怕您卷进争斗里。这一转头，怎么就是这种态度了？"

姜桃花神色平静地道："再好的姐妹都有闹翻的时候，区区几句话的交情，溃散了有什么稀奇？估计是谁在背后动了些手脚，使得顾氏不相信我了吧。"

"可是，"青苔发自内心地道，"不相信您的人，最后好像都挺倒霉的。"

这是实话，跟在自家主子身边久了，青苔越来越忠诚不是没有原因。主子虽然只是弱质女流，可洞悉世事方面比谁都厉害，跟着她走是不会吃亏的。

姜桃花轻笑道："你这话算是夸我，我受了，咱们回去休息吧。"

"是。"青苔点头。

相府里一片欢欣，沈在野却什么都不知道，此刻还在御书房里，安静地看着皇帝大发雷霆。

"那些蛇都是朕好不容易养活的，你这是什么意思？"明德帝怒视着下头跪着的穆无瑕，"居然砍死那么多条？！你眼里还有没有朕！"

南王爷跪得笔直，低头沉默。

"不说话可是默认了？"明德帝低喝，"你认不认都没关系！铭佩在此，狡辩也无用，总不会是谁把你的铭佩偷了丢在那儿的！"

沈在野逮着机会，一脸镇定地开口："陛下英明，皇子铭佩极为重要，一般不会轻易离身。"

明德帝侧头，看着沈在野道："沈爱卿所言甚是。"

"但，这也是奇怪的地方。"沈在野微笑着道，"既然别人偷都偷不走，南王怎么会自己跑去蛇院斩蛇，然后故意将铭佩留下来，这不是自寻死路吗？"

明德帝一愣，皱眉一想，好像也是这么个道理。南王虽然惹他生厌，却也不是忤逆犯上之人，好端端的怎么可能跑去蛇院里砍蛇，还把铭佩丢里头？

"昨日还有谁去了迎仙山？"明德帝平息了怒气，问旁边的太监。

太监低头道："回陛下，奴才已经查过了，当日上山的皇亲只有南王与景王。"

无垠？皇帝挑眉。

他最近与无垠起了嫌隙，那孩子明显慌了，病急乱投医，在朝中拉拢了不少人，他不是不知道。但是为什么会对无瑕下手？难不成是觉得无瑕有威胁，所以先除为快？

目光落在下头的穆无瑕身上，明德帝仔细想了想。说起来是因为他的母妃去吴国当过人质，所以他对这对母子不是很待见，如今楚淑妃没了，无瑕倒是争气，拜在黔夫子门下，也博得了不少好名声。如此一看，他的确对无垠有些威胁。

"陛下，"沈在野拱手道，"昨日是春日会，不少人去了迎仙山，此事虽然不能怪在南王头上，但也没有证据证实是他人所为。"

言下之意，景王也算是无辜的？明德帝皱眉，有些想不明白了。自己这几个儿子明争暗斗，心思比大魏的河流还多，还曲折，这件事他若是处理不妥，很容易被他们其中某个人利用。

不过，四个皇子里，无瑕与无痕算是最不争的，倒是景王和瑜王斗得厉害。这样一想，无瑕还真有可能是被陷害的。

想了许久，明德帝有些头疼，长叹了一声，开口道："罢了，不过就是几条蛇。"

南王跪在地上，心里正紧张，冷不防听见这么一句话，当即惊愕地抬起头。

父皇竟然说"罢了"？他不是一向把蛇命看得比人命还重吗？怎么会……

他皱了皱眉，想不明白，不过还是先磕头谢恩："多谢父皇。"

"你这孩子，也该懂点事了。"明德帝不悦道，"此次朕不与你计较，下次你也该小心些！下去吧！"

"是。"穆无瑕应了，恭敬地退了出去。

大殿里安静了下来，为着蛇的事，明德帝的心情不是很好，脸上略带疲惫之色。

"沈爱卿，"他开口道，"你觉得朕这几个皇子里，哪个最堪用？"

沈在野低头，轻笑道："陛下问这样的问题，岂不是要让臣里外不是人了？"

"无妨，就朕与你知道，旁人谁敢说出去，朕要谁的脑袋。"明德帝抬头，看着他微笑道，"朕是最信任你的。"

"既然如此，那臣便直言了。"沈在野颔首道，"陛下的皇子当中，景王睿智多谋，成熟，稳重；瑜王年轻气盛，颇有活力；恒王韬光养晦，低调，沉稳；南王一身正气，天真无邪。"

"哈哈哈。"明德帝大笑，看着他道，"你这狡猾的人，这样的回答，那到底是谁最好？"

"谁最好，有陛下判断。"沈在野恭敬地笑道，"陛下觉得谁好，臣将来必定全力效忠谁。"

"好！"明德帝大悦，临走的时候，还让身边的太监去拿东西赏给丞相。

丞相府。

姜桃花看着面前的玛瑙串、镯子、发簪等一大堆东西，不能理解。

"也就是说，南王犯错，您不但变着法儿地误导陛下以为是景王夺嫡殃及无辜，还从陛下那儿拿回这么多赏赐？"

"主意是你出的，赏赐分你一半。"沈在野靠在软榻上，心情甚好，"这事儿解决得很漂亮。"

先前他就让人有意无意地在陛下耳边提起最近皇子夺嫡之争愈演愈烈，陛下心里已经有了计较，今儿再这么一说，顺理成章地就把南王择了出来，也没违背他的意思陷害景王，反正陛下只是怀疑，压根儿没定谁的罪，就是可怜了那几条蛇。

姜桃花咋舌，主意是她出的，但是沈在野能完成得这么顺利，足以说明他在皇帝那里有很重要的地位和很大的话语权。

这个男人真是不得了。

"爷！"外头传来越桃的声音，语气里又是高兴又是生气，听着有些古怪，"顾娘子都确定有了身孕，您怎么还在这争春阁里？"

沈在野一愣，脸色微沉，起身将门打开，看着外头道："我在哪里，什么时候轮到你来安排了？"

越桃一惊，连忙跪了下去，皱着眉道："相爷息怒，奴婢……奴婢只是一时情急。顾娘子的身孕都已经确诊了，您回来的时候，没人告诉您吗？"

自然有人告诉过他，方才他一进府湛卢就说过了。沈在野抿唇，也没回答她，慢悠悠地跨出去道："走吧，过去看看。"

"是。"越桃起身，往屋子里看了一眼。那桌上琳琅满目的首饰，应该是爷刚赏的。自家主子有了身孕他不赏，竟然一回来就到争春阁来，还把东西一股脑儿地给了姜氏，偏心也不带这样的吧，姜氏又没怀孕！越桃心下气愤，却也不敢吱声，赶紧跟着相爷往温清阁去。

姜桃花没跟去，喊青苔进来将东西收拾了，锁进柜子里。

"主子，现在府里很多人都在温清阁呢。"青苔道，"咱们不去没关系吗？"

"夫人和秦氏去了吗？"姜桃花问。

青苔摇头道："听说夫人和秦氏在静夜堂念经，为相爷的子嗣祈福呢。"

"那不就得了。"姜桃花笑道，"夫人自己认的顾氏有孕，现在却找借口不肯去看，既然如此，咱们又去凑什么热闹？"

这话又是什么意思？青苔听不懂了，有人怀孕不是好事吗？现在打点好关系也没什么不好啊？不过自家主子既然这么说了，那她还是安安静静地待着吧。那边女人成堆，也难免出什么乱子。

温清阁。

顾怀柔脸上又重新带上了娇媚的笑，她抱着肚子坐在床上，看着沈在野，轻声道："没想到妾身能有这个福气，怀上爷的第一个孩子。"

沈在野目光温柔地看着她道："既然有了，就好好养着。"

除了这句话，就没别的可以说了吗？顾怀柔有些不满，这句话她已经听了许多遍，这肚子里好歹是长子，再不济也是长女，爷没什么奖赏就罢了，怎么连句好听的话也不肯说？

她心下不悦，面上自然显出些委屈，轻轻叹息着道："爷的心里，是不是早就没有妾身了？"

"怎么会这么想？"沈在野道，"若是没你，你这孩子难不成是从天上掉下来的？"

旁边的人都笑了，孟蓁蓁捏着帕子，温温柔柔地道："怀着身子的女人难免多想些，爷也该多陪陪顾氏，好生宽慰她。"

"最近朝政之事有些繁忙，"沈在野道，"怀柔还得让你们多照顾。"

孟蓁蓁抿唇，看了顾怀柔一眼，轻声道："爷这话说出来，就更容易让顾娘子多想了，您一直在忙，却总去争春阁，方才回府，也是问都没问就朝争春阁去了。"

沈在野微微皱眉，抬头看了孟蓁蓁一眼。他讨厌女人在他面前指手画脚。

被相爷这眼神一惊，孟蓁蓁连忙低头，不敢再说，手里的帕子揉着，有些慌张。

顾怀柔瞧着，心里就更凉了。爷护姜氏已经到这个地步了，旁人说都说不得？那这府里以后还有其他人的立足之地吗？

"待会儿我会让人送补品和药材过来。"沈在野起身，看着顾氏道，"好生休养，若是当真生下相府的长子，必有重赏。"

"妾身恭送爷。"顾怀柔低头，听见那半点犹豫也没有的离开的脚步声，心里闷得难受。

等屋子里剩下一群女人，越桃才走到床边小声道："奴婢也替主子委屈，爷一回府就赏了姜氏一堆珍宝，而您这儿就只有些药材。姜娘子可没怀身子，是您怀了啊！爷怎么这么不公……"

顾怀柔听着，手捏得更紧："你别说了。"

"有些事儿咱们还是装作不知道，会活得快乐些。"孟蓁蓁淡淡地道，"非去跟爷心尖上的人比，不是给自己找罪受吗？"

顾怀柔抬头看她，嗤笑了一声，道："什么时候孟娘子也肯认别人为爷心尖上的人了？"

"有些事，不承认也没用。"孟蓁蓁在旁边坐下，叹道，"你还没看清吗？就爷如今这一门心思扑在姜氏身上的样子，即便你当真生了长子，也不会有什么变化。该得宠的姜氏继续得宠，该失宠的你就继续失宠。长子可能会得爷喜爱，但长子的母亲就不一定了。"

顾怀柔心里一沉，忍不住咬了咬牙。她怎么能甘心这样下去？好不容易手里有了翻盘的棋子，若还被姜桃花盖死了，那她这一辈子就真的完了！

沈在野回到争春阁时，姜桃花正在吃着点心等午膳。

"爷回来了？"她笑着迎上来，"顾氏如何了？"

"不如何，好生养着。"在软榻上坐下，沈在野朝湛卢道："拿副象棋来。"

湛卢应声下去。姜桃花连忙摆手："妾身可不会下。"

"我也没指望你能陪我下。"沈在野嗤笑一声，挥手道，"坐在旁边继续吃你的点心，爷有事情要思考，你最好别出声。"

"好嘞！"姜桃花应了，端着盘子就在他对面坐下。

不管是哪一国的士大夫，好像都挺喜欢玩象棋的。看着沈在野的棋面，姜桃花虽然不懂，却觉得杀气腾腾。

兵过河界，象走"田"字，左右手交错进行，没一会儿红子就吃了两个黑色的卒子。姜桃花瞧着他眼睛看的地方，是黑方的"车"。

突然，他停住不动了，像是在想什么，良久之后似乎终于下定了决心，继续摆弄，嘴里沉吟道："不得不丢啊。"

姜桃花好奇地凑过去问道："丢什么？"

"献炮打车。"沈在野说着，抬头瞪了她一眼，"你又听不懂，问了有什么用？"

姜桃花："……"

好吧，他懂，他厉害，她就抱着盘子当个安静吃点心的围观者足矣。

棋没下完，仅仅是拿掉黑方一个车，沈在野就停了下来，抬头看着对面的女人，轻轻一笑。

这突如其来的笑容让姜桃花差点把盘子摔了，她连忙往后缩，戒备地看着他："您又想做什么？"

"别紧张，我只是觉得你今日的妆容很好看。"沈在野微笑，挥手让湛卢收了棋子，难得大方地张开双臂，"过来。"

姜桃花一愣，接着丢了盘子飞扑过去，钻进他的怀里抱紧，然后抬头看他："爷，您知道吗？您认真想事情的样子特别好看。"

"真的？"沈在野低头看她，"迷惑住你了吗？"

"您要是心里不打着算盘算计妾身，那妾身就真的是被您迷住了。"姜桃花一脸讨好地看着他，"妾身伺候爷又尽心又尽力的，您可不能再坑妾身了！"

沈在野斜了她一眼，低声道："尽力的是我。"

这种相互算计的时候，他能不说这种让人脸红的话吗？姜桃花咬牙，埋头往他怀里蹭："妾身不管，爷得多照顾妾身，妾身只是个弱女子！"

"景王听见这话，可能得掐死你。"头上的声音淡淡地道，"你这样的女子叫弱女子，那世间没几个好男儿了。"

"多谢爷夸奖！"姜桃花笑得见眉不见眼的，"但是妾身的愿望只是在这院子里安稳度过一生。"

"放心吧，我不会让你出这院子的。"沈在野温柔地道，"我说话算数。"

姜桃花一愣，抬头皱眉道："爷难道没听说过'男人要是靠得住，母猪也能爬上树'？"

沈在野："姜桃花，你一天不顶撞我，就浑身难受？"

姜桃花嘿嘿笑了两声，伸手将他的手臂抱在怀里，可怜巴巴地道："妾身就是个在夹缝里求生的无辜之人，爷高抬贵手，高抬贵手……"

说得这么凄惨，她活得不是好好的吗？现在锦衣玉食，还有各种赏赐，都让其他院子里的人羡慕死了,她还不知足。沈在野轻哼一声,伸手拎起她放在地上:"我还有事要去书房,你自己待着吧,没事儿就别去顾氏那边添乱了。"

"是!"姜桃花连忙点头,目送他大步离开。直觉告诉她,有人要遭殃了,但她不知道是谁。

第十二章 假孕

因着顾娘子的身孕,府里最近的注意力都在温清阁。先前沈在野给顾怀柔的惩罚好像都取消了,梅照雪每日都送大量的补品、药材过去,还时不时送点首饰。

有夫人带这个头,后院里其他人的贺礼自然也没少,这让顾怀柔抑郁的心情总算是好了不少。

"人情冷暖,这时候最为明显。"顾怀柔护着肚子在花园里走,嗤笑道,"有心的人,再怎么敷衍也知道送个镯子过来,可瞧瞧咱们争春阁那位,真是一点动静也没有。"

越桃抿了抿唇,道:"姜娘子看样子是当真没把您放在眼里。"

"她有爷的恩宠,能把谁放在眼里?"孟蓁蓁从另一条小路过来,刚好遇见她们,张口就道,"听闻她好些时候没去给夫人请安了,也是夫人大度,没怪罪。"

顾怀柔看了她一眼,领首道:"孟娘子如今也这么清闲了?"

"能不清闲吗?"孟氏冷笑道,"爷最近也不曾来我的院子里。"

整个府里的恩宠,如今都像堆到姜桃花身上了,旁人就算有再大的肚量、再好的脾气,也该生气了,更何况这两人还是那么斤斤计较的主儿。

"连孟娘子都拿她没办法,还有谁拿她有办法?"顾怀柔皱着眉道,"你先前可还得着宠呢,不像我这样一直被冷落。"

"先前是先前,如今我的处境可不比你好到哪里去。"孟蓁蓁垂头,轻轻叹息,"如今也就是秦氏乐得逍遥了,搭上夫人那条大船,就算没恩宠,这府里也没人能亏了她去。"

顾怀柔微微一愣,眼珠子转了转。对啊,这府里还有个夫人呢,旁人不能拿姜氏如何,那正室夫人总该有办法吧?

争春阁。

姜桃花正与青苔说着话,外头就有丫鬟通禀:"姜娘子,夫人请您去凌寒院一趟。"

夫人?姜桃花挑眉,连忙让青苔更衣准备。

"最近夫人不是一直在静夜堂念经吗？"她小声问了一句，"念完了？"

青苔耸肩，她没太注意那头的消息。不过夫人看起来端庄、温和，现在找主子过去，应该不会有什么坏消息。

两人一路过去。

梅照雪已经沏好茶等着了。

"过来坐。"一看见姜桃花，她便笑着招手。

姜桃花行了礼，坐在梅照雪旁边的椅子上，恭敬地问："夫人今日可是有什么事？"

梅照雪抬手示意她喝茶，接着目光温和地道："你进府也快一个月了，有些事，我还是要提点你一二，免得你得罪了人还不自知。"

嗯？姜桃花眨眨眼，端起茶却没喝："妾身得罪谁了？"

梅照雪微微叹息，道："方才顾氏来我这里说了些话。她如今有了身孕，脾气不是很好，更何况还不被爷看重，心里有气也是正常。同为姐妹，你也该多关心关心。"

那院子是沈在野不让她去的，她能怎么关心啊？姜桃花抿了抿唇，道："夫人觉得，妾身该怎么做？"

"别的不说，贺礼还是要送的。"梅照雪语重心长地道，"你连这都不表示，岂不是让顾氏多想吗？"

贺礼？姜桃花一顿，抬头看了看梅照雪，笑着问："夫人觉得送什么最妥当？"

"东西不在贵重，有心意即可。"梅照雪笑道，"怀柔最近总念叨府里的果脯不好吃，你不如亲自走一趟，去找找这京城里好吃的梅子，给她送去。"

"好主意。"姜桃花点头，笑眯眯地起身，"那妾身现在就去。"

"出府的腰牌，你先拿着，"梅照雪递了牌子过来，"早去早回。"

"妾身明白，多谢夫人。"姜桃花颔首，接了牌子就恭敬地退了下去。

梅照雪微笑，端起茶来抿了一口，见姜桃花的背影消失在门外，才朝旁边道："我看起来，像不像一个宽容大度的好夫人？"

旁边垂着的帘子被一只玉手掀开，秦解语走了出来，眼里含笑道："夫人哪里是像，本身就是。"

梅照雪柔柔一笑，侧头看她："现在该到你出场了。"

"是。"秦解语风情万种地屈膝行礼，接着转身也出了门。

拎着腰牌左右看着，姜桃花没乘车，只戴了面纱，边走边问青苔："这大魏国都最有名的干货铺子是哪一家啊？"

青苔道："奴婢出来的时候问过管家了，管家说是永安街上的刘记干果货最多，最好吃。"

"那就去那里看看。"

青苔点点头，领着她往永安街走。

管家没撒谎，这刘记干果铺子门面挺大，客人良多，一瞧就知道货品味道不错。

姜桃花一进去，有眼力见儿的掌柜瞧了她的衣裳面料一眼，便亲自从柜台后头走出来，问："这位夫人要买点什么？"

姜桃花微微一笑，道："既然来了，自然是大买卖。你这儿可有茶？"

掌柜一听，立刻笑开了花，连声道："楼上请，咱们东家今儿正好在呢，有什么买卖都可以谈。"

"有劳。"姜桃花点头，跟着他往上头走。

青苔傻眼了，连忙拉住她的衣袖道："主子，您干什么？买点梅子回去而已，哪里是什么大生意？"

"你闭嘴，跟着就对了。"姜桃花伸手点了点她的脑门，眯着眼睛道，"别拆你家主子的台，配合点。"

青苔抿唇，老实地不吭声了，可目光里还是充满担忧。

二楼有茶座，姜桃花刚坐下，掌柜就领着个中年男人过来了。

"见过夫人。"那男人笑意盈盈，上来就自报家门，"在下刘得东，是这铺子的东家，夫人有什么大生意要谈？"

"先别急。"姜桃花端着架子，上下扫了他一眼，"我总要看看你们铺子靠不靠得住吧？您也知道，这走商运货的时候会遇见不少麻烦，万一订了大量的货，你们连这京城都出不去，那该怎么办？"

"这个您放心。"刘得东胸有成竹地道，"咱们刘记的货，别说京城，运出大魏都一路畅通无阻，关税也定然是最低的。"

"哪儿来的保障？"姜桃花不相信地问。

刘得东轻笑道："这个告诉您也无妨，舍妹是当朝孟太仆家的娘子，您打听一下就知道，孟太仆最宠的就是她，所以官府多多少少会给几分薄面。"

这面子可不薄啊，连税务都能伸手？姜桃花咋舌，心想，这当官的可还真是从上到下黑成一片。

不过，等等，孟太仆？这人听着怎么有点耳熟？

她心思几转，朝那东家笑道："原来是孟大人家的亲戚，上次做生意还见过大人，最近又发福了不少。"

"您也认识孟大人？"刘得东有些惊讶道，"夫人看来来头也不小。"

还真是那个圆滚滚的孟大人啊，那就是孟蓁蓁的亲爹了。

姜桃花一笑，该套的话都已经套完了，于是起身道："既然都是熟人，那也不必耽误了，待会儿我让人把订单送过来，您等着便是。"

"好。"刘得东起身道，"不过夫人是哪个府上的？"

姜桃花一笑，张口就道："跟梅奉常家有些关系。"

梅奉常！刘得东连忙低头，恭恭敬敬地送姜桃花下楼，临走的时候还包了一包梅子给她："夫人随意尝尝，这是新到的货。"

"好。"姜桃花颔首，带着青苔头也不回地走了。

等走得远了，青苔才抹了一把头上的汗，抖着声音道："主子，您胆子也太大了！"

从哪儿去给人家送订单啊？

"怕什么，梅奉常乃九卿之首，他一个太仆家的亲戚，哪里敢得罪？"姜桃花拿了梅子，边尝边道，"更何况咱们这一走，他去哪里找？"

好像是这样没错，但是……

"您这样做是想干什么？"

姜桃花回头，塞了颗梅子给她："要是不这样做，能知道这家铺子背后是孟家吗？"

梅照雪出的主意，她才不会轻易相信。有脑子的都知道，送怀孕之人的东西，肯定不能是吃的，万一孕妇吃出什么毛病来，谁负责？可梅照雪偏偏建议她送梅子，还让她亲自出来买，管家给的建议还正好是孟家这间铺子。一切是不是有点太巧了？梅照雪换个人糊弄可能还行，但是她偏生是个疑心和戒心都很重的人，这点把戏套不住她。

"那现在咱们该怎么办？"看着她手里的纸包，青苔皱着眉道，"送还是不送啊？"

"先回去放着，就说今日的货不好，明日再说。"姜桃花潇洒地转身，"这群女人也是有意思，心思比赵国那群蠢货细腻多了。"

她要是真这么马虎地一送，再出个什么事，那梅照雪可算是把她和孟氏以及顾氏一网打尽了。策划得这么精妙，梅照雪不愧是正室夫人。

青苔沉默，认真地想了想赵国那群蠢货是谁，最后得出的结论是——新后。本来她一直觉得新后在赵国有绝对的优势，但如今看来，自家主子少的只是权力，脑子完全够用。

回到府里，姜桃花去了一趟书房。

沈在野正在整理东西，湛卢站在门外，一见她就伸手拦住："相爷在忙，暂时谁也不见。"

姜桃花笑了笑，道："妾身有重要的事情想问问爷。"

湛卢皱眉，正想摇头，身后的门却打开了。

"怎么了？"沈在野睨着她，"有事直说。"

"妾身想单独问爷。"姜桃花笑眯眯地道，"青苔和湛卢虽然忠心，但还是不听为好。"

沈在野微微挑眉，看了她一会儿，转身回了书房。

姜桃花跟着他走进去，将门关上便问了一句："孟太仆在朝，可依附了哪位王爷？"

一听这话，沈在野的眉头就皱了起来："有些事情你不该知道，也别多问。"

"这个很重要，关系到妾身下一步棋该怎么走。"姜桃花抬头，深深地看着他，"若他是景王或南王的人，那妾身就按兵不动。可若是别的王爷，那爷的后院怕是要出事。"

沈在野心里微微一动，眼里如同掀起了惊天巨浪："你知道自己在说什么吗？"

朝堂党争之事，岂是她一个女儿家可以打听的？当真知道了，也对她绝无好处！聪明是好事，可一旦用错了地方，就算是他也救不了她。她到底有没有脑子？

姜桃花一笑，不慌不忙地道："爷别急，话要一句一句说，也要一句一句听，等听完妾身所言，您再发怒也不迟。"

沈在野压了压火气，沉着脸道："不管你说什么，我都不会让你插手朝堂之事。"

"妾身也没想插手，那是爷的事情，妾身只是问问而已。"姜桃花道，"您太紧张了。"

能不紧张吗？她这个敏锐得要命的人，一向能猜透他的心思，万一让她知道了一些东西，再顺藤摸瓜猜出他的全盘计划……那么不杀她都不行了！

"你想做什么，一次说清楚。"

姜桃花找了个位子坐下，镇定地道："今日夫人让妾身去刘记干果铺买梅子送给顾娘子当礼物，妾身无意间发现，那干果铺与孟太仆家有些关系。"

话不用说得太明白，只这一句，沈在野就能听出关键。

"干果铺？"他一愣，"永安街上那一家？"

"正是。"

沈在野眼神幽深，看着姜桃花脸上的笑意，微微抿唇："夫人让你去买的？"

"是啊。"姜桃花点头，含蓄地道，"夫人最近可真是费心，一认了顾氏的身孕就忙着照顾顾氏，生怕委屈了她。"

两人目光交会，对方在想什么，各自心里都清清楚楚。

沈在野突然笑了，语气也轻松了些："既然是夫人让你买的，那你就给顾氏送去吧。"

"这可是爷说的。"姜桃花笑眯眯地道，"万一出了什么事儿，您可得帮妾身兜着。"

"自然。"沈在野点头，看着面前这人，"以你这不肯吃亏的性子，我要是敢亏你，你还不反咬我一口？"

姜桃花状似娇羞地一笑，起身道："爷既然这么说了，那妾身也就安心了，这就让人送梅子过去。"

"好。"沈在野颔首，看着她出去，心情变得很不错。

他回到书桌前，抬笔将先前册子上打了问号的地方抹了，连带旁边的人名一起。献炮打车，这关键的一步，已经不用他亲自走了。

顾怀柔正在院子里晒太阳，越桃嫌弃地捧着一个纸包过来，凑到她身边道："主子，您瞧，姜氏这一股子寒酸劲儿，竟然只送了包梅子来。"

"梅子？"顾怀柔睁眼，皱眉看了看，"谁稀罕她的？扔了！"

"是！"

越桃捧着梅子就走，可没走两步又听见自家主子喊："等等，回来。"

"主子？"越桃疑惑地转身回来，看了看她。

顾怀柔伸手接过她手里的纸包，掂量了一下，道："放着吧，说不定有用呢。"

梅子能有什么用？越桃不解，不过还是应了，垂手站在旁边。

过了几日，算着时候差不多了，秦解语慢悠悠地去了趟药房，瞧着大夫和医女都闲着，便笑道："正好经过，我来替顾氏传个话，你们派人去请个平安脉吧，这也该有一个半月了，能诊出来了吧？"

大夫闻言点头，带着医女就往温清阁去。

顾怀柔正觉得肚子有些疼，刚喊了越桃去请大夫，结果人就到温清阁门口了。

"来得正好，快替我看看。"她皱眉道，"这孩子不会有事吧？昨儿和今儿肚子都是坠疼坠疼的。"

大夫一听，连忙诊脉，可这一诊，脸色就变了，忍不住皱起了眉。

"怎么了？"顾怀柔吓了一跳，"真的有事？"

"这……"大夫再仔细地把了把，然后回头看着屋子里的其他人，"有些话不太好说，娘子还是先屏退左右吧。"

顾怀柔微微一愣，连忙让其他人都下去，只留越桃在旁边，然后皱眉看着他。

"恕老夫直言，"大夫脸色有些发白，拱手道，"娘子……并未怀孕，肚子坠疼，恐怕是月信要来了。"

什么？！

顾怀柔瞳孔一缩，震惊地看着他："不可能！"

"也许是老夫医术不精，没有把清楚。"大夫连忙道，"娘子还是请悬壶堂的大夫再来把一次吧。"

顾氏心里一阵翻滚，双眼通红，愣怔地捂着肚子好一会儿，才厉声道："你的确是医术不精，这种话也敢信口胡诌！我马上派人去请悬壶堂的大夫。方才的话，你要是敢出去乱说一句，我保证你一家老小不得安宁！"

大夫一惊，连忙跪下行了礼，然后急急忙忙地收拾药箱离开。

秦解语就在温清阁外头不远处站着，见大夫出来了，一挥手就让人带了过来。

"情况如何啊？"她笑着问。

大夫惊魂未定，眼神飘忽着道："老夫也不是很清楚，顾娘子已经去请悬壶堂的大夫了，您等等再问吧。"

"外头的大夫哪有咱们府里的大夫靠谱啊?"秦氏掩唇一笑,眼含深意地道,"只有您的结果是最能让人相信的,您倒是说说,她是有喜脉,还是没有?"

大夫大惊,恐惧地看了秦解语一眼。她知道?

"老……老夫医术不精,没把出喜脉。"大夫低头,小声道,"到底有没有,等会儿可以听听悬壶堂大夫的话。"

"这样啊。"秦解语一双眼几乎笑成了月牙,高兴地道,"知道了,大夫辛苦,回去歇着吧,瞧这一头的汗。"

大夫行了个礼,立马带着人跑远了,活像后头有野兽追他一样。

秦解语甩了帕子就往凌寒院走,脸上笑容不减,眼里更添得意之色。

当真没有身子,那还给她省事了。接下来的事情,不用她说什么,顾怀柔也会按照她们想的去做。这可真是顺风顺水啊,简直天助她也!

越桃匆匆忙忙地请了悬壶堂的一位老大夫来,声音都在发抖:"主子,先前那位老大夫奴婢没找到,兴许是回乡了。"

顾怀柔深吸一口气,看着面前这位老大夫,直接让越桃去将她的妆匣打开,拿了银票出来。

"您把脉吧。"她道,"若是喜脉,有赏银。若不是……我也会给你赏银。"

老大夫一听,明白地点头,诊了一会儿,便遗憾地摇头:"夫人并无身孕,想是先前郁结于心,饮食不当,所以月信推迟了。"

顾怀柔喘了口气,捂住自己的心口。怎么会发生这样的事情呢?先前那个大夫不是信誓旦旦地说她有了,大家都相信了啊!怎么能现在告诉她没有了?!她要怎么跟相爷交代?她还不被这府里看好戏的女人笑话死?

顾怀柔定了定神,伸手拿起一沓银票塞进老大夫手里。

老大夫一看数额,吓了一跳:"夫人?"

"你就说我误食了堕胎之物,动了胎气。"顾怀柔咬了咬牙,道,"事成之后,还有重谢。"

老大夫犹豫了一会儿,看着手里的银票,还是抵挡不住金钱的诱惑,点了点头。

争春阁。

姜桃花正津津有味地吃午膳,青苔从外面回来,进门就惊讶地道:"主子,顾氏当真动胎气了!"

前两天自家主子就断言她会出事,没想到这么快就应验了。

姜桃花连眼皮都没抬,招手示意她过来:"来,多吃点。"

"奴婢怎能与主子同桌吃饭?"青苔连忙摇头,"于礼不合!"

"再不吃,你会好几天吃不着肉的。"姜桃花道,"到时候可别后悔。"

这又是什么情况?青苔皱眉,犹疑地在旁边坐下,拿碗接住了自家主子夹过来的鸡腿。她很想开口问,但按以往的经验,就算主子答了,她也听不懂。那还是老实吃肉吧！

一桌子的肉，也不知道自家主子是怎么弄过来的，青苔正吃得兴起，就听见有丫鬟匆匆忙忙跑进来的声音。

"姜娘子！"那丫鬟站在院子里就大喊，"温清阁出事了，夫人让您马上过去！"

青苔心里一跳，连忙看向旁边的主子。

姜桃花却十分镇定，把最后一口米饭吞下去，才站起来道："带路。"

"是！"外头的丫鬟转身就走。青苔还愣在原地，直到姜桃花要跨出院门了，她才放下碗追上去。

"主子？"青苔看了看那丫鬟的神色，着急地道，"顾娘子该不会真吃梅子吃出问题了吧？"

姜桃花淡定地点头。

青苔瞪大眼睛，不解道："您都知道会——"话没说完，就被自家主子捂住了嘴。

姜桃花看了前头的丫鬟一眼，又看着她道："跟着你家主子走，话不用太多。"

青苔心里又急又气，眼睛都红了。可她一个小小的丫鬟，根本没什么办法。

姜桃花跨进温清阁时，里头人可齐了，连沈在野都在场，更别提梅氏、秦氏、孟氏等人，看这排场就像是要审她的。

"妾身给爷、夫人请安。"姜桃花眨眨眼睛，好奇地扫了众人一圈，"这是怎么了？"

"你还问怎么了！"旁边的孟蓁蓁擦着眼泪咬牙道，"顾氏的孩子没了，你半点愧疚之心都没有吗？"

姜桃花一惊，脸上一片惶恐，连忙询问："怎么回事啊？好端端的孩子，怎么可能没了？"

"这不是得问你吗？"沈在野沉声开口，脸上的表情严肃极了，"你做的事情，自己不清楚？！"

姜桃花一惊，连忙磕头喊冤："妾身怎么会清楚啊？妾身一直都不曾来这温清阁，就是为了避免祸端。没想到还是怪到妾身头上了！"

这语气，要多委屈有多委屈。

沈在野挥手就将旁边放着的茶盏扫了下去，怒喝道："你还敢狡辩！"

啪的一声，碎瓷片横飞，茶水四溅，众人也被这怒气震得噤了声，孟蓁蓁连假哭都收了起来，呆愣地看着他。

先前顾氏有身孕的时候不见爷多重视，没想到现在孩子没了，他竟然会这么生气。众人一时间都觉得奇怪。不过转念一想，爷是个深沉的人啊，可能只是疏于表达，其实他还是很看重那个孩子的。既然看重，姜氏这回就定然不会好过了。

梅照雪看了跪着的姜桃花一眼，轻声开口："爷总要给姜娘子辩解的机会才是。"

沈在野冷笑道："怀柔吃的是她送的梅子，现在孩子没了，她还有什么好辩解的？"

"梅子？"姜桃花一听，连忙道，"妾身的确往温清阁送过梅子，但那是夫人吩咐的啊！"

梅照雪一听，连忙站出来，跟着跪下："此事的前因后果，妾身也有话要说。前些时候顾氏来妾身院子里，说姜氏颇为傲慢，对她怀孕之事不闻不问，连贺礼都没有。妾身也觉得如此不妥，所以才找了姜娘子来，叫她备些梅子送给顾氏，以表心意。至于这梅子是从哪里来的、怎么送的，妾身完全不知。"

瞧瞧这责任推得，简直比厨房里刚洗过的盘子还干净！

姜桃花眨眨眼，又道："夫人说的是实情，妾身也是按照您的吩咐出门买的梅子，完全没打开，就着干果铺包好的样子送去了温清阁。"

"你们的意思是，那梅子没问题，是顾氏自己的问题？"沈在野挑眉道。

话刚落音，内室的顾怀柔披着衣裳就冲了出来，泪眼婆娑地道："求爷给妾身做主！"

众人都被吓了一跳，旁边的越桃连忙伸手将她扶住，让她在相爷的椅子边跪下。

"妾身好不容易得来的孩儿啊！"顾怀柔哭得歇斯底里，扯着沈在野的衣摆看着他，"就这么没了，就吃了两口梅子就没了！妾身怎么甘心，怎么安心哪！"

"你别急，"沈在野皱眉，伸手将她扶起来，"身子还虚弱，先进去好生躺着。"

"您让妾身怎么安心躺着？"顾怀柔眼泪吧嗒吧嗒地掉，"您一向偏爱姜氏，她又是个巧舌如簧的，要是三言两语让您饶过了她，那妾身拿什么颜面去面对肚子里死掉的孩子？！"

这丧子之母的嘶吼，当真是令闻者伤心、听者流泪。沈在野的脸色更加难看，盯着姜桃花的眼神也更加锐利。

"放心吧，若当真查出了凶手，不管是谁，都只有被逐出府这一个下场。"他道，"就算是姜氏也一样！"

姜桃花抖了抖，撇嘴道："可妾身当真是冤枉的，那梅子是从刘记干果铺买的，一直在青苔手里拿着，未曾打开，妾身能动什么手脚？"

一听"刘记干果铺"这几个字，孟蓁蓁的眉心便是一跳，她意外地看了姜桃花一眼。

沈在野皱眉道："有人能证明你没打开过吗？"

"有啊。"姜桃花指了指身边的人，"青苔。"

"她是你的丫鬟，当不了证人。"沈在野冷笑道，"没别人了？"

姜桃花眉头一皱，跌坐下来，脸色有些惨白道："的确是没别人了，可是……"

"好了，你不必多说。"沈在野起身，扫了一圈屋子里的女人，沉声道，"此事关乎我的第一个子嗣，必定要查个水落石出，不会冤枉谁，也不会轻易放过谁。既然大夫还在检查那梅子里到底有什么，那就先将姜氏关进静夜堂吧。"

163

梅照雪一愣，问道："直接关进去吗？"

"嗯。"沈在野道，"再派人去干果铺查一查，还有这温清阁的丫鬟，都一并抓起来审问，有进展了再说。"说罢，他看着顾怀柔道："你好生休息。"

静夜堂说是佛堂，却也是经常关犯错姬妾的地方，晚上阴森可怖，连家奴都不愿意经过。事情的真相还没查出来，爷就让姜氏去那里，当真是铁面无私了。

顾怀柔听着也满意，朝他行了礼，便侧头看着姜桃花被家奴带下去。

"爷！"姜桃花还是意思意思挣扎了一下，神色凄楚地道，"您竟然不相信妾身，妾身与您这些日子的感情，难道什么也不算吗？"余音响彻整个庭院。

沈在野别开头，脸上一片冷峻之色。

众人瞧在眼里，顿时明白了沈相爷压根儿对谁都没放在心上。没出事的时候万千宠爱，一旦出了什么事，他舍弃得毫不留情。这样的男人心太狠了。

梅照雪起身，示意越桃扶着顾怀柔进屋，然后看着沈在野道："爷也不必太伤心，子嗣还会有的。"

"你叫我怎么不伤心？"沈在野皱眉，眼里悲切不已，一甩袖子就跨了出去。

秦解语瞧着，啧啧摇头："咱们府里竟然出了这样的事情，也怪不得爷生气。要是凶手当真是姜氏，不知道她背后的赵国能不能救得了她。"

梅照雪叹息，轻声道："哪里还能救呢？顶多是看在两国联姻的面子上不计较了。换作其他人，肯定是要连累家族的。"

孟萋萋有些魂不守舍，一听这话，小脸一白，下意识地捏紧了手里的帕子。

"孟娘子这是怎么了？"秦解语看过来，好奇地打量她，"今日的神色好像不太好啊，都冒虚汗了。"

"天气有些热。"孟萋萋低头，连忙道，"这里没事，妾身就先告退了，屋子里还有东西没绣完。"

梅照雪点头，看着她离开，淡淡地道："怎么倒像是心虚一样。"

旁边一群人瞧着，好像的确是这样，先前孟氏还一副看热闹的表情，现在怎么有点慌张？

姜桃花被家奴带着，一路去了静夜堂。

大门关上的时候，青苔镇定地开始收拾屋子，好让主子晚上休息。

"今儿怎么不问我为什么了？"姜桃花饶有兴趣地看着这丫头。

青苔道："反正一切都在主子的预料之中，奴婢问了也是白问，不如做好自己分内之事。"

"总算是聪明了点。"姜桃花满意地点头，"咱们在这儿住两天，两天之后就可以回去了。"

连这个都可以预料？青苔一顿，还是忍不住回头问："为什么？"

姜桃花失笑，在旁边的蒲团上坐下，小声道："因为你家主子我背后什么都没有，但别人就不一定了。相爷有想要的东西，只能从别人那儿拿，拿不到你家主子头上。"

青苔无语，问了等于没问。

静夜堂的侧堂里只有一张床，对于自己晚上应该睡哪里的问题，青苔还是有点惆怅的。然而自家主子竟然麻利地把主堂里的蒲团都搬过来了，拼成一张床的大小，中间塞了破布条，再在上头铺了一床棉絮，就大功告成了。

"主子，"青苔感动极了，"您这般为奴婢着想——"

"别想多了，这是我的床。"姜桃花眨眨眼睛，"那张木板床太硬了，我不习惯，你去睡那儿。"

啥？青苔一愣，看了看旁边上好的床，道："应该不硬吧？"

"不硬，但是你家主子喜欢更软的。"往蒲团上一滚，姜桃花翻滚了两下，眯着眼睛道，"就这样吧。"

青苔："……"

真是古怪的习惯啊。

沈在野坐在临武院里，听着湛卢说静夜堂的情况，忍不住笑道："给她多送两床被子去，晚上还是有些冷的。"

"奴才明白。"湛卢点点头，"您打算关姜娘子多久？"

"两日足矣。"沈在野道，"你去办点事，两日之后，这罪名就该换个人来顶了。"

湛卢领命退下，心里还是觉得有点奇怪。自家主子和姜娘子事先好像也没商量这么多，怎么做起事来却像知道对方的想法一样，默契十足，仿佛天生心意相通一般。

软玉阁。

孟蓁蓁在屋子里坐立不安，招手叫了丫鬟来问："前些日子刘记那边是不是送了果脯来？"

丫鬟点头道："是，您不是让奴婢收起来了吗？"

"你们拿去吃了吧。"孟蓁蓁心烦地道，"我总觉得那边要出事，早吃完早安生。"

"奴婢明白。"丫鬟应了，高兴地下去拿了果脯，四处分发当人情。

结果一天之后，这人情发到了湛卢头上。

"哪儿来的啊？"湛卢问。

小丫鬟笑眯眯地道："咱们主子赏的，您尝两个吧，挺好吃的。"

捏着果脯，湛卢一笑，捻了一会儿就伸手塞进那小丫鬟嘴里："我还有事，不能吃这些，你们自己吃吧。"说罢，转身就走了出去。

小丫鬟脸一红，看了湛卢的背影一会儿，便回了自己的屋子。

结果晚上相府又出事了。

吃了果脯的小丫鬟肚子疼得死去活来，本以为是闹肚子，可如厕了也没用，脸色惨白地躺在床上，冷汗直流。

孟蓁蓁吓了一跳，在她房间里看着，又不敢叫大夫来，生怕又是果脯的问题，那刘记的罪名便真的推不掉了。

"我先让人给你拿药，你再忍一会儿。"孟氏说着，便让人去药房胡乱拿了些止疼的药，一股脑儿全给小丫鬟吃下去了。

"主子……您给奴婢请个大夫吧。"丫鬟眼泪横流地看着她，"奴婢疼啊，这些药不管用……"

孟蓁蓁咬着牙，坐在她床边看着她道："不是主子我心狠，而是现在外头风声正紧，咱们这儿再出事，情况就不妙了。"

"可……"丫鬟哭得厉害，"奴婢要疼死了……"

"刚吃了药，说不定一会儿就见效了，你再忍忍。"

小丫鬟只好忍着，可脸色越来越惨白，眉头也越皱越紧。

第二天早晨，软玉阁里传出了一声尖叫。

有丫鬟跌跌撞撞地跑出来，边跑边喊："死人啦！软玉阁里死人啦！"

沈在野刚起身，正在更衣，听见外头吵嚷的动静，忍不住看了旁边的湛卢一眼。

湛卢皱着眉道："没有下死手，不至于死人。"

那点药，随便找个大夫就能救回来，怎么可能会死？

沈在野微微抿唇，收拾好自个儿，打开门就跨了出去。

湛卢在旁边跟着，边走边小声道："其余的事情都安排妥当了，大夫那边也知会过，在果脯和梅子里下的是茺蔚子，对肝血不足的人和孕妇有害。"

沈在野点头。

他一进软玉阁，孟蓁蓁就扑了过来。

"爷！"她满脸泪水地道，"有人要害我软玉阁啊！您一定要给妾身做主！"

沈在野上前两步，慢慢俯身看着她："是有人要害你，还是你自己要跟自己过不去？茺蔚子又不是什么毒药，你的丫鬟既然肝血不足不能吃，那及时就医就是了，何以闹出人命？"

孟蓁蓁瞪大了眼睛，头摇得跟拨浪鼓似的："爷，您别听人胡说，小晴吃的哪里是茺蔚子！茺蔚子怎么会毒死人呢？"

沈在野挑眉，抬头看向旁边。

大夫在一旁站着，手里还捏着半包果脯，见他看过来，连忙行礼道："老夫已经检查过了，这些果脯里面没别的东西，可能是在腌制的时候不小心混入不少茺蔚子……顾娘子那边的梅子，里头也有这种东西。"

"腌制的时候放进去的？"沈在野轻吸一口气，"你确定不是洒在表面？"

"不是。"大夫摇头道，"若是洒在表面，那果脯和梅子的里头就不该有，可老夫检查过，把果脯划开，那肉里头也有芫蔚子的味道，所以只能是腌制的时候放进去的。"

"芫蔚子应该是微苦的。"沈在野转头看着孟蓁蓁，"你们吃的时候没吃出来？"

孟蓁蓁呆呆地摇头，她压根儿就没吃，怎么知道其他的丫鬟没吃出来？

"看来我还真是冤枉了桃花。"沈在野眸色深沉，站起来，低喝了一声："湛卢！"

"奴才在。"

"去京都衙门报案，把刘记干果铺的东家、掌柜一并抓起来！"

"是！"

孟蓁蓁吓得腿一软，连忙拉着沈在野的衣摆道："爷！刘记那么大的铺子，怎么会在腌制的时候放这种东西？怀着身孕去买果脯梅子的人可不少啊，怎么就咱们相府出了事？"

"你怎么知道只有相府出事了？"沈在野冷哼道，"兴许外头还有无辜遭殃之人。不过那些都不重要，重要的是，我的府上没了两条人命，其中一条还是我未来的长子！"说着，他眉头微皱，低头看向她，"刘记跟你有关系吗？"

孟蓁蓁张了张嘴，拿不准是说出来好还是瞒着好，急得眼泪直掉。

见她不说话，沈在野也没耐心再问，直接转身出去，准备去上朝。

沈在野一走，府里顿时乱成一锅粥，孟蓁蓁不管不顾地冲到了凌寒院，扯着秦解语的头发就跟她扭打了起来。

"你这贱人！害我一个还不够，还想害我全家？！"

大早上的就来这么一出，可吓坏了旁边还在品茶的梅照雪。她愣怔地看着她们两个，一时间忘了让丫鬟上前拉开。

秦解语哪里是好惹的，莫名其妙被人抓了头发，当下一脚踹在孟蓁蓁的肚子上，将她踹得后退几步，跌倒在地。

"你这泼妇，怎么不继续装柔弱无骨、体弱多病了？这么大的力气！"秦解语气得红了眼，一边骂，一边上前抓着孟蓁蓁就扇了两个耳光。

两人继续扭打，扯着衣服拽着头发，嘴里骂骂咧咧，谁也不让谁，手上的狠劲儿也算是旗鼓相当。

其他院子的主子都跑过来看热闹，柳香君看得忍不住笑起来："这是干什么呢？"

梅照雪抿唇，瞧着差不多了，便让人上前将两人分开，然后沉着脸道："还有没有点规矩了？"

"眼看着祸至全家，我还守什么规矩？！"孟蓁蓁两眼通红，狠狠地盯着秦解语道，"平时小打小闹也就罢了，至多是让我吃点苦头。可我当真没想到你的心会这么狠，我家人到底哪里得罪了你？"

秦解语理了理衣裳，别开头道："我听不懂你在说什么。"

"听不懂？"孟蓁蓁冷笑道，"你上次还嘲笑过我爹娶了个跟我年纪差不多大的侧室，这回就把主意动到她哥哥开的刘记干果铺那里了，可真是够明显的。正当的生意，没事怎么可能往果脯里掺茺蔚子？你这一步步棋，下得可真好，还把姜氏拖下了水！"

秦解语轻笑，目光里夹着些得意，睨着她道："自己家的人做黑心买卖，还怪到我头上来了。怎么，难不成我还能神通广大，去你家腌制果脯的地方下药吗？别逗了。"

"你……"孟蓁蓁气得直哭，又拿面前这女人毫无办法。

"吵够了没？"梅照雪沉着脸，一把将茶盏按在桌上。

屋子里终于安静下来，孟蓁蓁腿一软就朝夫人跪下，哽咽着道："求夫人救命！"

梅照雪揉了揉眉心，道："事已至此，你要我怎么救你的命？爷先前就说过了，查出凶手，不管是谁，都要重罚，绝不轻饶。现在是你家的铺子出了问题，还不止一条人命，你让爷怎么办？"

"我……"孟蓁蓁觉得冤枉极了，"我怎么知道那丫鬟吃了竟然会死。"

"茺蔚子是孕妇和肝血不足之人忌用，你那丫鬟既然还是个姑娘，那就是肝血不足，吃一点不至于丧命。你难道没给她请大夫吗？"

孟蓁蓁抿唇，心虚地低下了头。

柳香君瞧着，掩唇小声嘀咕："这可真是够狠的，人家本来不用死，竟然活生生地被自己的主子害死了。"

"因果有报。"梅照雪摇头，"你还是回去，等爷下朝了来处置吧。"

"夫人……"

孟蓁蓁的眼泪唰地就下来了，她失声痛哭："退一万步来说，即便当真是刘记的过错，也不关我什么事啊，那是刘家的东西，大不了我爹休了那女人……"

"这些话，你留着跟爷说。"梅照雪摇头，目光怜悯地看着她，"我帮不了你什么。"

孟蓁蓁心里也清楚，就算能帮，夫人也不会帮她。但是她当真是走投无路了，只能坐在这里哭。

此刻，沈在野已经站在朝堂上，向明德帝禀明一系列的重要事情之后，脸色不太好看地退回一旁站着。

明德帝关切地看着他："听闻沈爱卿痛失一子，也当节哀，莫要太难过了。"

"多谢陛下关心。"沈在野叹息道，"微臣还是想为那个无辜的孩儿讨个公道。"

"这是自然。"明德帝点头，"若真有人如此蛇蝎心肠，别说是你，朕都看不下去。"

当今朝野，连家事都能惊动陛下的，只有沈在野一人。文武百官心里都有数，一旁站着的与沈府联姻的大臣心里难免有些忐忑。

下朝之后,沈在野被里三层外三层地围了起来,众人都关心那没了的孩子是怎么回事。

沈在野只淡淡地说了一句:"在下已经让人将凶手抓起来了,必定会讨个说法。至于与凶手有瓜葛的人,沈某必定不会继续留在府里。"

众人都是一惊,嘴上纷纷应着,心里不断地祈祷千万别是自己家的女儿出了事。

"孟大人,"沈在野侧头,看着旁边圆滚滚的孟太仆,脸上一点笑容也没有,"这次你恐怕要跟我好生谈谈了。"

孟太仆一愣,看懂他的眼神之后,脸色瞬间变得惨白。

其余人都松了口气,纷纷告辞先走,留孟太仆一人战战兢兢地看着沈在野。

"丞相?"

"刘记干果铺,害我没了长子不说,昨晚又害死了个丫鬟。"沈在野低头,一张脸背着阳光,显得分外阴沉,"这笔账,我会好好算清楚的。"

第十三章 危机

这话一出,孟太仆吓得双腿发抖,差点跪了下去:"相爷!您这是在说什么?怎么会扯上刘记?"

沈在野冷哼,睨着他道:"原来大人还不知道,我府上的顾氏之子和蓁蓁院子里的丫鬟,都是死在刘记干果铺的果脯上头。也不知道他们做的是什么买卖,竟然在腌制的果脯里放芫蔚子。相府这两条人命,沈某若是讨不回公道,那这丞相不当也罢!"说完,他一点也没犹豫,甩了袖子就走,任凭孟太仆在后面怎么追怎么喊,也没回头。

景王在不远处看着,心情大好。

"竟然会发生这种事情。"他笑着对身边的谋臣道,"看来孟太仆在咱们丞相后院里的女儿是保不住了。"

不仅他女儿保不住,他的官职也有可能保不住。

有谋臣拱手道:"恭喜王爷,瑜王又失您一城。"

"哈哈哈。"景王大笑,看着沈在野远去的背影,眼里尽是欣喜。

京都衙门的人已经在相府门口等着了。一见沈在野回来,京兆尹迎上来便道:"丞相,刘记的人已经被关进了天牢,铺子也查封了,里头甚至有不少偷税漏税的勾当。"

"很好。"沈在野引着他进府,去主院里坐下,然后神情严肃地道,"既然还有这等违法之事,又害了人命,那大人就立案,看定个什么罪名吧。"

这京兆尹是个有眼力见儿的,看了看丞相的脸色,当即便道:"害了人命事大,东家定然是要偿命的。至于偷税漏税之事,丞相觉得,还要不要往上查?"

"当然要查。"沈在野一脸正气道,"你只管查,有什么拦路的石头,尽管往我丞相府里踢!"

"下官遵命!"

京兆尹领命而去,沈在野就在屋子里坐着等。

果然没一会儿,孟蓁蓁就哭着过来了。

"爷!"她进来便跪下,眼睛肿成一片,万分可怜地看着他道,"您开恩啊!

腌制果脯的不是刘记东家本人，怎么能将人命算在他的头上呢？"

沈在野低头看着她，脸上一片冰冷："你不来，我还差点忘了，那刘记的东家跟你家是有姻亲关系吧？"

孟蓁蓁一愣，连忙道："有是有，但他的妹妹只是妾身父亲的一个妾室，关系不深的！"

沈在野微微眯眼，看着她，目光锐利地道："竟然有这样的关系。我一开始还不知道。本还想不通刘记怎么会往果脯里放芫蔚子，如此一来，倒是能想明白了。"

这是什么意思？孟蓁蓁身子一僵，愣怔地看着面前的人。半晌之后，她反应过来，瞪大了眼道："爷，此事跟妾身半点关系都没有啊！"

"你觉得我会信吗？"沈在野站起身，看着她，"你们在这后院里做什么，我都是一清二楚，平时不想多计较，没想到这次会出这么大的事。蓁蓁，大魏的第一条律法是杀人偿命，你知道吗？"

孟蓁蓁倒吸一口凉气，哭都哭不出来了："妾身没有……"

"你的丫鬟是死在你自己手里的。"沈在野闭了闭眼，"而我的第一个孩子，也是间接死在你手里的。你说，我该怎么处置你？"

"不……"孟蓁蓁慌了，伸手扯着沈在野的衣摆，眼神恳切地道，"爷，妾身伺候您这么长的时间了，您难道觉得妾身会杀人吗？"

沈在野拂袖挥开她，抬脚就往外走："湛卢，叫衙门的人过来——"

"爷！"孟蓁蓁大喊，眼里满是绝望，"您对妾身难道半点感情都没有吗？到底是伺候过您的，您怎么能这样无情？！"

沈在野抿唇，回头看着她，犹豫了一会儿，状似隐忍地叹了口气，道："罢了，蓁蓁，你自己回孟家去吧。念在往日的情分上，其余的事情我就不追究了。"

孟蓁蓁傻了，呆呆地跌坐在地上，张了张嘴竟然不知道说什么好。

这算什么？他要赶她出府，竟然还成了恩赐？而她，居然不知道该拿什么话来反驳。怎么会变成这样呢？

"爷……"心里一阵翻腾之后，孟蓁蓁勉强站了起来，双目含泪地看着他，"妾身可以离开相府，但是您能不能……能不能网开一面，饶了妾身的家人？"

沈在野皱眉，目光落在她的脸上，许久之后，才轻轻点了点头。

"多谢爷恩典！"孟蓁蓁屈膝行礼，又慢慢起身，扶着丫鬟的手，跟失了魂似的跌跌撞撞地离开了。

下午，太阳正好，沈在野打开了静夜堂的门。

姜桃花正对着桌上的白菜豆腐叹气，一听见动静，飞快地回头。

"爷！"看清来人，她欢呼了一声，跟风筝似的扑进了沈在野怀里，搂着人家的腰就开始撒娇，"妾身能出去了吧？"

沈在野睨着她，淡淡地道："不能，我只是过来看一眼。"

"骗人！"姜桃花皱皱鼻子，道，"要是事情没结束，您才不会有空过来呢。既然结束了，您还忍心把妾身关在这儿啃萝卜白菜啊？"她一边说，一边扭身子，扭得沈在野差点绷不住。

"姜桃花，站直身子，好好说话！"

"是！"姜桃花立马收回双手背在身后，笑眯眯地看着他，眼里放着光，"妾身恭喜爷。"

沈在野跨进主堂，轻哼了一声，将门关上："你又恭喜我什么？"

"恭喜爷达成所愿啊。"姜桃花跟在他后头，跟牛皮糖似的贴着，"事情既然结束了，那该出府的人定然出去了，该撇清的关系，爷应该也一并撇清了。"

"哦？"沈在野撩了袍子在蒲团上坐下，又斜了她一眼，"你又知道爷要跟谁撇清关系了？"

"这还不简单吗？肯定是孟家啊。"姜桃花一脸理所应当地道，"要不是孟家，您怎么会让妾身把梅子送去顾氏那边呢？"

他摆明了是想帮梅照雪一把，将顾氏和孟氏都诓进去。

沈在野眼神微沉，心里颇有些不爽，看了她好一会儿，终于开口道："你这女人，每次都说些不清不楚的话，瞎碰乱撞地猜我的心思。今日你倒是把话说清楚了，也好让我看看你到底是真看透了什么，还是你不懂装懂。"

姜桃花在旁边坐下，眨巴着眼睛看着他："您这是给妾身出题？"

"那你答得上来吗？"

"答上来了有奖？"

"自然。"

这个好！姜桃花盘腿坐好，随手捏了根小木条在前头的空地上画着。

"妾身想了两天，事情应该是这样的——顾氏还没确定有孕，咱们夫人就先帮她将这事儿敲定了，让顾氏骑虎难下，之后让妾身去给她买梅子。那梅子呢，也不知道是不是真的有问题，但是顾氏流产，牵扯到刘记，刘记恰好又是孟氏家的姻亲，爷顺势就可以问罪孟家，直接将孟氏遣送回府。这大概就是爷一开始的目的。"

沈在野垂头听着，目光落在她在地上画的关系图上自己和孟氏之间的线上，轻声问："你觉得我为什么要撇清和孟氏的关系？"

"这个妾身怎么知道？爷自然有自己的安排，也不该妾身来过问。"姜桃花一笑，在顾氏的名字上打了个问号，"不过这里有两个疑点，妾身想请教相爷。"

还有她猜不到的事情？沈在野总算找回了点自信："你问。"

"第一，顾氏真的怀孕了吗？"姜桃花侧头，盯着他道，"妾身总觉得她这身孕很蹊跷，来得快，去得也快，爷还半点都不着急。"

沈在野眉梢微动，没回答她，只问："第二呢？"

"第二，刘记的果脯里真的有芫蔚子吗？"姜桃花歪了歪脑袋，笑得了然，"芫蔚子可是一味苦药，顾氏又不是没舌头，真吃了那么多梅子，怎么可能尝不出梅子有问题？"

还是被她抓住了关键啊。

沈在野勾唇一笑，伸手将她的下巴捏住，轻轻一吻："事情既然已经告一段落，你也该乖乖回争春阁了，其余的事情，不必多管。"

姜桃花嫌弃地拿手背擦了擦嘴，道："您每次心虚的时候都来这招。"

看着她的动作，沈在野脸色微沉："你的手是不是长着有些多余了？不如——"

"不多余，不多余！"姜桃花一惊，立马反应了过来，抱着面前这人的脸就亲了上去。

"您看，要是没有手，妾身就没法儿抱您了！"

沈在野："……"

温热的香气扑在他鼻间，叫他心情不错。可是这胆大包天的丫头怎么就这么没羞没臊的？

他轻咳一声，站起来，板着脸道："别贫嘴了，回去收拾一下，去给夫人请安。"

"妾身明白！"姜桃花狗腿地笑着，"爷晚上来争春阁吗？妾身可以帮您按摩！"

沈在野斜了她一眼，没回答，甩了甩袖子就离开了。

姜桃花笑眯眯地看着他走远，伸了个懒腰，招呼了青苔一声："走喽，回去吃肉去！"

躲在角落里面红耳赤的青苔应了一声，掐指算了算时辰。

前天也差不多是这个时候被关进来的，正好两天了。

两天的时间一过，争春阁里依旧一片宁静，但相府里已经风云变色。

孟蓁蓁好歹是个娘子，如今竟然被遣送回了娘家，这事儿不仅让府中众人心思各异，更是成了京城之人茶余饭后的谈资。

"这下孟家可算是跟丞相结下梁子了！"茶肆里有人笑道，"那位孟太仆平时仗着自己是丞相的丈人，可没少干缺德事，先前还有人告他贪污呢，也没个结果。不知现在这事儿一出，会不会陈案得昭？"

有人从茶肆旁边打马而过，听见这话，便停下来问了一句："什么陈案哪？"

说话的人回头一看，是个穿着普通衣裳的路人，便肆无忌惮地道："还能是什么？就是修建马场的案子呗，工地上累死了人，没给抚恤不说，工钱也少得可怜。有苦力状告孟太仆中饱私囊、马场的房子都是粗制滥造，却被压得死死的，难达圣听。"

"原来是这样啊。"湛卢含笑道，"善有善报，恶有恶报，只是看什么时候到。"说完，继续策马往相府走。

沈在野手里已经捏着孟太仆串通瑜王贪污的证据，只是什么时候揭发、怎么揭发，还需要仔细考虑。

湛卢回来，将在街上听见的消息告诉了他，末了，拱手道："奴才先前就已经去马场看过，那边的人守口如瓶，但民间有不少人知道这桩案子。"

"如此倒是不错。"沈在野微微一笑，抚着桌上的信纸，"既然有天相助，那咱们也得顺应天意才行。"

湛卢也笑了，低头正想再说，门却突然被人推开了。

"爷！"姜桃花今儿穿着一身渐变的粉色桃花裙，整个人看起来明艳夺目，跟蝴蝶似的扑了进来，"借您地方避个难啊！"

沈在野嘴角微抽，脸色沉了下来："我没有说过，书房不能擅闯？"

姜桃花关上门，一脸无辜地回头看他："没有啊。"

沈在野长叹一口气，无奈地道："那现在你听着，以后进书房要经过我的允许，不能这样直接闯进来。"

"知道啦。"

姜桃花看了看外头，转身就朝他跑过来。沈在野手疾眼快，连忙将桌上的东西收了个干净。

"你在躲什么？"他状似平静地问。

姜桃花也没注意他的动作，轻轻喘着气道："还能躲什么啊，您那几位娘子和侍衣都想找妾身聊天，妾身躲到哪儿都会被找出来，想想还是您这儿安全。"

沈在野有些奇怪地看了她一眼，道："聊天有什么好躲的？"

"那也得看她们聊什么吧！"提起这个，姜桃花就气不打一处来，"妾身是被冤枉的受害者啊，不说慰问，放我安安静静地休息两天都不成吗？非要来挑拨，说谁谁对我不满，让我早做打算。我的天啊，这还能怎么打算？难不成半夜拿把刀把能威胁到我的人都砍了？"

湛卢一愣，震惊地看了她一眼。

"开个玩笑，你别当真。"姜桃花朝他咧嘴一笑，十分自然地在旁边坐下，拿起沈在野桌上的茶杯喝了一口："妾身只躲半个时辰，绝不干扰爷，爷继续做事即可。"

沈在野瞥了她一眼，头疼地揉了揉脑袋，心想，怎么有这么个冤家呢？她在这儿，他怎么可能放心大胆地做事？

"湛卢，你先出去继续搜集东西吧。"叹息一声，沈在野认了，吩咐完湛卢，把手里的东西都放进盒子里锁好了，才抬头继续应付面前这人。

"这书房里连个柜子都没有，待会儿要是她们找进来，你也没地方躲。"

"没关系。"姜桃花道，"进这儿不是要有您的允许才可以吗？您不准她们进来就好了。"

说得也是，沈在野轻笑，正想夸她聪明，湛卢竟然去而复返了。

"爷！"湛卢声音微微慌乱，他推开门就道，"景王爷来访！"

什么？！沈在野一惊，下意识地看向旁边的人："快走！"

姜桃花也吓了一跳，连忙提着裙子冲出去。

湛卢脸都白了，急忙喊道："人已经进府了，姜娘子，您别乱跑！"

这么快？姜桃花一个急刹停在临武院门口，接着伸出脑袋看了看。只见管家引着人，绕过前庭的花园，已经往这边来了。

"进去！"沈在野低喝一声，一把将姜桃花拎起来，潇洒地往身后一丢，然后理了理袍子，镇定地朝景王走过去。

穆无垠今日看起来心情不错，脸上挂着和善的笑意，一见沈在野便拱手行礼："相爷，冒昧登门，没有惊扰之处吧？"

没有才怪！

沈在野微笑，拱手回礼："怎么会惊扰呢？王爷一来，敝府蓬荜生辉。里面请。"

穆无垠颔首，跨进临武院，抬脚就要往主屋走。

沈在野心里一跳，暗想姜桃花多半藏在主屋里，于是连忙拦着他道："王爷，微臣的书房里有东西要给您看，不如先移驾这边？"

"好。"穆无垠什么也没察觉，笑眯眯地进了书房，在书桌旁边的客座上坐下。

丫鬟前来上茶，沈在野松了口气，心里的石头刚要落地，放到桌下的脚却忽然踢到了一个人。

心里咯噔一下，沈在野僵硬着身子，低头一看。

姜桃花这不要命的，掀开桌布露出一张脸，心虚地朝他一笑。

这人是有多蠢才会放着主屋那么大的地方不躲，反而躲到这桌子下头？！脖子上那个球一样的东西到底是长来干什么用的？！不该聪明的时候比谁都聪明，该用脑子的时候就被门夹了一般！

如果条件允许，沈在野真的很想伸手掐死她！

"相爷方才说有东西要给无垠看。"景王开口，好奇地看着他，"是什么东西让您神色这么严肃？"

沈在野深吸一口气，勉强笑了笑，也不敢起身，伸手把旁边的盒子打开，递给他："请王爷过目。"

景王一愣，连忙接过来，仔细翻阅。

趁着这个时候，沈在野低头眯眼看着那个祸害，做了个口型："你死定了！"

姜桃花垮了脸，万分无辜地看着他做口型："谁知道你们会直接来书房啊，一般招待客人不都是去主屋的外室吗？"

还怪他？沈在野沉着脸想，谁让她这么不按常理做事的！那么慌乱的情况下还想这么多，直接冲进主屋里不就什么事都没了？！幸亏这书桌四周都被桌布遮了，不然今日才真的是大祸临头。

瞧他一脸怒气，姜桃花也有点害怕，双手搭在他的膝盖上，脑袋蹭上来做了个可怜巴巴的求饶表情："都是身处险境之人，咱们何必互相责怪呢？是吧，一条船上的！"

　　谁跟你是一条船上的！沈在野气得想爆粗口，伸手狠狠地在她脸上拧了一把。

　　"啊！"没想到他突然来这么一下，姜桃花下意识地小声痛呼。

　　"嗯？"景王看得正专心，听见动静，有些茫然地看向沈在野，"什么声音？"

　　桌后的人面带微笑，镇定地看着他："沈某刚刚打了个喷嚏，王爷不必在意。"

　　"哦。"景王低头，皱着眉继续看。

　　姜桃花揉了揉自己的脸，撇撇嘴，脚蹲麻了，很想换个姿势。

　　然而这桌子不大，她一动很可能会撞着桌布，现出形状来。想了想，她果断伸手将沈在野并拢的两条腿扳开。

　　身上起了层鸡皮疙瘩，沈在野用一种要杀人的目光低头看了她一眼。

　　姜桃花赔着笑，撑着他的腿，端端正正地跪坐下来，然后朝他作揖："妾身实在蹲不稳了，见谅，见谅。"

　　这姿势，怎么看怎么诡异。沈在野闭眼，按了按自己的胸口，心想，今儿一过，自己怕是得短命两年。

　　"这些东西若是到了父皇那里，瑜王弟可能要遭殃了。"

　　看完盒子里的东西，景王脸上的神色也严肃起来，他抬头看着他道："相爷打算怎么做？"

　　沈在野睁眼抬头，微笑着道："沈某要怎么做，自然是听王爷的吩咐。"

　　景王心里一喜，笑道："相爷如此为国为民，惩恶扬善，实为百官之表率。瑜王弟虽然是本王的亲弟弟，但他犯下此等滔天大罪，本王也没有包庇的道理。马场新建，本王会说服父皇前去视察一番。"

　　"好。"沈在野颔首道，"既然如此，那接下来该怎么做，沈某心里就有数了。"

　　景王大笑，站起来就朝书桌这边走："丞相——"

　　"王爷！"沈在野低喝一声，抬手止住他的步子，"沈某最近感染了风寒，您别靠太近。"

　　"这样啊。"景王点头，关切地看着他道，"那丞相可要好生休息，方才看你的脸色就不太好，现在又有些泛红，可能是发高热了。"

　　"等会儿便会有大夫过来，王爷要是没别的事……"

　　"还有一件事。"景王一笑，挥手让人捧了个盒子进来，"这是刚送来京城的东海明珠，听闻府上女眷多，本王就做个人情，送给丞相了。"

　　"多谢！"沈在野微笑，站起来想去接。

　　然而，他的腿还被姜桃花的手搭着，一下子还没能站起来，景王那头已经将盒子递过来了。

　　两人的手错开，沈在野就眼睁睁地看着那一盒闪闪发光的东海明珠跟下雨似的撒了满地。

"哗啦啦——"

这声音响彻书房的时候，姜桃花的脑海里就浮现出三个大字——完蛋了！

她不用低头都看得见，有活泼可爱的明珠从桌布下头滚进来，刚好停在她的身边。景王现在的视线肯定是在地面上，她绝对不能逆着珠子自然滚动的方向把它们弹出去，不然他就会发现桌下有问题。

可万一这王爷心血来潮蹲下来捡珠子怎么办啊？！

沈在野一时也傻了，呆呆地看着这一地的珍珠，半晌才反应过来，抽身出去，抓住景王的胳膊道："王爷快走！"

景王正想蹲下去捡，却莫名其妙地被沈在野拉出了书房，于是疑惑地看着他道："怎么了？丞相今日似乎有些奇怪。"

"在下不过是担心王爷踩着珠子摔倒罢了。"沈在野一笑，转身吩咐湛卢："进去让人收拾好，一颗珠子也不能少。"

"是！"湛卢应了，连忙找了丫鬟进去。

沈在野拉着景王边走边道："王爷还是早些回去吧，还有事情要做。"

穆无垠挑眉，扫了沈在野脸上一眼，停下步子道："本王认识丞相两年，从未见丞相像今日这样慌张……可是有什么事情瞒着本王？"

"没有。"沈在野笑了笑，"王爷想多了。"

"无垠虽然愚钝，但这点直觉还是准的。"景王眯眼看了看他，轻笑一声，然后甩开他，返身回了书房。

"王爷！"沈在野捏紧了手，"您这是何意？"

景王没理他，目光在书房里转了一圈，最后落在书桌下头。

沈在野瞳孔微缩，伸手就想拦，却比景王的速度慢了些。景王像是发现了什么一样，径直冲过去，一把将桌布掀了起来！

书房里一片寂静，春风从窗口吹进来，穿过空空荡荡的书桌下头，又从另一边的窗口吹了出去。

沈在野觉得自己的心跳停了两拍，眼睛也过了一会儿才看清东西，等脑子反应过来那下头已经没人的时候，心脏才重新快速地跳动起来。

"景王爷？"

穆无垠有些尴尬，伸手将书桌下的几颗明珠捡了出来，然后慢慢将桌布放下，笑道："方才就看见有珠子滚到桌子下头了，想来丞相府上的丫鬟也许没这么细心，还是本王亲自来捡比较好。"

沈在野面上有些不悦，却像是忍着，侧身朝外头做了个"请"的手势。

穆无垠干笑两声，跟着他出去，低声道："本王一向有些疑神疑鬼，相爷切莫往心里去。"

"在下明白。"沈在野抬头看天，状似沧桑地道，"就算在下一颗忠心带着血放在你们面前，皇室中人难免还心存疑虑，嫌这血太热。"

"丞相言重了！"穆无垠一惊，连忙拱手，一揖到底，"无垠绝无怀疑丞相之心，丞相一心助我，无垠岂能不知？无垠心中只有感激，哪里还会有别的想法？"

沈在野叹息，嘴里应着"在下明白"，眼里的伤心之色却是更浓。

穆无垠急了，拦在他身前道："本王愿意许诺，只要本王位及东宫，必定事无巨细全部交给丞相过问，以表信任！"

沈在野一愣，垂头拱手："沈某无德无能，岂能当此重任？"

"这天下没有人比相爷更合适了！"穆无垠道，"只要相爷真心助我，他日登位，必定许丞相荣华百世，福荫儿孙！"

沈在野微微一笑，还了他一礼："荣华不过是浮云，沈某未必多看重。不过王爷能这般信任沈某，倒是让沈某欣慰不少。王爷慢走。"

看他像是释怀了，穆无垠松了口气，颔首行礼之后，大步离开了相府。

听着马车启程的动静，沈在野才伸手按了按自己的心口，扭头回到书房。

"姜桃花！"扫了一眼四下无人，沈在野怒喝了一声。

窗外冒出个脑袋。姜桃花嘿嘿笑了两声，一脸"求奖赏"的表情看着他："看了青苔飞檐走壁那么多年，妾身的身手还是很敏捷的！怎么样，化险为夷有赏赐吗？"

沈在野吐了口心里的闷气，伸手便把人拎进来，目光落在她的脸上，像是在思考什么。

姜桃花被他看得背脊发凉，连忙伸手捂住脸，从指缝里看着他道："爷可别想毁了妾身的容，妾身是靠这个吃饭的！"

"你难道不是靠我吃饭吗？"沈在野微笑着道，"舍弃一点东西也没关系吧？爷会一直给你饭吃的。"

姜桃花头摇得跟拨浪鼓似的，脸色发白道："您不能这样啊，今日只是意外，以后不会有这么巧的事情了，妾身保证景王再也不会发现任何蛛丝马迹！"

"我不喜欢有不确定的危险埋在身边。"沈在野伸手扯开她的手，凑近她，轻轻地吻了吻她的脸颊，"命和脸，你选一个？"

姜桃花心里沉重得厉害，虽然沈在野脸上是笑着的，但是她明白，他没有开玩笑，他是真的想让她的容貌变得让景王认不出来。

喉咙微微发紧，姜桃花觉得男人果然是世界上最凉薄的动物。先前还能与她你侬我侬，缠绵难分，一转眼却又这么冷血地想毁了她，这样的人，交不得心。

"爷……"姜桃花小声道，"您舍得吗？妾身这么好看的脸，三国之中可找不出第二张了。您手里捧着的是稀世珍宝啊，轻易毁了多可惜！"

沈在野微微挑眉，左手还捏着她的手，看着她脸上明艳的笑容，再捻了捻她手里的汗，不知怎的，心突然柔软下来。

瞧把人吓的。

他微微勾唇，手上用力，将人拉进怀里抱着，然后低头在她耳边道："别紧张,我只是开个玩笑。"

这玩笑一点也不好笑!姜桃花哆嗦了一下,伸手环抱着他,眼眶微微发红。

外人看起来,她多半是像被玩笑吓着的小女儿家,扑在人家怀里要安慰。只有姜桃花自己知道,她分明是劫后余生,心有余悸。

怀里的身子微微抖着,单薄又柔弱,沈在野抿唇,轻轻叹息之后,伸手捏着她的下巴吻了上去。

眼泪唰地顺着脸颊流下来了,姜桃花口齿不清地哽咽道:"您原先总嫌妾身脏,现在怎么总爱亲人家……"

"不脏。"沈在野眸子温柔下来,轻轻抱着她,像是哄小孩儿一样,"你的唇最柔软了,像糯米糕,又香又甜。"

泪珠成串地滚,姜桃花撇撇嘴,还是意思意思地红了脸。沈在野垂头看着她,伸手想将她脸上的泪水擦了,却不知怎的越擦越多。

"别哭了。"

姜桃花的眼眶和鼻尖都红红的,虽然她点头应了他,但眼泪还是一直掉。

沈在野心里莫名有些焦躁,便将她抱了起来,抵在后头的书架上:"再哭你今儿就别想出这个院子了!"

"爷这话,是鼓励妾身哭,还是想让妾身别哭了啊?"眼里水汪汪的,姜桃花抽抽搭搭地问。

沈在野失笑,低下头去吻她。

姜桃花看了一眼半开的窗户,有些脸红,然而像沈在野这种禽兽,方圆三丈之内应该不会有人轻易靠近,所以她还是一门心思扑在怎么勾引他上头。

衣衫松垮,肌肤相亲,姜桃花哭过的眼睛看起来像雨后的池塘,清清凉凉地引着人往里头掉。

沈在野望进她的眼里,觉得方才她那句不要脸的话说得未必没有道理,她这张脸,三国之中的确难得,他也的确舍不得。

"爷,您是真心要放过妾身了吗?"姜桃花突然温温柔柔地问。

这种问题放在平时,沈在野是不会答的,然而不知怎的,这会儿望进她眼里,他竟然开口了:"真心的,只要你为我所用。"是他的声音,却不像是他说出来的。

心里一紧,沈在野咬牙,拿出书架上藏着的匕首割破了自己的手指。

视线瞬间清晰起来,面前的女人香肩如玉,楚楚可怜,眼里满是无辜地看着他:"爷,您怎么了?"

该死的,竟然又被她钻了空子!

沈在野眼睛一眯,抓着她的手腕,将她死死地压在书架上,咬牙切齿地道:"你这女人,怎么就不能让我省点心?"

说好不能再对他用媚术,她的胆子倒是大!

姜桃花撇撇嘴,哼道:"就许爷开玩笑,不许妾身也开一个?"

好吧，她有理，这张嘴很厉害。就是不知道她什么时候在床笫间也能这么厉害，不要总是跟只被欺负的兔子一样，一双眼睛纯洁又无辜，看得他真想揉碎了她！

沈在野抿了抿唇，抱起她，转身将两边的窗户关了，然后将她抵在窗户上，肆意纠缠。

屋子里明珠遍地，尚未收拾完，丫鬟已经不敢在这儿附近待了，放下珠子就跑。

太阳渐渐落下，月亮升上来的时候，沈在野打开了窗户。

珍珠在月华之中盈盈发光，像极了姜桃花的肌肤。

有时候他觉得，史书里不少君主被女人迷惑，也不是没道理的。若是遇上姜桃花这样的女人，有几个君王能抵挡得住？

不过可惜，这世上一物降一物，遇上他沈在野，纵使她姜桃花有万般风情，也只能乖乖困于这一院之内，再也没有赢的可能。

这样想着，沈在野的眸子更深了些，他低头又想咬身下之人的脖子。然而姜桃花软绵绵地打了个哈欠，泪眼汪汪地看着他道："爷，您明日难不成又休假不上朝吗？这都二更天了。"

沈在野微微皱眉，睨着她道："你这功夫是不是不太到家？擅长勾引男人的人，连这点承受能力都没有？"

姜桃花眯眼，努力忽略他对她的定义，笑着道："男女有别，爷身强体壮的，妾身可经不起太久的折腾。咱们还是早些歇息吧？"

沈在野轻哼一声，抬手将她抱进怀里，扯过一旁的袍子裹好，径直抱了出去。

这个时候姜桃花才发现，颠鸾倒凤那么久，这禽兽竟然连衣裳都没脱。绣着金边的藏青色袍子衣襟都是工工整整的。

心里无端火起，姜桃花抿着唇，闭着眼不看他。等挨到床的时候，她就滚进去睡了。

闹脾气了？沈在野挑眉，站在床边抱着胳膊看她："有什么不满的，不如直接说给我听听？"

床上的人没动静，身子朝里头侧躺着，肩头光滑，看着有些凉。

沈在野嗤笑一声，脱衣上床，伸手拉着被子将她盖好，再从背后将她搂过来，道："就没见过你这么脾气古怪的女人——"

话还没说完，姜桃花竟然翻身了，咂着嘴抱住了他，头埋进他胸前，腿也缠了上来。

这是她睡熟了才会有的动作，沈在野眯眼，低头看着她的睡颜，都不知道该气什么，她睡得也太快了！

沈丞相轻轻叹了口气，抬头看着帐顶，努力盘算着接下来该做的事，来分散自己的注意力。

第二天早朝之后，景王在御书房里言辞恳切地劝说明德帝去新建的马场游玩。

"马场有什么好玩的，"明德帝不耐烦地道，"出去一趟还得好一顿折腾。"

沈在野听着，上前道："陛下在这宫里住习惯了，兰贵妃娘娘怕还是喜欢外头的。这都两年了，您也该带娘娘出去走走。那马场在西山之下，山上就是猎场，不是正好来一场春日狩猎吗？"

明德帝一愣，低头想了想，道："爱卿说得也是，兰贵妃在这宫里，怕是许久没见过外头的风光了。怪朕一心专政，倒是忘记体谅她。也罢，既然如此，不如召集朝中文武百官，都带上家眷，一起去春日狩猎吧。"

景王一喜，连忙跪下道："儿臣遵旨。父皇只管游玩，儿臣会将其余的事情都安排妥当。"

"嗯。"明德帝想了想，突然转头看着沈在野："赵国公主进你的府，也有一个多月了吧？"

心里有些不好的预感，沈在野抿唇道："是有一个多月了。"

"相处得如何？"

沈在野昧着自己的良心，低头吐出四个字："相敬如宾。"

"那朕便放心了。"明德帝叹息道，"虽然如今赵国式微，但咱们也不想花精力打仗，两国之间结盟还是要的。赵国公主嫁过来，也是朕一时冲动，委屈她了。这次春日狩猎，爱卿便将她带出来吧。"

沈在野眉梢跳了跳，连忙道："陛下，最近姜氏身子有些不适，带她出来恐怕……"

"怎么？不能带吗？"

这个借口显然不能把明德帝糊弄过去。明德帝一双眼睛充满探究地看着他："可是发生了什么朕不知道的事情？爱卿亏待了姜氏？"

"没有。"沈在野闭了闭眼，余光扫着旁边一脸好奇的景王，心里长叹一声。难不成这就是命中注定吗？已经想尽办法躲了，终究要撞上。

"臣……遵旨。"

明德帝点头，景王眼含喜悦，沈在野却垂着头，心思百转千回。

争春阁。

姜桃花今儿总觉得自己忘记了什么事，坐在软榻上想来想去没想出来，头却越来越疼。

"青苔。"她有气无力地喊了一声，声音太小，门外的人根本听不见。

姜桃花咬咬牙，揉着自己的脑袋，想下软榻，脚却一软，整个人摔了下去，头磕在地上，反而好受了些。

她蜷缩在地上，感觉浑身都疼了起来，像有千百只钩子钩着她周身的肉往外扯，心口也是钝痛，呼吸都困难了。

这种疼痛好熟悉，但是她一时想不起来是为什么。

"主子！"青苔听着了动静，终于推门进来，一见她这个模样，连忙拿出一个小青瓶，倒了一颗药丸塞进她嘴里。

姜桃花剧烈地喘息了许久才清醒过来，抬头看着她，轻声问："怎么回事？"

"您不记得了吗？"青苔皱眉，摇了摇手里的青瓶，"皇后给您种的东西。"

脑子里一阵令人疼痛的记忆涌上来，姜桃花轻吸了一口气。

她是记得的，只是太疼了，疼得她都不愿意回想起这件事。

上一次这么疼是五年前，新后第一次给她种媚蛊的时候。

"这东西你每月吃一颗，体内的媚蛊就不会发作。"当时新后笑得很灿烂，往她嘴里塞了颗药丸，"每月本官都会让人按时给你吃的，你就不会感觉到痛了，除非你不听话，想自己找死。"

姜桃花闭了闭眼，低咒一声："我怎么把这茬儿忘了。"

"是奴婢的错。"青苔抿了抿唇，"奴婢这个月忘记了，让主子受苦了。"

"咱们离开赵国的时候，她给了你多少颗药啊？"姜桃花白着嘴唇笑着问。

青苔道："十二颗。"

算得真准啊，十二颗刚好一年，一年之后，赵国使臣就该来大魏了，到时候就看她听不听话，新后才会决定给不给她续命。敢情自己就是风筝，虽然被放到了大魏，线轴却还在别人手里扯着。

姜桃花咬了咬牙，想了一会儿，扶着青苔的手站起来道："没事了，你下次记得按时给我吃就好，下去吧。"

"是。"青苔将她扶回软榻上，刚准备转身出去，就见相爷跨进了院子。

"你先出去。"一进主屋，沈在野直接将青苔关在门外，脸色很不好看。

姜桃花连忙抹了把脸，努力让自己看起来精神些："妾身给爷请安。"

沈在野皱眉看着她，本来想说春日狩猎的事情，却被她惨白的脸色吓了一跳："你这是怎么了？"

姜桃花抿唇，手指轻轻捋着袖口，微笑着道："方才在这软榻上休息时做了个噩梦。"

"什么噩梦能让你变成这样？"沈在野眯起眼睛，伸手将她抱进怀里，自己坐在软榻上，低头仔细打量，"满头是汗，脸色苍白，梦见怪兽要吃你也不该这样害怕吧？"

"那可未必。"姜桃花张口就道，"上次梦见爷，妾身醒来也是这个样子。"

敢说梦见他是噩梦？！

沈在野微微收紧手，皮笑肉不笑地看着她："爷在梦里是会吃了你，还是宰了你？这么可怕？"

姜桃花干笑两声，眨眨眼看着他："爷要听真话吗？"

"自然。"

"爷在梦里就是像现在这样对妾身笑的，"姜桃花缩着脖子，很夙地看着他道，"像马上要露出獠牙咬人的样子。"

沈在野张口就狠狠地咬在她的肩头上，还口齿不清地放着狠话："恭喜你，噩梦成了现实！"

姜桃花没忍住，扑哧一声，竟然笑了，脸上也有了些血色。

吐着芯子的沈毒蛇，怎么有这么幼稚可爱的时候？

"爷方才那么着急地进来，肯定不是为了来咬人吧？"姜桃花躲着他，一边笑一边问，"出什么事了？"

想起正事，沈在野松开了她，神色严肃道："陛下要举行春日狩猎，让我带你去。"

哦，春日狩猎。姜桃花点头。

等等！她想起什么，猛地瞪大眼睛看着沈在野："这种狩猎，皇子是不是都会去？"

"废话！"沈在野忍不住敲了她的脑袋一下，"皇子要是不去，我着急什么？"

姜桃花立马捧住自己的脸，问："我可以戴面纱吧？"

"按照规矩，官宦女眷面圣都是要戴面纱的。但是……"沈在野低头看了看她这张脸，道，"你戴着面纱也挺好认的。"

姜桃花松了口气，拍拍他的肩膀，道："能戴面纱，难度就小很多了，妾身好生装扮，弄得跟景王记忆里的姑娘不一样不就好了？"

沈在野眼含疑虑地看着她。

"您别不信啊，您瞧妾身淡妆和浓妆的时候是一个人吗？"姜桃花自信十足地道，"上妆可是门大学问，你们男人不懂。"

"那好，"沈在野道，"你得对你自己的性命以及我相府上下的人命负责。要是景王认出了你，我可能会第一时间舍弃你，这点你要知道。"

"妾身早就知道了。"姜桃花笑眯眯地离开了他的怀抱，站在下头行了个礼，"本也没指望爷会无条件地护着妾身。"

这么懂事的女人其实很让人省心，但是不知道为什么，听她说这句话，沈在野竟然觉得有一丝丝心疼。

她聪明，所以看得透很多事情，也就知道他从未将她放在特别重要的位置。明白了这一点，还要继续在他身边尽心尽力地伺候，是不是也挺寒心的？

沈在野抿了抿唇，起身道："这两日宫中还要准备陛下出宫的仪仗，你好生准备吧。"

"是。"姜桃花笑着应下。

等他离开了争春阁，姜桃花才坐回软榻上，深吸了几口气。

前有狼，后有虎，就这样的情况，还怎么安生过日子？

第十四章 追杀

孟蓁蓁一走,府里安静了一段日子,先前投靠孟蓁蓁那边的侍衣都关在自己屋子里没敢出来。这府里此消彼长,秦解语一派自然就嚣张得多了。

"听闻有春日狩猎,陛下让文武百官都带家眷去。"秦解语笑眯眯地捧着一套新衣裳上前,给梅照雪看。

"您穿这件怎么样?"

梅照雪皱眉,看了她两眼,道:"你是真不知还是假不知,爷说了要带姜氏去。"

"没到出发那天,谁知道最后到底会是谁去呢?"秦解语笑着凑近她,轻声问,"您才是正室夫人,难不成就让景王看着您被一个娘子压一头,连个面都不能露?"

梅照雪心里不悦,面上却没显出多少,只道:"这也是没办法的事情,就算姜氏只是娘子,那也是赵国的公主,爷带她出去,也算合情合理。"

"您要是这样想,那以后姜氏替您出席各种宴会,替您去面圣,再逐渐替您掌管这府中之事,也都合情合理了。"秦解语摇头,"该是您的,就要一步不让才行。一旦让了,恐怕您所有的东西都将落在她手里。"

屋子里安静了一会儿,梅照雪终于抬头看着她问:"你有什么想法?"

秦解语咯咯笑了两声,低头附在她耳边,小声嘀咕了一阵。

温清阁。

顾怀柔以养身子为名,一直关在屋子里,不敢出去。虽说已经躲过一劫,但她总是心有余悸。

她不敢保证府里的人是不是真的什么也不知道,但等了这么多天,竟然也没别的消息。难不成真的统统被她蒙过去了?

"主子!"越桃从外头跑进来,脸色很难看地道,"秦娘子来了。"

顾怀柔心里一跳,皱着眉道:"她来干什么?"

话音刚落,秦解语就踏进了内室,脸上的神情十分严肃:"顾娘子,出事了!"

顾怀柔微微捏紧手,看着她道:"这是出了什么事,竟然要劳烦娘子亲自过来传话?"

秦解语欲言又止,回头看了眼越桃和旁边的丫鬟。

犹豫了片刻,顾怀柔还是挥手道:"都下去吧。"

"是。"

房门关上,秦解语脸上的忧虑便不再掩饰,她神色古怪地看着顾怀柔道:"刚传来的消息,孟氏在孟府里吞金自杀了。"

"什么?!"顾怀柔一惊,脸都白了,"人没了?"

"没了。"秦解语叹息道,"到底是同府多年的姐妹,乍听这消息,我也吓着了。现在孟府压着这事儿不敢声张,只有少数人知道。"

顾怀柔倒吸几口凉气,捂了捂心口,眼神发直,嘴里忍不住喃喃:"不过是被休回去而已,怎么会这样想不开……"

"你说得轻巧。"秦解语甩了甩帕子,嗔怒地看着她,"换作你,因为谋杀夫家子嗣而被休回娘家,你能受得住?更何况她害的是相爷的子嗣,肯定没少被家里责难。虽然……"她语气一转,突然诡异地笑了笑,睨着顾怀柔道,"虽然她也不是真的害死了爷的子嗣。"

顾怀柔背脊微寒,惊愕地抬头看着她,嗓子发紧:"娘子这是什么意思?"

"明人不说暗话。"秦解语低头扫了她的腹部一眼,轻哼道,"你这肚子里有没有过爷的子嗣,我是清楚的,本觉得不是什么大事,不过是争宠的手段,也就不曾跟爷说。但是如今竟然出了人命……"

顾怀柔倒吸一口凉气,震惊地看着她:"你怎么会知道?!"

"世上的事儿就是这么巧。你那日找进府来并收买了的悬壶堂大夫,我也认识。"秦解语妩媚一笑,理了理自己的鬓发,"这样说,你能明白吗?"

顾怀柔浑身发抖,眼里满是惊慌地看着她:"你想怎么样?"

"别紧张啊,到底都是相府的人,我不会有赶尽杀绝的心思。"秦解语看着她道,"只要你帮我个忙,这事儿就会烂在我的肚子里,谁也不会知道。"

顾怀柔微微睁大了眼睛,瞳孔里映出了秦解语的脸——眉心的菱花痣灼灼烫人,一双眼里含着令人浑身发冷的笑意,像美丽的妖精,舔着嘴边的血看着她。

争春阁。

姜桃花细心地挑选了几件衣裳和首饰,又让青苔去管家那里领了新的螺黛与胭脂,然后坐在妆台前仔细比较哪种妆更合适。

她正画着,青苔忽然跑进来通禀:"主子,顾娘子来了。"

顾怀柔?姜桃花一愣,转头就见那人一脸苍白地走了进来,到她面前行了个平礼:"姜娘子。"

"不是刚刚没了孩子,要养着吗?"姜桃花好奇地打量了她两眼,坐着没动,"怎么跑到我这里来了?"

顾怀柔脸上一片慌张，也顾不得旁边还有丫鬟在，直接朝姜桃花跪了下去："娘子救命！"

青苔吓了一跳，连忙伸手去扶她："娘子与我家主子是平等的位份，切莫行此大礼。"

"你们先出去。"顾怀柔哽咽着看了青苔和自己旁边的越桃一眼，眼含哀求。

姜桃花抿唇，看了她两眼，朝青苔点了点头。青苔便带着旁边的丫鬟走出去，关上了门。

"先前是我小心眼儿，以为娘子要和我过不去，所以才会那般对娘子，险些冤枉了您。"顾怀柔抬头，情真意切看着姜桃花道，"眼下大祸临头，我才发现娘子一直是为我好的，所以特地来请求娘子原谅，并且求您救我一命！"

"这是出什么事了？"姜桃花抿了抿唇，"你要让我救你，也得让我知道情况。"

顾怀柔眼泪横流，哭了好一会儿才冷静下来，起身到旁边坐下，哽咽道："我被悬壶堂的大夫骗了，他说我怀了身子，我就信了。结果是假的！娘子也知道这府里的情况，当时我已经是骑虎难下，只能认了。没想到那大夫现在反过来威胁我，说要是不拿出三千两银子给他，就将我假流产嫁祸孟氏的事情告知孟府！如此一来，爷也会知道，那我定然会没命啊！"

竟然真的是假怀孕！姜桃花吓得眼睛直眨，呆呆地看着她。敢这样什么都告诉她，顾怀柔是真的走投无路了吧？先前还企图咬着她不放呢，现在倒是醒悟了。

不过……姜桃花笑了笑，莫名其妙地看着她："这关我什么事呢？"

能置身事外，她为什么要去蹚这浑水？又不是浑身发着圣光的观音菩萨，顾氏的生死，从她与自己反目那天开始，就与自己没什么关系了吧？

顾怀柔瞪大了眼睛，颤抖着道："咱们不是联盟吗？说好一条船上的。"

"这船娘子已经先跳了，现在浑身湿漉漉地想再上来，我也怕船沉。"姜桃花笑得甜美，"不如你再去寻另外一条船吧。"

真是难缠！顾怀柔咬牙，这姜氏看起来温温柔柔、人畜无害，心思怎么就这么深，这么会防人呢？

"眼下这府里，只有娘子能救我了。"顾怀柔就当没听见她前一句话，厚着脸皮道，"这府里其他人我都信不过，就算有三千两银子，也不敢放别人手里送出去。而我自己又是养身子的时候，贸然出府，怕是要引人怀疑。我这辈子没求过人几回，这次娘子若是愿意帮忙，怀柔必当重谢。"

"哦？"姜桃花终于把身子坐直了，"能有什么重谢？"

"娘子想要什么？"

姜桃花摸着下巴想了想，道："有来有往，既然这次我帮你免一次罪，那你要报答我，下一次有什么祸事落在我头上，你可要无条件地站出来帮我顶了。"

顾怀柔犹豫了一会儿才点点头。

"好吧，既然是举手之劳，那我就以出门买首饰为由，去跟夫人要出府的牌子。"姜桃花站起身,道,"你把悬壶堂的地址给我便是。"

"好。"顾怀柔连忙点头,"但是你最好一个人去,连身边的丫鬟都不要告诉,这毕竟是关乎我性命的事情,多一个人知道,我就多一天睡不好觉。"

"知道了。"姜桃花毫无戒备地点头,"我连青苔都不会带的,出府就打发她去别处便是。"

顾怀柔松了口气,伸手将银票拿出来给她,又将悬壶堂的地址写在纸上,放进她手里。

姜桃花接着,看了一眼便笑眯眯地送顾氏出去,同时信誓旦旦地保证今日一定办成。

顾怀柔放心地离开了,心里多少有点愧疚。姜氏虽然要她付出代价才肯帮忙,但到底伸出了援手,说明她的心很善良。欺骗这样一个善良的姑娘,顾怀柔还是有些于心不忍。

不过……谁让这世道这么残忍呢?不是她遭殃,就是自己遭殃,总得倒霉一个。只希望秦解语下手别太狠,困住姜氏两天就得了。

顾怀柔叹了口气,回了温清阁。

善良的姑娘姜桃花笑眯眯地把青苔招过来,嘀咕一阵之后,去梅照雪那儿拿了牌子便微服出府了。

门口有人蹲着看,发现姜娘子实在是胆子大,当真一个人上了马车,没带那身手灵活的丫鬟。

马车上,姜桃花撑着下巴看着手上的字条,问了外头的车夫一句:"您确定这上头写的是悬壶堂的地址吗?"

"确定,奴才经常去的,自然清楚。"

"这样啊,"姜桃花点头,打了个哈欠道,"那就辛苦你了,我先睡会儿,到了地方喊一声便是。"

"奴才遵命。"

马车辘辘地行驶在路上,从官道上一路出城,往郊外驶去。

车夫绷紧了身子,眼瞧着要到地方了,却听见耳后突然有人问了一句:"这不是去悬壶堂的路吧?"

车夫吓了一跳,连忙回头,就见姜娘子脸上没有半点睡意,一双眼睛盈盈泛光,正温柔地看着他。

车夫心神微动,拉了拉缰绳,小声道:"的确不是,顾主子吩咐,让奴才把您带去前头有树林的地方。"

"哦,去那里干什么呢?"

"这个奴才不知道。"车夫眼神发直,喃喃地说着,脸上也有些愧疚,"娘子若是现在想回去,奴才就将您送回去。"

姜桃花微微一笑,拍了拍他的肩膀,道:"不用,你慢些驾车就是,我也不能让你难做。"

多好的主子啊！车夫感动极了，完全没想过自己为什么突然倒戈——他可是收了不少钱的！

马车继续在小道上前行，前方不远处的树林里，已经有不少人埋伏好了，只等待姜桃花到达。

说来也巧，景王今日恰好也出城了，打算去西山脚下安排礼仪，迎接明德帝。然而走到半路，他不经意地一扫，就看见左边的一片树林里有动静。

"什么东西？"穆无垠眉头一皱，赶紧挥手让身后的护卫过去，"把他们抓起来，父皇出巡的时候，这方圆十里都是禁区，不能有人。"

"是！"护卫应了，提着刀剑就冲了过去。

姜桃花正在笑眯眯地拖延时间，青苔已经去官府报案了，就是不知道什么时候才过来。

"各位好汉，小女子与你们无冤无仇，何必要这样呢？"她扫了四周一眼，道，"若是缺钱，小女子这儿倒是有些银票，你们不如分一分？"

黑衣人不为所动，心想，一个姑娘家身上能带多少银子。结果就见那姑娘唰地掏出三十张银票，每一张都是一百两银子的面额。

众人看傻了，他们接的单子总共不到一百两，这姑娘却愿意给他们三千两？

领头的那人心念微动，犹豫着想过来接银票。然而他们当中有个眼尖的，一眼便看穿了："头儿，这女人手里的银票是假的！"

"什么？"领头的人大怒，立马提刀冲向姜桃花。

姜桃花干笑，小声嘀咕道："人家就是推我进坑的，还能指望她给的银票是真的啊？你们别这么在意细节行不行——"

话没说完，那头儿手里的刀就落了下来！

说时迟，那时快，青苔飞一般地从另一边跑过来，一颗石子儿掷过去就将那人的刀打偏了。然而她正想带着身后的官兵上去救自家主子的时候，就见对面竟然也有穿着官服的人拥过来。

"等等！"青苔连忙拦住后头的人，眯眼看了看，觉得不对劲，立马挥手示意官兵在石堆后头藏身。

穆无垠的人很快将这片树林围住了。黑衣人目瞪口呆，没想到螳螂捕蝉还有黄雀在后，一时间都被押在地上，忘记了反抗。

姜桃花眨眨眼，回头看过去。

护卫分开一条路，中间走出个锦袍上有四爪龙纹的男子，面目儒雅，眼神灼热。

"怎么会是你？！"

景王三步并作两步地走到她面前，伸手抓住她的肩膀，面上有狂喜，也有恼怒："你在这里干什么？！"

她才想问呢，怎么哪儿都有这人啊？姜桃花内心很崩溃，面上还得装得楚楚可怜、余惊未定地看着他："贵……贵人？"

"我找得你好苦！"穆无垠上下打量了她一圈，很想发火，毕竟这个女人害得自己差点被父皇重罚。然而，一看到她的脸，再看看这无辜的眼神，他又觉得舍不得了，伸手就将她死死地抱进怀里。

"以后就跟着本王吧，不要再离开了！"

姜桃花嘴角抽得厉害，手尴尬地垂在两边，抱他不是，不抱也不是。这时候遇见了，该怎么收场啊？真跟他走了，沈在野非把她大卸八块再加辣椒炒了不可！

事发突然，正是考验一个人演技和瞎掰能力的时候！

姜桃花深吸一口气，掐了自己一把，眼里迅速涌上泪水，推开他道："贵人这样的身份，哪里是小女子可以高攀得起的？您上次让人将小女子绑走逐出京城，这次又何必装得一往情深？"

什么？穆无垠一头雾水，疑惑地看着她："本王什么时候叫人把你逐出京城了？本王一直在找你——"

"骗子！"姜桃花扭头，抬袖伤心地挡着脸，"你们男人都是骗子，一边说要对我好，一边又派人加害我，早知会发生这么多事情，小女子一开始就该回家乡去！"

"你别哭。"穆无垠有点慌，手足无措地看着她，又扫了一眼周围这些碍眼的人，挥手道，"还愣着干什么？把这些人押进大牢，你们统统都去外头等着。"

"是！"

四周很快安静下来，姜桃花伸手抱着旁边的一棵树，一边急得直抠树皮，一边哭得惹人怜惜。

"你跟本王说说，到底是怎么回事。"穆无垠站在她旁边，皱着眉道，"本王差点以为你是骗子，要通缉你了，又怎么会派人绑你？"

"那日在赌场，贵人不是一直在赌钱吗？小女子跟您说了先去找爹爹，您应了的，结果小女子刚走没两步就被人抓了起来，还说小女子妖言惑主，不能留在京城，就将小女子绑到了郊外。要不是好心人路过，救了我一命，现在我怕是早就饿死在外头了！"秉着恶人一定要先告状的宗旨，姜桃花信口胡诌，说得声情并茂，"那些人难道不是您的人吗？"

穆无垠一愣，觉得冤枉极了："的确不是本王派的人啊！"

不过，他身边谋臣众多，有人有这样的心思一点也不奇怪，看来他的确是冤枉她了。

穆无垠叹了口气，上前拉着姜桃花的手道："千错万错都是本王不好，你原谅我一回可好？"

姜桃花闭眼，咬牙道："现在说什么都晚了，小女子已经是别人的人了。"

什么？！这话简直是晴天霹雳，穆无垠脸都白了，抓过她的肩膀问："怎么会这样？！"

"您没见今日小女子被人追杀吗?"姜桃花苦笑道,"就是娶了我的那家人,府上的姬妾太厉害,看不得小女子得宠,所以派了杀手来,想取我的性命。"

多么天衣无缝又顺理成章的故事啊!姜桃花觉得自己简直是太聪明了!

景王的表情很复杂,很受伤,半晌都没能接受这个事实——本该属于他的美人儿,现在竟然成了别人的。他辗转反侧那么久,一直惦记的人,竟然成了别人的人!

"那人是谁?!"良久之后,他沉声道,"府里的姬妾都敢杀人了,本王也该为你做主,去讨个公道!"

姜桃花腿一软,差点跌倒,用看疯子一样的眼神看了景王一眼,支支吾吾道:"这……不妥吧,小女子与贵人非亲非故,您贸然为我出头,只会给我惹来更多的祸患。"

先前沈在野说什么来着?景王沉稳、谨慎?这简直就是个看见女人便走不动路的傻子啊,她有那么好吗,都成别人的人了他还不肯放手!

好吧,她承认自己用了媚术,可是也没花多大的力气啊,他至于这样吗?

"本王不甘心。"景王闭眼,眉目间满是痛色,"你既然在别人那里过得不好,不如跟本王回去吧。"

姜桃花坚定地抱紧了旁边的树,摇头。

青苔在远处看着,觉得事情不妙,连忙让身后的官兵回去通知相爷。

沈在野刚做完事回府,就见争春阁里空荡荡的。他正想问人去哪儿了,就听见一人前来禀告:"相爷,青苔姑娘请您往城郊树林去一趟。"

城郊树林?沈在野皱眉,扫了争春阁里的粗使丫鬟一眼,问道:"今日谁来过?"

几个丫鬟小心翼翼地答道:"顾娘子之前来过,不知道说了什么,咱们娘子便出府买首饰去了。"

买首饰能买到城郊树林里去?沈在野冷笑一声,拂袖就往外走,边走边问湛卢:"知道什么情况吗?"

"消息暂时还没传回来,不过据奴才所知,青苔姑娘一早就在官府衙门里用您的名义支了人。"湛卢皱眉道,"既然支了人,怎么还会劳烦您亲自去一趟?"

沈在野沉默,脑子飞快地转起来,突然想起一件事——景王今日似乎出城去西山那边勘察。

他脸色沉了沉,低声喃喃:"不会碰上了吧?"

他是绝对不希望这两个人碰上的,然而除了景王,他想不明白还有什么人能让她束手无策到要请他过去。只要情况稍微有转圜的余地,以姜桃花的机灵劲儿,肯定会自己逃走。

沈在野大步跨出门,看也没看门口的马车,骑上骏马便朝城外飞奔。

景王忍不住动手，直接将姜桃花抱起来，放到自己的马背上。

"贵人！"姜桃花有点着急，"您这算是强抢良家妇女，不太妥当吧？"

景王翻身坐在她背后，笑着将她拥进怀里："是强抢吗？你不愿意跟了本王？"

"虽然贵人看起来有权有势，应该是王爷一类的尊贵身份，"姜桃花咽了口口水，可怜兮兮地道，"但是小女子只想平平淡淡地过一辈子。"

"这倒是难得。"景王轻笑，凑在她耳边道，"换作别的女人，早就欢天喜地地跟本王走了，你却死活不从。不过本王就喜欢你这种不慕富贵的样子。"

老娘改还不行吗？！姜桃花的内心在咆哮，努力想挣扎，奈何这景王身强力壮的，她压根儿不是对手。

青苔看得着急，躲在石堆后头直跺脚，都想拿石子儿砸景王的手了，然而他将自家主子抱在身前，她不敢轻举妄动。

相爷怎么还不来？青苔刚在心里骂了两句，就听见后头有马蹄疾驰之声由远及近，一回头，就见沈在野锦袍猎猎，策马如风，飞快地从她旁边经过，朝景王那边去了。

这动静不小，景王那边的人，包括姜桃花，都纷纷侧头看向了他。

"丞相？"景王有点惊讶，看着这人在自己面前勒马，忍不住问，"您今日为何也出城了？"

沈在野扫了这一马双人一眼，眸色微沉，拱手道："沈某前来，只为扶正王爷登顶之路。"

"丞相此话何意？"景王皱眉，"本王的登顶之路可有不正之处？"

沈在野眯眼，看向他怀里的女人："以前是没有，但现在有了。"

姜桃花眨巴着眼睛，不敢表现出什么，便装作不认识沈在野的样子，但身子还是忍不住微微发抖——见着救星太兴奋。

然而她这一抖，景王竟然伸手抱住了她的腰，轻声道："你别怕，这是当朝丞相，不是坏人。"

你从哪儿看出来当朝丞相不是坏人的啊？！姜桃花没忍住翻了个白眼，抬头却见沈在野脸色更沉。

"王爷，"他语气阴沉地道，"来历不明的女人，您若是带回王府，一来让王妃寒心，二来若有人告知陛下，陛下定然会生气。王府的大门，不是随便什么人都可以进去的。"

"她不是来历不明的女人。"景王皱眉道，"本王找她很久了，上次赌场一别，可让本王半个月没睡好觉。她不坏的，也没有不轨之心。"

这傻子怎么见谁都觉得不是坏人啊？沈在野和姜桃花对视了一眼，两人心里是同样的想法——景王在识人方面跟缺了根弦儿似的！

"这么说来，这姑娘还是上次害您被陛下重罚之人？"沈在野恼了，"您怎么这般执迷不悟，被迷惑了一次还不算，亏还没吃够？"

景王一愣，微微抿唇，道："上次是意外，是本王太冲动了，以后不会了。"

本王会将她带回王府，好生照顾。"

沈在野心里烦躁极了，他很想上前将这傻王爷的手扯开，然而理智告诉他，不行。他低头看了看姜桃花，用眼神恶狠狠地道："别再用媚术了！"

姜桃花欲哭无泪地用眼神回他："妾身没用，这人就是这么执迷不悟，怪得了妾身吗？"

没用？没用景王怎么会这样？沈在野不信，张口问景王："您看上这女子哪一点了？"

景王一愣，竟然有些不好意思，低头看着怀里的人道："本王未曾见过像她这样清新动人的女子，她的眼睛太清澈了，让人忍不住就想亲近……"

"贵人！"瞧着这人的头又凑过来了，姜桃花连忙护住自己的耳朵，脸色微红。

沈在野下颌线微紧，冷笑一声，道："没想到王爷也是贪恋美色之人，倒是沈某看走眼了。"

景王一怔，皱眉抬头看着他："相爷这是什么意思？"

"当今圣上在即位之前，是压根儿不近女色的，直到皇位坐稳了才广纳后宫，这是明君之举。"沈在野目光冰凉，落在景王手上道，"而王爷显然没有自制力，成不了明君。既然如此，沈某就此和王爷作别，此后各走各路吧。"

"丞相！"景王被这话吓傻了，连忙策马上前挡住他要离开的路，焦急地道，"您既然已经相助无垠，又怎能在这时候离开？"

"王爷不听谏言，宠幸此妖媚惑主之人，臣觉得已经没有继续帮您的必要。"沈在野神色冷峻，眼里满是失望地看着他，"在您抱着这女人的时候，有没有想过您身后的人会怎么看您？"

景王心里微沉，皱眉想了想，表情纠结极了。他舍不得这美人儿，但更舍不得这江山。

"江山和美人儿，不能兼得吗？"他不甘心地问了一句。

沈在野冷笑道："可以兼得，但要先得了江山，才有资格得美人儿。江山尚未稳，便被美色所迷，这样的君主，莫说沈某，朝中文武百官，怕也没几个人愿意效忠。"

景王背后起了一层冷汗，松开了抱着姜桃花的手，低头沉思。

"王爷要是迷途知返，沈某尚有信心，继续护您上路。"沈在野扫了他一眼，神色终于好看了些，伸手就将他身前的姜桃花拎到了自己马上。

姜桃花终于松了口气，下意识地想伸手去抱他，然而景王还在旁边，她只能硬生生地忍住，抬头可怜巴巴地看了他一眼。

沈在野没好气地给了她一个白眼，然后睨着她对景王道："此女子面相刻薄，一看就是祸国殃民之色，王爷万不可留在身边。"

姜桃花嘴角微抽，摸了摸自己的脸，心想，自己哪儿就祸国了？哪儿又殃民了？她的面相很旺夫的，好不好？

景王听着，还是有些不舍得，目光留恋地落在她身上。

沈在野就跟买菜似的，拎着姜桃花左看右看："鼻梁太窄，运气不好；额头太饱满，会夺了夫君的福气；嘴唇有些薄，肯定诡言善辩。这样的女人，王爷怎么会看得上？"

姜桃花："……"

就算知道这只是为了脱身的权宜之计，她还是想糊沈在野一巴掌！她的五官是世人公认的精致，是最有福气的，怎么到了他嘴里就没一处好的？

"那丞相打算怎么处置她？"景王叹息着问了一句。

沈在野眯着眼道："留这祸害继续在人间，王爷定会一直惦记，不如就在这儿杀了吧，也好让您无牵无挂地继续做该做的事情。"

姜桃花倒吸一口凉气，瞪大了眼睛道："妾……民女是无辜的啊！你们当官的不能这样草菅人命啊！"

景王也吓了一跳，连忙道："相爷，她什么也没做错，滥杀无辜未免不妥。"

"从她勾引得您魂不守舍开始，就不是无辜的了。"沈在野冷哼，挥手让后头的湛卢递了个小瓶子过来。

那瓶子姜桃花不认识，景王却很熟悉，是皇家和官家常用的"逍遥散"，别看名字好听，一瓶就能要了人的命。

"丞相……"他皱眉看着姜桃花，"这样的女子死了，您不觉得可惜吗？"

"您要是坐不上东宫之位，那才更可惜。"沈在野扳开姜桃花的嘴，拿起瓶子就往她嘴里倒。

姜桃花奋力挣扎，生怕这毒蛇真的顺势把自己弄死了，然而望进他的眼睛，里头竟然有一片让人安心的神色。

放心，剩下的事情交给我。

姜桃花心里一动，放缓了挣扎的动作，只意思意思抵抗了两下，便将那一瓶东西吞了下去。很快，一阵眩晕袭来，她最后看了景王一眼，眼神里充满无辜和不舍。

景王咬着牙，眼眶都红了，看着姜桃花缓缓倒在沈丞相怀里，一时竟不知道该做何反应。这难道就是登上皇位的过程中必须付出的代价吗？

沈在野面无表情地将姜桃花递给身后的湛卢："送去埋了，不要让人发现。"

"奴才遵命。"

粉色的裙子在空中扬起好看的弧线，景王看着那抹倩影被人带着越走越远，再看一眼地上空了的"逍遥散"瓶子，还是没忍住，流下了心痛至极的泪水。

然而，只是一会儿，他便恢复了正常，拱手朝沈在野道："多谢丞相！"

沈在野看了他一眼，脸上终于有了笑意："王爷能明白沈某是为王爷好，就不枉沈某担上这一条人命了。"

景王点头道："本王自然知道丞相的心意，只是，丞相府里的美人儿也甚多，丞相您……不也贪恋女色吗？"

"所以沈某一辈子只能为臣，效忠于人。"沈在野镇定地道，"王爷若是觉得沈某自己未能做到却来要求您，有些严苛的话……那咱们不如都当好臣子，忠心辅佐他人上位？"

景王连忙摇头，低笑道："本王明白丞相的意思了。"

失去一个美人儿固然可惜，但若能最后登顶，他定然还会遇见更多的美人儿。

"说起来，到现在为止，我还不知道那姑娘的名字。"景王怅然叹息一声，看着前头已经没了人影的路，低声道，"以后梦见，怕是连喊她都不能了。"

沈在野斜了他一眼，掉转了马头，道："王爷别忘了，您今日是出来勘察西山的，时候不早了，沈某也不多打扰，先行告辞。"

"丞相慢走。"

马蹄声起，沈在野十分镇定地慢慢离开了景王的视线，进了城却开始策马疾驰。

丞相府。

姜桃花觉得自己身处黑暗之中，怎么挣扎也看不见光。她一度怀疑沈在野给她喂的真的是毒药，但是还没看见黄泉路，所以她决定再多等一会儿。

有人想灌什么东西进自己嘴里，然而昏迷之中，她是绝对不会张口的。

"相爷给主子喂的是什么？"青苔站在旁边焦急地道，"若真是毒药就麻烦了，解药灌不进去的。"

"不是毒药，只是一般的迷药。"沈在野坐在床边淡淡地睨着她，"想让她快点醒，就得灌清凉水，不然她得睡上大半天。"

青苔松了口气，捂着心口道："那就让主子睡吧，反正也没法儿叫她松口。"

这是什么坏习惯？沈在野轻哼了一声，拿起碗，低头含了一口清凉水，接着捏着姜桃花的下巴吻了上去。

青苔一愣，立马转身看向别处，心想，这相爷也真是……半点不考虑周围人的感受啊！

唇齿纠缠间，沈在野睨着床上的人，发现她还真是半点都不肯松口，跟上次缝伤口的时候一副倔样。但是，她守得越牢，他便攻得越狠，舌头抵着牙齿，死活撬开一道小缝，将清凉水灌了进去。

昏迷中的桃花皱紧了眉，侧头就将刚喝下去的东西统统吐了出来。

"姜桃花！"沈在野有些恼了，"你再吐试试！"

青苔吓了一跳，连忙小声解释："主子只是怕有人会在她昏迷的时候给她灌什么不好的药，所以才养成了这个习惯。"

"在你们赵国，还有人敢害她一个公主不成？"沈在野皱眉，"她这哪里像金枝玉叶，分明像是在牢里长大的，戒备心这么重。"

青苔微微一愣，张了张嘴，嗫嚅了两声，终究没说出来。

主子长大的环境，比牢房可能也好不了多少。

反复又试了几次，还是灌不进去，沈在野终于放弃了，抹了把嘴，沉声道："湛卢，去将公文拿到这里来。"

　　"是。"湛卢应声而去。

　　青苔有些惊讶地回头看了沈在野一眼，见他躺到床上，而自家主子一感觉到身边有东西，就十分自然地抱了上去。

　　这场景……怎么瞧着有点温馨？青苔摇摇头，连忙退出去，将门带上，然后站在外头揉眼睛。一定是她眼花了，主子说过这丞相阴狠毒辣，怎么可能那么温柔。

　　姜桃花一回府，府里有几个人就慌了。

　　顾怀柔急忙去找秦解语，却被她的丫鬟挡在了外头。

　　"这是什么意思？"顾怀柔跺脚道，"事儿是她让我办的，现在没办成，人回来了，她也不说说接下来该怎么做！"

　　越桃皱眉道："姜娘子是被湛卢带回来的，也不知道到底出了什么状况。不过看爷已经在她那儿守着了，想必情况不太妙，秦娘子恐怕是想让您把这罪责担下来。"

　　"让我担？"顾怀柔又气又笑，"我怎么担？陷阱是她布置的，人是她请的，我只不过去争春阁说了两句话。"

　　越桃叹道："可别人查不出陷阱是谁布置的，也查不出人是谁请的，唯一知道的就是，在您去过争春阁之后，姜氏出门就出事了。等姜氏醒过来，定然也会说是您让她出府的。"

　　顾怀柔眼前一黑，差点跌倒，气得浑身直哆嗦："好个秦娘子，一开始就算好了让我当这替罪羊！"

　　越桃也很着急，可是眼下这个情况，自家主子不管怎么做都没有活路了，只看相爷会不会念在往日的情分上网开一面。

　　主仆二人就在温清阁里等着，可等到晚上姜娘子醒了，也没见爷传召。

　　"怎么回事？"顾怀柔有些意外，"争春阁那边什么情况？"

　　姜桃花要是醒了，不可能不告她一状，既然告了，那爷就不可能不传召她过去问罪啊。

　　越桃也想不通，连忙找人去争春阁打探。

　　姜桃花睁开眼睛，脑子里还是一片混乱，半晌才看清面前的人。

　　沈在野一手拿着公文，一手环抱着她，正靠在床头想事情。感觉到她醒了，他低头就是一个白眼："你怎么不直接睡死过去？天都黑了！"

　　姜桃花眨眨眼，伸了个懒腰，撒娇似的将他抱住："多谢爷救命之恩！"

　　"别以为这样我就不问你的罪了。"沈在野放下手里的东西，眼神凌厉地看着她，尚有余怒，"怎么会跑去城郊树林？"

"被顾娘子骗了。"姜桃花微笑，歪着脑袋娇俏地看他，"很显然这后院里有人不想让妾身陪爷去春日狩猎，急吼吼地想要妾身的性命。"

沈在野手上一紧，皱眉道："你好歹是和亲的公主，她们怎么敢？"

"有什么不敢的？"姜桃花轻笑道，"等妾身当真死了，爷身为丞相，还不得帮忙隐瞒？到时候就是大事化小、小事化了，最后安个病死的名头将妾身埋了，也不会有人为妾身讨个公道。"说着，她颇为委屈地叹息了一声，"幸亏妾身聪明，瞧着顾氏有问题，提前做了准备，打算留足了证据，一并交到爷手里。没想到半路杀出个景王爷，害得妾身在爷手上死了一回。"

沈在野眸色微动，问道："你现在手里有顾氏害你的全部证据了？"

"是。"姜桃花笑了笑，"人证物证齐全，就看爷要怎么做了。"

沈在野想废顾氏也不是一天两天了，只是眼下孟家的事情还没落定，他还要等等。

"既然如此，也算你将功抵过了。"他道，"待会儿把人证物证都交给湛卢。"

"是。"姜桃花点头应下，转念一想，觉得不对，"妾身有功是肯定的，可这过是哪儿来的？"

沈在野斜了她一眼，道："你身为我的女人，当着我的面坐在别人怀里，还不是第一次了，这算不得过吗？"

不要脸啊！姜桃花怒了："妾身这都是为了谁！"

"我没有窝囊到要你去献身才能成事的地步。"沈在野眯了眯眼，沉声道，"你要迷惑人可以，想骗人也可以，但以后不管出现什么情况，都不要再让人碰你。"

姜桃花微微一愣，张了张嘴，竟然不知道说什么好。他这话的意思，难不成……是吃醋了？

"脑子里那些乱七八糟的想法还是收起来比较好。"看着她的眼睛，沈在野黑了脸，"这是男人的尊严问题，不是别的。"

"哦……"姜桃花乖乖点头，"妾身明白了。"

沈在野伸手摸了摸她的脑袋，起身道："既然没死成，那就准备好跟我一起去西山吧。至于顾氏，等我们回来再说。"

"是。"

于是，顾怀柔就这么莫名其妙地逃过了一劫。秦解语瞧着形势不对，还是去了温清阁一趟。

"爷没罚你，说明什么？"看着顾怀柔，秦解语笑盈盈地道，"说明在爷心里，你比姜氏重要啊！"

顾怀柔没什么好脸色地看着她道："多的话娘子也不用说了，只要做到答应我的事即可。"

"哎，你别生气。"秦解语道，"先前我是心情不好，闭门不见客，不是针对你。其实我已经想好了，只要姜氏还活着，你就不安全，那么我就得让她藏着你的秘密，永远出不了声。"

顾怀柔抬头，看着她道："这么帮我，对你自己有什么好处？"

"这还不简单吗？"秦氏微笑着道，"少了个姜桃花，对后院里所有人都是有好处的，只是我没由头直接动手，但是你有啊。"

"那万一事情再不成，你是不是依旧打算让我一个人承担罪责？"顾怀柔冷笑道。

秦解语皱眉道："这也是没办法的事情，总归你身上已经有不少罪名，等着也未必有什么好下场，还不如拼一拼呢。你觉得呢？"

顾怀柔嗤笑一声，闭上眼睛不再看她："我累了，娘子先回吧。"

秦解语笑了笑，道："累了可以好好休息，但人要是死了，那才是什么都没了。别怪我没提醒过你，令尊大人最近屡屡犯错，已经惹得龙颜大怒，若你再失了在相府的地位，那你们顾家可要倒霉了。"

顾怀柔心神微动，眼皮跳了跳，抿唇道："不劳娘子费心，我自己会想办法。"

"那好。"秦解语起身，微笑着看着她道，"你若是什么时候改主意了，让人去我那儿知会一声，我依旧愿意拉你一把。"

"多谢。"顾怀柔颔首，看着她推门离开，眉头一直没松开。

她的父亲虽是官列九卿的郎中令，但不依附任何党派，在朝中一向明哲保身，有时候连相爷的面子都不一定会给，若是当真出事，恐怕也不会有多少人帮他。

要不还是写信去劝劝，让他投靠相爷算了。可是，她这个嫁出去的女儿的话，又有几斤几两重？以往她也劝过，都不见父亲有什么表示。

该怎么办呢？

第十五章 狩猎

转眼就到春日狩猎的时候了，姜桃花起了个大早，化了极为浓艳的妆，还描了眼尾，再把面纱一戴，梅照雪差点没认出她。

"姜娘子？"她皱眉道，"你这是做什么？"

姜桃花笑着行礼："夫人，妾身怕妆太淡，到时候在万紫千红之中给爷丢脸。"

沈在野坐在旁边，十分淡定地喝着茶，目光从姜桃花身上扫过，神色没有半点异样。

见他这反应，梅照雪闭了闭眼，道："爷觉得没问题的话，那你们就快启程吧，路上小心。"

"是。"姜桃花颔首，把礼数做了个周全，又等众人跟沈在野一一行礼拜别之后，才跟在他后头，跨出了相府的大门。

秦解语在梅照雪身边站着，轻轻叹息，道："失手了，是妾身无能。"

"可留下了什么把柄？"梅照雪问。

"不会，那群杀手也不知道是谁雇的他们。"秦解语笑了笑，"妾身办事，夫人应该放心，就算事不成，也不会溅咱们一身泥。"

梅照雪微微点头，看着空荡荡的门口，笑了一声，道："既然如此，那你就多办点事吧。"

"是。"秦解语风情万种地屈膝行礼，颔首便退了下去。

御驾出城，所有随行官员和家眷都在城门口集合，龙辇先行，众人随后。

沈在野悠闲地坐在车上，手里捏着本册子看。姜桃花打着哈欠，头枕在他的腿上，困倦地问："要走多久才能到啊？"

"半天。"

"这么远！"姜桃花忍不住撇嘴，"那岂不是要在那边过夜了？"

沈在野侧头看了她一眼，道："你好歹是赵国皇室之人，没去春猎过？每年春猎都要在马场住两日的。"

的确没去过啊！姜桃花翻了个身，伸手抱着沈在野的腰，半睁着眼睛看着他道："这么长的时间，万一再遇见景王怎么办？"

"你现在的模样，我都差点认不出来，更别说景王了。"重新看向手里的册子，沈在野淡淡地道，"况且这次对你来说最危险的不是景王。"

"嗯？"姜桃花一愣，"不是他是谁？"

"你小心些就是了。"沈在野道，"往年狩猎不是没发生过失手杀人的事情。"

猎场上冷箭横飞，是个借着"失误"二字除掉心头大患的好地方。

姜桃花打了个寒战，抱得更紧了，眼神灼灼地道："那妾身就跟着爷混了，必定寸步不离地保护您！"

到底是谁保护谁？沈在野斜了她一眼，也没计较，看着册子上的名字，指尖蘸了点茶水，就将一个人的名字抹了。

马场是朝廷拨款新建的，由孟太仆负责。北山下的一片草场和行官刚完成不久，此番御驾前来也算是视察。

到了地方，沈在野拎着姜桃花去了御前。

"车马劳顿，陛下先歇息一会儿吧。"沈在野微笑道，"等用过午膳，再去山上看看不迟。"

姜桃花就站在沈在野身边，跟着他一起行礼。她低着头，只能看见皇帝的一双龙靴，以及旁边的一双绣鞋。

那鞋子可真好看，缎面绣雀，虽不是凤，却温柔、妩媚，精致非常。鞋上头垂着的裙角也是金丝银线，一看就知道这是个极受宠的妃嫔。

"丞相一路也辛苦，就留在这里同朕下一盘棋吧。"明德帝心情不错，搂着兰贵妃看向沈在野旁边的人，"赵国公主倒是头一回面圣，也留在这里吧，陪兰贵妃说会儿话。"

"是。"两人一起应道。

沈在野随着皇帝去内室，姜桃花便小心翼翼地站在兰贵妃身边，低声请安："见过贵妃娘娘。"

屋子里很安静，没人应她。姜桃花觉得有点尴尬，也不知道这兰贵妃是没听见还是怎的，便偷偷地抬头看了看。

这一看，正好对上她的眼睛。

"你就是错嫁给丞相爷的赵国公主啊？"兰贵妃微微一笑，一张脸明若夜珠，艳若牡丹，长长的凤眼妩媚又端庄，眼神不明地看着她，"果然是与众不同。"

这是夸她还是怎的？姜桃花赔着笑，总觉得被这贵妃娘娘盯得浑身发毛，也不知该说什么好。

兰贵妃起身，拉着她的手道："他们在里头下棋，那咱们就去外头走走吧，许久没人陪本官说话了。"

"是。"

在内室坐着的沈在野身子微僵，回头看了外面一眼。

"爱卿不必担心。"明德帝笑道，"兰儿只是闷了找人说说话，不会把你的人吃了的。"

沈在野笑了笑，低头道："微臣倒不担心姜氏，却怕贵妃娘娘会被姜氏冒犯。姜氏大概是在赵国被宠坏了，没个规矩的。"

"哈哈。"明德帝笑得开怀，将象棋摆好，睨着他道，"你这个当哥哥的，到底还是最心疼妹妹了。"

沈在野一笑，垂头不语。

姜桃花跟着兰贵妃往外走，外头四处都是人，只有走到马场的边上才安静些。

"还没来得及送份贺礼。"兰贵妃望着远处，淡淡地道，"看公主好像格外得相爷的喜欢，本宫也该表示一二。"

姜桃花微微一愣，好奇地看了她两眼，小心地问道："娘娘与相爷有什么关系吗？"

沈在野是外臣吧，只是纳个妾，贵妃为何要送贺礼？

"他定是没告诉你。"兰贵妃回头，目光在她脸上转了一圈，轻笑道，"相爷可是本宫的哥哥呢。"

啥？！姜桃花震惊不已地看着她，脱口而出："不是说相爷无父无母、无亲无故吗？"

这突然冒出个妹妹是怎么回事？还在宫里当贵妃？为什么青苔完全没打听到这个消息？

"你不知道也没什么稀奇。"兰贵妃勾唇笑道，"整个大魏也没几个人知道。不过他与我不是亲兄妹，你就当他依旧是无亲无故吧。"

姜桃花张大了嘴，半晌都没能回过神来，心里飞快地理着这一段关系。

兰贵妃是沈在野的妹妹，既然不是亲妹妹，那便是认的妹妹。两年前沈在野入朝为官，兰贵妃估计也是在那段时间进宫的，且颇得圣宠。

怪不得沈在野在皇帝跟前有那么大的话语权了，因为他连皇帝的枕头边上都安插了人！

震惊之余，姜桃花还有点佩服他。那人能在两年之内爬上丞相的位置也不是没道理，人脉多，手段又狠，还会为人处事。这样的人，当不上丞相才怪。

"公主进相府也有一段日子了吧？"兰贵妃笑着问，"你觉得丞相是个什么样的人？"

姜桃花连忙回神，恭恭敬敬地道："相爷足智多谋，又温柔体贴，是个难得的好人。"

"哦？"兰贵妃笑了，"看来你还不是很了解他。"

姜桃花赔笑道："妾身入府的时间不长，府里人又多，花又艳，的确没多少机会让妾身好生了解相爷。"

她暂时摸不清这两兄妹是什么关系，说话还是小心些比较好。真要说实话，她能叉着腰骂沈在野三天三夜！

兰贵妃不说话了，站在原地看着远处的山，眼神飘忽，看起来有些悲伤。

见她心情不是很好，姜桃花也不敢贸然开口，就陪她站着。

"儿臣给兰贵妃请安。"背后突然响起一个少年气十足的声音。兰贵妃一愣，回头看见南王正在朝自己行礼。

姜桃花自然也看见他了，连忙笑着屈膝："妾身见过王爷。"

穆无瑕挑眉，本来是想给长辈见礼的，没想到旁边这戴着面纱的人竟然认识自己。

"你是……"南王眯着眼睛看了看，待认出眼前的人后吓了一跳，"姜氏？"

姜桃花不好意思地点了点头，然后摸了摸自己的眼睛，心想，这种妆容果然会吓坏小朋友。

穆无瑕目瞪口呆地盯着她，正想说点什么，却听得兰贵妃道："王爷竟然认识姜氏？"

"在相府见过一面。"回过头来，穆无瑕神情有些古怪地道，"贵妃娘娘在和她聊什么？"

兰贵妃有些惊讶，看了他两眼，道："随意聊聊罢了，你若是有空，就进去给你父皇请个安。"

"是。"

空气里有一丝不易让人捕捉的尴尬，然而姜桃花察觉到了，她看着穆无瑕离开的背影，忍不住问道："娘娘不太喜欢南王吗？"

兰贵妃一怔，瞥了她一眼，道："公主可真不会说话，本宫是陛下的贵妃，也算是南王爷的母妃，怎么会不喜欢他呢？"

"妾身知错。"姜桃花连忙低头，"娘娘千万莫往心里去。"

话是这么说，但她又不傻，兰贵妃要是当真喜欢南王，说话怎么会那么僵硬，没说两句就让他去给皇帝请安？好歹寒暄几句，关心一下，才算尽到一个母妃的职责吧？

说来也奇怪，这兰贵妃要是沈在野的妹妹，沈在野是南王这边的人，她怎么会反过来不喜欢南王，甚至有点排斥他呢？这背后是不是有什么故事啊？

"本宫不是小气的人，你也不用这么紧张。"兰贵妃看了她一眼，道，"相爷很擅长打猎，你跟着他，等会儿就可以大开眼界了。"

"是。"

这谈话压根儿没办法进行下去。两人随意逛了逛，看了看四周的环境，便开始往回走。

此刻，孟太仆满头是汗，跟着瑜王在马场里来回巡视。

"没想到景王兄会把父皇找来。"瑜王脸色不太好看，"你确定不会出什么问题吧？"

马场位置偏僻，行宫也是随意修建的，根本没花多少银子，偷工减料自然不在少数。瑜王很担心在狩猎期间出什么问题，那责任可都是孟太仆的。

"请王爷放心。"孟太仆擦着额头上的汗水,道,"下官已经让人在几处不太牢固的墙边守着了,万一出了什么事,定然会第一时间掩盖。"

"嗯。"瑜王皱眉,"沈在野最近经常在景王兄身边走动,想必有意帮他,咱们不能被抓住把柄。至于你女儿,本王也懒得怪罪了,你将功补过就是。"

"多谢王爷!"孟太仆拱手,又不太甘心地道,"蓁蓁被休弃,单纯是因为刘记的牵连,她本身没犯什么大错,还望王爷明察。"

"她做了什么、错没错,本王一点都不在意。"瑜王抿唇,狭长的丹凤眼微微眯起,"本王在意的只是她能不能抓住沈丞相的心。但显然,她失败了。"

孟太仆一愣,连忙低头行礼。

瑜王抬头,看了一眼蔚蓝的天,轻声道:"也不知道沈在野最近在想什么,似乎当真要辅佐景王兄了呢,这可不太妙。"

景王本就势力最大,再有丞相相助,那东宫之位就真的没机会轮到他头上了。

"王爷可有什么想法?"孟太仆问。

"很简单。"瑜王笑了笑,负手道,"若他当真决定帮助景王兄,那咱们这边就不能对他留情了。"

"您的意思是……"

瑜王伸手,做了个"抹脖子"的手势。

既然不能为他所用,那就是敌人。对于强大的敌人,当然是越早除掉越好。

行宫里的沈在野打了个喷嚏,微微皱眉。

"爱卿身子不适?"明德帝捏着棋子,关切地问了一句。

沈在野摇头,笑道:"兴许是被人惦记了,这样暖和的天气,想生病也不容易。"

明德帝挑眉,伸手吃掉他一个卒,轻笑道:"堂堂丞相,一人之下,万人之上,自然有不少人惦记。"

话音刚落,外头就响起南王的声音:"儿臣来给父皇请安。"

因着先前一连串的事情,明德帝最近对南王印象深刻,挥手就让人放他进来。

穆无瑕穿着一身绲红边的白色骑装,看起来精神极了,上前便规规矩矩地行了个礼:"父皇万安。"

"免礼吧。"明德帝侧头看着他,脸上似笑非笑,"倒是你最懂规矩,第一个来请安。"

穆无瑕抬头,微微一笑:"夫子说过,礼不可废,向父皇问了安,儿臣才好去做其他的事。"

"嗯?"明德帝挑眉问道,"你有什么事好做?"

"景王兄让儿臣去巡山。"

巡山?明德帝神色未动,心里却是敞亮的。巡山是景王自己揽过去的活儿,说是不怕苦不怕累,一转头却丢给了南王,真是会讨赏又会推事。

"既然如此,那你就去吧。"

"是。"南王应了,压根儿没看旁边的沈在野,几步就退了出去。

明德帝继续看着棋盘,心思却不在棋上了。

"上次爱卿评价朕的几个皇子,对于南王,只说他天真无邪。"许久之后,明德帝轻声开口道,"朕倒觉得,他其实踏实能干,小小年纪,却没有别的皇子身上的浮躁之气,颇有大将之风。"

"是吗?"沈在野垂着头,淡淡地道,"微臣倒是不曾注意,说起能干,陛下的皇子当中没有比景王爷更能干的。"

景王?明德帝轻笑了一声,眼里意味不明。

原先他还挺看重无垠的,但是……也罢,再多看看吧,反正也不急着立太子。

休息一个时辰之后,众人休整得差不多了,明德帝兴致勃勃地带着兰贵妃上了双鞍马,要去山上走走。

"相爷也带着姜氏来吧。"兰贵妃一笑,看着沈在野道,"方才本宫还说呢,相爷擅长狩猎,能让姜氏大开眼界。"

宫人已经牵了双鞍马过来,沈在野便朝明德帝和兰贵妃颔首,接着将姜桃花抱上了马背。

"终于有机会能问问您了。"姜桃花靠在他胸前,抓着鞍头小声问,"您同兰贵妃是什么关系啊?"

沈在野脸色微沉,有些不悦地道:"你在她面前乱说话了?"

"没有,没有。"姜桃花连忙摆手,道,"妾身只听她说,您是她的哥哥。"

哥哥?沈在野抿了抿唇,道:"就算是吧,如今也没什么关系了,你就把她当贵妃娘娘即可。"

没什么关系?姜桃花挑眉看着他,眼里多了些揶揄:"妾身瞧着,娘娘还是挺关心爷的,莫非以前……"

"闭嘴!"沈在野目光里像含着刀子一样,低斥道,"这是什么地方,你也敢这样说话?"

姜桃花心里一跳,连忙捂着嘴往四周看了看。

明德帝的仪仗已经到前头去了,他们的马周围是护卫,不过站得远,应该没听见。

"妾身知错。"她捂着嘴口齿不清地道,"妾身不问了。"

"好生抓紧了!"沈在野沉声吩咐了一句,策马就冲开了旁边的护卫,走另一条道上山。

马跑得太快,吓得姜桃花哇哇乱叫,怎么抓马鞍都觉得不踏实,还是死死地抓着身后人的腰带来得可靠!

"你想勒死我?"沈在野咬牙怒吼。

"我……妾身怕啊!"姜桃花欲哭无泪,"您慢点!"

203

"慢了还有什么东西好打？"沈在野冷哼一声，伸手抽出了背后的长箭，搭在弓上就朝远处射了过去。

姜桃花什么都没看见，就听得后头一阵欢呼，有护卫大喊："是只兔子！"

这也能射中？姜桃花惊讶地回头看着身后的人道："妾身一直以为您是文官，不会武的。"

"所以我那一暗格的刀剑都是摆着看的？"沈在野嫌弃地看了她一眼，一边抽箭一边道，"在你的心里，我到底是什么样的人？"

"浑身披着金鳞的毒蛇。"姜桃花老实地道。

她就忘不掉"毒蛇"这个词了是不是？！气不打一处来，沈在野伸手将她拎起来，悬在半空中："为了奖励你的诚实，毒蛇想送你一双翅膀，去飞吧！"说着，作势就要把她扔出去。

"爷！"姜桃花吓得手脚乱抓，眼泪都要流出来了，"您不能这样啊！每次要妾身说实话，您又不爱听，干脆就让妾身撒谎好了啊！"

"那你撒个谎来听听？"

"爷是这世上最温柔、最善良、最好看的男人！"

沈在野呵呵笑了两声，脸色更难看了："你还是勇敢地去飞吧！"

"不要！"姜桃花拽着他的衣裳，整个人跟八爪鱼似的扒住了他，泪眼汪汪地道，"爷最好了，看在妾身这么娇小又不占地儿的分儿上，就把妾身放在马上吧？"

沈在野斜了她两眼，轻哼一声松了手，任由她死死地抱着自己，然后兀自抽箭，朝草丛里射了过去。

有东西被射在后头的树上，护卫赶过去看，接着大喊一声："草蛇！"

"哇！"姜桃花打了个寒战，小声道，"狠起来连同类都不放过啊……"

"姜桃花。"头上传来一个平静的声音，"你有胆子就把刚刚那句话再说一遍。"

"妾身说爷风流倜傥、英俊潇洒、气度不凡，真真是这大魏江山里一颗亮眼的明珠！"姜桃花一口气说下来，脸不红心不跳，眼里满是赤诚，"能和爷同乘，妾身死而无憾！"

气不起来，又不能笑，沈在野直摇头，箭射得越发狠了，不停地有小动物遭殃，背后的护卫却接二连三地欢呼。

男人身上独有的刚烈气息传过来，姜桃花突然觉得，这男人要是心不那么狠，还是挺可靠的，往他怀里一躺，感觉天塌下来都砸不着她。

只是，他打这么多东西，万一比皇帝还多怎么办？

两人一路上山，刚穿过丛林，竟然有冷箭不知从哪儿射了过来，杀气逼人。沈在野拉着姜桃花躺在马背上，险险地躲了过去。

"不会吧，"姜桃花愣了愣，"还真有放冷箭的人？"

"你以为我在跟你开玩笑？"沈在野神色严肃起来，抱着姜桃花策马在山林间疾驰。背后的破空之声不断，听得姜桃花背脊发凉。

这次春日狩猎，来的都是文武百官、皇亲国戚，且西山周围十里都是禁区，别人压根儿进不来。也就是说，放冷箭的只会是沈在野认识的人。

谁这么狠哪，要射沈在野，也先让她下马啊！

姜桃花叹了口气，紧张地抓着身后人的衣裳，转头看着后头，小声嘀咕："没看见人影。"

"要是让你看见了，谁还敢继续杀人？"沈在野嗤笑一声，继续专心地看着前头的路，打算跑回明德帝所在的那条道上。

在路上的时候，他轻声问了怀里的人一句："要是等会儿被杀手围住，你会选择陪我一起死，还是一个人活命？"

姜桃花抬头，不可思议地看着他："这个问题有什么好问的，能活一个算一个，为什么要一起死？"

沈在野微微皱眉，黑了半边脸。

他是傻了才会问她这个，难道还指望这吐不出象牙的狗嘴能说什么好听的话不成？

前头是林间围猎的栅栏，姜桃花瞧着，紧张地喊道："一鼓作气带马跳过去吧，别停！背后全是乱飞的箭！"

然而，沈在野竟然跟没听见似的，勒马停了下来，低声道："马过不去。"

怎么会过不去？！姜桃花急得抓起他的衣襟道："我记得你们大魏的马都很厉害的，上次有杂耍的人去赵国献艺，马都能跳火圈！"

沈在野斜了她一眼，又气又笑地道："你当魏国人人都会杂耍？"

下一句话还没说出来，姜桃花瞳孔一缩，眼瞧着一支箭直冲沈在野的背心而来，立马一胳膊抡在他的肩上。

沈在野半点防备都没有，突然被她抡这一下，要不是还抓着缰绳，就要掉下马了。

"你做什么？"他怒喝。

但是，比他的声音更大的是羽箭没肉之声，带着刺穿皮肉的声音，让他惊愕地抬起了头。

一支羽箭穿过他刚才所在的位置，直直地射进了姜桃花的肩头！

姜桃花脸色微白，轻吸了一口气，忍不住侧头看着沈在野，咬牙切齿地道："你后脑勺不长眼睛的？！"

让他跳他不跳，现在好了，她又被殃及了！简直是比窦娥家的鹅还冤！

林间的破空之声就这么停了，沈在野坐回马上，眼里神色复杂，下意识地学她接了一句："你后脑勺会长眼睛？"

姜桃花抬手捂着肩头，脸上冷汗涔涔，显然没精力再跟他生气。她身子开始发抖，声音也打战，整个人像只无辜受伤的小兔子，可怜又委屈地看着他："好痛……"

沈在野回过神来，连忙掉转马头往山下跑，边跑边皱眉道："你方才不是说，要丢下我，一个人逃命吗？"

怎么还替他受这一箭？

"下意识的行为，妾身也不想遭罪的。"姜桃花抿唇，疼得手心都出了汗，还努力想忽略肩上的伤，轻笑道，"爷也算欠妾身一个人情了。"

沈在野沉默，眼里深沉如墨，捏着缰绳的手指节泛白。这不按常理出牌的女人，真是要人命！

两人很快回到马场，竟然已经有太医等着了。姜桃花闭着眼睛，难受得很，什么也不愿去想，躺在床上任由他们拔箭疗伤。

湛卢有些意外地迎上来，看着自家主子，眼含不解。

沈在野摇了摇头，浑身都是戾气："去找人禀告圣上。"

"是。"

屋子里的太医和医女都被吓得不敢出声，闻风而来的大臣们也站在外头，不敢进来。

难得沈丞相有这么生气的时候啊，整个人像从地狱回来的一样，眼神阴冷得没人敢与之对视。带血的羽箭捏在他手里，上头有某家的标志。有人努力想看清楚，却被他伸手挡住了。

"丞相，陛下和几位皇子，并着孟太仆等人，都还在山上。"湛卢回来了，拱手道，"不知道什么时候才下来。"

"那就等着。"沈在野道，"先让人快马回城，去找些补药过来。"

"奴才遵命！"

将吵嚷的人群关在门外后，沈在野走到床边，医女已经将多余的纱布收了起来。

"好在伤口不深，但一路颠簸，有些发炎，"太医道，"上过药，再内服两服药，就没什么大碍了。"

沈在野看了他一眼，低声问："知道怎么对陛下说吗？"

"下官明白。"太医拱手行礼，带着医女便下去煎药了。

床上的姜桃花安静地躺着，小脸苍白，嘴唇也没了血色。沈在野在她身边坐下，轻轻叹了口气，道："你可真是多灾多难。"

这不都是拜您所赐？！姜桃花很想睁眼顶一句，然而一来她实在没力气了，肩上疼得难受；二来听沈在野的语气，说不定会趁她昏迷的时候说些秘密呢，她不听白不听！

但是，说了那一句话，沈在野竟然半晌都不曾再开口。姜桃花快要睡着的时候，唇上被人突然一撞。

温温热热的东西覆了上来，摩挲了一会儿之后便离开了。

偷亲她？姜桃花傻了，心想，丞相爷也不嫌自己前后说话矛盾，先前还嫌弃她脏,不肯亲她,现在却醒着也亲,昏迷了还亲,这人究竟是怎么想的?

屋子里一片安静,她不睁眼也知道他在看她,脸上火辣辣的。

"相爷!"半个时辰之后,湛卢在门外道,"圣驾回来了,已经知道方才发生的事情,正朝这边来。"

"知道了。"沈在野应了一声,低头看着床上的人,轻声道,"不管你现在是真昏迷还是假寐,等陛下来了,一定不准醒。"

姜桃花:"……"

这人精,怎么什么都猜得到?

屋子的门被人打开,明德帝携兰贵妃一起进来,身后跟着一众皇子大臣。

"爱卿,你无碍吧?"明德帝开口便问。

沈在野沉着脸摇头,拱手道:"微臣无碍,有姜氏相救。可姜氏……"

话说不下去了,他回头看着床上。

明德帝一愣,连忙召太医来问:"姜氏伤势如何?"

太医拱手道:"伤口极深,差点就丢了性命,现在还在危险期,若是今晚无法醒过来,那……微臣也回天乏术。"

在场的人都倒吸一口气,南王忍不住站出来,皱着眉问:"怎么会这样?"

沈在野抿唇,伸手将带血的羽箭呈到明德帝面前,半跪了下去:"微臣请陛下一定要替姜氏做主。若不是她,今日死的可能就是微臣了!"

明德帝皱着眉,伸手将他手里的箭拿过来看了看。

狩猎的箭都有各府自己的标志,而这一支箭尾上有绿色的"孟"字。

"陛下,"旁边的太监看了一眼,连忙小声道,"这是孟太仆的箭。"

"孟太仆?!"明德帝大怒,转头就挥手让护卫将孟太仆押了过来,"你好大的胆子!"

孟太仆有点傻,呆呆地跪在地上,看着明德帝丢在自己面前的箭,连忙喊道:"冤枉啊,微臣怎么可能会刺杀丞相?"

沈在野冷笑道:"那是沈某自己倒霉,撞在孟大人的箭上?不过孟大人的箭术真不错,一连数箭都是朝着沈某来的,想躲开都难。"

"这……"孟太仆有点慌了,下意识地看了瑜王一眼。

瑜王神色严肃,没敢看他,低着头置身事外。

明德帝看见了孟太仆的眼神,也跟着看了瑜王一眼,眼睛微眯,道:"无垢跟这事儿也有关系?"

"儿臣冤枉!"瑜王连忙跪下道,"儿臣一直伴在父皇左右,也是刚知道此事,又怎会与之有关?"

明德帝狐疑地看了他两眼,目光落在孟太仆身上:"物证确凿,丞相总不能冤枉你。既然如此,那便先将你关起来,等狩猎完了,带回京城定罪。"

"陛下!"孟太仆连连磕头,"微臣当真冤枉啊,此事不是微臣所为!这箭……"

明德帝挥手，显然是不想听他多说。旁边的护卫麻利地将他带了下去，关进行宫地牢。

"爱卿莫急，朕一定会还你和姜氏一个公道。"明德帝回过头来道，"姜氏为了护你，竟然连命都不顾，爱卿也是好福气。"

沈在野领首，脸上忧色不减。旁边的兰贵妃瞧着，抿了抿唇，走到床边看了看。

床上的女子哪怕颜色尽失，也十分动人。这样的女子，舍身也要护他，他应该挺感动的吧？还真是段奇缘。

"既然姜氏受伤，相爷想必也没心思打猎了吧？"兰贵妃开口，笑意盈盈地道，"那明日的狩猎可就没意思了。"

沈在野低头，朝兰贵妃拱手道："陪驾是臣等的职责，不会因为姜氏受伤而舍弃。明日微臣定会随陛下上山。"

兰贵妃微微挑眉，巧笑倩兮地看着他："人家为了你危在旦夕，你竟然不多陪陪她，要是让她知道了，该多寒心哪。"

"夫为妻纲，君为臣纲，想必姜氏醒来也会理解微臣的。"沈在野脸上没什么笑意，朝兰贵妃行礼之后便转头看向了明德帝："陛下与娘娘也该回去歇息了，晚上此处风景甚好，还可以赏月。"

兰贵妃抿唇，深深地看了他一眼，拂袖便回到明德帝身边。

明德帝搂着她，点头道："好，那朕就同他们回去休息。"

沈在野领首。

明德帝起驾，众人也跟在后头一起离开。

南王一步三回头，看向床上的眼神甚为担忧，但景王在他身后，他不敢停留，只能径直跟着明德帝离开。

穆无垠其实没走，不声不响地留在沈在野的房里，轻声问："丞相要动手了？"

"是。"沈在野淡淡地道，"王爷只须将秦升带去，晚上有用。"

秦升？床上的姜桃花觉得这名字很耳熟，好像在哪里听过。

"好。"景王应了，迅速离开。

屋子里终于安静了下来。湛卢关上门守在外头。沈在野回到床边坐下，睨着床上的人道："醒着就睁眼。"

姜桃花睁眼看向他，重重地叹息一声，道："妾身还以为情况当真很危急，救爷一命，爷必定感念于心。没想到是妾身鲁莽，打乱了爷的计划。"

一听到他这些安排，就知道今日的刺杀事件多半是他自导自演的，可怜她什么也不知道，傻乎乎地替他挨了一箭。

沈在野的眼神里有奇异的色彩流转，片刻之后，他笑了，道："你能有救我的心思，没扯着我去挡箭，我自然会感念于心。"

姜桃花嘴角微抽，捂着肩头坐起来，一脸悔恨道："妾身真该那么做！反正这箭力道不大，也弄不死爷，何必在妾身这冰肌玉肤上再添一道伤疤呢？"

"姜桃花。"沈在野抿唇，"你就不能说点好听的，让我多高兴一会儿？"

"妾身受伤，您很高兴？"姜桃花撇嘴，颇为委屈地嘀咕，"果然是无情无义、心狠手辣！"

沈在野："……"

这女人的脑子有毛病吧？他说的是好话，怎么被她一转述，就成了这种意思？沈在野无奈地摇头，大方地脱了外袍躺上床去，睨着她道："给你抱着睡会儿吧，大夫说了你要多休息。"

就算不是多么严重的伤，也是要养许久才能痊愈的。

姜桃花戒备地看了沈在野两眼，试探性地伸手戳了戳他的胸口，好像在检查有没有刺一样，沈在野真想把她拎起来丢到窗户外头！

她也就是仗着肩上有伤，不然他真的会动手！

姜桃花抱着他，安心地叹了口气，很快就睡了过去。

沈在野则拿出枕下放着的册子，继续细细地看着。

马场很大，行宫虽然看起来不华丽，但门口也有小桥流水，颇为雅致。夜幕降临的时候，明德帝带着兰贵妃和众臣一起在院子里设宴赏月。

"这行宫修建得不是很好，也就风景还算怡人。"兰贵妃皱了皱鼻子，靠在明德帝身上道，"让陛下住在这里，倒是委屈了。"

明德帝抬头看了看四周，心里也颇为不悦："为这马场，朝廷可是拨了不少银子，最后却不知落进了谁的口袋。"

景王一笑，拱手道："马场修建是孟太仆负责的，又有瑜王弟监工，父皇应该放心才是。"

瑜王微愣，看了景王一眼，连忙道："这马场虽是儿臣监工，但这期间父皇又有另外的差事交给儿臣，所以儿臣也没常来看。"

"瑜王弟的意思是挂名监工，但没尽责啊？"景王笑了，侧头睨着他道，"这话在父皇面前说出来，岂不是辜负了父皇对你的信任吗？"

瑜王低头，起身就到御前跪下，正色道："是儿臣失职，儿臣愿意领罪！"

宁可现在认罪，也不愿意到时候被孟太仆牵连。瑜王是个很聪明的人，嗅到了沈在野要咬死孟太仆的意向，连忙推卸责任。

明德帝皱眉，眼神凌厉地看着瑜王："你们这一个个的，都是抢事情跑得积极，真正要做的时候又有诸多借口！孟太仆今日为何刺杀丞相，朕开始还没想明白，现在倒是明白了。他该不会是中饱私囊被丞相发现了，想杀人灭口吧？"

"父皇！"瑜王皱眉道，"孟太仆怎么会有那么大的胆子？更何况先前孟家嫡女还是丞相的娘子，两家也算是姻亲，来往颇多。儿臣觉得今日之事，像是有心人故意陷害……"

"说起姻亲，"景王也站了出来，笑道，"父皇，儿臣倒是听说，那孟家嫡女毒杀了尚在姬妾腹中的丞相长子，所以被休回府了。"

"还有这等事？"明德帝一惊，"原来凶手是孟家的女儿！丞相怎么没跟朕提？"

"相爷向来以和为贵，看在孟太仆的面子上，未曾追究，只将孟氏休了。"景王说着，看了瑜王一眼，"可恨孟太仆不知好歹，还怀恨在心呢。"

如此一说，今日的刺杀就更加顺理成章了。先有旧恨，再有顾忌，孟太仆铤而走险杀沈在野灭口，也不是没可能。

明德帝的脸色瞬间难看起来，他眼神深沉地看着瑜王道："朕记得，孟太仆还是无垢举荐上位的。"

"儿臣……"瑜王一时间进退两难，现在尚未定孟太仆的罪，急着把关系撇清就等于直接舍弃了这人；可要是不撇清，那就是默认自己与他有关系，万一有什么连坐之罪……

瑜王很纠结，一时也不知道该怎么办。

气氛正紧张，兰贵妃忽然笑意盈盈地往明德帝嘴里塞了颗葡萄，轻声道："出来游玩，怎么还论起朝政之事了？"

明德帝眉头微松，吃着葡萄，侧头看向她，眼里带着愧疚："是朕忘记了，你莫要生气。"

"臣妾不会生气，陛下有陛下在意的事情，臣妾乃女流之辈，只懂吃喝玩乐。"兰贵妃道，"陛下可别嫌臣妾没用，帮不上什么忙。"

"怎么会，"明德帝目光温柔，搂住了她，抬头看着天上的星星道，"你是这世间最好的女子。"

景王一愣，皱眉看着兰贵妃，神色颇为不满。瑜王倒是松了口气，不声不响地退到一边去了。

要说这朝中最能影响明德帝的人，必定是沈在野。可要从前朝到后宫整个范围来看，兰贵妃还是更胜一筹。她不过轻笑低语几句，明德帝就暂时略过了此事，继续搂着她看星星看月亮。

景王有点着急，本来能将瑜王一军了，却被兰贵妃逼得退了兵，这感觉可真糟糕。

"王爷，"背后的秦升突然开口，小声道，"您等会儿小心些。"

嗯？景王疑惑地回头看了他一眼，正想问小心什么，却见远处有一群护卫慌慌张张地跑了过来。

领头的人老远就大喊："护驾！护驾！狼群闯宫啦！"

什么？！明德帝吓了一跳，连忙站了起来。文武百官也惊呆了，纷纷退到后头去。

护卫统领过来就跪下，急声道："陛下，狼群闯宫，围墙倒塌数十处，已经有人丧命，还请陛下速速回宫殿里去，卑职必将誓死护驾！"

"荒唐！"明德帝一手护着兰贵妃，一手甩袖，怒不可遏地道，"堂堂行宫，几头狼就能轻易把墙弄垮了，难道是纸糊的不成？！"

瑜王心里一紧，头上冷汗直冒，心想，不会这么倒霉吧，好端端的狼群围攻行宫干什么？

护卫统领低头道："卑职也很惊讶，但事实如此。狼的数量极多，门口已经抵挡不住，等会儿只能借着宫殿的门拖住它们，等待增援。"

众人都慌了，纷纷往宫殿里跑。明德帝还是头一次这么狼狈，被太监架着退回大殿，心里的怒火可想而知。

兰贵妃在跨进宫殿的时候还问了身边的宫女一句："沈丞相呢？"

"回娘娘，丞相还在房间里照顾姜氏。"

那咬死他算了！兰贵妃冷哼，拂袖就让人关上了大门。

"嗷呜——"

狼嚎之声从四面八方响起，而且越来越近，文武百官都十分慌乱，女眷被吓哭的更是不少，吵得明德帝心里更烦。

"这行宫连纸糊的都不如，孟太仆和无垢是不是该给朕一个交代？！"

"儿臣有罪。"瑜王硬着头皮行礼，皱眉看向外头。

这状况是皇室中人从未见过的。跟老虎一样大的狼一头头地往宫门上撞，震得抵门的护卫都两腿发抖。

要完蛋了！

情况危急，千钧一发！

第十六章 告状

然而另一边，姜桃花正惬意地趴在沈在野的大腿上，不慌不忙地听着外头的动静。

"妾身想起来了！"姜桃花脑子里灵光一闪，抬头看向沈在野，"爷府上是不是有个门客会驯狼，就是那个叫秦升的？"

沈在野微微一愣，睨了她一眼，道："你怎么知道的？"

"南王说过，妾身记性好。"姜桃花笑了笑，双手撑着下巴，捧成一朵花的形状看着他，"妾身与南王大婚那日，也是秦升操控野狼来拦路的吧？"

沈在野眉心微皱，看也没看她，低声道："有些事情心里知道就行了，没必要说出来。"

南王跟这人的关系还真是好啊，竟然连这种消息都告诉她！

沈在野心里很不爽，毕竟做的是亏心事，再度被提起来，他也有点心虚。不过姜桃花这没心没肺的，竟然一点别的情绪都没有，扑到他身上眼睛亮晶晶地道："这么说来，今儿这野狼围宫也是他干的了？好厉害啊！"

厉害？沈在野抿唇，朝姜桃花翻了两个白眼，都不知道该说她什么好。她的婚事好歹是被野狼毁了的，她能不能意思意思气愤一下？

姜桃花没觉得有啥好气愤的，反而有点兴奋，感觉沈在野好像在下一盘很大的棋，而她就愉快地在旁边围观他弄死别人。

不过……

"兰贵妃是不是曾经喜欢过您啊？"想起那会儿听见的话，姜桃花揶揄地看着沈在野，"倒像是对妾身有些醋意。"

沈在野身子一僵，脸色瞬间沉了下去："不该你问的就少问。"

这话语气有点重，姜桃花微微一愣，看了他两眼便松开手，躺到旁边，淡淡地应道："明白了。"

沈在野皱眉，侧头看着她："你还闹脾气？"

"妾身怎么会闹脾气，"姜桃花疲惫地闭上眼，道，"只是累了想睡一觉，反正狼群也不会到这儿来，您要是出去，记得带上门。"

没闹脾气，会突然这么安静？沈在野心下烦躁，侧过身子捏了捏她的脸，道：

"我不出去，就留在这里。"

"哦。"姜桃花点头，双手放在自己的腹部，当真一副打算睡觉的模样。

"姜桃花，"沈在野眯着眼睛道，"你别企图打探我的过去。"

"嗯。"

"该告诉你的，我会告诉你。没告诉你的，就是你没必要知道的。"

"嗯。"

除了这一个字，她什么也没说，沈在野却觉得更恼火。他还从来没有过这样的心情，又急又气，又有点不知所措。

但是兰贵妃的事情……他没办法开口解释。欠了人的就得还，因果循环，都是业障。

沈在野伸手掀开她的衣裳看了眼伤口，也不说话了，将她搂过来，便继续听着外头的动静。

狼群肆虐，明德帝与兰贵妃都受惊不小。宫殿的门被撞了两下，房梁上竟然掉了灰下来。众人都惊呼，心想，这宫殿怕是撑不了多久。

"父皇！"紧要关头，景王带着秦升站了出来，正色道，"儿臣有一门客会驯狼，现在情况危急，不如让他去试试。"

"驯狼？"明德帝眉头一皱，"你怎么不早说？"

秦升连忙跪下，抖着身子道："陛下息怒，草民的驯狼之术无法同时驯服这么多狼，只能拼命一试。若不是没别的办法，王爷也不愿让陛下冒险。"

明德帝看了他两眼，挥手道："你去试试吧，若能解今日之难，朕重重有赏！"

"是！"秦升起身，转头就开门出去。

群臣哗然，眼睁睁地看着野狼扑过来，将他扑倒在外头。

大门飞快地又关上了，明德帝忍不住好奇，凑到门边去看，其余大臣也纷纷跟上，从大门的雕花镂空里往外瞧。

秦升一人身处狼群之中，被飞扑过来的野狼咬到了手臂，然而他很快镇定下来，拿出一支骨笛，轻轻地吹起来。

笛声一响，四周的野狼竟然停止了攻击，绿幽幽的眼睛都看向他。

秦升深吸一口气，一边往外走一边学狼叫。众人看得心惊胆战，以为他定然要葬身狼腹。

但是奇迹发生了，乌压压的狼群竟然没一头继续咬他，而是乖乖地跟着他往外走去。远处的狼应和着他的狼嚎，一声声的，越传越远。

"这可真是奇了啊！"老太监尖声叫道，"狼居然真的听他的话！"

此话一出，众人这才回过神来，纷纷赞叹。明德帝更是龙颜大悦，看着外头，一连喊了几个"好"字。

景王微笑，看了旁边脸色苍白的瑜王一眼，拱手朝明德帝道："父皇今夜可以安眠了。"

明德帝回头，正想夸他两句，余光瞥见了瑜王，脸色又不好看了，皱着眉道："过了今晚，明日就启程回宫吧，这破烂行宫让人怎么待？"

瑜王扑通一声跪下，低头认罪，态度极为诚恳地道："儿臣一定会好生检讨！"

见他这样，明德帝张了张嘴，倒也不好继续责备，便怒拂衣袖，转头让众人都回去休息。

外头的狼群已经散去，护卫重新将行宫圈了起来，打算通宵看守。明德帝就在大殿里等着，等秦升回来了，连同景王一起，大肆褒奖。

"秦升既然这么擅长驯养动物，倒是更适合太仆之位。"明德帝道，"等回京之后，把孟太仆的罪状查清楚了，数罪并罚。太仆之位，便让更贤能的人来坐。"

"草民多谢陛下赏识！"秦升连忙行礼，磕头谢恩。景王也拱手微笑，甚为愉悦。

瑜王在朝中本是呈上升之势，然而马场这事一出，他折了孟太仆，又被陛下责罚，声势大跌，瞬间就被踩回了泥里。

景王十分高兴，从明德帝这边离开，立马就去了沈在野那儿。

"丞相觉得接下来本王该怎么做？"

沈在野看了一眼旁边睡着的人，然后轻手轻脚地下床，将景王拉到一边道："该给王爷的东西，沈某不是都给了吗？"

景王眼睛一亮，这才想起那一盒子证据，连忙点头道："那本王便直接状告瑜王背后贪污，请父皇处置。"

"别急。"沈在野道，"陛下是用人唯亲，甚为看重自己的皇子的。就这点事，顶多抓着一个孟太仆，要拖瑜王下水，您还得等回京。"

还等？景王皱眉，他觉得证据已经很全了，就算父皇不会重罚，那瑜王起码也要脱层皮。

不过，既然是沈在野的建议，他还是要听的，犹豫了一会儿便点头道："本王明白了。"

送走景王，沈在野回头看着床上的人，轻声道："明日回城，你便在府上好生休养，我会给你找大夫想办法，看能不能去掉这疤痕。"

姜桃花翻了个身，困倦地道："不用啦，消掉的可能性不大，反正这身子也只有爷看，爷能记着这是欠妾身的一个人情即可。"

沈在野抿唇："可能性不大的事情，你就会轻易放弃？"

"是没什么必要的事情，为了省心，妾身才会放弃。"姜桃花半睁开眼，看着床边的人道，"反正爷也不会对妾身这种女人动心，有疤没疤都没什么区别。"

"嗯？"沈在野微微挑眉，有些意外地看着她，"你还想要我的心？"

"这不是很正常吗？"姜桃花撇嘴道，"您要是真能爱上妾身，那妾身何愁小命难保？"

沈在野就是那种标准的护犊子的人，虽然对其他事物都冷漠至极，但对自己喜欢的东西格外爱护。这就是她总会伤痕累累的原因——媚术不到家，连人家的心门都敲不开，活该弄得满身伤！瞧瞧人家兰贵妃，在宫里锦衣玉食，皇帝又宠，过的简直是她梦寐以求的日子！

姜桃花叹了口气，滚回被窝里，继续睡觉。

沈在野眼眸深邃，抱着胳膊站在床边看了她好一会儿，最终嗤笑一声，转头去软榻上休息。

两个工于心计的人，谁会傻到把自己的心交出去，那不是玩命吗？她不傻，他也不傻，谁也别奢求对方能给自己特殊待遇。

行宫里安静下来，有人一夜难眠，有人睡得极好。第二天天亮的时候，众人不太愉快地收拾行李，踏上了归途。

"这一趟可真没意思。"兰贵妃靠在明德帝身上，望着龙辇两边倒退的树木道，"跑这么远，也没玩一会儿就得回去了。"

"爱妃别生气，"明德帝沉声道，"朕回去会好生收拾他们的。"

兰贵妃抿唇，掀开帘子看着队伍前头骑马的沈在野。他倒是好，直接把姜氏一并带在马上了，也不怕人笑话。

姜桃花还没睡醒，靠在沈在野胸前"小鸡啄米"，沈在野便伸出一只手扶着她的脑袋，让她安心睡。

然而路走到一半，姜桃花还是被吵醒了。

"草民有状，要告当朝孟太仆！求见陛下！"

一群人拦在大路中间，将路挡了个严严实实，群情激奋。护卫们连忙出动，生怕是暴民。

沈在野看着，喊了一声："难得有民意能上达天听的时候，带个人去御前说话吧。"

"是。"护卫应了，拎着一个捏着状纸的百姓去了龙辇前头。

明德帝正想问是怎么回事，就见一老叟跪在车前，举着状纸大喊："孟太仆贪污受贿，草菅人命，还请陛下明察！"

又是孟太仆？！明德帝黑了脸，一拍车辕，沉声道："你有什么冤情，都一并说了！"

那老叟跪地磕头，边哭边道："孟太仆修建马场，却拖欠工钱，还让我儿累死在工地上！草民的弟弟听闻瑜王是监工，曾去瑜王府告状，没想到瑜王比孟太仆更蛮横，直接将草民的弟弟打死了！求陛下做主啊！"

这话一出，四周一片哗然。坐在后头车上的瑜王当即要下车，却被景王拦住了。

"瑜王弟，你现在过去，不是送上门给父皇骂吗？"景王微笑，"还是等人把话说完吧。"

瑜王皱眉，深深地看了他一眼，低声道："景王兄原来是有备而来。"

"哎，这跟本王有什么关系？"景王耸肩，满脸无辜，"瑜王弟自己做过什么，自己不清楚吗？世上哪有不透风的墙。"

瑜王咬牙，伸头看向前面。

告状的老叟跪在地上号啕大哭，他虽然看不见皇帝是什么表情，但看旁边的太监都跪下了，定然是龙颜大怒。

这次当真是不妙了！

明德帝捏着状纸从头看到尾，气得手都抖了，扭头就冲旁边的禁卫统领道："把人一起带回京城，开京都衙门，朕要亲审此案！"

沈在野微微挑眉，想了想便下马走到龙辇前，拱手道："陛下，您在京都衙门亲审，此案可就非同小可了，瑜王殿下毕竟是皇子……"

兰贵妃睨了他一眼，挽着明德帝的手道："丞相觉得，陛下是会徇私偏袒不成？天子犯法与庶民同罪，陛下就是为了公正昭然，才会到衙门亲审。如此英明的君主，当臣子的不但不歌颂圣德，反而还来阻止？"

沈在野轻笑一声，低头道："娘娘息怒，臣并无阻止之意，只是看陛下如今正在气头上，想让陛下三思而后行。"

火气稍敛，明德帝拍了拍兰贵妃的手，看着沈在野："丞相向来是最懂朕心思的，劝一劝朕也是自然。只是这回出了人命，又牵扯到马场贪污之事，朕必须严惩，以儆效尤！所以你也不必多说。"

"微臣明白了。"沈在野领首行礼，退回了马上。

姜桃花还在"小鸡啄米"，虽然方才被那老叟吼得一个激灵，但这会儿好像又要睡过去了，眼皮半垂着。

沈在野上马，重新将她抱在怀里，就见她小小地打了个哈欠，咂咂嘴道："爷可真了解兰贵妃的性子。"

"嗯？"沈在野漫不经心地问，"怎么看出来的？"

"您要的就是陛下严惩瑜王，却故意反着说，可不就是算准了兰贵妃会同您唱反调吗？"她蹭了蹭他的胸膛，找了个更舒服的姿势窝好，眯着眼睛道，"看来少说也有好几年的交情了，不然也不会知根知底到这个地步。"

老叟和拦路的人被护卫带上了后头的马车，车队继续前行。

沈在野一边看路一边面无表情地道："不是好几年，是有十年了。"

十年？！姜桃花终于把眼睛睁开了，震惊又好奇地看着他。

既然有十年的交情，怎么会看起来关系这么奇怪？像是曾经相爱过，又像是有什么深仇大恨一样。

然而她聪明，没开口问，因为问了沈在野也不会答。他好像不是很喜欢提起兰贵妃，一提起来就有些暴躁。这种情绪让她感觉很熟悉，像是以前见过……在她问他要那块贴身玉佩做抵押的时候，他恼怒的情绪是不是跟她在他面前提起兰贵妃的时候差不多？

二者之间有什么联系吗？

姜桃花摸了摸下巴，飞快地想象出一出爱恨纠葛的大戏——两人本来相爱，无奈陛下棒打鸳鸯，沈在野顺水推舟送兰贵妃进宫，兰贵妃便一直对沈在野怀恨在心，可怜沈丞相心里依旧爱着兰贵妃，夜夜对着她留下的玉佩垂泪到天明！爱不得，恨不得，求不得，弃不得！世间情爱的痛苦，在这两人身上体现得淋漓尽致！太惨了！

想着想着，姜桃花长长地叹了口气，伸手捏了捏沈在野放在她身前的手，声音里带着悟透人生的空灵："过去的事情，爷也不必太痛苦了，该放下的就得放下，世间还有很多美好的事情，不要对人生绝望。"

沈在野用一副看疯子的表情看着她："那一箭是不是伤着你的脑子了？"

"妾身懂，妾身不会再问了。"姜桃花回头深深地看了他一眼，眼里满是怜悯，"妾身以后会好好对爷的，给爷温暖，让您不再痛苦，不再孤独！"

"我现在就挺痛苦的。"沈在野黑了半边脸，嫌弃地看着她道，"你到底在想什么乱七八糟的？要坐在马上就闭嘴别说话。再胡说八道，就算你身上有伤，我也会把你扔下去！"

姜桃花伸手捏住了自己的嘴唇，眨眨眼，示意自己不会再说了，然后乖乖地窝在他怀里，继续看向前头。

回城的速度和离开时候差不多，半天之后就看见国都的城门了。明德帝一行人连宫也没回，直接去了京都衙门。

京兆尹吓了个半死，听了圣命之后立刻升堂。明德帝亲自审案的消息跟插了翅膀似的很快传遍了整个京城。等明德帝更衣，坐上衙门高堂的时候，门口已经挤满了看热闹的百姓。

沈在野当真很了解明德帝。这个男人十分偏私，最心疼的就是自己的几个儿子。虽然平时也没少嫌弃、责骂，但真正要给他们定罪，他还是舍不得的。现在冲动之下来了衙门，早在屋子里更衣的时候，明德帝就已经后悔了。

然而，退路已经被兰贵妃亲口堵死，他也不能做徇私舞弊的明德帝。上梁要是不正，下梁可就歪得没边了。况且百姓们都来了，这个时候后悔也不像话。于是明德帝硬着头皮上了公堂。

沈在野和景王站在两边，瑜王和孟太仆以及那告状的老叟都跪在下头，衙门门口人山人海，姜桃花就和兰贵妃一起，站在公堂旁边的听审间里。

明德帝开审了。

那老叟让人抬来了自家弟弟和儿子的尸体，尸体已经发臭、腐烂，他却没肯下葬。

看了两眼，明德帝就连忙挥手让人搬走，皱着眉头道："修建马场乃朝廷拨款，治粟内史那儿也有记载。朕若没记错，一共拨款四十万两白银。可为何会修出那般不堪一击的行宫，甚至连工人的工钱都不付，还累死了人？！"

孟太仆浑身发抖，连连磕头："臣是冤枉的啊！马场修建之事全交由下头的人办,臣也不知怎么会——"

"啪!"惊堂木清脆的一声响,吓得孟太仆差点咬到舌头,他惊慌地抬头看了明德帝一眼。

"你还敢不认账?"明德帝大怒,"都当朕是傻子不成?你若没从中捞取油水,下头的钱怎么会还不够给人发工钱?"

孟太仆俯身在地,一时也不知道该怎么辩解。按理来说,修建马场这种小事,怎么也不会让皇帝亲自过问的,更别说开堂审理了。要怪就怪他运气不好,偏偏遇上皇帝去马场狩猎,行宫还被狼群围住了,这接二连三的,跟安排好的一样。更可怕的是,竟然连瑜王也被牵连进来了。这主子要是置身事外,还能拉他一把,可如今是自身难保……

"父皇。"瑜王拱手磕头,表情沉重地道,"儿臣监工不力,未曾发现马场出了这样的问题,请父皇降罪!"

"你何止是监工不力?!"明德帝转眼看着他,皱眉道,"堂堂王爷,不以身作则,反而草菅人命,你让朕拿什么脸去面对天下人!"

门口的百姓看得一阵沸腾,竟纷纷跪了下来,山呼万岁!

有这样体恤百姓的好皇帝,他们还有什么好求的?胆子大些的,仰头大喊"吾皇英明",声音直达圣听,以至龙颜严肃,龙心却大悦。

没几个皇帝不想被天下人爱戴,这种成就感比手里的权力还让人满足。

可是,满足归满足,他还是不想真降罪于瑜王。不过是死了一个百姓而已,还真让皇子偿命不成?

"父皇!"瑜王也知道这一点,连忙推脱,"儿臣不知道此事,恐怕是府上家奴太过蛮横,欺上瞒下,打死了人却没告诉儿臣……儿臣愿意赔偿,替无辜死去的百姓赡养老人,请父皇宽恕!"

话说到这份儿上,明德帝表情柔和了起来,打算就着台阶下来,轻罚瑜王一下就得了。

然而,沈在野一早就猜到了明德帝的心思,当即给景王使了个眼色。

穆无垠会意,立马捧着一盒子证据站了出来:"父皇,儿臣还有状要告!"

"嗯?"明德帝微微一愣,不解地看着他,"你又要告什么?"

"儿臣状告当今瑜王爷,勾结孟太仆,贪污修建马场白银数十万!这还不止,先前朝廷数次从番邦购马,每一次孟太仆都会从中捞数十万的油水,其中一半都进了瑜王的口袋!蛀虫噬国,损我大魏国祚,还请父皇明察,严惩不贷!"

景王响亮的声音在衙门里回荡,所有人听得都惊呆了。

瑜王脸色发白,差点跌倒。穆无垠回头看了他一眼,眼里尽是得意之色。

然而他没抬头看座上的明德帝,明德帝的脸色比起瑜王也好不到哪里去。

在这里揭发瑜王贪污,就等于把瑜王钉死了。毕竟去年明德帝才力排众议,将一个贪污五万两银子的吏官满门抄斩。今年瑜王犯事,要是轻饶,明德帝的威信何存?!

景王显然没想到这一层,他只当自家父皇想偏袒瑜王,生怕好不容易抓着了瑜王的把柄，还让瑜王有翻身之机，于是立马动手，将盒子里沈在野搜集的书信和账目统统放在明德帝的案前。

"父皇请看，孟太仆与瑜王弟行贿受贿的书信俱在，被贪银两的流向和账本也都清清楚楚，一目了然！任凭他如何舌灿莲花，也难逃罪责！"

明德帝皱眉，沉默了一会儿才伸手拿起来看了看。

"无垢，你有什么要解释的吗？"

瑜王已经傻眼了，万分想不通这些东西怎么会落在景王手里。他与孟太仆做事一向滴水不漏，除了亲信，根本没人知道他与孟太仆私下有来往，怎么会……怎么会连账本都被挖出来了？就算沈在野真的倒向了景王，他应该也不知道孟太仆与他的事情，孟太仆不是一直瞒得挺好的吗？

瑜王心里想不明白，便没来得及回答明德帝的问题。公堂之上一阵尴尬的沉默，明德帝的脸色难看得紧，他已经分不清是在生瑜王的气，还是生景王的气。

僵持之下，沈在野站了出来，恭恭敬敬地拱手道："陛下，臣以为贪污乃大事，不是这会儿能查个清楚的。既然景王手里有证据，依微臣之见，不如先立案。眼下最该处置的，还是瑜王府家奴杀人，和孟太仆阳奉阴违、贪赃枉法之事。"

明德帝就像蹲在高枝上的猫一样，终于见人爬着梯子上来救驾，感动得眼泪都快出来了："爱卿所言极是！"

景王一愣，侧头看了沈在野一眼，却见沈在野垂着头，表情十分平和。

是有别的打算吗？

景王微微抿唇，也放下手，没再纠缠，想着等会儿问个清楚再做打算，以免乱了沈在野的计划。

而跪在地上的瑜王自然更是记着沈在野今日的救命之恩，哪怕回宫之后会受好一顿责罚，也比现在就被景王兄逼得没命来得好。于是他感激地看了沈在野一眼，然后闷头不作声了。

"他竟然会帮着瑜王。"听审间里的兰贵妃皱起了眉，道，"怎么一会儿心思一个变的？"

姜桃花站在她身边，歪了歪脑袋，道："娘娘哪里看出丞相是在帮瑜王？"

"这还不明显吗？"兰贵妃嗤笑道，"先前在路上就想替瑜王解围，这会儿更是直接帮瑜王说话，给了陛下台阶下，让他逃过了一劫。"

姜桃花眸子微动，笑了笑，转头望向外头的沈在野，没吭声。

看来沈在野很了解兰贵妃，兰贵妃却未必明白沈在野的心思。这毒蛇分明是让景王得罪明德帝，又咬死瑜王，自己却在中间当好人，得了皇帝的好感，又承了瑜王的感激，甚至景王也得感谢他帮忙。

一箭三雕不说，沈在野的箭都没花力气射！到最后什么也不会改变，瑜王依旧会被皇帝责罚，景王也会达到自己的目的，而明德帝在责罚瑜王的同时，对景王估计也不会有什么好看法。就沈在野一个人站在泥泞边上，还满身的花香。

真够不要脸的！

"你在想什么？"兰贵妃侧头看了看她，神情颇为不悦，"本官瞧着，你这眼神倒是跟丞相有几分相似。"

看着就让人讨厌。

姜桃花赔着笑道："妾身只是在想什么时候能回府，肩上的伤还疼着呢。"

兰贵妃斜了她的肩头一眼，皱眉道："你的脾气也是太好了，受这么重的伤还陪着他出来，没法儿休息，都不会生气吗？"

"有什么好生气的，"姜桃花笑了笑，"爷是当朝丞相，陛下都没回宫，他怎能急着回府？"

"不说回府，他连关心一下都没有，这你也不在意吗？"兰贵妃很不能理解，"丞相昨晚可是说，今日要把你丢在马场行宫，去陪陛下上山打猎的。"

姜桃花眨眨眼，不解地看看她："这有什么不对吗？"

兰贵妃一愣，气得柳眉倒竖："没什么不对？你好歹是为了护他才受伤的，他却没把你的伤当成最重要的事情！"

姜桃花耸耸肩，道："夫为妻纲，君为臣纲。妾身该听相爷的，而相爷该听陛下的，这样的决定不是很正常吗？"

兰贵妃："……"

这女人是有毛病吧？怎么说出的话都跟沈在野那么像？若非姜桃花是赵国的公主，她真的要以为姜桃花可能是沈在野失散多年的亲妹妹！

兰贵妃气愤地扭开头，甩着帕子道："你觉得正常，那便正常吧，又不关本官的事，本官何必瞎操心？"

姜桃花一顿，悄悄打量了这位贵妃娘娘一番，只觉得她又别扭又有些孩子气。如果她与沈在野真的相爱过，那这两人最后没有在一起的原因应该很简单——沈在野这种毒蛇，怎么会跟一只纯种小白兔生活下去，要找对象，也得找她这种外表看着像小白兔的！

明德帝很快下了圣旨，孟太仆贪污受贿、草菅人命，有辱大魏朝廷声誉，满门抄斩。惊堂木落下的时候，外头的百姓一片欢呼鼓掌，高兴不已，瞬间就忘了瑜王贪污的事情。

见景王还想说话，明德帝腾地站了起来，飞快地扶着太监的手起驾回宫了。

兰贵妃打开门，跨出去的时候还回头看了姜桃花一眼，眼神里有让人看不懂的复杂情绪。

姜桃花天真一笑，朝她屈膝行礼："恭送娘娘。"

兰贵妃轻哼一声，走到明德帝身边。

沈在野则不慌不忙地朝这边走过来，问她："还疼吗？"

"疼！"姜桃花立马把脸皱成一团，可怜巴巴地朝他伸手，"要抱抱！"

沈在野哭笑不得，正想说她没规矩，却听得身后有人喊："丞相。"

他身子一僵，立马转头，将姜桃花挡在身后。

景王皱着眉走上前来，看着他低声道："为何放瑜王一马？方才分明可以趁势彻底除掉他！"

沈在野轻轻摇头，道："王爷看不明白吗？方才的确可以给瑜王扣上死罪的名头，可陛下摆明是不愿意的。您要除掉瑜王，总不能把自己也搭进去。"

"可是……"景王皱着眉道，"此回不除，以后就再难有机会了。"

"机会多的是，这次铁证如山，换回皇宫里去审，陛下也未必能轻饶瑜王。只要王爷现在回去进言，联合朝中有威望的大臣表明皇子贪污的严重性，就算陛下不杀了瑜王，也会将他逐出京城。一旦被逐出京城，哪里还有回来的可能？"

景王低头一想，好像是这个道理。他眉头舒展开来，明白沈在野这是当真在为自己着想，于是朝沈在野深深一揖："多谢丞相！"

"王爷言重了。"沈在野微笑着道，"接下来的事情就看您自己了。姜氏受伤，微臣就先回府了。陛下那边，也请王爷替沈某告罪。"

"好。"景王一笑，伸头想看他背后的人，"说起来本王还一直无缘得见赵国公主的真容呢，能让丞相如此上心，想必是倾国倾城之色。"

"王爷过奖了。"沈在野侧身，将姜桃花挡得更严实，"姿色平平，只是天真可爱，故而让沈某有些偏爱。"

背后的姜桃花闻言翻了个大白眼。

"天真可爱"四个字放在别人身上可能是夸奖，从他嘴里说出来用在她身上，怎么听怎么别扭。

景王一愣，看着沈在野的动作，了然地微笑。

连看都不让看，想必他是真的很在意这位公主吧。幸好她背后没什么大魏势力，随便沈在野怎么宠，也没人会有意见。

"既然如此，那本王就先告辞了。"

"王爷慢走。"

景王拱手行礼，转头就离开了。

沈在野松了口气，回头睨着身后的人道："赶紧回府去吧。"

姜桃花好奇地看着他道："您不随圣驾进宫吗？还要处置瑜王呢。"

"口子已经划开了，剩下的血和肉，他们爱怎么争怎么争，"沈在野勾唇，颇为邪气地一笑，"爷不沾腥味儿。"

这股狂妄又霸气的气势，震得姜桃花两眼发光，拍着手感叹道："爷真是好一朵出淤泥而不染的白莲花！"

听着是夸奖的意思，但是不知道为什么，沈在野就是高兴不起来。斜了她两眼之后，沈在野抱起她就往外头走。

原本是计划出去两日，现在提前回去，也不知道府里是什么状况。

丞相府。

一早就有家奴回来报了信，然而府里还是一团乱。梅照雪带着人在顾怀柔的温清阁里，一直柔声安慰，外头的人三两成群，轻声细语地议论着什么。

争春阁的门口也站着人，里头被翻得乱糟糟的。几个丫鬟都跪在院子里，神情紧张。

姜桃花一进府就嗅到了不对劲的味道，到自己院子里一看，当即捂住脸往沈在野怀里一倒："爷，妾身真的很累，没精力再陪她们折腾。不管出了什么事儿，您替妾身摆平了，成吗？"

沈在野皱眉，脸色不太好看，上前就抓过门口的家奴问："出什么事了？"

外院的粗使丫鬟清雨连忙道："爷！奴婢们冤枉啊！顾夫人派了人过来，说咱们院子里藏了什么污蔑顾娘子的东西，强行要搜……"

顾夫人？姜桃花眨眨眼，看向沈在野。后者脸色阴沉下来，推开她就跨了进去。

片刻之后，几个家奴就被扔了出来，砰砰砰地摔在院子中间。

"反了你们了，谁给的胆子，敢在我相府里搜东西？！"沈在野怒喝一声，抬头就朝湛卢道："把温清阁里的人都给我带过来！"

"是！"湛卢应了，转身跑得飞快。

姜桃花缩了缩脖子，顶着这位大爷的怒气跑进去瞧了瞧。地上躺着的几个家奴穿的不是相府的衣裳，竟然还是别人家带过来的。难怪沈在野这么生气，谁这么没眼力见儿，带人到相府里搜查，还被丞相撞见，这不是相当于去蛇洞里掏蛋吗？咬不死这群蠢犊子才怪！

府里很快吵嚷了起来，湛卢也是胆子大，还带了护卫去，竟然直接将一个衣着华丽的妇人押了过来。

"放开！都给我放开！反了你们了！"尖锐的声音老远就传了过来。

姜桃花一愣，连忙跳到沈在野身后站着。

梅照雪是最先跨进院子里的，脸上有些惊慌，像是不知道沈在野已经回来一样，上前行礼道："妾身给爷请安，不知爷提前回府，未曾迎接，请爷恕罪！"

沈在野没看她，直接看向后头被押着的人。

一见是相爷回来了，顾夫人也不吵嚷了，但脸上的神情还是颇为不忿，正小声嗫嚅着什么。

"爷！"顾怀柔扑上来就道，"家母不懂规矩，若有什么冲撞了爷的地方，还请爷包容。"

"不懂规矩？"沈在野冷笑了一声，"堂堂郎中令的夫人，竟然连规矩都不懂，还要别人来包容？我可不是顾大人，没那么广阔的胸襟。没有圣旨就敢在我相府搜人的，顾夫人可是头一个，这笔账不去找顾大人算清楚怎么行？"

顾怀柔一愣，连忙回头看向自家母亲，连连使眼色。

顾夫人在顾府里是骄纵惯了的，因着顾大人性子沉默，她一向盛气凌人，多嘴多舌。原先顾怀柔在相府里得宠的时候，她更是拿自家女儿当丞相心尖上的宝贝，没少作威作福。所以现在，即便沈在野的脸色很难看，她也只是把声音放小了些："我又没做错什么事，丞相有什么好算账的？"

"母亲！"顾怀柔急得脸都白了，慌张地看了沈在野一眼，连忙退到她身边扯着她道，"您说话别这么冲！"

"我怎么冲了？"顾夫人皱眉道，"难道不是吗？分明是有人要害你在先，你软软弱弱的像什么话？"

沈在野气极反笑，负手俯视着顾夫人，问："谁要害谁了？"

"相爷还不知道吧，"顾夫人抬头瞥了眼一旁的姜桃花，跪坐在地上，冷声道，"您一离开京城，府里府外就开始传怀柔借身孕陷害孟氏，栽赃给姜娘子的事情。可巧的是，这消息还是从争春阁里传出去的。"

啥？姜桃花一脸惊愕地看着她："我一走，争春阁都没人了，消息打哪儿传的啊？"

"这就要夸姜娘子您聪明了。"顾夫人轻哼，斜着眼睛道，"您跟着相爷一走，看似撇清了关系，暗地里却安排丫鬟中伤柔儿！可怜柔儿痛失孩子不说，还要被人污蔑！"

这倒是有点意思！姜桃花眯了眯眼，上前一步，看着她道："烦请您再说一遍，我污蔑顾氏什么了？"

"您搁这儿装什么蒜啊？"顾夫人皱眉，抬头看着她道，"还当谁不知道吗？您派人在府里和坊间四处碎嘴，说我柔儿并没有怀孕，而是借着身孕同您与孟氏过不去，小肚鸡肠，心机深沉。还说她买通了悬壶堂的大夫，端的是有鼻子有眼，让我差点都信了！现在外头骂得我柔儿可难听了，您高兴了？"

姜桃花很惊讶，这事儿是从哪里传出去的？知道真相的应该只有她和顾怀柔才对，而她忙着应付沈在野，哪儿来的闲工夫去陷害顾怀柔啊？

姜桃花转头看了顾怀柔一眼，眼里满是探究。顾怀柔明显很心虚，一对上她的眼睛就连忙避开，低下了头。

什么情况啊？

沈在野听完，淡淡地开口："照雪。"

"妾身在。"

"你乃府中主母，我不在的时候，这府里由你主事，如今却任由别人带着家奴上门撒野，你可知错？"

梅照雪一愣，连忙低头认错："妾身甘认失职之过。"

"回去罚抄《心经》十遍吧。"

"是。"

顾夫人一愣，瞪眼看着沈在野。他罚的是梅照雪，却分明在打她的脸，凭什么啊？

"相爷难道就这么偏心，都不好生查查此事吗？"她愤怒地道，"好歹也与相府的声誉有关，您不能轻饶了背后作怪的小人！"

"我自然会查，不劳夫人费心。"沈在野凉凉地扫了她一眼，转头看向顾怀柔,"既然有这样的流言传出来,那便请悬壶堂的大夫过来重诊一次吧。"

顾怀柔微惊,连忙低头道:"爷要请就请张大夫吧,他对妇女之疾分外有经验。"

"光请一个怎么够?"沈在野皮笑肉不笑地看了她一眼,道,"悬壶堂医术精湛的人多了去了,就是一并请来,我也请得起。"

顾怀柔脸上一白,心里乱成一团,连忙使劲扯自家母亲的衣裳。

"怎么了?"顾夫人莫名其妙地看了她一眼,扬着下巴道,"该诊断就诊断,总不能让你白受委屈!你啊,就是太善良了,所以在这府里总是被人欺负!"

姜桃花笑了笑,看着顾怀柔道:"的确是挺善良的。"

她还没跟顾怀柔计较上次企图谋害自己的事,如今这人竟然怕她捅破假怀孕的秘密,先反咬她一口?这对她有什么好处呢?万一查出来她当真没怀孕,那可是雪上加霜。孟家一进大牢,沈在野就没有顾忌了,直接用假怀孕的罪名处置了顾怀柔都没问题。这些人,为什么这么热衷于找死呢?

顾怀柔急得说不出话,看了姜桃花两眼,眼里满是哀求:这事儿不是她弄出来的,她没这么傻!躲都来不及,还想跟她玉石俱焚不成?

姜桃花一愣,微微挑眉。不是她,那又是谁?

没给她们多余的时间进行眼神交流,沈在野拎着姜桃花就进了内室,让她上床好生休息,然后让顾氏和顾夫人连同其余看热闹的人都在外室等着。

顾夫人坐在一边,往内室里看了好几眼,小声嘀咕道:"这么多人坐着呢,她却躺着了?"

"母亲,"顾怀柔终于忍不住低声道,"我已经不像以前那样得宠了,您这架子就不能收一收吗?"

"你……"顾夫人皱眉道,"自己把自己放那么低,谁会高看你?"

"您以为哪儿都是顾府吗?"顾怀柔气得跺脚,"这里有这里的规矩,不是只有我一个人!"

顾夫人被她吼得一愣,收敛了些,撇嘴道:"知道了,你那么急干什么,相爷还看着呢。"

顾怀柔气得闭眼。以前她总是报喜不报忧,导致母亲觉得她当真很了不起,借着她的名头四处得罪人,到头来苦都是她吃。怎么就这么沉不住气呢?

沈在野安静地喝着茶,眼皮都没抬一下。他手边放着的册子里,又有一个名字被划去了。

悬壶堂的大夫很快就来了,一共十个。

顾怀柔很不想伸手,想借着身子不适躲过去。顾夫人也看出了不对劲,小声问:"怎么了?"

屋子里这么多人,顾怀柔哪里敢说,只能咬牙对沈在野道:"妾身不想诊脉,爷能让妾身回去休息吗?今日的事情,就当没发生过。"

"若是你受了委屈,说出这句话来,我会觉得你很懂事。"沈在野抬头看向她,淡淡地道,"但今日是你母亲让桃花受了委屈,你还这样说,就未免有些骄纵了。"

顾怀柔一愣,提着裙子就跪了下去:"妾身愿意给姜娘子赔罪。"

"知错能改是好事。"沈在野道,"但大夫都来了,你还是看一看吧。若是不看,连我都会觉得你是心虚。"

顾怀柔身子一僵,低着头不动了。

旁边的青苔接着沈在野的眼色,立马上前将顾怀柔按在旁边的椅子上,然后抓着她的手让大夫挨个儿把脉。

顾怀柔脸都青了,看着青苔道:"我与你无冤无仇,你这是干什么?"

"按照顾夫人的话来说,这是给娘子证明清白,也是洗清我家主子污蔑之罪。"青苔面无表情地道,"身正不怕影子斜,娘子不必紧张。"

不紧张才怪!顾怀柔拼命挣扎,眉头皱成一团地吼道:"你给我放开!"

"你若再挣扎,那就说明外头的传言是真的了。"沈在野板着脸道,"怀柔,假流产嫁祸于人,这罪名可不比孟氏谋害子嗣来得轻。"

第十七章 露馅

顾怀柔一怔,抬头呆呆地看着他,眼里迅速涌上了泪水:"爷……妾身在您身边也有一年多了,从未犯过什么大错,您为何就不肯相信妾身?"

沈在野平静地看着她:"你们女人急起来是不是都这样胡搅蛮缠?是你先做了让我怀疑的事情,不肯证明自己的清白,还非要我无条件地相信你?"

"妾身……妾身在爷心里,是会假孕骗人的人吗?"

"我不知道。"沈在野摇头,"所以让大夫诊脉,孩子没了之后身子会有相应的症状,很简单的事情,你若是不心虚,何必哭哭啼啼的?"

顾怀柔低头,明显就是心虚。

顾夫人看得一愣,好一会儿才明白自家女儿现在是什么处境,立马护在她身前,看着沈在野道:"柔儿不愿意,相爷又何必强人所难?"

"那夫人带人来搜这争春阁的时候,问过这里的人愿意不愿意了吗?"沈在野转头看着她,眼神微冷,"您现在似乎没有立场说话。"

顾夫人微微一抖,被他这眼神吓了一跳,抿了抿唇,道:"那相爷想怎么对柔儿?"

"很简单,"沈在野扫了一眼旁边站着的大夫,"若是怀柔愿意就诊,那便按照诊断的结果论事。的确小产过,就罚乱传流言之人;当真假孕欺人,那就休书一封,送她回府。可若是她连诊断都不敢,那就只能当假孕论处了。"

顾怀柔一惊,看了看旁边站着的众多大夫,起身便朝沈在野跪了下去:"爷!妾身有话要说!"

"你说便是。"

"妾身……妾身的身孕的确有问题,可那是有隐情的!"顾怀柔咬牙,像是豁出去了一样,抬头看着沈在野道,"妾身也不知道是谁在背后作妖,本不是身孕,却让个外头的大夫进来骗了妾身,说是有了,让妾身骑虎难下,不得不——"

"你说什么?!"旁边一直没吭声的秦解语终于开口,打断了她的话,震惊地道,"那身孕当真是假的?你不是还动了胎气吗?"

顾怀柔回头看她一眼,冷笑道:"秦娘子何必这么惊讶呢?您不是一早就知道吗,还拿这事儿威胁我,要我去骗姜娘子呢!"

秦解语倒吸一口凉气，往沈在野那边靠了靠，一脸震惊地道："爷，顾娘子是疯了，见谁咬谁啊！妾身要是知道她的身孕是假的，以妾身的性子，肯定一早就说出来让她倒霉了，怎么会瞒到现在？还扯姜娘子……看来顾娘子是深知爷现在偏爱姜氏，怎么也要拉她下水。"

沈在野侧头看了秦解语一眼，又望向顾怀柔："你的身孕是假的，此事当真？"

"当真是当真……"顾怀柔皱眉，"可这根本怪不得妾身，妾身不是故意要骗爷的！"

"嗯，"沈在野眼里含怒，嘴角却带笑，"你就是想借着孩子争宠，只是顺便骗了我一下，是吗？"

顾夫人在旁边吓坏了，差点跌倒，震惊地看着顾怀柔道："你怎么会做出这么没脑子的事情？！"

"不是我，真的不是我！"顾怀柔摇头，眼泪成串地掉，"是有人骗了妾身，妾身也是受害者！"

"真是好笑。"秦解语轻哼了一声，"你怀孕的时候，爷没少往你院子里送东西，又是关心又是照顾的，最后你骗爷说孩子没了，害爷伤心不说，还栽赃给孟氏，让人家被休了回去，姜氏也被关在静夜堂两日。整个府里待宠的人都被你害了个遍，现在东窗事发了，你却说是有人在骗你？"

顾怀柔哽咽着道："我一开始真的不知情……"

"可后来你假装流产，说明你已经知道自己没怀孕，是故意为之吧？"秦解语啧啧摇头，"就不能跟爷说实话吗？可怜孟氏和姜娘子，你这女人心可真狠，自私又毒辣！"

"我——"

"好了。"沈在野闭眼，疲惫地揉了揉眉心，沉声道，"真相大白了，怀柔的孩子是假的，害得我冤枉了府里别的人，更是白高兴也白伤心了一场。此等弥天大谎，给一封休书也不算过分。"

"爷！"顾怀柔扑到了他脚边，哭着道，"您怎么能这样心狠呢？妾身伺候您这样久了，没有功劳也有苦劳。您与妾身虽不算是多情深，但好歹同床共枕了一年多！这次的事情妾身也是受害者，您却二话不说要休了妾身！"

沈在野微微睁开眼，睨着她，轻声问："我还留你这样的人在府里干什么呢？你害人也就算了，还想杀人。蛇蝎心肠，人神共愤，留着怕是要脏了我相府的地。"

"杀人？"顾怀柔一愣，泪水还挂在脸上，眼神万分无辜地看着他道，"妾身什么时候杀人了？"

"就是前几天，城郊树林里，你雇人想杀姜氏。"沈在野起身，走到一边，将一沓银票拿出来，又让湛卢去领了那个车夫进来，"人证物证俱在，只是我还没来得及审你。你还有什么话说？"

本来若只是假孕的事情，那她哭一哭求求饶也就算了，还有继续留下来的机会。但有杀人之心……那别说留在相府了，再嫁都难。

　　顾夫人有些慌了，连忙拿过沈在野手里的东西看。

　　那是一沓假银票，纸张和印刷都能查出来源，毕竟国都里能伪造银票的只有两个地方。刚刚顾怀柔想让人来找的也是这个，没想到姜桃花藏得太好了，她的人还没来得及找出来，沈在野就回来了。

　　顾夫人捏了捏手心，小声道："这银票能看出什么来？"

　　"夫人不知道吗？"沈在野微笑着道，"那我告诉夫人好了，京城的融汇和贯通两家钱庄最近伪造银票被官府查封了，衙门正在四处追查假银票的去处。不巧的是，郎中令顾大人家好像就收了不少假银票。"

　　"那是我家老爷运气不好。"顾夫人抿唇道，"那么多假银票流出去，您怎么能说这些一定是我顾家的？"

　　"很简单，"沈在野道，"银票上有票号。我手上这三十张银票票号都是连贯的，钱庄里有银票流向的账目，一查便知。"

　　顾夫人这才真的慌了手脚，伸手就把那些假银票撕了！

　　"您要怎么撕都可以，别脏了我相府的地。"沈在野淡淡地道，"顾大人背后在做什么勾当，我也没兴趣知道，就算假银票到了我手里，我也没兴趣查他。但令爱买凶杀人之事，我不能轻饶。"

　　"不是我！"顾怀柔连忙伸手指着秦解语喊道，"是她！是她用我假孕的秘密要挟，让我骗姜娘子出府的！"

　　秦解语翻了个白眼，微笑着看着她道："你知道你现在像什么吗？就像溺了水逮着谁都想扯下去的女鬼！姜娘子与我无冤无仇，你以为这么说，爷就会相信吗？"

　　沈在野沉默。

　　说实话，他会相信，然而今日他只想先处置顾怀柔。

　　"前日是你亲自来的争春阁，"沈在野道，"是你让姜氏出府的，车夫也是你的人。在这种情况下，你还想把责任推给别人，是不是有些说不过去？"

　　顾怀柔气得嘴唇直哆嗦，眼含恨意地看了秦解语一眼。

　　这一瞬间她好像什么都明白了，从昨天晚上开始盛传的流言肯定是秦解语散播的，为的就是逼她咬姜氏一口，若是咬不成，那她自己也没什么好果子吃。

　　母亲不是她叫来的。她先前还在奇怪好端端的怎么会有人去母亲面前说那么多话，让母亲急得赶过来闹事，原来一切的源头都是秦解语！

　　好一个秦娘子，将她害到这个地步，却让她有苦说不出！

　　"你会有报应的！"顾怀柔看着秦解语，眼含万分恨意，咬牙切齿地道，"你一定会有报应的！"

　　沈在野侧头看了秦解语一眼，后者表情十分惊慌和无辜："你这人怎么这样，搞得真像是我做了什么一样！我秦解语身正不怕影子斜，没做过亏心事，就不怕鬼敲门！"

顾怀柔哽咽着，闷声哭了许久才看着沈在野道："爷能让妾身在府里多留两日吗？毕竟在这里待了这么久，妾身也想好好收拾一下，与姐妹拜别。"

"可以。"沈在野板着脸道，"但我不会再见你。"

"好。"顾怀柔咬着牙站起来，扶着越桃的手朝沈在野屈膝行了礼，扫了屋子里的人一眼，便扯着自己的母亲往外走。

"柔儿！"顾夫人气急，"你这样就认罪了，以后谁还敢娶你？"

"您还觉得不够吗？"顾怀柔边哭边吼，"非要爷把我移交京都衙门，您才肯罢休？"

顾夫人一愣，连忙噤声，跟着她回了温清阁。

梅照雪看够了热闹，便平静地回去抄她的《心经》了。秦解语委委屈屈地看了沈在野两眼，屈膝道："妾身也不打扰爷休息了，但还是希望爷能相信妾身。"

"嗯。"沈在野挥手，"都回去吧。"

"妾身告退。"

吵吵嚷嚷的相府瞬间安静下来，温清阁里的哭声就变得格外清晰，响彻整个相府。

吵了这么久，姜桃花肯定睡不着，沈在野进来的时候，就见她睁着两只大眼睛看着他。

"又在想什么？"沈在野在床边坐下，十分自然地解开她的衣襟，看了看肩上的伤口。

姜桃花歪着脑袋道："顾娘子在这院子里算是势力很弱的，未曾选秦氏和孟氏的船站，但是爷为什么从一开始就打算舍弃她？"

沈在野轻笑道："她生于高门，是借着父亲的光进相府的。如今她父亲犯错，即将被诛，我为何要留着她连累相府？"

姜桃花微微一愣，道："假造银票的事情，在一个月前就已经被官府查到了？"

"没有，是前些天刚查出来的。"

"那……"那他为什么那么早就有了准备？

这话也不用问出口，动动脑子想想就能知道，除了黑白无常，唯一能预料到某个好端端的人即将会死的，只能是凶手。

顾大人可能是哪儿得罪了沈在野，让沈在野下手那么狠，好歹顾怀柔是他曾经宠爱的女人，现在他就这样对人家？

伤口上的纱布被揭开，沈在野慢条斯理地给她换了药，又轻柔地包上，睨着她道："这两日你就不要乱走动了，待在争春阁里休养吧。我会很忙，晚上不回来也是有可能的。"

姜桃花点点头。要定瑜王的罪，景王和皇帝肯定会有好一番拉扯，沈在野必定要在中间调和当好人，自然就忙。她也可以趁着这个机会，先让青苔去打听一下外头的消息。

造假银票这种事情自古有之，只是大魏律法森严，民间也没有足够的能力和渠道，所以假银票大多是通过官员向民间流通。毕竟是官老爷给的银票，很多人是不查真伪的。用假银票换朝廷拨下来的真银票，也是贪污的手段。

顾怀柔的爹是郎中令，是掌管宫中守卫的武将，没想到也会玩这一招。虽然有可能是沈在野下的套，但他本身若是不贪婪，也不会中计。有报应，也不算冤枉。

只是，她总觉得这回顾怀柔做的事情不像是她自己想做的，毕竟她性子冲动，脑子简单，想不出这么毒辣的害人法子。

那会是谁在暗处看着这一切呢？

第二天天一亮，沈在野就出门了，争春阁没一会儿就来了一位客人。

"我也是心疼娘子，这大伤小伤的怎么就没断过？"秦解语掩唇看着她，叹道，"果然是红颜多波折，有人见不得娘子好。"

姜桃花微微一笑，天真地看着她道："秦娘子也是天姿国色的绝世红颜，却未有我这样坎坷，想必跟容颜没多大关系，还是跟人心有关。"

秦解语微愣，看了她一眼，轻笑道："娘子说得是，好在顾氏马上就要走了，在这府里多留两日，未必能有什么改变。"

"秦娘子在这府里的时日比我长多了。"姜桃花看着她，好奇地道，"顾氏到底是个什么样的人，您也应该比我清楚吧？"

"这是自然。"秦解语嗤笑道，"她就跟她爹性子一样，假清高，惯常不肯跟咱们姐妹几个玩的，在爷面前又妖又媚，浑身骚劲儿。"

"嗯？"姜桃花听见了重点，"顾氏跟她爹很像？"

"自然，有其父必有其女。"秦解语不屑地道，"咱们后院里的人，谁家不是高官贵门，因着成了姻亲，都对相爷是恭敬有加。唯独她那爹，只不过是个郎中令，却屡次当朝顶撞相爷，做些愚蠢坏事之举，她现在被休，也算是活该。"

顾大人竟然是这种性子？那就怪不得了。姜桃花抿唇，沈在野的脾性明显是"顺之昌，逆之亡"，站在他对面的人，都不会有什么好果子吃。

但是，秦解语与顾怀柔也算不得什么深仇大恨，甚至可以说没什么交集，如今顾怀柔落井，她这石头也下得太狠了吧？

"顾氏在这府里最得宠的时候是个什么状况啊，"姜桃花问，"能到随意出府的地步吗？"

"那怎么可能？"秦解语冷笑道，"不管这后院里谁多得宠，想出府，都得找夫人拿牌子。连丫鬟出门都要记录去向、缘由，这是规矩。"

这样啊。姜桃花点头："规矩得遵守才是。"

秦解语看了她两眼，笑道："不过，若是娘子你想出府，尽管去跟夫人说，夫人都会允的。"

"没什么重要的事，也能出府走走吗？"姜桃花挑眉问道。

"别人我不敢保证，你是绝对可以的。"秦解语拍着她的手道，"咱们夫人很喜欢你呢。"

打哪儿看出来的喜欢她啊？姜桃花面上赔着笑，心里却直嘀咕。她总觉得梅照雪虽然看起来端庄大方，却是这院子里最难缠的一个。

"我这次来，一是为了探望娘子，二是想跟娘子传个话。"秦解语轻声开口，目光里满是深意地看着她，"想在这后院里存活下去不容易，不赶紧挑棵大树抱着，那风一来，就得像顾娘子一样被吹走。咱们夫人跟娘子很有眼缘，娘子若是愿意，不妨多往凌寒院走走。"

竟然是来拉拢她的？姜桃花惊讶了，她一直觉得梅、秦二人应该有些讨厌她才对，像她这样得宠的女人，本身就是一棵大树，哪里用得着抱别人？而对于比夫人还大的树，在林子里只会落得被砍的下场。

她们在盘算什么？

姜桃花想了想，笑着道："娘子的意思，我明白了，等我多想两日，伤好了再去拜见夫人吧。"

"也好。"秦解语点头，想了一会儿，起身看着她道，"姜娘子是个聪明人，想必不会让我与夫人失望。你好生休息。"

姜桃花微微颔首，目送她离开，然后飞快地吩咐青苔："帮我去看看府里的出入记录，看前几日温清阁有没有人出去过。"

"是。"青苔应了，立刻出门，没一会儿就带着抄好的出府记录过来了。

姜桃花接过来看了看，忍不住眯起眼。温清阁里的人只在顾氏流产前后出府请过几次大夫，之后养身子期间就再无人出府。

这倒是有意思。

晚上天黑之后，官里传话来，说丞相今日就宿官中。府里的人也就不再等了，纷纷熄灯就寝。

月亮高挂，温清阁里的顾怀柔正坐在院子里流泪。

她舍不得离开这里，更舍不得沈在野，无奈时间不多了，能多看几眼是几眼。

想不到进府一年多，她最后的结局竟然是这个样子。她后悔了，从身子有异的时候就该听姜桃花的话，不那么急着确诊，也不至于落得如今这下场。

顾怀柔长长地叹了口气，起身正准备回屋去收拾东西，却听得院门吱呀一声。她微微一惊，转头便喝道："什么人！"

如今温清阁里只剩下越桃和她两个人，连个护院都没有，所以她这一声也不会有人听见，除了进来的姜桃花。

姜桃花摘下斗篷上的帽子，看着她行了个平礼："不必惊慌，是我。"

顾怀柔瞳孔微缩，下意识地退后两步："三更半夜的，你来这里干什么？"

"自然是有话想同娘子说。"姜桃花自然地走过来，拉起她的手朝主屋走。

顾怀柔的手很冰凉，冷不防被人一暖，饶是脸上还有戒备，心里也不免有些酸楚。自相爷说要休了她，母亲走了，越桃也只会哭，她连个说话的人都没有，心里这一腔委屈和愤懑，当真是无处倾诉。所以一坐下来，她的眼泪就没忍住，她看着桃花道："我当真没有要杀你。"

"我知道啊。"姜桃花笑眯眯地看着她，"不然今晚我也不会过来了。"

"多谢。"顾怀柔哽咽了两声，道，"这人情冷暖，向来是锦上添花的多，雪中送炭的少。不管娘子今夜过来是为何，怀柔承您一份恩。"

姜桃花眨了眨眼，失笑道："娘子这会儿倒是温顺得惹人怜爱，既然本心不坏，先前又何苦跳下我这条船呢？"

"是我傻了。"顾怀柔闭了闭眼，"若是有重来的机会，我定一心跟随娘子，不做那些蠢事！"

"那你现在能跟我说说到底是怎么回事吗？"姜桃花道，"我觉得城郊树林的事应该不是你安排的，那又是谁在背后害你？"

顾怀柔心里一跳，抬头看她："娘子怎么会觉得不是我？"

连相爷都说是她了，她也没有半点证据能证明不是自己做的。

"很简单啊，你的人在那段日子里都没出府，怎么买通杀手？"姜桃花撇嘴道，"飞鸽传书？这府里没鸽子。"

顾怀柔错愕地张大嘴，一拍椅子扶手就站了起来："对啊！有出府的记录！我可以跟爷证明清白的！"说着就想往外走。

"你歇会儿吧。"姜桃花摇头道，"这种证据只能让相信你的人相信你，却无法说服一个不相信你的人。"

顾怀柔身子一僵，回头看她："爷不相信我？"

"你难道还看不出来？"姜桃花叹息道，"从你父亲屡次忤逆他开始，他就再也没相信过你了。"

"你……"顾怀柔很想反驳她，姜氏才进府多久，哪儿来的自信下这样的结论？可是，她冷静下来仔细想想，姜氏说得好像没错，从上次父亲当朝顶撞过相爷之后，他便不常来她的院子里了。

这相府后院姹紫嫣红，想要争宠靠的自然不只是自身，还有背后的家世地位。相爷虽不是看重权势的人，但定然不会喜欢有人跟他对着干。父亲把他得罪了，还能指望相爷有多宠信她？

顾怀柔泄气地回到姜桃花身边坐下，道："我明白了，真相是什么的确不重要了，重要的是爷不想继续留我。"

"是。"姜桃花点头，看着她道，"那你想留在这里吗？"

"自然想。"顾怀柔看了她一眼，抿唇道，"一旦出了府，我不会有什么好下场。"

"那我给你支个法子，或许你和你们顾家还有一线生机。"姜桃花微微一笑，看着她道，"这回愿意相信我了吗？"

顾怀柔疑惑地看着她："不是我不愿意相信，但你有什么理由这样帮我？"

"今天秦娘子来找过我了。"姜桃花道,"她的意思是,让我投靠夫人,好在这府里立足。"

顾怀柔眉头一皱,摇头道:"她的话信不得,我就是被她骗了!"

"哦,"姜桃花问,"怎么骗的?"

"她骗我说孟氏因为被休的事自尽了,我身上担了一条人命。"顾怀柔抿了抿唇,颇为气愤地道,"也不知道她从哪里得知我的身孕是假的,借此要挟,骗我去引你出府,说是不想让你陪爷去狩猎。我……我照做了,谁知道她是想直接杀了你,然后嫁祸于我。"

这么厉害?姜桃花惊讶道:"她看起来不像那么聪明的人啊。"

"人不可貌相!"顾怀柔认真地看着她道,"无论如何,她的话,娘子千万别信,指不定她又挖了什么坑等着你呢!"

"我知道,所以才半夜过来,打算拉你一把。"姜桃花一笑,眼里清澈极了,"孤立无援不是什么好事,如今孟氏已经不可能再回来,要是你也出府了,那这府里就是秦娘子独大。这种情况之下,我若是不归顺她和夫人,日子必定不得安宁,可就算是归顺了,她们也未必会让我好过。这就是我帮你的理由。"

顾怀柔一怔,惊讶地看了她一眼,赞叹道:"娘子很聪明。"

她入府还不到两个月,竟然能把这些事情看得如此通透。

"我只是擅长保命罢了。"姜桃花看着她,"你留下来,对我有益无害,所以我的法子,你要不要听?"

屋子里安静了一会儿,顾怀柔深深地看着面前的女子。她身上没有半点攻击性,温和柔软得像一只兔子,脑子却很清醒,十分靠得住。爷会对她动心,也不是没有道理。

"你说吧。"她道,"若是可行,我必定全力以赴。"

姜桃花轻轻松了口气,勾勾手指示意她附耳过来,然后嘀咕了好一阵子。

沈在野正在御书房里,安静地围观景王和明德帝争吵。

"父皇,您先前在京都衙门的公审,已经让天下百姓觉得您大公无私,实乃明君。可现在瑜王弟犯错,您为何仍要偏袒?"

明德帝沉着脸道:"朕罚他闭门三个月,相当于幽禁,还算偏袒?"

"可是……上次的贪污案,您判的是——"

"朕判的是满门抄斩!"明德帝一巴掌拍在桌上,怒而起身,瞪着他道,"怎么,你的意思是无垢犯罪,朕也要跟着上断头台?!"

景王心里一跳,连忙跪了下来,皱眉道:"儿臣不是这个意思,但是定官员的罪那么重,瑜王弟却性命仍在,还锦衣玉食地住在府中,未免令文武百官心寒!"

明德帝眯了眯眼,心里大震:"你不取你皇弟的性命还不甘心了?无垠,你的心什么时候变得这么狠了?他可是你的亲弟弟!"

瑜王跪着没吭声，心下只觉得穆无垠这次急功近利，太不明智。本来父皇还在生他犯错的气，现在完全是在气景王残害手足。

旁边站着的沈在野竟然也没拦一拦他。

御书房里咆哮之声不绝，等沈在野看够了戏，上前调和两句之后，瑜王的处置也定下了——依旧是幽禁府中三个月。

景王很不满，但也实在没什么办法，只能尽力在这三个月之内把瑜王在朝中的势力逐步瓦解。

沈在野悠闲地乘车准备回府，不想路上竟然有人拦道。

"相爷！"一个小厮模样的人躬身跑到车旁，恭敬地道，"郎中令大人就在旁边的茶楼上，请丞相移步。"

郎中令？顾世安？沈在野嗤笑一声，道："我赶着回府，并不想喝什么茶。"

"大人！"小厮连忙拉住马绳，伸手往车里递进一封信，"顾大人是诚心相邀，还请丞相仔细看看！"

沈在野扫了那信一眼，微微一愣，伸手接过来仔细瞧了瞧。

信封上头就三个字——请罪书。

这是什么情况？沈在野皱眉，掀开帘子下车，往旁边的茶楼上走。

"沈丞相！"顾世安一改往日的倨傲，上来就朝他行了个大礼，眉目间全是忏悔之意，"下官有罪，特向丞相请罪，并愿自降郎中令之职，改为内吏小官！"

沈在野转头看了看外头的太阳，笑道："大人今日这是怎么了？"

茶楼上没人，顾世安半点颜面也不要了，跪下来就道："下官以前不懂事，如今大祸临头，方知丞相才是一心为国的忠臣良将，不求能保官位，但求丞相救下官一命！"

沈在野低头看着他，十分怀疑这人是不是受了什么刺激。以前的顾世安哪里会这么低声下气地跟他说话？伪造银票的事儿还没查到他的头上，他怎么会这么慌乱？不过他这想法倒是很好，让出郎中令之位，自己情愿当个小官，那也就是说，他手里的人脉都肯交出来给即将上任的人。这笔买卖倒是不亏，还省了他不少事情。

"大人有话还是坐下来说吧。"沈在野柔和了神色，伸手将他扶到旁边的椅子上，"以前不能与大人交心，是沈某的遗憾。如今大人顿悟，沈某自然乐意帮忙。"

顾世安擦了擦头上的汗，点了点头，心想，怀柔当真没骗他，这一招有用！

要是平时，他定不会听怀柔的话，但最近很多地方出了岔子，陛下又刚定了孟太仆的贪污之罪，若是再有火烧到他身上，那也是个全家遭殃的下场。怀柔偏巧这个时候要被休回来，他就算再笨，也知道沈丞相这是要切断与他的关系，让他自生自灭。

这种时候就顾不得什么面子了，有法子就得尝试。根据消息说，丞相手里已经有他伪造银票贪污的证据。既然如此，那投靠沈在野就是唯一的保命之法！

他头一次觉得嫁出去的女儿也是有用处的！

两人在茶楼上交谈许久，沈在野眼里的笑意越来越浓，最后起身道："那就多谢大人了。"

"辛苦丞相，下官哪敢承一个'谢'字。"顾世安拱手行礼，恭敬地将沈在野送下了楼。

上了马车，沈在野脸上的笑容就收了起来，眼睛深沉地盯着某处，微微眯眼。

若是今日不投诚，那么至多半个月，顾世安就会被扯进一桩新的贪污大案。可这人像是得了谁的指点一样，乖乖地来找他，而且说的条件都是符合他心意的。他本就打算在郎中令之位空出来之后扶自己的人上去，要知道，人脉是很重要的。顾世安愿意帮忙，以换得他的信任，对他有利无害。

谁会这么了解他？

沈在野下车进府，还没走两步，就见温清阁的越桃跑过来，跪在他的面前道："相爷！我家主子当真是冤枉的，找到证据了！"

沈在野眉梢一挑，睨着她道："什么证据？"

"府里的出入记录，能证明我家主子没有机会买凶杀人，而原先说我家主子怀孕的大夫也找到了，他已经招供，说是收了银子，故意骗我家主子的。请相爷去温清阁一看！"

两天的时间不到，顾怀柔竟然找到了活路？沈在野眯眼，想了一会儿，还是打算过去看看。

梅照雪和秦解语一早就到了温清阁，见他进来，秦解语上前就道："爷！您不是说了不会再见顾氏吗？"

"到底是同床共枕过。"沈在野板着脸道，"听说有证据能证明她是冤枉的，我自然要来看看。"

"哪儿来什么证据，都是她瞎编的！"秦解语气愤地指着屋子里站着的一个大夫道，"这根本就不是当初给她诊断的大夫，顾氏随意收买了个人来，就是想骗您！"

沈在野看了那大夫一眼，好奇地问："你怎么知道这不是当初给顾氏诊断的大夫？我听说最开始那大夫只有顾氏见过，连银子都没收就走了，你又是怎么认得的？"

秦解语一愣，连忙低头道："妾身觉得他不像——"

"秦娘子！"梅照雪轻斥了一声，看了看沈在野的脸色，低声道，"你又没见过，怎会觉得不像？虽然先前顾氏诬告了你，但你也算虚长一岁，怎能这样小气，还同人计较起来了？"

秦解语一愣，连忙退到旁边，屈膝道："是妾身一时气急，妾身知错。"

顾怀柔抿唇，看着她们轻笑了一声，道："爷来我温清阁，什么话都还没问，就先看了一出好戏，也真是热闹。"

沈在野皱眉，也看了秦解语一眼，颇为不悦地道："既然没什么事，你也不必在这里待着，出去吧。"

秦解语身子一顿，下意识地瞥了梅照雪一眼，见她神色平静，没什么反应，便无奈地顺势行礼，退了出去。

"爷，"顾怀柔递过府上的出入记录和大夫的口供，看着他道，"妾身只是一时糊涂，为人所害，并非有意要搅起这后院风雨。妾身有虚荣之心，并且为此连累了姜氏，甘愿受罚。但妾身实在没犯什么大罪，不至于被逐出府，还请爷怜惜！"

沈在野看了她几眼，状似犹豫地将那东西接过来，仔细看了看。

梅照雪皱眉，她不明白相爷这是怎么了，按照之前他那般决绝要休了顾氏的态度来看，今日压根儿就不该来这温清阁，更不该看她给的东西。难不成他心软了？可是相爷这样的人，一旦下了决定，从来没有改变的时候啊。这到底是为什么？

顾怀柔给的证据都算是站得住脚的，尤其是那大夫的供词，反正当初那大夫只有顾怀柔和越桃见过，旁人谁也无法说那大夫是假的。姜桃花这主意出得极妙，轻轻松松地就洗清了她身上的罪责，只要给受罪的大夫一些补偿即可。

现在就看相爷愿不愿意留下她了。

屋子里陷入了沉默，梅照雪也在偷偷地打量沈在野的表情，想揣度他的心思。然而，她看不穿他，从嫁过来开始，她看得穿很多人，独独看不穿这位厉害的相爷。他在想什么、接下来会怎么做，她从来都猜不到。

良久之后，沈在野神色轻松了些，抬头看着顾怀柔道："如此说来，是我那日太过激动，冤枉了你。"

顾怀柔大喜，连忙跪下行礼，哽咽道："妾身不冤枉，妾身的确是做错了事，甘愿受罚！只要爷还肯留妾身在这府里——"

梅照雪皱眉道："爷，您已经知会了顾家那边，休书也拟好了，这……"

"既然是冤枉了她，那休书就作废吧，"沈在野淡淡地道，"她的罪过也没严重到那份儿上。至于顾家那边，你就再去知会一声，将情况说清楚，想必顾大人也会很高兴。"

梅照雪抿唇，垂头行礼："妾身明白了。"

已经快要淹死的人，竟然不知在哪儿抓着了救命稻草，就这样又爬回了岸上！梅照雪心里很不舒坦，觉得爷有些变了，怎么会变得这样心软？

沈在野罚了顾氏闭门思过十日，抬脚就往争春阁走。

他推开争春阁的大门，一只笑眯眯的小狐狸朝他扑了过来，双手环抱住他，仰头道："爷，妾身准备了好多好吃的点心，您快来尝尝！"

沈在野睨了她一眼，脸色不太好看。

姜桃花厚着脸皮装作没看见，拉着他就往屋子里走，还不停地道："里头有燕窝薏米甜汤、梅花香饼、七巧珍珠糕，妾身觉得您肯定爱吃！"

沈在野没好气地道："你以为拿吃的打发我就够了？"

姜桃花头皮一紧，小心翼翼地看他一眼，满脸无辜道："爷这是怎么了，好像在生妾身的气啊？妾身做错什么了吗？"

"我给你讲个故事吧。"沈在野扯着嘴角笑了笑，"故事的名字叫《装傻的小狐狸被狼一口吃得骨头渣子都不剩》。"

姜桃花皱眉道："这名字太长了，听起来就不是个好故事，爷还是吃点心吧！"

"姜桃花，"沈在野沉了脸，没耐心再跟她绕圈子，"我记得我说过，后院的女人就应该待在后院里，不要妄想插手前朝之事。"

"爷说过的话，妾身都记在心里呢！"姜桃花十分正经地道，"一个字都不敢忘！"

"是吗？"沈在野嗤笑，"那你解释一下今日顾氏是怎么回事吧，我不信先前还歇斯底里的女人会在这么短的时间内找到证据，立马翻身。"

"瞧爷说的，把妾身当什么神仙了不成？"姜桃花掩唇一笑，"顾氏找到了证据，跟妾身有什么关系啊？而且，退一万步来说，就算有关系，又有什么大不了的，关前朝什么事？"

"你是最了解我的人。"沈在野伸手，将她拉过来坐在自己怀中，一双眼睛凌厉地望进她的眸子里，低声道，"同样，我也是最了解你的人。今日顾世安反常，顾怀柔也反常，这背后没有你相助，我不信。"

姜桃花双手捧腮，高兴地道："原来妾身在爷心里有这么重要的位置，妾身真是欣慰！"

屋子里安静下来，沈在野眼里的神色也越来越不友善。

冷汗湿了背后的衣裳，在他这目光之下，姜桃花终于老老实实地背着手道："妾身知错。"

"你怎么办到的？"沈在野皱眉，"顾世安不是那么好说服的人，更何况说服得那么彻底。"

"这个很简单啊，"姜桃花小心翼翼地看了他一眼，道，"爷先保证不会怪罪妾身，妾身再讲。"

还敢跟他谈条件？沈在野眯眼，瞧着她这一副贪生怕死样，咬牙道："不怪你，说吧。"

姜桃花深吸一口气，道："顾大人是不见棺材不掉泪的人，并非什么大忠之臣，却有些自负。从顾夫人的表现来看，他在家里也许很沉默，不管事。但是在朝堂上敢顶撞相爷的人，怎么也会有胆量和自己的见解，否则根本站不住脚。妾身猜测，这位顾大人应该是会算计，但未必算计得多好。

"这样的人自然不会听自己女儿的话，除非让他意识到自己的情况已经很危急。妾身给顾娘子出了主意，让她写家书回去阐明爷接下来会如何一步步弄死他并附上被顾夫人撕碎的假银票，这样一来——"

"等等。"沈在野皱眉,"阐明什么?"

姜桃花脖子一缩,咽了口口水,道:"妾身瞎编的,为的就是吓唬顾大人。"

"拿来我看看。"

"已经在顾大人那儿了。"

"那你背一遍!"

姜桃花抬头望天:"妾身忘记了。"

她又不傻,真把那些东西给沈在野看,他不掐死她就怪了!虽然现在这位爷身上的杀气也挺重的……但她还有说话的机会不是?

"爷看结果不就好了,看过程做什么呢?"姜桃花嘿嘿一笑,伸手替沈在野捏着肩,"真正除掉对手的法子是让他变成可以为您所用的人,弄死对方是最愚蠢的办法,爷觉得呢?"

"我觉得你很聪明,"沈在野淡淡地道,"聪明得不该屈居这相府后院。"

姜桃花心里一跳,连忙道:"请爷一定要相信妾身,妾身绝无插手前朝之意!只是想救救顾氏。"

"救她做什么?"沈在野抬头看她,"你一个人就抵得上这满院子的人,还需要帮手不成?"

"谁会嫌帮自己的人多啊?"姜桃花抿了抿唇,"爷的心思变幻莫测,指不定什么时候就不宠妾身了,难道还不许妾身在这院子里交个朋友?"

沈在野脸色阴沉沉的,没有再开口。屋子里的气氛瞬间有些沉重。

姜桃花无力地叹息,小声地嘀咕道:"爷是不是每过一段时间就会想弄死妾身啊,这简直跟女儿家的月信一样准。"

沈在野:"……"

他抬头瞪了她一眼,起身,淡淡地道:"你好生待着吧。"

"爷,点心不吃了?"姜桃花眨眨眼。

沈在野没答她,挥袖就走了出去。

青苔站在一边,手心里全是汗,等沈在野一出门,便跑到姜桃花身边道:"主子,您这是何必?救个顾氏,倒把自己搭进去了!"

"有什么关系?"姜桃花耸肩,"早搭晚搭,早晚要搭,我不可能装傻一辈子,他也始终会对我有戒心。现在能捞着一个一边站的人,不是挺好的?"

"可……"青苔抿唇,总觉得很可惜,本来爷多宠自家主子啊,今儿竟然连糕点都不吃就走了。

"你安心吧。"姜桃花挥手,舒舒服服地躺到软榻上,"没什么大不了的。"

沈在野对她,从来不是打心底真宠,两人不过是相互利用罢了。这样的宠爱,没了的时候,她还能好好休息呢。况且,接下来的日子里,沈在野本也不可能继续宠她。

与景王的关系日渐紧密,这后院里的形势变化还会继续。

临武院。

沈在野进了书房，坐在椅子上皱眉沉思。湛卢站在一旁，轻声问："主子，要用膳吗？"

"我不饿。"沈在野抬起头，看向自己身边这个跟了多年的随从，突然问了一句，"湛卢，你知道我在想什么吗？"

湛卢一愣，被自家主子的问题惊了一下，小心地看了他两眼，才道："奴才又不是您肚子里的蛔虫，怎么会知道您现在在想什么？"

"换个问法。"沈在野抿唇，"今天我饶了顾氏，你觉得是为什么？"

"这……奴才哪里能猜得到主子的想法。"湛卢低头，"奴才不过是按照主子的吩咐做事罢了。"

连跟了他这么多年的人都不了解他的心思，那么姜桃花这个进府只有一个多月的女人到底是从哪里知道他的想法的？

是他太大意了吗？最近跟她太亲近了，所以被她找到了破绽？这种情况实在不太妙，她若是能找到，那么别人或许也能找到。这么多年的算计，总不能败在一个女人身上。

沈在野闭了闭眼，低声道："罢了，先冷落她一段时日吧。"

湛卢微愣，茫然地看着自家主子，一时间也没想明白他嘴里的"她"是谁。后院姹紫嫣红，一部分人得宠，就会有一部分人失宠。但风水轮流转，沉寂了许久的几个女人，此时开始，总算有了翻身的机会。

凌寒院。

梅照雪坐在桌子后头，依旧在摆弄桌上的茶具。但今日她眉头紧锁，半点也没松开。

"夫人，"秦解语坐在她旁边道，"妾身实在想不明白，爷到底为什么放过了顾氏。"

"你问我，我问谁？"梅照雪不悦地道，"爷的心思一向难猜，也许是一时心软吧，毕竟顾氏也在府里伺候这么久了。"

"可是，这对咱们不太妙啊！"秦解语皱眉道，"顾氏是知道咱们要对付姜桃花的，万一去告状……"

"她去爷那儿告状是没用的。"梅照雪轻嗤一声，伸手倒茶，"没有证据，爷不会信她。顾怀柔能做的就是去告诉姜桃花，且不论姜氏信不信，就算信了，又能拿我们如何？"

秦解语捏着帕子想了想，道："您不是还想让她投靠咱们吗？这样一来，她定然不肯了。"

"她本也不会来投靠咱们。"梅照雪似笑非笑地道，"姜氏机灵着呢，若是愿意投诚，一早就来了，不会等到现在都没动静。"

说得也是，姜娘子瞧着是傻兮兮的，可是做事半点都不傻，是个很难对付的人。秦解语有些不高兴，连连叹道："偷鸡不成蚀把米，这下咱们该怎么办？"

"能怎么办？"梅照雪看了她一眼，"你与其想法子去对付别人，不如好好想想怎么才能让爷重新宠幸你。你那院子也荒芜许久了吧？"

秦氏脸上一僵，坐直了身子，小声道："妾身也在想法子呢，只是爷以前喜欢的东西，现在好像又不喜欢了，真不好拿捏……"

"那就多花点心思。"梅照雪道，"如今孟氏不在了，院子里你是一枝独秀，这么好的境况，若还争不过别人，那就有点说不过去。"

"是。"

应是应了，秦解语心里却没什么底。她正有些发愁，外头的点珠忽然跑了进来，高兴地道："主子！爷在往海棠阁走呢！您快回去！"

什么？！秦解语立马站了起来，喜上眉梢地看了梅照雪一眼。

梅照雪颔首，轻轻笑了笑，道："你还愣着干什么？赶紧去吧。"

"是！"秦解语行了礼，提着裙子就往外跑，一路上都笑得甚为开心，不断地问点珠，"爷怎么突然过来了？"

"奴婢哪里知道啊。"点珠笑道，"肯定是想您了，他也许久没过来咱们院子了。"

秦解语颔首，回到海棠阁门口，整理了一番妆容衣裳，才笑着跨进去。

沈在野心情不是很好，坐在主屋里看着空荡荡的桌子，眼里有暗光流转，也不知在想什么。

"爷！"秦解语回来了，一来就恭恭敬敬地给他行了个礼，"没想到爷这时候过来，让您久等了。"

"无妨。"沈在野看了她两眼，抿唇道，"你这儿有点心吗？"

秦解语微微一愣，连忙问："爷想吃什么点心，妾身马上让人去做。"

沈在野垂头，盯了桌面一会儿，淡淡地道："燕窝薏米甜汤、梅花香饼、七巧珍珠糕。"

"好，爷稍等！"秦解语连忙转头出去吩咐丫鬟。

海棠阁和争春阁一样，都是娘子的院落，所以布局大小相去无几。可是不知道为什么，沈在野在这儿坐着，总觉得空荡荡的，房间都像是大了不少。

"最近冷落你了，今晚便在你这儿歇息。"沈在野道，"你准备一下吧。"

秦解语一喜，连忙颔首："妾身明白，那晚膳爷也在这儿用了？"

"嗯。"

"妾身立马让人去安排！"

这可是天上掉下来的好事，都不用她费尽心思去引爷注意，爷自己就上门来了。这机会可一定得把握好！

屋子里只剩下沈在野和湛卢。沈在野闷头没吭声，湛卢却悄悄地看了他好几眼，小声道："奴才好像明白主子在想什么了。"

"嗯？"沈在野身子一僵，抬头看他，"我在想什么？"

"姜娘子。"湛卢一脸肯定地道，"您是在争春阁待得太久，到别的院子里就不习惯了。"

沈在野："……"

他好端端的想她干什么？湛卢可真是瞎猜！

不过有点不习惯倒是真的。这段日子他已经默认一推开门就有人扑过来，没大没小地抱住他，没责怪她，倒是养成了她随时顶嘴的毛病。他是有些生气，但没从想过要怎么罚她，反而觉得这死气沉沉的丞相府好像因为她而有了点趣味。

这是不对的，长期要在水里游的人，就不该喜欢暖风吹干衣裳的感觉，不然怎么继续游下去？他一开始就知道，跟谁过于亲近，会导致自己做出理性之外的判断，所以这满院子的女人，他从来没真的宠过谁。

姜桃花是个意外吧，是他一时放纵得来的意外。原以为她不会活太久，没想到她不仅活到了现在，还对他产生了影响。

沈在野闭了闭眼，轻笑一声，他不是神，只是普通的凡人，凡人该有的情感他都有，不可能灭了人欲。但……他能做的，就是控制。既然已经发生了，那么他只能好生控制了。

第十八章 秘密

争春阁。

姜桃花正在看府里的花名册，青苔皱着眉头进来道："今晚爷要在海棠阁过夜。"

"嗯。"姜桃花头也没抬地应了，继续看手里的册子。

"您一点感觉也没有吗？"青苔不悦地蹭到她旁边，"秦娘子可是算计过您的，顾娘子不是说了吗？爷那么聪明的人，未必就不知道这些女人有多心狠手辣，可他还是——"

"青苔啊，"姜桃花叹息，抬头看了她一眼，"我问你，你去菜市场买青菜回来喂鸭子，卖菜的人告诉你那些青菜叶子是被虫蛀过的，你还买不买？"

青苔一愣，皱眉道："又不是我自己吃，给鸭子吃的青菜，虫蛀了说明新鲜啊。"

"这不就结了？"姜桃花轻笑，"虽然后院里的女人心狠手辣，但又不是用在沈丞相身上，他怎么会在意呢？"

还有这样的说法？青苔很不能理解，正想再说，外头却传来越桃的声音："姜娘子，我家主子请见。"

姜桃花微微一笑，收好桌上的东西，起身抬脚跨出了门。

顾怀柔站在温清阁的院子里，一见姜桃花就行了个大礼。

"这是干什么？"姜桃花伸手把她扶起来，道，"你我平级，行这大礼不是折杀我了？"

"娘子受得起。"顾怀柔满眼感激地看着她，"要不是娘子大度，不计前嫌伸手相助，妾身现在也不能站在这里了。"

会感恩的孩子就是好孩子啊！姜桃花觉得很欣慰，她总算是没看错人。以前一时鬼迷心窍没关系，只要以后聪明点就好。

"咱们进去说话吧。"她道，"站在这里也不像话。"

顾怀柔连忙点头，扶着她往里走。

"听闻爷去海棠阁了。"看了姜桃花两眼，顾怀柔抿唇，"是不是因为我的事情，娘子把爷得罪了？"

"是啊。"姜桃花点头。

顾怀柔心里一跳，皱眉："这可怎么是好？"

"没什么大不了的，花无百日红。"姜桃花笑道，"明儿爷就可能来宠幸你了。"

宠幸她？顾怀柔摇头："妾身还在闭门思过呢，怎么可能……"

"这相府是他的地盘，他想去哪里，还能被关在门外？"姜桃花笑了笑，"顾大人只要懂事，你的恩宠不会比秦氏少。"

顾怀柔微微一愣，她其实是不太懂前朝的利益纠葛的。不过看姜桃花这么胸有成竹的样子，她也就点头道："若是爷来了，我定会替你美言两句。"

"不用啦。"姜桃花摆手，"牵扯上我对你没好处，你就当什么都不知道，好好伺候他吧。"

顾怀柔不解地看着她，问："娘子是有别的自救之法吗？"

"没有。"

"为什么？"顾怀柔皱眉，"你连我都能救，怎么就不能救自己？"

"医者难自医。"姜桃花耸耸肩，"只能看命运的安排了。"

顾怀柔不信，毕竟姜娘子那么厉害，这次的事情一出，她觉得梅夫人都未必有姜娘子这么聪明。况且爷还一直喜欢她，她怎么可能找不到翻身的机会？既然姜娘子不肯说，那她也没必要一直问，总会好的吧。

两人寒暄一番，顾怀柔一直眼含敬意地看着姜桃花，再也没有以前的防备和猜疑。看着她炙热的眼神，姜桃花明白顾怀柔是真的服了她了，这次上船，没给自己留逃生的小船，而是全心全意地选择相信她、跟随她。

"娘子回去好生休息。"送她出门的时候，顾怀柔还道，"等我这禁闭期过了，一定去争春阁看你。"

"好。"姜桃花点头，笑着朝她颔首之后，便带着青苔离开了。

春意越来越浓，后院里走动的人也就多了。刚经过花园，姜桃花就瞧见个有些面生的女子："那是谁？"

青苔跟着抬眼看了看，道："许是段娘子吧，府里人常说她爱花，就是身子不太好，不喜欢跟人来往。"

段娘子？姜桃花挑眉，脑子里飞快地回忆了一下看过的花名册。

段芸心，治粟内史之女。这名字她应该早就看过，沈在野一开始害她引人妒忌的时候，挤掉了两个人的侍寝机会。其中一个是孟蓁蓁，还有一个就是段芸心。只是，孟蓁蓁的反应颇大，一下子就跳到她面前来了，但是段芸心没有，一直没正式见礼不说，好几次在众人集聚的时候碰面，她俩都没正眼看过彼此。

是个不爱惹事的人吗？想了想，姜桃花带着青苔就往花园里走。毕竟都是后院里的人，打个招呼也是应该的。

段芸心扶着丫鬟的手慢慢走着，一边欣赏花园里的花，一边小声说着什么。姜桃花走近的时候，就听得她道："春意浓了，院子里的花草也就越发旺盛起来。"

243

爷对一些花是过敏的,等会儿你回去的时候,拿瓶新做的药,给爷送去。"

旁边的小丫鬟应了,低声道:"今晚爷是在海棠阁里歇息,那位的性子一直不太好,咱们要不明日再送去?"

"无妨的。"段芸心抿唇,"为爷好的东西,自然是越早给他越好。如今孟氏不在了,秦娘子也未必会那般针对咱们,大不了你就多赔赔礼,让她体谅一二。"

听着这话,姜桃花顿住步子,绕到旁边的假山后头去。

"主子?"青苔小声问,"怎么了?"

"她们在说事情,咱们这样过去似乎不太好。"姜桃花抿唇,道,"而且听起来,段娘子跟孟氏曾经交情不错,那见我就有些尴尬了。"

孟蓁蓁先前毕竟是担着"陷害姜娘子"这罪名的,后来顾氏假孕之事真相大白,但孟家上下遭殃,沈在野也就未曾给她平反,依旧默认此罪。虽然这不关她什么事,但是在孟氏的朋友眼里,估计也不会把她当什么好人,这招呼不打也罢。

"回去吧。"看人走远了,姜桃花摆手道,"屋子里还有点心没吃完呢。"

"是。"青苔恭敬道。

争春阁里安静得很。姜桃花进屋坐下,看着盘子里的点心,抿了抿唇,拿起来慢慢地吃。

沈在野现在应该是在海棠阁里逍遥,以他那么粗暴的行为,秦娘子明日怕是去不了凌寒院请安了。要说心里没半点不舒服,那是假的,虽然她知道自己和沈在野不会有什么好结果,但现在毕竟还是在一起的,他跟她恩恩爱爱一阵子,又转去同别人欢好,怎么都让她有一种吞了苍蝇的感觉。

也不算是吃醋吧,就是觉得有点寒心。沈在野那人的心可真冷。这后院里的女人都是他的,却未曾见他对谁有真心,说休就休,说害就害,也不知他到底是以什么样的心情去宠幸她们的。

天色渐渐暗了下来,青苔从外头进来道:"主子,海棠阁已经点灯了。"点完灯就是侍寝的时候,姜桃花点头,打了个哈欠就躺上了床。

青苔却跟了过来道:"奴婢总觉得今日段娘子在花园里说的事儿,可能会闹得秦娘子不愉快呢。"

"怎么?"姜桃花闭着眼睛道,"送个东西而已,能有什么不愉快的?"

"可她挑的时候不对啊。"青苔道,"现在海棠阁已经在准备侍寝事宜,定然不会有人理她的丫鬟。那丫鬟一直在外头站着,秦娘子也不会高兴,就像秃鹰吃食,旁边还有别的秃鹰守着一样。"

"你这比喻很恰当。"姜桃花笑了,"不过也不关咱们什么事儿,让她们去折腾吧。时候不早了,你也早点去休息。"

"是。"

夜幕越来越沉，丞相府里和往常一样宁静，然而沈在野没有像往常那样一直留在侧堂。屋子里帘子一拉，黑漆漆的，里头自有人替他去宠幸秦氏。他无声无息地隐到院子后头，皱着眉问："出什么事了？"

湛卢小声道："瑜王差点被暗杀，陛下连夜召人进宫问情况，景王有些慌了。"

"这点小事他也能慌？"沈在野黑了脸，"以前是我高看他了。"

"这怪不得景王，因为陛下慌了，看得出他对瑜王舐犊情深，景王难免担心瑜王借此机会再翻身。那边的意思是，希望您能暗中过去一趟，当面商量下该怎么做，明日一早恐怕就得行事。"

沈在野微微抿唇，点了点头，反正晚上的时候也不会有人知道他去了哪里。他吩咐道："你去准备，小心别让人看见了。"

"是。"湛卢出门，左右看了看。院子里的人都歇息了，没敢打扰秦娘子侍寝，院子外头自然也是一片寂静。于是他便放心地去准备马车，然后回来请沈在野出门。

丞相府里晚上是不会有人乱走动的，所以他们离开的时候没有仔细看周围。躲在墙角里的小丫鬟手里还捏着药瓶，惊讶地看着丞相出门，又看了看海棠阁。

她来这里很久了，奈何海棠阁的人根本不让她进去。想着自家主子的吩咐，她只能等三更天爷起身的时候再送。结果没想到，她却看见这么一出。时辰还没到呢，爷怎么就走了？想了想，小丫鬟干脆就在这里守着，看爷什么时候回来。

三更天的时候姜桃花就醒了，看看外头的天色，翻了个身想继续睡，却怎么也睡不着了。大概是两个人在一起睡久了，她一个人的时候抱枕头都不习惯了吧。翻来覆去到了四更天，还是睡不着，姜桃花干脆起身，披衣打算出去走走。

青苔仍旧在沉睡，外头的月光皎洁极了，姜桃花深吸了一口气，打开院门就往花园的方向走。

人这一生中有很多东西是命中注定的。姜桃花的睡眠质量一直很好，从来没半夜醒过，偏巧就是今夜醒了，偏巧还想出去走走，偏巧走到侧门附近的时候遇见了刚从外头回来的沈在野。

沈在野也是一向少在晚上出去，为了保险起见，他都会在被宠幸的女人院子里休息，直到三更天离开。偏巧今夜出了事，他必须出府；偏巧事情还有点复杂，他四更天才能回来；偏巧他回来的时候，还好死不死地撞上了出来晃荡的姜桃花。

两人大眼瞪小眼，都不知道对方是在做什么。不过沈在野还是比桃花快一步，上前挟起她就推开了旁边小黑屋的门。

"你在这里干什么？！"沈在野的声音前所未有地紧张，他盯着她，恶狠狠地问。

姜桃花被吓蒙了，眨巴眨巴眼睛，无辜地道："妾身睡不着，出来随意走走……"

"你骗得了谁?"沈在野皱眉,"一旦睡着,你什么时候半夜醒过?随意走走,怎么就走到侧门来了?"

姜桃花当真很冤枉,说道:"爷,从争春阁去花园,侧门这条路是必经的啊!"

沈在野抿抿唇,道:"你这女人,让我不敢轻信。"

"爷还让妾身觉得不可思议呢!"趁着四周一片漆黑,姜桃花终于壮着胆子朝他翻了白眼,"大晚上的,您不是该在海棠阁吗,怎么跑到府外去了?"

"这个你管不着,但是有一点你要知道,"沈在野眯了眯眼,沉声道,"我出府的事情是秘密,你若是敢让第二个人知道,你就完蛋了。"

姜桃花缩了缩脖子,撇嘴:"您不见了,秦娘子也是会知道的吧?"

"这个你不用管。"沈在野道,"我自有让她不知道的法子,一旦消息走漏,我便只能拿你是问。"

"妾身明白了。"姜桃花撇撇嘴,举起双手道,"妾身发誓,一定替爷保守秘密。"

沈在野斜了她两眼,点了点头:"莫要辜负我对你的信任。"

"您放心吧!"姜桃花打了个哈欠,泪眼婆娑地道,"本来还睡不着的,但是一看见您,不知怎的睡意就回来了。要是没别的事,那妾身就继续回去休息了。"

"嗯。"应了一声,沈在野打开门,带着外头的湛卢,跑得比她还快。

每个人都有自己的秘密,尤其是丞相这种位置上的人,秘密更是不会少,所以姜桃花也没打算刨根问底,今晚就当没见过他。

回到争春阁,她倒是一夜好眠,第二天起来梳妆打扮,便去凌寒院请安。

府里请安的规矩是一直都有的,但姜桃花没怎么去,要么就是不在府里,要么就是有伤在身,请不了安。所以她这次过去,倒是让里头坐着的人觉得新鲜。

"哟,姜娘子竟然来了。"秦解语看了她一眼,笑了笑,"太阳今儿可能是从西边出来的。"

包括梅照雪在内,屋子里一共坐了四个人。柳香君一早就过来了,正微笑着看着她。旁边还有个人,却是昨儿在花园里见过的段芸心。

姜桃花没来得及仔细看她,先给夫人见礼:"妾身请夫人安。"

梅照雪笑着抬手:"难得你过来一趟,先坐下吧。"

"是。"她应道。

段芸心旁边的位子还空着,姜桃花过去就先朝她颔了颔首:"段娘子有礼。"

"姜娘子有礼。"段芸心细声细气地道,"一直没仔细瞧过,今日方得一见,娘子真是倾国之色。"

先前青苔说什么来着?段芸心身子不好,不太喜欢跟人打交道?姜桃花一边笑着坐下一边腹诽,瞧她这话说得多顺溜啊,哪里像不善交际的模样?

"这院子里还有好多姐妹都没仔细瞧过咱们姜娘子吧?"秦解语笑着掩唇,"真该都来瞧瞧,也好勉励自个儿,没有这般的倾国之色,就要多在别的地方下工夫,才能得到爷的欢心。"

柳香君失笑:"听听娘子说的这是什么话,爷昨儿可是在您那儿歇的呢。"

一提起这个,姜桃花就忍不住打量了秦解语两眼。也不知道沈在野昨晚是什么时候出的门,所以到底是宠幸她了还是没宠幸啊?

秦解语娇俏一笑,揉着帕子道:"一时运气罢了,爷大概也是想起许久没去我那院子了,所以顺便去瞧瞧杂草长得有多高。"

"娘子莫谦虚。"柳香君道,"谁不知道爷昨儿破天荒地在海棠阁里留到了五更天啊?往常侍寝,爷可都是三更就回临武院的。"

说到这里,她又看了姜桃花一眼,掩唇道:"妾身说的往常可不包括咱们姜娘子,爷在争春阁一连待上好几天也是寻常之事。"

秦解语脸上似笑非笑,看着姜桃花道:"是啊,爷在我院子里留到五更天就已经是稀罕事了,可在姜娘子看来,怕是寻常得不能再寻常了。"

姜桃花有点惊讶,看了秦解语两眼,试探性地问:"爷当真在海棠阁留到了五更天?一直都在?"

"你这问的是什么话?"秦解语撇嘴,"难不成爷中途还上哪里去了不成?"

姜桃花沉默了。秦娘子不是傻子,沈在野就算有再好的理由,中间离开过,她也应该知道才对,怎么会什么都没察觉?况且看她这样子,当真是承过恩的,脸色比往常红润不少不说,眼里也满满的都是情意。

沈在野难不成还会分身术?

"大早上的,就不能换个话头吗?"梅照雪开口了,淡淡地道,"一屋子的酸味儿,也该通通风。"

秦解语一愣,连忙坐直了身子,笑道:"夫人说得是,妾身跟她们开玩笑呢。爷是大家的,宠谁不宠谁,我们有什么好争的?"

姜桃花也颔首,恭敬地道:"秦娘子说得是。"

秦解语悄悄白了她一眼,脸上有些得意,又有些高傲。她下巴扬得高高的,像极了一只孔雀。

前些天她的眉目间还满是怨气呢,现在这底气,肯定也只能是沈在野给的。那么问题来了,沈在野是如何做到半夜离开海棠阁,还没让秦解语察觉的呢?姜桃花疑惑不解。

沈在野正在朝堂之上,安静地看着上头的帝王。

景王和瑜王都跪在大殿中间。瑜王手臂带伤,脸上也有划痕;景王面无表情,低垂着头。两人已经进行过一轮争辩了,现在就是明德帝下定论的时候。

瑜王府昨晚遇刺,有证据指向景王,景王大呼冤枉,已经凭借沈在野给的证据证明了清白。现在有臣子提出的问题是——瑜王被幽禁,护卫难免有疏漏,恐怕未到三个月，瑜王就性命不保。

明德帝脸色不太好看，心里恐怕正在斟酌。

沈在野知道，明德帝是很想宽恕瑜王的，奈何景王死咬着不放，让他不悦的同时，也让他开始怀疑要害瑜王的人是不是真的跟景王有关系。对这种护短的皇帝来说，两个儿子手足相残是最可怕的事情，然而东宫之位诱惑太大，引起争抢是无法避免的事情。

"罢了。"许久之后，明德帝终于开口了，看着下头的两个儿子道，"朕会让人加强对瑜王府的护卫，无垢就先回去吧。至于无垠，既然与此事无关，那也没什么好说的。"

"儿臣谢过父皇！"两个皇子一同行礼。景王没有多高兴，瑜王也没有多伤心，反正各有所得，也各有所失。

下朝之后，明德帝把沈在野一个人留在了御书房。

"爱卿觉得，朕是不是应该早立太子为妙？"明德帝担忧地问，"再让他们这样争下去，恐怕会招致兄弟阋墙。"

"陛下心里可有人选？"沈在野拱手问道。

明德帝轻轻叹了口气，道："先前朕是觉得无垠乃可造之才，但最近发觉，他的心思不纯，时常走些歪门邪道，甚至对自己的兄弟都能下得了手。这样的人，恐怕当不了仁君。"

"但是除了景王，朝中其他王爷中，似乎也没有合适的了。"沈在野微微一笑，"陛下心里应该有杆秤。"

"是啊。"明德帝拍了拍自己的膝盖，想了一会儿，道，"不如就先让无垠监国试试，丞相觉得如何？"

沈在野低头道："臣觉得可行。"

王爷监国，那地位也就跟太子差不到哪里去，此旨一下，瑜王哪里还坐得住？

明德帝抬头，盯着明亮的窗户思忖良久，然后起身走到书桌前，开始提笔写圣旨。

半个时辰后，沈在野跨出御书房。景王已经走了，可稀奇的是，瑜王竟然在不远处等着他。

"王爷还未回府？"沈在野颔首道。

穆无垢似笑非笑地拱手道："本王特意等着丞相。"

"哦？"沈在野心里一跳，看着他，"可是有什么要紧的事？"

"本王觉得丞相乃我大魏第一忠臣，十分忠于父皇。"穆无垢眼里的神色很深沉，盯着面前的沈在野，态度有些古怪，"只是，好仆不事二主，别说父皇正当盛年，就算他已近迟暮，东宫要继位，那也得在新皇登基之后，您再效忠于新主。要是表面忠于父皇，私下却对某个王爷有偏爱，恐怕有些不妥。"

这话中的某个王爷，就算他不明说，也只会是景王。

沈在野微微眯眼，他面上的功夫是花了心思做的，在外人看来，他对众位皇子都是一碗水端平，瑜王上次也承着他的搭救之恩，如今怎么会突然来说这样的话？

"沈某有些不明白王爷的意思。"他笑了笑，问，"王爷可能说得具体些？"

瑜王轻笑，凑近他一些，道："具体些就是，昨晚若没有丞相相助，今日本王就不会被景王兄压在府内，继续幽禁了。本王觉得丞相可能是迫于景王兄的威胁，不得不帮忙，也不打算与丞相计较。但还望丞相当好百官表率，莫涉夺嫡之争。"

沈在野心下一沉，垂了眸子。瑜王怎么会知道他昨晚去帮景王了？

"话说多了没意思，不过本王是真心仰慕丞相之高德，所以才会等在这里。"穆无垢深深地看着他道，"将来的皇位会落在谁的头上还未可知，丞相又何必在一棵树上吊死？"

"沈某明白了，多谢王爷宽恕。"沈在野拱了拱手，满脸愧疚地道，"有些话沈某也无法说得太清楚，但王爷要明白，沈某效忠之人只有陛下一人。"

穆无垢微微颔首，道："本王相信丞相。"

两人对着行了礼，瑜王便转身先走了。沈在野站在原地，脸上的笑容很快消失，拳头也渐渐握紧。

他是一早就知道这世上能相信的人只有自己的，可是，如今竟然傻到去信了一个女人。他昨晚出府的事情，除了姜桃花，没人知道。姜桃花打起算盘来比他还精明，现在又在盘算什么？

一路带着怒气回府，沈在野很想直接冲去争春阁问个清楚。可是下车的时候被凉风一吹，他又稍微清醒了些。他会不会冤枉她了？毕竟她不认识瑜王，在这京城又没有任何人脉，怎么把消息传出去？仔细想了想，沈在野还是转身，先去了守云阁。

段芸心有些意外，迎着他进门，轻声问："爷怎么一下朝就过来了？"

"许久没来看你，顺路来看看。"沈在野微微一笑，看着她道，"身子好些了吗？"

"好多了，谢爷关心。"段芸心笑了笑，看起来有些不安。

沈在野没再说话，就这么盯着她，眸子里充满探究意味。

段芸心自进府以来话就甚少，也没在他面前抢过什么风头，在沈在野心里，她其实算是个很懂事、不争宠的女子。但是他不傻，也没忘记段芸心是治粟内史段始南家的女儿，而段始南私下与瑜王的联系可是不少，说是党羽都不为过。这府里要是有人往瑜王那里传消息，先问段芸心总是没错的。他没有任何证据能指证段芸心，所以上来先用的就是沉默战术，看能不能逼她自己认错。

"爷……"片刻之后，段芸心的腿都有些站不稳了，她脸色苍白，额上也出了冷汗，看起来十分慌张，"爷想问什么，不如直接问，何必这样吓唬妾身？"

沈在野微微一笑，看着她道："比起问，我一向更喜欢主动招供的人。"

段芸心的神色看起来更加不安，手里的帕子都快揉烂了，整个人散发出一种十分无助的气息，软弱又惊惶，一瞧就知道当真有什么事情瞒着他。

"还不肯说？"沈在野收敛了笑意，看着她道，"是要我去查从昨晚到今早的出府记录？"

"爷！"段芸心跪了下来，愁眉紧锁，模样好生可怜，"您不用去查……妾身，妾身认错！"

沈在野内心微沉，目光瞬间凌厉起来："你认什么错？"

"您听妾身说。"段芸心咬牙，眼里满是泪花，"妾身也是刚刚才知道这件事的。今天芙蕖天没亮就跟厨房的丫鬟约好了一起出府买菜，刚走到路上却听见了些消息……芙蕖是妾身娘家带过来的丫头，惯常听父亲的话，一有什么消息，就……就传出去了。她回来告诉妾身是与爷有关的，妾身才知道她做了这样逆主的事。"

在路上听见的消息？沈在野的手微微捏紧："她人呢？"

"……她知道自己做错了事，已经收拾包袱回妾身娘家了。"

跑得倒是挺快，可跑之前也该说说消息是从哪里来的吧？沈在野有些恼怒，伸手就砸在旁边的红木桌上！

"爷？"段芸心被吓了一跳，不由得往后缩了缩。

沈在野起身，一句话没说就往外走。

湛卢跟在他身边，看了他好几眼，小声说道："这次奴才也能猜到爷的想法，爷是知道消息肯定是姜娘子走漏的，所以生气了。"

"湛卢。"

"奴才在！"

沈在野回眸，目光温柔地看着他，一字一句地道："你要是再敢乱猜爷的心思，小心拔了你的舌头！"

为什么啊？开始要他猜的是他，现在他猜准了又要拔他舌头？湛卢委屈地捂住自己的嘴，默不作声地低头跟在后头，心想，都说女人善变，自家主子比女人也好不到哪里去吧！

沈在野没去争春阁，直接回了临武院，把自己关在屋子里发了两个时辰的呆。湛卢猜得是没错，他夜出的事只有姜桃花知道，一旦有消息走漏，那只能是她说出去的。刚开始他还以为她没有途径传给瑜王，结果谁知道，她竟然会利用身边的丫鬟。

真是聪明的女人，聪明得该死！这样做，到底对她有什么好处？

下午的时候，姜桃花兴致勃勃地做了桃花饼，带去书房请安。她想的是，沈在野就算不宠幸她，与他搞好关系也是很有必要的。要是这位大爷一直生她的气，那对她可没半点好处。

可是，她刚想进书房，竟然被湛卢拦住了。

"我就送个点心。"姜桃花举了举手里的盘子，笑着道，"不会耽误爷做事的。"

"娘子请回。"湛卢摇头道，"爷不想见人。"

姜桃花撇嘴，端着盘子在门口晃荡了好一会儿，不高兴地问湛卢："你确定我不能进这门？"

"是。"湛卢严肃地点头。

"那好。"姜桃花点头，后退两步朝青苔小声嘀咕："拖住他！"青苔应了，上前与湛卢对峙。

湛卢皱了眉："娘子想干什么？"

"不干什么，让她在这儿守着而已，看爷是不见我一个人，还是所有人都不见。"姜桃花笑眯眯地说完，端着盘子出了临武院。

湛卢很不安，因为青苔是会武之人，而且未曾与她切磋过，不知道深浅。就她身上散发的气息来看，怎么看都像是想硬闯！

无奈，他只能全神贯注地盯着这丫鬟，生怕给了姜娘子什么机会，让她闯了进去惹主子生气。

湛卢和青苔是差不多的人，武力值不低，脑子不太够用。他完全没想过姜桃花为什么会转身出门，一心只用在防备青苔身上。

姜桃花端着桃花饼出门，绕到书房后头的院墙外，想了想，把一碟子饼都倒进袖袋里，然后拎着盘子就开始爬墙。

相府的院墙没有宫墙那么高，爬上去也只是有点费力而已。一炷香的时间之后，姜桃花轻手轻脚地落在院墙之内，然后把桃花饼拿出来，摆好盘。

这年头，她给别人送吃的，竟然这么难！幸亏她有这种坚持不懈的精神，要不然沈在野就吃不到这么好吃的桃花饼了！在心里夸奖了一下自己，姜桃花飞快地跑到窗边，一伸爪子就把窗户拍开了！

沈在野正在皱着眉看折子，窗户就在他的左手边，冷不防被人拍开，吓得他差点将折子丢出去。

"你干什么！"看清来人，他的脸色顿时变得阴沉，"这府里的规矩，是不是对你半点不起作用？"

姜桃花一惊，感觉沈毒蛇今天好像格外暴躁，她是不是不该硬要来做好事？可是，难得她亲手做出来这么好吃的点心，一没煳，二没多放糖，连青苔都说好吃，她就想给他尝尝而已，他怎么跟要了他命似的反应这么大？

"妾……妾身来给您送桃花饼。"姜桃花小心翼翼地把盘子捧过去，抬眼看着他道，"湛卢说不能进门，所以妾身才选择了窗户，又不是要进去，爷别这么凶啊……"

瞧她这副可怜巴巴的样子，眼睛眨巴眨巴的，小嘴撇着，像是做了好事还被大人骂的小孩子，无辜极了。

要是以前，沈在野说不定就心软了，可是今日，他的脸色实在好看不起来，

251

就这么睨着她,冷冷地道:"拿回去,没有我的吩咐,你别过来了。"

姜桃花歪了歪脑袋,问:"妾身做错了什么事吗?"

"你很聪明。"沈在野皮笑肉不笑地道,"所以是不会做错事的。"就算当真做错了,用她那三寸不烂之舌,也能把自己撇得干干净净,所以他根本连说都懒得说。

姜桃花有点反应不过来,手高高地举着,盘子都有些颤抖,眼神茫然极了。她张嘴想问,可又不知道该问什么,想了想,还是厚着脸皮把桃花饼往他怀里一塞:"那爷尝尝吧,尝了妾身就走!"

沈在野眼神一沉,挥手就将盘子扔在书桌上,颇为不耐烦地看着她,朝外头喊了一声:"湛卢!"

还在跟青苔对峙的湛卢连忙跑了进来,一看这情况,吓了一跳:"姜娘子,您不是离开了吗?"

"我又回来了啊。"姜桃花干笑两声,被沈在野浑身的戾气震得心里拔凉拔凉的,退后两步道,"不耽误爷办事了,妾身告退。"

说完,她跟兔子似的跑得飞快。

沈在野不悦地睨了湛卢一眼:"你这样办事,让我怎么放心?"

湛卢连忙跪下,很是认真地道:"爷放心,除非有您的吩咐,否则奴才以后定然不会再让姜娘子靠近这院子!"

沈在野抿了抿唇,挥挥手:"你出去吧,让人在墙头上加些钉子。女人都可以随意翻的墙,怎么让我安心?"

"是!"湛卢应了,连忙退出去。

门窗都重新关上了,沈在野回到桌边,看了一眼那桃花饼。粉嫩嫩的颜色,看起来应该很好吃,只是,谁知道她往里头放了什么东西?

回争春阁的路上,姜桃花内心很郁闷,她不明白沈在野在抽什么风,为什么突然变成了这样。兴许他是因为朝政之事烦扰,所以连带对她没好脸色,那她最近还是不要去打扰他好了,免得自讨没趣。

"主子,"青苔更担忧了,"爷是不是讨厌您了?"

"有可能。"姜桃花耸耸肩,道,"咱们安静一段时间再看看吧,反正顾氏是一定会得宠的,有她在,咱们的日子也不会太难过。"

她这个猜测是很准的,沈在野当晚就去了温清阁。

顾怀柔在院子里迎接的时候忍不住惊叹,姜娘子说今日爷会宠她,爷还真就来了。姜娘子到底是有多了解爷的想法啊?

"妾身惶恐,还在思过期间,竟然得爷恩宠。"顾怀柔低头行礼,小声道,"这是不是与规矩不合?"

"这相府都是我的,什么规矩能管到我头上来?"沈在野轻笑,伸手扶她起来,道,"你父亲最近帮了我不少忙,再委屈他女儿,我岂不是成负心人了?"

顾怀柔一笑,很是高兴。父亲肯听话,那么她的日子也会好过很多。院子里其他人自然是不满的,凭什么顾怀柔还在受罚都能侍寝?可侍寝的第二日,沈在野竟然宣布,免了顾氏全部的罪责,只要她一心向善,便既往不咎。

"简直荒唐!"柳香君扶着段芸心在花园里走,边走边道,"这样看来,爷是当真没把孟姐姐放在心上。"

段芸心轻轻叹了口气:"这不是很正常吗?若爷将蓁蓁放在心上,就不会那么草率地休了她。"

"可这样一来,府里规矩何存?"柳香君不悦地道,"犯了那么多大错的人,先是继续留在府里,后来竟然连惩罚也没了,还得爷宠幸!"

"你在府里也有一段时间了。"段芸心看了她一眼,"难道还看不明白,这府里从来没什么规矩,都是相爷一人说了算?"

好像的确是这个道理,柳香君很愁,她当初选择了抛弃顾怀柔,投靠段芸心。可如今顾怀柔翻身了不说,还越发得宠,岂不是在打她的脸吗?

看柳香君的表情也知道她在想什么,段芸心轻轻一笑,道:"你急什么呢?风大的时候不能出门,这是大家都明白的道理,且等等吧。"

柳香君轻轻点头,眉头未展,扶着段芸心继续往前走。

府里形势风云变幻,也不知道沈在野是怎么想的,在接下来的大半个月里,宠幸了顾氏、秦氏、段氏,可就是一次也没去过争春阁。

顾怀柔得宠之后,气色好了很多,身上的衣裳和头饰也华贵了些。只是坐在姜桃花面前,她神色中满是担忧。

"娘子是不是哪里得罪爷了?"

桃花耸肩:"我不知道,什么都没做过,他突然就不想理我了。"

他连解释和询问的机会都不给她,每次她去临武院,都会被拦在外头。他不想见她,她也没必要一直折腾了,好吃好喝地过着也不错。

"这也不是个办法。"顾怀柔皱眉,"要不我还是去说说吧?"

"你好生守住自己的恩宠就好了,别沾染我这一身晦气。"姜桃花抿唇,"眼下府里似乎又三足鼎立了,你还有精力担心我?"

顾怀柔一愣,很是茫然:"什么三足鼎立?"

"你没看出来?"姜桃花嘴角抽了抽,伸手拿过桌上的三个小茶杯,摆在一起道,"秦氏、段氏、你,你们三人如今包揽了相爷的恩宠。府中其他人也是会看形势的,比如前些日子就有侍衣去你院子里投诚了,也有人选择了其他两位主子。孟氏没了,府中二分之局崩塌,你因祸得福,占得一席之地,若还不长点心,定然是会被其他两位挤下去的。"

顾怀柔满目错愕,盯着桌上那三个茶杯,喃喃道:"所以先前那些人来找我,说一堆好话,是想跟着我?"

"不然你以为她们是闲得慌吗？"姜桃花摇头，"这府里可没什么真朋友，都是利益相通就站一起，利益冲突便是敌人。"

所以，前些日子姜娘子让她给人回礼，算是与人结盟了？顾怀柔咋舌，她还什么都不知道，一心就扑在怎么伺候相爷上，幸亏还有姜娘子……

"娘子觉得，来找我的那几个侍衣靠得住吗？"

姜桃花轻笑："要是靠不住，我怎会让你去回礼？去你院子里的两位侍衣：一个吴氏，是驱虎县县令之嫡女；一个冯氏，是长宁郡郡守之庶女；两人家世背景都不算高，但为人还不错，只是想找个栖身之地，却无踩你上位之心。"

顾怀柔问道："你怎么知道？"

"她们的身世，花名册上都有，而为人，你难道不会看吗？"姜桃花眼神古怪起来，"人家去拜访你的时候，你都看什么去了？"

"看了一下她们的衣饰和礼物。"

两人都沉默了，在沉默之中达成了共识——没有姜桃花，顾怀柔在这府里绝对混不下去。

她们还算发现得晚的，毕竟当局者迷。外头的某些人却很早就看出来了。

"与其花心思对付顾氏，还不如将姜氏除了，一劳永逸。"柳香君跪在秦解语面前，笑吟吟地问，"娘子觉得呢？"

秦解语皱眉，想了想，道："爷现在已经冷落她了，咱们好像也没别的办法能把她怎么样。"

"办法总是要人想的。"柳香君道，"姜氏与别人不同之处可多了，比如她身为女眷，却总是与南王见面。要知道，南王可是与她有过婚约的人。"

"那不是爷默许的吗？"秦解语抿唇，"我倒是也听见些风声。"

"爷为什么默许，咱们是不知道的，可这姜氏作为相府女眷，肯定还是有些忌讳不能犯。"柳香君压低了声音，看着秦解语道，"你这么聪明，一定有办法的。"

秦解语沉吟片刻，抬头看了柳香君一眼："你这张嘴，倒是挺会挑弄是非。"

"过奖，妾身不过是想为您做点事，好在这府里继续生存下去罢了。"柳香君一笑，慢慢起身道。

秦解语似笑非笑，看着面前这人行礼出去，垂着眸子想了好一会儿。

又到了南王过府的日子，沈在野一脸平静地在门口等着。见到穆无瑕来了，他便行了礼："王爷。"

穆无瑕好奇地看了他一眼，接着往里走："有句话本王想问丞相很久了——丞相最近是病了吗？"

"没有。"沈在野看他一眼，"王爷怎么会这么问？"

穆无瑕认真地道："你的脸色看起来太差了，而且最近好像很少笑，连父皇今日都在问你是不是身体不适。"

沈在野抿唇,忽略了他的问题,反而问他:"陛下什么时候问的?您也在场?"

"今日不是颁旨让景王兄监国吗?"穆无瑕道,"所有皇子都在御书房听训,父皇就提了这么一句。"

沈在野心神微动,看着旁边的南王:"听见景王监国的消息,王爷有什么想法?"

穆无瑕步子一顿,侧头看了他一眼:"能有什么想法?本王不见得比景王兄差,但父皇对我有偏见,治国理念又与我不同,让景王兄监国是正常的。"

四下无人,沈在野请穆无瑕进了花园的凉亭,坐下来,看着他道:"若景王监国是微臣一手促成的,王爷是否就会多倚仗微臣一些?"

穆无瑕脸色一黑,皱眉道:"你又在打什么算盘?"

"总归不会是害您的算盘。"沈在野轻轻勾唇。

"丞相,"穆无瑕看着他,很是认真地问,"你觉得一个人若是要靠别人帮扶到自己什么也不用做的地步,那人若有朝一日登上帝位,位置能稳吗?"

气氛瞬间僵冷下来。沈在野沉了脸,一瞬间也不知道说什么好。依他的安排,南王不出两年就能位及东宫。可现在他不配合,自己就得多走许多的弯路,他为什么就不明白呢?

"姜氏上次春日狩猎受伤了吧?"穆无瑕转头道,"我想去看看她。"

提起姜桃花,沈在野心情更差,闷声道:"都这么长时间了,伤口早就好了,还有什么好看的?她毕竟是内眷,王爷还是少见为好。"

"本王把她当姐姐而已。"穆无瑕道,"连见面都不成了?"

姐姐?沈在野冷笑,他的姐姐可没姜桃花那么诡计多端。

这边开始僵持,另一边的争春阁,姜桃花刚刚打扮好。

南王来了,按理说就算沈在野不待见她,小王爷也是会想见她一面的,所以她还是打扮打扮,打算等下去送小王爷一个刚绣好的枕头。

"姜娘子,"没等一会儿,外头就有人来传话,"相爷请您送点心去花园。"

"好。"姜桃花点头,让青苔捧着点心,自个儿抱了个枕头,高高兴兴地就朝花园去了。

沈在野想阻拦的事情,就算是南王也拧不过。

穆无瑕正气得要走,却听见花园门口有人喊了一声:"王爷!"

他眼睛一亮,抬头就见姜桃花抱着个枕头站在门口,正冲他笑。沈在野脸唰地就黑了,站起来看着走过来的姜桃花,眼神凌厉。

他其实有大半个月没看见她了,乍一见,她好像面庞清瘦了些,身子也显得单薄了,不知道是不是没好好吃东西。

不过现在不是想这些的时候,他没传召,她竟然敢擅自过来见南王?

"妾身给爷、南王爷请安！"姜桃花脸上笑得很灿烂，捧着枕头就递到南王面前："这是给王爷的谢礼，妾身亲手缝的，王爷别嫌弃。"

穆无瑕一愣，接过来看了看。蓝底银花的锦绣枕头，带着股药香，里头塞的想必都是安神助眠的药草，味道很好闻，香甜，不苦。仔细看看，那银色丝线绣的应该是团花，很复杂的花纹，明显花了不少心思。

"多谢。"穆无瑕微微一笑，抱着枕头看着姜桃花，"你当真是有心了。"

姜桃花一笑，屈膝道："王爷上次救妾身于危难，这点谢礼不成敬意。"

沈在野眯眼，冷声开口问："谁让你过来的？"

"嗯？"姜桃花侧头看向他，挑眉道，"不是爷派人叫妾身过来见王爷的吗？"

"我没有。"沈在野目光冰冷，睨着她道，"你怕是自己想过来，却拿我当幌子。"

他冷落她许久，想也知道她有多不甘心。南王过府是一个好机会，聪明如她，当然会好好把握。只是，她竟然这样当着他的面送南王枕头？

姜桃花的表情僵了僵，看着沈在野这含怒的神色，不用想就知道这背后定然有人作怪。

这院子里的女人是怎么了，她都失宠大半个月了，她们还不肯放过她？这样费心费力地给她扣罪名，对她们到底有什么好处啊？

"你们这是怎么了？"穆无瑕有些意外，站在中间左右看了看这两个人，"先前感情不还是挺好的吗，如今怎么见面就吵？"

姜桃花很无辜，看了沈在野一眼，叹道："男人心，海底针。"

沈在野冷笑："分明是黄蜂尾后针，最毒妇人心。"

有一瞬间，穆无瑕觉得身边这两人可能不是当朝丞相和赵国公主，吵起嘴来简直跟小孩儿没什么两样！

"你们有话好好说。"他无奈地道。

姜桃花耸肩，一脸无辜地看着沈在野："不是妾身不愿意说，是爷不愿意听，到现在妾身都不知道自己做错了什么。"

"还能有什么好说的？"沈在野嗤笑，"一次不忠，百次不用，开了杀戒的和尚，还能继续念经？"

姜桃花心里一凉，有些生气："断头台上还要讼罪呢，杀人也要有个名头，爷这样不清不楚就说妾身错了，妾身怎么认？"

穆无瑕点头："话得说清楚一点，不然很容易误会的。"

沈在野咬牙，他现在怎么说清楚？难不成当着南王的面说自己半夜出去帮景王，结果消息被姜桃花走漏，让人传给瑜王了？南王本就不喜他私下做这些事，他哪里还能说得出来！

看姜桃花这一脸无辜的样子他就来气，这女人到底有几分真几分假，演技厉害得让他都分不清，这才更可怕。

姜桃花本来不生气的，她与沈在野之间根本不存在信任可言。但是平白被人冤枉，几个人受得住？好歹告诉她到底是什么事，若她当真做了，也不枉担着这罪名这么久啊！

气氛紧张又尴尬，穆无瑕在中间站着，只觉得头皮发麻，干脆拉起姜桃花的手道："今日天气甚好，姜姐姐陪我出去走走吧。"

又出去？沈在野心中气不打一处来："王爷，您得注意身份，别总喜欢跟乱七八糟的人玩。"

你才是乱七八糟的人，你全家都是乱七八糟的人！姜桃花当真是生气了，狠狠地瞪了沈在野一眼，转头看着穆无瑕温和地问："王爷想去哪里？"

"随意走走便是。"穆无瑕抿唇，看着沈在野，"本王已经十六岁了，不是什么不懂事的孩子。什么人能结交、什么人不能，本王心里清楚。"

"您当真清楚？"沈在野皱眉，指着姜桃花道，"她是我相府女眷，总与您一起出去，您觉得像话吗？"

"说起相府女眷，"穆无瑕眼神微沉，不悦地看着他，"姜姐姐到底是怎么从我南王府的正妃变成了你丞相府的女眷，中间的故事，相爷没忘记吧？"

沈在野懊恼不已，说到底，是他抢了人家的正妃，人家两人现在就当姐弟一起出去走走，外头也没人认识姜桃花，他真要阻拦，也有点不厚道。

姜桃花笑眯眯地看着他："相爷若是默许，妾身就出门了。"

沈在野觉得心里窝火，却一时拿她没什么办法，只能朝穆无瑕行礼，道："王爷路上小心，天色不早，半个时辰之后请务必让姜氏回府。"

"本王知道。"穆无瑕点头，当即就带了姜桃花往外走。

花园里空落落的，沈在野拂袖打碎了桌上的杯子，清脆的声音响彻四周，吓得湛卢后退了半步。主子最近真是喜怒无常，也不知道到底是怎么了。

"人找到了吗？"他问了一句。

湛卢回神，连忙道："已经在追了，说是回了老家。"

"那就把她老家翻过来找！"沈在野低喝，"大半个月了都找不到人，府上那些个号称'千里眼顺风耳'的都是干什么吃的？"

"……奴才马上去吩咐。"

沈在野闭眼，伸手揉了揉眉心，慢慢地冷静下来。良久之后，他又问了一句："府里最近是没给争春阁送吃的吗？"

"嗯？"湛卢一愣，抬头看他，"这怎么可能，饶是姜娘子不得宠，那也是娘子，府里不敢亏待。"

没亏待，那她怎么瘦了？沈在野拧眉，心里烦躁极了，摆了摆手就往温清阁走去。